HEYNE BÜCHER

Das Buch

Teresa und Ranz sind eben von der Hochzeitsreise zurückgekehrt. Die Braut sitzt mit ihrer Familie im Haus ihrer Eltern bei Tisch. Ranz ist kurz weggegangen. Unvermutet steht die junge Frau auf, geht ins Bad und schießt sich ins Herz.

Vierzig Jahre sind seit jenem unerklärlichen Selbstmord vergangen, Ranz hatte kurz darauf wieder geheiratet – die jüngere Schwester Teresas. Sein Sohn Juan, der aus dieser Ehe stammt, ist es, der dem Geheimnis dieses Todes nachspürt. Aber erst am Ende erfährt er die ganze schreckliche Wahrheit um den Tod seiner Tante Teresa, die starb, bevor er geboren wurde.

Mein Herz so weiß spielt vor internationaler Kulisse, in Havanna, New York, Genf, Madrid. Dem Dolmetscher Juan ist Sprache vertraut: ihre Nuancen, ihr Gift, ihr Balsam und ihre Macht. Er geht jeden Tag damit um, und hin und wieder nutzt er sie frivol, etwa um einem schleppenden Gespräch zwischen Politikern eine brisante Note zu geben. Marías erzählt, wie Worte trösten, verletzten, manipulieren – ja töten – können.

»Hingehen, kaufen, lesen! Javier Marías' Roman ist Wurf, Wucht, Wonne …!« Andreas Isenschmid/Die Weltwoche

Der Autor

Javier Marías, 1951 in Madrid geboren, gilt als einer der interessantesten Schriftsteller des heutigen Spanien. Er wurde mehrfach mit literarischen Preisen geehrt, zuletzt mit dem *Premio de la Critica* und dem renommierten *The 1997 International IMPAC Dublin Literary Award* für diesen Roman. ›Mañana en la batalla piensa en mi‹ wurde mit dem französischen *Prix Femina Étranger* und dem *Rómulo-Gallegos*-Preis ausgezeichnet, der bedeutendsten Literaturauszeichnung der spanischsprachigen Welt. Sein umfangreiches Werk ist in achtzehn Sprachen übersetzt.

JAVIER MARIAS

MEIN HERZ SO WEISS

Roman

Aus dem Spanischen
von Elke Wehr

WILHELM HEYNE VERLAG
MÜNCHEN

HEYNE ALLGEMEINE REIHE
Nr. 01/10486

Titel der Originalausgabe
CORAZÓN TAN BLANCO
erschienen bei Editorial Anagrama, Barcelona, 1992

Umwelthinweis:
Das Buch wurde auf
chlor- und säurefreiem Papier gedruckt.

2. Auflage

Wilhelm Heyne Verlag GmbH & Co. KG, München
Printed in Germany 1997
Umschlaggestaltung: Atelier Ingrid Schütz, München,
unter Verwendung des Original-Umschlags von Klett-Cotta-Design
Satz: Pinkuin Satz- und Datentechnik, Berlin
Druck und Bindung: Pressedruck, Augsburg

ISBN 3-453-13069-3

Für Julia Altares
Julia Altares zum Trotz

und für Lola Manera in Havanna
in memoriam

»My hands are of your colour; but I shame
To wear a heart so white.«
Shakespeare

oder:

»Meine Hände
sind blutig, wie die deinen; doch ich schäme
Mich, daß mein Herz so weiß ist.«

ICH WOLLTE ES nicht wissen, aber ich habe erfahren, daß eines der Mädchen, als es kein Mädchen mehr war, kurz nach der Rückkehr von der Hochzeitsreise das Badezimmer betrat, sich vor den Spiegel stellte, die Bluse aufknöpfte, den Büstenhalter auszog und mit der Mündung der Pistole ihres eigenen Vaters, der sich mit einem Teil der Familie und drei Gästen im Eßzimmer befand, ihr Herz suchte. Als der Knall ertönte, etwa fünf Minuten, nachdem das Mädchen den Tisch verlassen hatte, stand der Vater nicht sofort auf, sondern verharrte ein paar Sekunden lang wie gelähmt mit vollem Mund und wagte nicht zu kauen noch zu schlucken und noch weniger, den Bissen auf den Teller zurückzuspucken; und als er sich endlich erhob und zum Badezimmer lief, sahen jene, die ihm folgten, wie er, als er den blutüberströmten Körper seiner Tochter entdeckte und die Hände an den Kopf hob, den Bissen Fleisch im Mund hin und her bewegte, ohne zu wissen, was er mit ihm anfangen sollte. Er hielt die Serviette in der Hand und ließ sie erst los, als er nach einer Weile den auf das Bidet geworfenen Büstenhalter bemerkte, und dann bedeckte er ihn mit dem Tuch, das er zur Hand hatte oder in der Hand hatte und das die Spuren seiner Lippen trug, als sei ihm der Anblick des intimen Kleidungsstückes peinlicher als der Anblick des halbnackten, am Boden liegenden Körpers, der mit dem Kleidungsstück bis vor ganz kurzer Zeit in Berührung gewesen war: der am Tisch sitzende Körper oder der sich auf dem Flur entfernende Körper oder auch der stehende Körper. Zuvor hatte der Vater mit einer automatischen Handbewegung den Wasserhahn des Waschbeckens zugedreht, den Kaltwasserhahn, aus dem das Wasser unter großem Druck herausschoß. Die Tochter hatte geweint, während sie sich vor den Spiegel stellte, die Bluse aufknöpfte, den Büstenhalter auszog und ihr Herz suchte, denn sie lag mit Tränen in den Augen auf dem kalten Boden des riesigen Badezimmers, die man während des Mittagessens nicht an ihr gesehen hatte und die auch nicht nach dem Augenblick in ihre Augen getreten sein konnten, da sie leblos zu Boden gefallen war. Entgegen ihrer Gewohnheit und der allgemeinen Gewohnheit hatte sie nicht den Riegel vorgelegt, was den Vater auf den Gedanken brachte (aber nur kurz und ohne es wirklich zu denken, während er schluckte), daß seine Tochter vielleicht, während sie weinte, erwartet oder gewünscht hatte, jemand möge die Tür öffnen und sie hindern, das zu tun, was sie getan hatte, nicht mit Gewalt, sondern durch seine bloße Anwesenheit, durch die Betrachtung ihrer Nacktheit zu Lebzeiten oder mit einer Hand auf der Schulter. Aber niemand (außer ihr jetzt und weil sie kein Mädchen mehr war) ging während des Mittagessens ins Badezimmer. Die Brust, die der Schuß nicht getroffen hatte, war deutlich sichtbar, mütterlich und weiß und noch fest, und auf sie richteten sich instinktiv die ersten Blicke, mehr als alles andere, um sich nicht auf die andere richten zu müssen, die nicht mehr existierte oder nur aus Blut bestand. Seit vielen Jahren hatte der Vater diese Brust nicht gesehen, er hatte sie nicht mehr gesehen, seit sie sich verändert hatte oder mütterlich zu werden begann, und deshalb fühlte er nicht nur Entsetzen, sondern auch Verwirrung. Das andere Mädchen, die Schwester, die im Gegensatz zu ihm die Veränderung der Brust in der Zeit des Heranwachsens und vielleicht später gesehen hatte, war die erste, die sie berührte, denn sie begann, ihr mit einem Handtuch (ihrem eigenen blaßblauen Handtuch, nach dem sie immer als erstes zu greifen pflegte) die Tränen im Gesicht abzutrocknen, die mit Schweiß und Wasser vermischt waren, denn bevor man den Hahn zugedreht hatte, war der Wasserstrahl vom Becken abgeprallt, und Tropfen waren auf die Wangen, die weiße Brust und den zerknitterten Rock ihrer am Boden liegenden Schwester gespritzt. Sie wollte auch hastig das Blut abwischen, so als könnte sie dadurch geheilt werden, aber das Handtuch sog sich sogleich voll und war nicht mehr verwendbar für seinen Zweck, es verfärbte sich auch. Statt es sich vollsaugen zu lassen und den Brustkorb mit ihm zu bedecken, nahm sie es sofort weg, als sie sah, wie rot es war (es war ihr eigenes Handtuch) und hängte es über den Rand der Badewanne, von dem es auf den Boden tropfte. Sie sprach, aber sie vermochte nur den Namen ihrer Schwester zu sagen und ihn zu wiederholen. Einer der Gäste konnte nicht umhin, sich aus der Entfernung im Spiegel anzusehen und eine Sekunde lang sein Haar glattzustreichen, lange genug, um zu bemerken, daß Blut und Wasser (aber nicht der Schweiß) die Oberfläche bespritzt hatten und damit jedes Spiegelbild, auch das seine, während er sich anschaute. Er stand auf der Türschwelle, nicht drinnen, ebenso wie die beiden anderen Gäste, so als seien sie trotz der in diesem Augenblick vergessenen Anstandsregeln der Ansicht, daß nur die Familienangehörigen das Recht hatten, sie zu überschreiten. Die drei reckten die Köpfe, den Oberkörper vorgeneigt wie Erwachsene, die Kindern zuhören, ohne einen Schritt nach vorne zu tun, aus Ekel oder aus Respekt, vielleicht aus Ekel, obwohl einer von ihnen Arzt war (der, der sich im Spiegel angeschaut hatte) und es normal gewesen wäre, wenn er sich mit Bestimmtheit seinen Weg gebahnt und den Körper der Tochter untersucht oder zumindest, ein Knie auf dem Boden, zwei Finger an ihren Hals gelegt hätte. Er tat es nicht, nicht einmal dann, als der Vater, immer blasser und schwankender, sich zu ihm umwandte und, auf den Körper seiner Tochter weisend, »Doktor« zu ihm sagte, in flehendem Ton, aber ohne jeden Nachdruck, und sich dann sogleich wieder umdrehte, ohne abzuwarten, ob der Arzt auf seinen Ruf reagierte. Nicht nur ihm und den beiden anderen wandte er den Rücken zu, sondern auch seinen Töchtern, der lebendigen und der, die für tot zu halten er noch nicht wagte; dann, die Ellbogen auf das Waschbecken gestützt und mit den Händen die Stirn haltend, begann er alles zu erbrechen, was er gegessen hatte, einschließlich des Fleischstücks, das er gerade ungekaut hinuntergeschluckt hatte. Sein Sohn, der Bruder, der um einiges jünger war als die beiden Mädchen, näherte sich ihm, aber als einzige Hilfe vermochte er nur die Schöße seines Jacketts zu fassen, so als wollte er ihn halten, damit er durch das Würgen nicht ins Wanken geriete, aber in den Augen derer, die es sahen, war es eher eine Bewegung, die Schutz suchte in einem Augenblick, in dem der Vater ihm keinen geben konnte. Man hörte ein kurzes Pfeifen. Der Ladenjunge, der sich manchmal bis zur Mittagessenszeit mit der Bestellung verspätete und gerade seine Kisten ablud, als der Schuß ertönte, reckte ebenfalls den Kopf, noch immer pfeifend, so wie Jungen es beim Gehen oft tun, aber er verstummte sofort (er war im gleichen Alter wie der jüngere Sohn), als er ein Paar Schuhe mit halbhohem Absatz sah, die sich jemand ausgezogen hatte oder die sich nur von den Fersen gelöst hatten, und einen leicht hochgerutschten und befleckten Rock – befleckte Oberschenkel –, denn das war es, was er aus seiner Position von der gefallenen Tochter sehen konnte. Da er weder fragen noch hineingehen konnte und niemand ihm Beachtung schenkte und er nicht wußte, ob er leere Flaschen mitnehmen sollte, kehrte er in die Küche zurück, abermals pfeifend (aber dieses Mal, um die Angst zu vertreiben oder den Eindruck zu überspielen), in der Annahme, daß früher oder später das Dienstmädchen dort wieder auftauchen würde, das ihm normalerweise die Anweisungen gab und das sich jetzt weder in seinem Bereich noch bei den anderen im Flur befand, im Unterschied zur Köchin, die als zusätzliches Familienmitglied mit einem

Fuß im Badezimmer und einem draußen stand und sich die Hände an der Schürze abwischte oder sich vielleicht mit ihr bekreuzigte. Das Dienstmädchen, das im Augenblick des Schusses die eben abgeräumten leeren Schüsseln auf dem Marmortisch des Küchenvorraums abgesetzt hatte, weshalb sie den Knall mit dem eigenen, gleichzeitig veranstalteten Getöse verwechselte, war danach damit beschäftigt gewesen – während der Junge ebenfalls lärmend seine Kisten leerte –, mit großer Vorsicht und wenig Geschick die Eistorte, die zu kaufen man ihr heute vormittag aufgetragen hatte, weil es Gäste gab, auf eine Servierplatte zu plazieren; und als die Torte bereit und auf ihrem Platz war und sie kalkuliert hatte, daß man im Eßzimmer mit dem zweiten Gang fertig sein dürfte, hatte sie sie dorthin getragen und auf dem Tisch abgestellt, wo sie zu ihrer Verwirrung noch Fleischreste und achtlos auf das Tischtuch geworfenes Besteck und Servietten vorfand, aber keinen Tischgast (nur ein Teller war vollkommen sauber, so als hätte einer von ihnen, die ältere Tochter, rascher gegessen und ihn überdies mit Brot abgewischt oder aber überhaupt kein Fleisch genommen). In diesem Augenblick wurde ihr klar, daß sie, wie so oft, den Fehler begangen hatte, den Nachtisch zu servieren, ohne die Teller abzuräumen und neue zu bringen, aber sie wagte nicht, jene Teller einzusammeln und übereinanderzustapeln, für den Fall, daß die abwesenden Tischgäste noch nicht fertig waren und weiteressen wollten (vielleicht hätte sie auch Obst bringen sollen). Da sie angewiesen war, während der Mahlzeit nicht in der Wohnung herumzugehen und sich auf ihre Gänge zwischen Küche und Eßzimmer zu beschränken, um nicht zu stören oder die Aufmerksamkeit abzulenken, wagte sie auch nicht, sich dem Gemurmel der aus irgendeinem ihr noch unbekannten Grund an der Badezimmertür gruppierten Gruppe anzuschließen, sondern verharrte abwartend, die Hände auf dem Rücken und mit dem Rücken zur Anrichte, während sie ängstlich auf die Torte schaute, die sie soeben in die Mitte des verlassenen Tisches gestellt hatte, und sich fragte, ob sie nicht besser daran täte, sie angesichts der Hitze sofort wieder in den Kühlschrank zu befördern. Sie trällerte ein wenig vor sich hin, stellte ein umgefallenes Salzgefäß auf, füllte Wein in ein leeres Glas, das der Frau des Arztes, die schnell trank. Nachdem sie einige Minuten lang zugesehen hatte, wie die Torte an Konsistenz zu verlieren begann, unfähig, eine Entscheidung zu treffen, hörte sie die Klingel der Wohnungstür, und da es zu ihren Aufgaben gehörte, die Tür zu öffnen, richtete sie sich die Haube, zog die Schürze gerade, stellte fest, daß ihre Strümpfe nicht schief saßen, und trat in den Flur hinaus. Sie warf einen flüchtigen Blick nach links, dorthin, wo die Gruppe stand, deren Gemurmel und Ausrufe sie voll Neugierde vernommen hatte, aber sie hielt nicht inne und trat nicht näher, sondern wandte sich nach rechts, wie es ihrer Pflicht entsprach. Beim Öffnen wehte ihr Lachen entgegen, das verstummte, und ein starker Geruch nach Kölnisch Wasser (der Treppenabsatz im Dunkeln), der vom ältesten Sohn der Familie ausging oder von seinem frischgebackenen Schwager, der vor kurzem von seiner Hochzeitsreise zurückgekehrt war, denn beide kamen gleichzeitig an, vielleicht weil sie auf der Straße oder am Portal zusammengetroffen waren (bestimmt kamen sie, um Kaffee zu trinken, aber noch hatte niemand Kaffee gemacht). Das Dienstmädchen stimmte fast in ihr Lachen ein, wich zur Seite und ließ sie eintreten und konnte gerade noch sehen, wie sich sofort der Ausdruck ihrer Gesichter veränderte und sie den Flur entlang zu dem umlagerten Badezimmer hasteten. Der Ehemann, der Schwager lief sehr blaß hinterher, eine Hand auf die Schulter des Bruders gelegt, als wollte er ihn zurückhalten, damit er nicht zu sehen bekäme, was er sehen konnte, oder als wollte er sich an ihm festhalten. Das Dienstmädchen ging nicht mehr ins Eßzimmer zurück, sondern folgte ihnen, wobei sie aus

Gründen der Angleichung ebenfalls ihre Schritte beschleunigte, und als sie an die Tür des Badezimmers gelangte, bemerkte sie abermals, stärker noch, den Geruch nach gutem Kölnisch Wasser, der einem der Herren oder allen beiden entströmte, als wäre eine ganze Flasche ausgelaufen oder als hätte sich der Geruch durch einen plötzlichen Schweißausbruch intensiviert. Sie blieb dort stehen, neben der Köchin und den Gästen, und sah aus dem Augenwinkel, daß der Ladenjunge jetzt pfeifend aus der Küche ins Eßzimmer ging, sicher auf der Suche nach ihr; aber sie war zu verängstigt, um ihn zu rufen oder ihn auszuzanken oder auf ihn zu achten. Der Junge, der zuvor genug gesehen hatte, blieb wahrscheinlich eine gute Weile im Eßzimmer und ging dann, ohne sich zu verabschieden und ohne die leeren Flaschen mitzunehmen, denn als Stunden später die zerflossene Torte endlich abgeräumt und in Papier gewickelt in den Abfall geworfen wurde, fehlte ihr ein beträchtliches Stück, das keiner der Tischgäste verzehrt hatte, und das Glas der Frau des Arztes war abermals ohne Wein. Alle sagten, Ranz, der Schwager, der Ehemann, mein Vater, habe großes Pech gehabt, da er zum zweiten Male Witwer geworden sei.

DAS GESCHAH VOR langer Zeit, als ich noch nicht geboren war und auch gar keine Möglichkeit für mich bestand, geboren zu werden, mehr noch, erst von jenem Augenblick an gab es für mich die Möglichkeit, geboren zu werden. Jetzt bin ich selbst verheiratet, und es ist noch kein Jahr her, daß ich von meiner Hochzeitsreise mit Luisa, meiner Frau, zurückgekehrt bin, die ich erst seit zweiundzwanzig Monaten kenne, eine rasche Heirat, ziemlich rasch, wenn man bedenkt, wie lange man sich das angeblich überlegen soll, selbst in diesen schnellebigen Zeiten, die nichts zu tun haben mit jenen anderen, obwohl sie ihnen nicht so fern sind (es trennt sie zum Beispiel ein einziges unvollständiges oder vielleicht bereits zur Hälfte abgelaufenes Leben, mein eigenes Leben oder das Luisas), in denen alles bedächtig und langsam war und alles Gewicht besaß, sogar die Dummheiten, ganz zu schweigen vom Tod, dem Tod von eigener Hand, wie der Tod jener Person, die meine Tante Teresa gewesen sein muß und es doch niemals gewesen sein konnte und nur Teresa Aguilera war, von der ich nach und nach erfahren habe, niemals durch ihre jüngere Schwester, meine Mutter, die fast immer schwieg während meiner Kindheit und Jugend und dann ebenfalls starb und für immer verstummte, sondern durch entfernte oder zufällige Personen und schließlich durch Ranz, den Ehemann der beiden und auch einer anderen ausländischen Frau, mit der ich nicht verwandt bin.

Wenn ich seit kurzem habe wissen wollen, was vor langer Zeit geschah, dann war der eigentliche Grund dafür meine Heirat (aber ich habe eher nicht wissen wollen, und es doch erfahren). Seit ich den Bund fürs Leben geschlossen habe (ein veralteter, aber sehr anschaulicher und nützlicher Ausdruck), habe ich begonnen, im Vorgefühl aller möglichen Katastrophen zu leben, ähnlich wie jemand, der sich eine jener Krankheiten zuzieht, von denen man nicht mit Sicherheit weiß, wann man von ihnen geheilt werden kann. Der Ausdruck *den Personenstand ändern,* den man normalerweise leichthin verwendet und der deshalb sehr wenig bedeutet, scheint mir in meinem Fall angemessener und genauer zu sein, und ich verleihe ihm, anders als üblich, einen ernsten Gehalt. Genau wie eine Krankheit unseren Zustand so sehr verändert, daß sie uns bisweilen zwingt, alles zu unterbrechen und für unabsehbare Zeit das Bett zu hüten und die Welt nur noch von unserem Kopfkissen aus zu betrachten, setzte meine Heirat meine Gewohnheiten und sogar meine Überzeugungen außer Kraft, und, was noch entscheidender ist, meine Weltsicht. Vielleicht weil es eine eher späte Ehe war, ich war vierunddreißig Jahre alt, als ich sie schloß.

Das größte und häufigste Problem zu Beginn einer annehmbar konventionellen Ehe besteht darin, daß trotz ihrer Anfälligkeit in den heutigen Zeiten und trotz der Möglichkeiten, welche den Eheschließenden gegeben sind, ihre Bindung zu lösen, es traditionsgemäß unvermeidlich ist, das unangenehme Gefühl zu empfinden, an ein Ziel und damit an einen Endpunkt gelangt zu sein, oder, besser gesagt (da die Tage gleichmütig aufeinander folgen und es kein Ende gibt), daß der Augenblick gekommen ist, sich mit etwas anderem zu beschäftigen. Ich weiß wohl, daß dieses Gefühl schädlich und falsch ist und daß zahlreiche vielversprechende Ehen, kaum daß sie als solche zu existieren beginnen, scheitern, weil man ihm nachgibt oder es für wahr hält. Ich weiß wohl, daß man dieses unmittelbare Gefühl vermeiden und sich eben nicht etwas anderem, sondern genau ihr, der Ehe, widmen muß, als wäre sie das wichtigste Gebäude und die wichtigste Aufgabe, die man vor sich hat, selbst wenn man glaubt, die Aufgabe sei bereits bewältigt und das Gebäude errichtet. Ich weiß das alles sehr wohl, und doch, als ich heiratete, wurde ich noch während der Hochzeitsreise (wir fuhren nach Miami, New Orleans und Mexiko, danach nach Havanna) von zwei unangenehmen Empfindungen heimgesucht, und ich frage mich immer noch, ob die zweite ein bloßes Hirngespinst war und ist, erfunden oder gefunden, um die erste abzumildern oder sie zu bekämpfen. Das erste Unbehagen ist das bereits erwähnte, ein Unbehagen, das nach dem, was man hört, nach der Art von Witzen, die auf Kosten der Heiratswilligen gemacht werden, und nach den vielen destruktiven Sprichwörtern, die es dazu in meiner Sprache gibt, offenbar sämtliche Neuvermählten (vor allem die Männer) an diesem Beginn von etwas empfinden, das man unbegreiflicherweise als das Ende davon sieht und erlebt. Dieses Unbehagen läßt sich in einem erschreckenden Satz zusammenfassen, und ich weiß nicht, was die anderen tun, um sich über ihn hinwegzusetzen: »Und was jetzt?«

Diese *Personenstandsänderung* ist ebenso unberechenbar wie eine mögliche Krankheit und unterbricht alles oder erlaubt zumindest nicht, daß alles wie bisher weitergeht: sie erlaubt zum Beispiel nicht, daß nach dem Abendessen im Restaurant oder nach dem Kino jeder zu sich nach Hause geht und wir uns trennen und ich Luisa mit dem Wagen oder mit einem Taxi vor ihre Haustür bringe und dann allein durch die halbleeren und stets gesprengten Straßen fahre, allein zu mir nach Hause, während ich sicher an sie denke und an die Zukunft. Ist man verheiratet, dann wenden sich die Schritte nach dem Kino gemeinsam demselben Ort zu (und erklingen zur Unzeit, denn es sind jetzt vier Füße, die gehen), aber nicht, weil ich beschlossen hätte, sie zu begleiten, nicht einmal, weil es meiner Gewohnheit entspräche, es zu tun und ich es für richtig und höflich hielte, sondern weil jetzt die Füße nicht zögern auf dem nassen Pflaster, noch überlegen, noch ihre Meinung ändern, noch Reue empfinden oder überhaupt eine Wahl treffen können: jetzt besteht kein Zweifel daran, daß wir uns an denselben Ort begeben, ob wir es heute abend wollen oder nicht, oder vielleicht war es gestern nacht, als ich es nicht wollte.

Schon auf der Hochzeitsreise, als diese Personenstandsänderung wirksam zu werden begann (und es trifft es nicht ganz, zu sagen, daß sie begann, es ist eine heftige Änderung, die nicht zur Ruhe kommen läßt), wurde mir klar, daß es mir sehr schwerfiel, an Luisa zu denken, und völlig unmöglich war, an die Zukunft zu denken, was eines der größten vorstellbaren Vergnügen für jeden, wenn nicht die tägliche Rettung für alle ist: vage zu denken, die Gedanken zu dem schweifen zu lassen, was kommen wird oder kommen kann, sich ohne allzuviel Bestimmtheit noch Interesse Fragen über das zu stellen, was morgen oder in fünf Jahren aus uns werden mag, über das, was wir nicht voraussehen können. Schon auf der Hochzeitsreise war es, als wäre sie verlorengegangen und als gäbe es keine abstrakte Zukunft, die als einzige zählt, weil die Gegenwart sie nicht zu färben oder sich anzugleichen vermag. Diese Änderung führt also zwingend dazu, daß nichts weitergeht wie bisher, um so mehr, wenn die Änderung, wie allgemein üblich, durch eine gemeinsame Anstrengung eingeleitet und angekündigt wurde, deren hauptsächliche sichtbare Äußerung die künstliche Vorbereitung einer gemeinsamen Wohnung ist, einer Wohnung, die weder für den einen noch für den anderen existierte, sondern von beiden in künstlicher Weise eingeweiht werden muß. Eben diese meines Wissens sehr verbreitete Gewohnheit oder Praxis liefert den Beweis, daß die beiden Eheschließenden bei ihrem Zusammenschluß in Wirklichkeit eine gegenseitige Aufhebung oder Vernichtung voneinander fordern, nämlich die Aufhebung der Person, die jeder war und in die jeder sich verliebt oder deren Vorteile er gesehen hatte, denn nicht immer existiert ein vorheriges Verliebtsein, manchmal existiert es erst im nachhinein, und manchmal findet es weder vorher noch nachher statt. Kann es nicht stattfinden. Die Vernichtung des anderen, die Vernichtung dessen, den man kennengelernt und mit dem man sich getroffen und den man geliebt hat, geht mit dem Verschwinden der jeweiligen Wohnungen einher oder wird dadurch symbolisiert. So daß also zwei Personen, die gewohnt waren, jeweils für sich zu sein und sich jeweils an einem Ort zu befinden und allein aufzuwachen und oft auch allein ins Bett zu gehen, sich plötzlich künstlich vereint finden in ihrem Schlaf und ihrem Erwachen und ihren Schritten durch die halbleeren Straßen in ein und dieselbe Richtung oder beim gemeinsamen Betreten des Fahrstuhls, wobei der eine nicht mehr Besuch und der andere Gastgeber ist, der eine nicht mehr den anderen abholt oder dieser zu jenem herunterkommt, der im Wagen oder in einem Taxi auf ihn wartet, sondern beide keine Wahl haben, mit Zimmern und einem Fahrstuhl und einer Haustür, die keinem gehörten und nun beiden gehören, mit einem gemeinsamen Kopfkissen, um das sie im Schlaf werden kämpfen müssen und von dem aus sie, genau wie der Kranke, am Ende die Welt sehen werden.

Wie gesagt, dieses erste Unbehagen erfaßte mich bereits auf der ersten Etappe unserer Hochzeitsreise, in Miami, einer widerlichen Stadt, die jedoch sehr schöne Strände für Frischverheiratete besitzt, und verstärkte sich in New Orleans und in Mexiko und noch mehr in Havanna, und seit bald einem Jahr, seitdem wir von dieser Reise zurückgekehrt sind und in so künstlicher Weise unsere Wohnung eingeweiht haben, ist es weiter gewachsen oder hat sich in mir, vielleicht in uns, festgesetzt. Das zweite Unbehagen erschien hingegen mit Macht gegen Ende der Reise, das heißt, nur in Havanna, einer Stadt, aus der ich in gewissem Sinne stamme, genauer gesagt, zu einem Viertel, denn meine Großmutter, die Mutter von Teresa und Juana Aguilera, wurde dort geboren und kam von dorther als kleines Mädchen nach Madrid. Es geschah in dem Hotel, in dem wir drei Nächte verbrachten (wir hatten nicht soviel Geld, die Aufenthalte in jeder Stadt waren kurz), an einem Nachmittag, an dem Luisa sich schlecht gefühlt hatte, während wir spazierengingen, so schlecht plötzlich, daß wir unseren Spaziergang abbrachen und sogleich ins Hotel zurückkehrten, damit sie sich hinlegen konnte. Sie hatte Schüttelfrost, und ihr war ein wenig übel. Sie konnte sich buchstäblich nicht auf den Beinen halten. Bestimmt war ihr irgend etwas, das sie gegessen hatte, schlecht bekommen, aber in jenem Augenblick wußten wir das nicht mit ausreichender Gewißheit, und ich fragte mich, ob sie sich nicht in Mexiko eine dieser Krankheiten zugezogen hatte, welche die Europäer dort so leicht anfallen, etwas so Schlimmes wie die Amöbenkrankheit. Das Vorgefühl der Katastrophe, das mich seit der Hochzeitszeremonie stillschweigend begleitet hatte, nahm im Lauf der Zeit verschiedene Formen an, und eine davon war diese (die am wenigsten stumme, oder sie war nicht stillschweigend), die Gefahr der Krankheit oder des plötzlichen Todes der Person, die mit mir das Leben und die konkrete Zukunft und die abstrakte Zukunft teilen sollte, obwohl ich den Eindruck hatte, daß letztere beendet und mein Leben bereits zur Hälfte abgelaufen war; vielleicht unser beider Leben, die wir vereint waren. Wir wollten nicht gleich einen Arzt rufen, vielleicht ginge es ja vorüber, und ich brachte sie ins Bett (unser Hotelbett und unser Ehebett) und ließ sie schlafen, als könnte sie dadurch geheilt werden. Sie schien einzuschlafen, und ich verharrte still, damit sie sich ausruhen konnte, und die beste Art, still zu sein, ohne mich zu langweilen oder versucht zu fühlen, Lärm zu machen oder mit ihr zu sprechen, war, auf den Balkon hinauszutreten und nach draußen zu sehen, die Leute aus Havanna vorbeigehen zu sehen, zu beobachten, wie sie sich bewegten und wie sie gekleidet waren, und ihre Stimmen, ein Gemurmel, aus der Ferne zu hören. Ich schaute hinaus, aber ich war mit den Gedanken drinnen, bei dem Bett in meinem Rücken, in dem Luisa diagonal, quer lag, weshalb nichts Äußeres wirklich meine Aufmerksamkeit auf sich lenken konnte. Ich schaute nach draußen wie jemand, der zu einem Fest kommt und weiß, daß die einzige Person, die ihn interessiert, nicht dort sein wird, daß sie zu Hause bei ihrem Mann geblieben ist. Diese einzige Person lag auf dem Bett, krank, bewacht von ihrem Ehemann und in meinem Rücken.

Nach einigen Minuten, in denen ich schaute, ohne zu sehen, machte ich jedoch eine einzelne Person aus. Ich machte sie aus, weil sie sich im Unterschied zu den anderen während dieser ganzen Minuten nicht bewegt hatte, weil sie nicht aus meinem Gesichtsfeld geraten oder verschwunden, sondern die ganze Zeit ruhig am selben Ort geblieben war, eine Frau von etwa dreißig Jahren, aus der Ferne gesehen, mit einer gelben, rund ausgeschnittenen Bluse und einem weißen Rock und hohen, ebenfalls weißen Schuhen, über dem Arm eine große schwarze Tasche, wie sie in Madrid die Frauen in meiner Kindheit trugen, große Taschen, die über dem Arm getragen wurden und nicht über der Schulter, wie jetzt. Sie wartete auf jemanden, ihre Haltung drückte eindeutig Warten aus, denn ab und zu tat sie zwei oder drei Schritte in die eine oder andere Richtung und ließ beim letzten Schritt leicht und rasch den Absatz über den Boden schleifen, eine Bewegung verhaltener Ungeduld. Sie hielt sich nicht an der Häusermauer, wie es Wartende gewöhnlich tun, um die nicht Wartenden und Vorbeigehenden nicht zu stören; sie blieb in der Mitte des Bürgersteigs, ohne sich über die drei abgemessenen Schritte hinauszubewegen, die sie immer wieder an dieselbe Stelle zurückbrachten, und deshalb hatte sie Schwierigkeiten, den Passanten auszuweichen, jemand sagte etwas zu ihr, und sie antwortete zornig und drohte mit der auffälligen Tasche. Ab und zu blickte sie hinten an sich herunter, ein Bein angewinkelt, und strich mit der Hand den engen Rock glatt, als fürchtete sie eine Falte, die ihren Hintern entstellen könnte, oder vielleicht zupfte sie durch den Stoff hindurch, der ihn bedeckte, ihren rebellischen Slip zurecht. Sie schaute nicht auf die Uhr, sie trug keine Uhr, vielleicht orientierte sie sich mit raschen Blicken, die ich nicht gewahrte, an der des Hotels, die sich, unsichtbar für mich, über meinem Kopf befinden mußte. Möglicherweise bot das Hotel aber der Straße keine Uhr, und sie wußte in keinem Augenblick, wie spät es war. Ich hielt sie für eine Mulattin, aber ich konnte es nicht mit Sicherheit sagen von der Stelle aus, an der ich mich befand.

Plötzlich brach die Dunkelheit herein, fast ohne sich anzukündigen, wie immer in den Tropen, und obwohl die Zahl der Passanten sich nicht sogleich verringerte, erschien mir ihre Gestalt im schwindenden Licht einsamer, isolierter, noch mehr dazu verurteilt, vergeblich zu warten. Ihre Verabredung würde nicht kommen. Sie hatte die Arme verschränkt und stützte die Ellenbogen in die Hände, als würden die Arme ihr schwerer in jeder Sekunde, die verging, oder vielleicht war es die Tasche, deren Gewicht zunahm. Sie hatte kräftige, zum Warten geeignete Beine, die sich auf ihren dünnen und hohen Absätzen oder Stöckelschuhen in das Pflaster rammten, aber die Beine waren so kraftvoll und auffallend, daß sie sich diese Absätze einverleibten und sich gleichsam selbst fest in den Boden rammten – wie ein Messer in nasses Holz –, wenn sie nach der winzigen Entfernung nach rechts oder links wieder an dem erwählten Punkt stehenblieben. Ihre Fersen ragten über die Schuhe hinaus. Ich vernahm ein leises Murmeln, oder war es ein Klagen, das von dem Bett in meinem Rücken kam, von der kranken Luisa, von meiner frisch angetrauten Frau, die mich so sehr interessierte, sie war meine Aufgabe. Aber ich wandte den Kopf nicht, denn es war ein Klagen, das aus dem Schlaf kam, man lernt sofort, den Schlafton der Person zu erkennen, mit der man das Bett teilt. In diesem Augenblick hob die Frau auf der Straße die Augen zum dritten Stock, wo ich mich befand, und ich glaubte, daß sie zum erstenmal den Blick auf mich richtete. Sie blickte angestrengt, als wäre sie kurzsichtig oder trüge schmutzige Haftschalen, und schaute verwirrt, sie richtete den Blick auf mich und wandte ihn leicht ab und blinzelte, um besser sehen zu können, und richtete ihn abermals auf mich und wandte ihn ab. Dann hob sie einen Arm, den Arm ohne Tasche, in einer Gebärde, die weder Gruß noch Annäherung war, ich meine Annäherung an einen Fremden, sondern Aneignung und Erkennen, gekrönt von einem raschen Wirbeln der Finger: es war, als wollte sie mich packen mit dieser Armbewegung und dem Geflatter der schnellen Finger, es war mehr ein Packen als ein zu sich Heranziehen. Sie rief etwas, das ich aufgrund der Entfernung nicht verstehen konnte, und ich war sicher, daß sie es mir zurief. Anhand der Bewegung ihrer erahnten Lippen konnte ich nur das erste Wort verstehen, und dieses Wort war »He!«, mit Empörung ausgesprochen, wie der Rest des Satzes, der mich nicht erreichte. Noch während sie sprach, ging sie los, um näher heranzukommen, sie mußte die Straße überqueren und über die weite Esplanade gehen, die auf unserer Seite das Hotel von der Straße trennte, so daß es ein wenig vom Verkehr entfernt und geschützt lag. Jetzt, da sie mehr Schritte tat als die wenigen, die sie immer wieder während ihres Wartens getan hatte, sah ich, daß sie mühsam und langsam ging, als wäre sie nicht an die Absätze gewöhnt oder als wären ihre kräftigen Beine nicht dafür gemacht oder als brächte die Tasche sie aus dem Gleichgewicht oder als wäre ihr schwindlig. Sie ging ein wenig so, wie Luisa gegangen war, nachdem ihr schlecht geworden war, als sie ins Zimmer trat, um sich auf das Bett fallen zu lassen, wo ich sie halb entkleidet und dann hineingelegt hatte (ich hatte sie trotz der Hitze zugedeckt). Aber in dieser verdrießlichen Art zu gehen ließ sich auch eine Anmut erahnen, die ihr in diesem Augenblick genommen war: wäre sie barfuß, dann würde diese Mulattin mit Anmut gehen, ihr Rock würde Wellen schlagen und sich rhythmisch an ihren Schenkeln brechen. Mein Zimmer lag im Dunkeln, niemand hatte bei Einbruch der Nacht das Licht angemacht, Luisa schlief unwohl, ich hatte mich nicht von jenem Balkon fortgerührt, schaute auf die Bewohner Havannas und dann auf jene Frau, die weiter mit stolpernden Schritten näher kam und mir weiter etwas zurief, was ich jetzt verstehen konnte:

»He! Du, was machst du denn da?«

Ich erschrak, als ich hörte, was sie sagte, aber nicht so sehr, weil sie es zu mir sagte, sondern wegen der Art, in der sie es tat, vertraulich, wütend, wie jemand, der sich anschickt, eine Rechnung mit der Person zu begleichen, die ihm am nächsten steht oder die er liebt und die ihn ständig ärgert. Es war nicht so, daß sie sich von einem Unbekannten beobachtet gefühlt hätte, der auf dem Balkon eines für Ausländer reservierten Hotels stand, und nun gekommen wäre, um mir meine straflose Betrachtung ihrer Gestalt und ihres linkischen Wartens vorzuwerfen, sondern daß sie plötzlich, als sie den Blick hob, in mir die Person erkannt hatte, auf die sie seit wer weiß wie langer Zeit wartete, bestimmt sehr viel länger als seit dem Augenblick, da ich sie ausgemacht hatte. Sie befand sich noch in einiger Entfernung, sie hatte die Straße überquert, wobei sie keine Ampel gesucht hatte, sondern den wenigen Autos ausgewichen war, sie befand sich am Anfang der Esplanade, wo sie stehengeblieben war, vielleicht, um die Füße und die so außergewöhnlichen Beine auszuruhen oder um sich abermals den Rock glattzustreichen, jetzt mit größerem Eifer, da sie sich endlich dem gegenübersah, der den Fall, den des Rockes, bewerten oder schätzen sollte. Noch immer schaute sie mich an und wandte ein wenig den Blick ab, als machte ihr ein leichtes Schielen zu schaffen, ihr verrutschten einen Moment lang die Augen zu meiner Linken hin. Vielleicht war sie in einiger Entfernung stehengeblieben, um ihren Ärger zu zeigen und daß sie nicht bereit war, ohne weiteres die Verabredung einzuhalten, nachdem sie mich erblickt hatte, so als hätte sie bis vor zwei Minuten nicht gelitten oder keine Beleidigung erfahren. In diesem Augenblick sagte sie weitere Sätze, alle begleitet von der anfänglichen Bewegung des Armes und der gelenkigen Finger, der Gebärde des Packens, als wollte sie damit sagen: »Du, komm her« oder »Du gehörst mir«. Aber mit der Stimme, einer vibrierenden, verstellten und unangenehmen Stimme, wie ein Fernsehansager oder ein Politiker bei einer Rede oder ein Lehrer im Unterricht (aber sie wirkte ungebildet), sagte sie:

»Du, was machst du denn da? Hast denn du nicht gesehen, daß ich seit einer Stunde auf dich warte? Warum hast du mir nicht gesagt, daß du schon raufgegangen bist?«

Ich glaube, daß sie es so sagte, mit dieser leichten Veränderung in der Reihenfolge der Wörter und der übermäßigen Verwendung der Pronomen verglichen mit dem, was ich oder jeder andere aus meinem Land gesagt hätte, nehme ich an. Obwohl ich noch immer erschrocken war und außerdem zu fürchten begann, das Geschrei dieser Mulattin könnte Luisa in meinem Rücken aufwecken, konnte ich genauer auf das Gesicht achten, das in der Tat das einer sehr hellen Mulattin war, vielleicht war sie zu einem Viertel schwarz, sichtbarer in den dicken Lippen und in der leicht stumpfen Nase als in der Farbe, die nicht sehr verschieden war von der Farbe der im Bett liegenden Luisa, welche sich seit mehreren Tagen an den Stränden für Frischverheiratete bräunte. Die blinzelnden Augen der Frau erschienen mir hell, grau oder grün oder zumindest pflaumenfarben, aber vielleicht, dachte ich, hatte sie sich gefärbte Haftschalen schenken lassen, ihres mangelhaften Sehvermögens wegen. Ihre Nasenflügel bebten heftig, sie waren geweitet vor Zorn (deshalb lag fliegende Eile in ihrem Gesicht), und sie bewegte übertrieben den Mund (jetzt hätte ich ohne Schwierigkeit von ihren Lippen ablesen können), verzog ihn ähnlich wie die Frauen meines Landes, das heißt, in angeborener Verachtung. Sie kam noch immer auf mich zu, mit wachsender Empörung, da sie keine Antwort erhielt, während sie ständig die gleiche Armbewegung wiederholte, als stünde ihr kein anderes Ausdrucksmittel zur Verfügung, ein langer nackter Arm, der einen raschen, heftigen Schlag in die Luft tat, während gleichzeitig die Finger einen Augenblick lang tänzelten, als wollten sie mich greifen und dann fortschleppen, eine Klaue. »Du gehörst mir« oder »Ich bring dich um«.

»Bist du blöd oder was? Hast du auch noch die Stimme verloren? Du, warum antwortest du mir denn nicht?«

Sie war schon recht nahe, sie war zehn oder zwölf Schritte über die Esplanade gegangen, weit genug, daß ihre schrille Stimme jetzt nicht nur zu hören war, sondern auch das Zimmer auszufüllen begann; weit genug auch, glaubte ich, daß sie mich mit Bestimmtheit sehen konnte, so kurzsichtig sie auch sein mochte, und deshalb schien kein Zweifel daran zu bestehen, daß ich die Person war, mit der sie eine wichtige Verabredung getroffen hatte, daß ich sie mit meiner Verspätung verängstigt und mit meiner stummen Beobachtung vom Balkon aus beleidigt hatte, noch immer beleidigte. Aber ich kannte niemanden in Havanna, mehr noch, es war das erste Mal, daß ich mich in Havanna befand, auf meiner Hochzeitsreise mit der, die erst so kurze Zeit meine Frau war. Ich wandte mich schließlich um und sah Luisa, die sich im Bett aufgerichtet hatte, die Augen starr auf mich geheftet, aber noch ohne mich zu erkennen oder wiederzuerkennen, wo sie sich befand, die fiebrigen Augen des Kranken, der erschrocken aufwacht, ohne daß ihm im Schlaf zuvor sein Erwachen angekündigt worden wäre. Sie saß aufrecht, ihr Büstenhalter hatte sich verschoben, während sie schlief, oder bei der heftigen Bewegung, mit der sie sich soeben aufgerichtet hatte: er saß schief, eine Schulter und fast eine Brust waren entblößt, er mußte in ihre Haut schneiden, sie hatte ihn wohl durch die Bewegungen des eigenen, des im schläfrigen Unwohlsein vergessenen Körpers hinuntergestreift.

»Was ist?« sagte sie furchtsam.

»Nichts«, sagte ich. »Schlaf weiter.«

Ich wagte jedoch nicht, zu ihr zu gehen und ihr über das Haar zu streichen, um sie wirklich zu beruhigen und damit sie in ihren tiefen Schlaf zurückfände, wie ich es in jeder anderen Situation getan hätte, denn ich wagte in jenem Augenblick nicht, meinen Posten auf dem Balkon zu verlassen, noch den Blick auch nur kurz von jener Frau zu wenden, die überzeugt war, sich mit mir verabredet zu haben, noch länger dem unvermittelten Dialog auszuweichen, der mir von der Straße her aufgezwungen wurde. Es war schade, daß wir dieselbe Sprache sprachen und daß ich sie verstand, denn das, was noch nicht Dialog war, wurde bereits heftig, vielleicht weil es keiner war, weil es kein Dialog war.

»Ich bring dich um, du Mistkerl! Ich schwör dir, ich bring dich an Ort und Stelle um!« rief die Frau von der Straße.

Sie rief es vom Erdboden aus und ohne mich ansehen zu können, denn genau in dem Augenblick, da ich mich umgewandt hatte, um ein paar Worte zu Luisa zu sagen, hatte die Mulattin einen Schuh verloren und war hingefallen, wobei sie zwar keinen Schaden nahm, sich aber sogleich den weißen Rock beschmutzte. Sie rief »Ich bring dich um«, und als sie sich aufrichten wollte, rutschte sie aus, die Tasche stets am Arm, sie hatte sie nicht losgelassen, diese Tasche würde sie nicht loslassen, auch wenn man ihr das Fell gerben würde, sie versuchte, mit einer Hand den Rock abzuklopfen oder zu säubern, und ein Fuß, ohne Schuh, schwebte in der

Luft, als wollte sie ihn auf keinen Fall auf den Boden setzen und sich auch noch die Sohle oder auch nur die Spitzen der Fußzehen beflecken, der Fuß, den der Mann sehen könnte, den sie bereits gefunden hatte, aus der Nähe sehen würde, oben, und anfassen, später. Ich fühlte mich schuldig ihr gegenüber, für das Warten und für ihren Sturz und für mein Schweigen, und auch schuldig Luisa gegenüber, meiner frisch angetrauten Frau, die mich zum erstenmal seit der Zeremonie brauchte, und sei es auch nur eine Sekunde, genug, um ihr den Schweiß abzuwischen, der ihre Stirn und ihre Schultern bedeckte, und ihr den Büstenhalter geradezurichten oder auszuziehen, damit er nicht in ihre Haut schnitt, und sie mit Worten wieder in den Schlaf zu wiegen, der sie heilen würde. Diese Sekunde konnte ich ihr in diesem Augenblick nicht geben, wie war das möglich, ich spürte mit Macht beider Anwesenheit, die mich beinahe lähmte und zum Verstummen brachte, die eine draußen und die andere drinnen, vor meinen Augen und in meinem Rücken, wie war das möglich, ich fühlte mich beiden gegenüber verpflichtet, da mußte ein Irrtum vorliegen, ich konnte mich meiner Frau gegenüber doch nicht wegen einer Nichtigkeit schuldig fühlen, wegen einer minimalen Verzögerung in einem Augenblick, da es galt, ihr zu helfen und sie zu beruhigen, und weniger noch gegenüber einer beleidigten Unbekannten, so sehr sie auch glauben mochte, daß sie mich kannte und daß ich es war, der sie beleidigte. Sie balancierte, um sich den Schuh wieder anzuziehen, ohne mit dem bloßen Fuß den Boden zu berühren. Der Rock war ein wenig zu eng, um diese Prozedur erfolgreich durchführen zu können, ihre Füße hatten zu lange Knochen, und während sie es versuchte, rief sie nicht, sondern murmelte vor sich hin, wir können den anderen nicht unsere volle Aufmerksamkeit schenken, während wir versuchen, die Haltung zurückzugewinnen. Ihr blieb nichts anderes übrig, als den Fuß aufzusetzen, der sofort schmutzig wurde. Sie hob ihn wieder hoch, als hätte der Boden sie besudelt oder verbrannt, schüttelte den Staub ab, wie Luisa sich den trockenen Sand abschüttelte an den Stränden, kurz bevor sie ging, bisweilen bei Einbruch der Dunkelheit; sie schlüpfte mit den Zehen in den Schuh, mit dem Spann; dann rückte sie mit dem Zeigefinger einer Hand (der Hand ohne Tasche) den Riemen der Ferse zurecht, die unter jenem Riemen herausragte (der Träger von Luisas Büstenhalter dürfte noch immer heruntergerutscht sein, aber ich sah ihn jetzt nicht). Ihre kräftigen Beine traten abermals fest auf, stampften auf das Pflaster, als wären sie Hufe. Sie machte drei Schritte, noch ohne den Blick zu heben, und als sie ihn hob, als sie den Mund öffnete, um mich zu beschimpfen oder zu bedrohen und zum x-ten Male zu der Gebärde des Greifens, der Löwenkralle ansetzte, der Gebärde, die zupackte und bedeutete »Du entkommst mir nicht« oder »Du gehörst mir« oder »Mit mir in die Hölle«, hielt sie inne, den nackten Arm starr in die Luft gestreckt wie ein Athlet. Ich sah ihre frisch rasierte Achselhöhle, sie hatte sich von Kopf bis Fuß verschönert für ihre Verabredung. Sie schaute abermals links neben mich und schaute mich an und schaute links neben mich und auf mich.

»Aber was ist denn los«, fragte Luisa erneut von ihrem Bett her. Ihre Stimme war furchtsam, sie drückte eine halb innere, halb äußere Furcht aus, sie hatte Angst vor dem, was in ihrem Körper geschah, so weit von zu Hause entfernt, und vor dem, was sie nicht wußte und was hier auf dem Balkon und auf der Straße geschah, oder mir geschah und nicht ihr, Ehepaare gewöhnen sich sofort daran, daß alles beiden widerfährt. Es war Nacht, und unser Zimmer lag noch immer im Dunkeln, sie mußte sich so benommen fühlen, daß sie nicht einmal die Lampe auf dem Nachttisch neben sich einschaltete. Wir befanden uns auf einer Insel.

Die Frau auf der Straße stand mit offenem Mund da, ohne etwas zu sagen, und legte die Hand an die Wange, die

Hand, die enttäuscht und beschämt und zahm aus der Höhe herabsank. Es gab kein Mißverständnis mehr.

»Oh, entschuldigen Sie«, sagte sie nach einigen Sekunden zu mir. »Ich habe Sie verwechselt.«

In Sekundenschnelle war ihre Wut verraucht, und sie hatte begriffen – das war das Schlimmste –, daß sie weiter warten mußte, vielleicht dort, wo sie zu Beginn gestanden hatte, und nicht unter den Balkonen, sie würde an die ursprünglich gewählte Stelle zurückkehren müssen, auf die andere Seite der Straße, jenseits der Esplanade, um dort schnell und voll Groll ihren spitzen Absatz bei ihren zwei oder drei Schritten schleifen zu lassen, drei Hiebe mit der Axt und dem Sporn oder erst Sporn, dann Axt. Sie war plötzlich wehrlos geworden, fügsam, sie hatte all ihren Zorn und ihre Energie verloren, und ich glaube, es machte ihr weniger aus, was ich – letztlich ein Unbekannter in ihren grünen Augen – von ihrem Irrtum und ihrem Jähzorn halten mochte, als zu begreifen, daß noch immer die Gefahr bestand, ihre Verabredung könnte nicht stattfinden. Sie schaute mich mit ihrem plötzlich abwesenden grauen Blick an, in dem eine Spur von Entschuldigung und eine Spur von Gleichgültigkeit lag, an Entschuldigung gerade soviel wie nötig, denn die Bitterkeit überwog. Gehen oder abermals warten, nachdem das Warten ein Ende gefunden hatte.

»Macht nichts«, sagte ich.

»Mit wem sprichst du?« fragte Luisa, die ohne meine Hilfe allmählich aus ihrer Benommenheit auftauchte, wenn auch nicht aus der Dunkelheit (die Stimme war etwas weniger rauh und ihre Frage konkreter; vielleicht konnte sie sich nicht erklären, weshalb es Nacht war).

Aber ich antwortete ihr noch immer nicht und trat auch nicht an das Bett, um sie zu besänftigen und die Laken glattzuziehen, denn in diesem Augenblick gingen geräuschvoll die Türflügel des Balkons zu meiner Linken auf, und ich sah zwei Männerarme auftauchen, die sich auf das eiserne

Geländer stützten oder nach ihm griffen, als wäre es eine bewegliche Stange, und dann riefen:

»Miriam!«

Die Mulattin, unschlüssig und verwirrt, schaute erneut nach oben, jetzt ohne Zweifel links neben mich, ohne Zweifel zu der Balkontür, die aufgegangen war, und zu den starken Armen, die alles waren, was ich sah, die langen Arme des Mannes in Hemdsärmeln, mit hochgekrempelten weißen Ärmeln, die Arme behaart, genau wie meine oder stärker als meine. Ich hatte aufgehört zu existieren, ich war verschwunden, auch meine Ärmel waren hochgekrempelt, ich hatte sie zurückgeschoben, als ich auf den Balkon hinausgetreten war, um mich, vor einer Weile, mit den Ellenbogen aufzustützen, aber jetzt war ich verschwunden, weil ich abermals ich war, das heißt, weil ich für sie niemand war. Am Ringfinger seiner rechten Hand trug der Mann einen Ehering wie den meinen, nur daß ich ihn an der linken Hand trug, seit zwei Wochen, kurze Zeit, ich hatte mich noch nicht daran gewöhnt. Auch die Uhr, schwarz und groß, trug dieser Mann am Handgelenk desselben Armes, ich hingegen am anderen. Vermutlich war er Linkshänder. Die Mulattin trug weder eine Uhr noch Ringe. Ich dachte, daß die Gestalt dieser Person ihr während dieser ganzen Minuten halbwegs sichtbar gewesen sein mußte, im Unterschied zu meiner, die voll und ganz sichtbar war, weil sie auf dem Balkon stand und die Ellbogen auf das unbewegliche Geländer gestützt hatte. Jetzt verhielt es sich umgekehrt, meine war plötzlich ausgelöscht und unsichtbar, wohingegen ich den Mann nicht sah, ebensowenig wie Luisa, ich wandte ihr noch immer den Rücken zu. Vielleicht war dieser Mensch die ganze Zeit vor- und zurückgetreten, ohne die Türflügel zu öffnen, je nachdem, ob er sich im Visier der pflaumenfarbenen Augen der Frau auf der Straße, ihres kurzsichtigen und unschuldigen Blickes, gesehen hatte oder nicht. Er hatte, im Vorteil, wie er war, den Sichtbaren und den Unsichtbaren gespielt, beides nicht ganz, und deshalb hatte sie recht, ihre Verabredung hatte sich nicht die Mühe gemacht, ihr Bescheid zu sagen, und war bereits ins Hotel gegangen, um sie gegenüber und in der Entfernung warten zu lassen, um ihr zuzusehen bei ihrem kurzen, beleidigten Hin und Her und dann bei ihrem stolpernden Näherkommen und ihrem Sturz und wie sie sich den Schuh anzog, so wie auch ich die Gelegenheit gehabt hatte, sie zu beobachten.

Merkwürdig war, daß Miriams Reaktion ganz anders ausfiel als mir gegenüber in dem Moment, da sie mich für einen anderen gehalten hatte, für jenen Mann mit starken und behaarten und langen Armen und der Uhr und dem Ring eines Linkshänders. Als sie ihn nun mit Gewißheit sah, als sie denjenigen sah, auf den sie so lange gewartet hatte, und hörte, wie er ihren Namen sagte, machte sie keine Bewegung und rief auch nichts. Sie beschimpfte ihn nicht, noch bedrohte sie ihn, noch sagte sie zu ihm »Hab ich dich jetzt« oder »Ich bring dich um« mit nacktem Arm und ungestümen Fingern, vielleicht weil er im Unterschied zu mir, als ich er für sie war, zu ihr gesprochen oder ihren Namen gesagt hatte. Das änderte den Gesichtsausdruck der Frau: er zeigte Erleichterung, einen Augenblick lang, und dann eilte sie – fast mit einer Dankbarkeit, die keinen Adressaten hatte –, anmutiger in ihren Schritten als zuvor (als ginge sie plötzlich barfuß und als wären ihre Beine nicht so kräftig), die ihr noch verbleibenden Meter auf das Hotel zu und ging mit ihrer großen schwarzen, jetzt leicht gewordenen Tasche hinein, womit sie aus meinem Gesichtsfeld verschwand, ohne mehr Worte an mich zu richten, versöhnt mit der Welt, während sie diese Schritte tat. Die Balkontür zu meiner Linken wurde wieder geschlossen und danach wieder geöffnet und blieb angelehnt, als hätte der Luftzug sie aufgestoßen oder der Mann es sich eine Sekunde, nachdem er diese Tür geschlossen hatte, anders überlegt (denn es gab keinen Luftzug) und wüßte nicht so genau, wie er sie gern haben wollte, wenn die Frau bei ihm oben wäre, gleich darauf (die Frau dürfte jetzt die Treppen hochsteigen). Und in diesem Augenblick verließ ich endlich meinen Posten (aber es war sehr wenig Zeit vergangen, so daß Luisa noch das Gefühl haben mußte, gerade aufgewacht zu sein) und machte die Lampe auf dem Nachttisch an und näherte mich bereitwillig dem Kopfende unseres Bettes, bereitwillig, aber mit Verspätung.

DIE VERSPÄTUNG WAR mir unerklärlich, und schon damals bedauerte ich sie wirklich, nicht weil sie die geringste Folge gehabt hätte, sondern aufgrund der möglichen Bedeutung, die ich ihr aus übertriebener Gewissenhaftigkeit und übergroßem Pflichteifer heraus beimaß. Und obwohl es stimmt, daß ich diese eheliche Verspätung sogleich mit dem ersten Unbehagen in Verbindung brachte, von dem ich gesprochen habe, und mit der Tatsache, daß es mir seit unserer Heirat immer schwerer fiel, an Luisa zu denken (je körperlicher und kontinuierlicher sie war, desto ferner rückte sie), war das Erscheinen des zweiten Unbehagens, das ich ebenfalls erwähnt habe, nicht auf meine lakonische Betrachtung der Mulattin und meine überaus kurze Nachlässigkeit zurückzuführen, sondern eher auf das, was danach kam, das heißt, auf das, was geschah, als ich mich bereits um Luisa gekümmert und ihr den Büstenhalter aufgemacht hatte, damit er nicht in ihre Haut schnitt, wobei ich ihr die Entscheidung überließ, ob sie ihn gelockert anbehalten oder ihn ausziehen wollte. Mit dem Licht wurde Luisa ein wenig munter und wollte trinken, und als sie ein wenig getrunken hatte, fühlte sie sich besser, und als sie sich ein wenig besser fühlte, war sie bereit, ein wenig zu sprechen, und als sie sich beruhigte und bemerkte, daß die Laken weniger klebten, und sah, wie ordentlich sie in dem gemachten Bett lag, und vor allem begriff und sich an den Gedanken gewöhnte, daß es schon dunkel und der Tag, ob sie wollte oder nicht, für sie beendet war und sie keine Möglichkeit hatte, an irgend etwas wieder anzuknüpfen, und ihr nichts anderes übrigblieb, als über ihre Krankheit hinwegzusehen und sie im Schlaf zu begraben bis zum nächsten Morgen, an dem vermutlich alles wieder zur etwas anormalen Normalität unserer Hochzeitsreise zurückkehren und ihr Körper sich erholt haben und wieder ihr Körper sein würde, da erinnerte sie sich an meine Unaufmerksamkeit, die sie bestimmt nicht als Unaufmerksamkeit wahrgenommen hatte, oder aber sie erinnerte sich daran, daß ich »Macht nichts« zu einer unbekannten Person gesagt hatte, die sich auf der Straße befand, und daß im Schlaf oder in ihrem Halbschlaf vernommene Stimmen und Rufe von dort heraufgedrungen waren, die sie geweckt und vielleicht erschreckt hatten.

»Mit wem hast du vorhin gesprochen?« fragte sie mich abermals.

Ich sah keinen Grund, ihr nicht die Wahrheit zu sagen, und doch hatte ich das Gefühl, es nicht zu tun, als ich es tat. In diesem Augenblick hielt ich ein Handtuch mit einem feuchten Zipfel in der Hand und schickte mich an, ihr das Gesicht, den Hals, den Nacken zu erfrischen (ihr langes, in Unordnung geratenes Haar war verklebt, und ein paar einzelne Haare lagen quer über ihrer Stirn wie feine Falten, die aus der Zukunft gekommen waren, um sie einen Augenblick lang zu verdüstern).

»Mit niemandem, mit einer Frau, die mich verwechselt hat. Sie hat unseren Balkon mit dem nebenan verwechselt. Sie muß kurzsichtig gewesen sein, erst als sie ganz nahe war, hat sie bemerkt, daß ich nicht der Mann war, mit dem sie sich verabredet hatte. Da.« Und ich wies auf die Wand, die uns jetzt von Miriam und dem Mann trennte. An dieser Wand stand ein Tisch und darauf ein Spiegel, in dem wir uns vom Bett aus sehen konnten, wenn wir uns bewegten oder uns aufrichteten.

»Aber warum hat sie dich angeschrien? Mir war, als hätte sie laut gerufen. Oder ich weiß nicht, ob ich es geträumt habe. Mir ist sehr heiß.«

Ich legte das Handtuch auf das Fußende des Bettes und

streichelte eine Weile ihre Wange und ihr rundes Kinn. Ihre großen dunklen Augen blickten noch verschwommen. Wenn sie Fieber gehabt hatte, dann war es bereits zurückgegangen.

»Das kann ich nicht wissen, sie hat ja in Wirklichkeit nicht mich angeschrien, sondern den anderen, für den sie mich gehalten hat. Wer weiß, was sie einander angetan haben.«

Während ich mich mit Luisa beschäftigte, hatte ich gehört (aber ohne mich darum zu kümmern, ich kümmerte mich um Luisa und tat mehrere Dinge zugleich und ging vom Zimmer ins Bad und vom Bad ins Zimmer), wie die Absätze an die Tür nebenan gelangten und diese aufging, ohne daß an sie geklopft wurde, und nach dem leisen Quietschen (es war kurz) und dem sanften Schwung, mit dem sie wieder ins Schloß fiel (was sehr lange dauerte), hatte ich nur ein ununterscheidbares Gemurmel vernommen, leise Wörter, die nicht einzeln erkennbar waren, obwohl sie in meiner eigenen Sprache ausgesprochen wurden und obwohl, nach dem Geräusch kurz zuvor zu urteilen, ihre Balkontür angelehnt war und ich die unsere nicht geschlossen hatte. Zur Sorge meiner ungebührlichen Verspätung wegen gesellte sich eine weitere, und sie betraf die Eile, die mich erfußte. Ich fühlte, daß ich es nicht nur eilig hatte, Luisa zu beruhigen und ihr die Laken glattzuziehen und soweit möglich die Auswirkungen ihrer kurzlebigen Krankheit zu mildern, sondern auch, daß sie mir keine Fragen mehr stellte und wieder einschlief, denn weder reichte die Zeit, um sie an meiner Neugierde teilhaben zu lassen, noch war sie in der Lage, sich für irgend etwas außerhalb ihres Körpers zu interessieren, und während wir ein paar Worte wechselten und ich ins Badezimmer ging, um den Zipfel eines Handtuchs zu befeuchten, und ihr zu trinken gab und ihr das Kinn streichelte, das ich sehr mochte, hinderten die kleinen Geräusche, die ich selbst machte, und unsere eigenen kurzen, unzusammenhängenden Sätze mich daran, aufmerksam zu sein und die Ohren zu spitzen auf der Suche nach unterscheidbaren Wörtern im benachbarten Gemurmel, das zu verstehen ich kaum abwarten konnte.

Und eilig hatte ich es, weil mir bewußt war, daß ich das, was ich jetzt nicht hörte, nie mehr hören würde; es würde keine Wiederholung geben wie bei einem Tonband oder einem Videofilm, die man zurückspulen kann, jedes nicht wahrgenommene und nicht verstandene Murmeln wäre für immer verloren. Das ist das Schlechte an allem, was uns widerfährt und nicht aufgezeichnet wird oder, schlimmer noch, nicht einmal gewußt, gesehen und gehört wird, denn später gibt es keine Möglichkeit, es zurückzugewinnen. An dem Tag, an dem wir nicht zusammen waren, werden wir für alle Zeit nicht zusammen gewesen sein, was man uns am Telefon sagen wollte, als man uns anrief und wir nicht abnahmen, wird niemals gesagt werden, nicht dasselbe und auch nicht mit demselben Empfinden; alles wird ein wenig anders oder völlig anders sein aufgrund unseres Mangels an Mut, der uns davon abhielt, mit euch zu sprechen. Aber selbst wenn wir an jenem Tag zusammen waren oder uns zu Hause befanden, als man uns anrief, oder die Furcht überwanden und das Risiko vergaßen und wagten, mit euch zu sprechen, selbst dann wird nichts von dem sich wiederholen, und deshalb wird ein Moment kommen, da es auf dasselbe hinausläuft, ob man zusammen gewesen ist oder nicht, ob man das Telefon abgenommen hat oder nicht, ob wir gewagt haben, mit euch zu sprechen, oder ob wir geschwiegen haben. Selbst die unauslöschlichsten Dinge haben eine Dauer, wie jene anderen, die keine Spur hinterlassen und nicht einmal geschehen, und wenn wir vorbereitet sind und sie notieren oder aufnehmen oder filmen und uns mit Erinnerungshilfen umgeben und sogar versuchen, das Geschehene durch das bloße Protokoll und die Aufzeichnung und Archivierung des Geschehenen zu ersetzen, so daß das wirkliche Geschehen von Anfang an unsere Notiz oder unsere Aufnahme oder unsere Filmaufzeichnung ist, nur das; selbst bei dieser endlosen Perfektionierung der Wiederholung werden wir die Zeit verloren haben, in der die Dinge wirklich geschahen (auch wenn es die Zeit des Notierens ist); und während wir versuchen, sie wiederzuerleben oder wiederherzustellen oder zurückzuholen und zu verhindern, daß sie Vergangenheit ist, wird sich eine andere Zeit ereignen, und in dieser werden wir zweifellos nicht zusammen sein und auch kein Telefon abnehmen, noch irgend etwas wagen, noch ein Verbrechen oder einen Tod verhindern können (obwohl wir erstere auch nicht begehen und letztere auch nicht verursachen werden), weil wir diese Zeit in unserem krankhaften Bestreben, sie nicht zu Ende gehen zu lassen und das wiederkehren zu sehen, was bereits vergangen ist, vorbeigehen lassen, als gehörte sie uns nicht. So kommt es, daß das, was wir sehen und hören, am Ende dem ähnlich und sogar gleich wird, was wir nicht sehen und nicht hören, es ist nur eine Frage der Zeit oder unseres Verschwindens. Und trotz allem können wir nicht aufhören, unsere Leben auf das Hören und das Sehen und das Miterleben und das Wissen auszurichten, in der Überzeugung, daß diese unsere Leben davon abhängen, daß wir an einem Tag zusammen sind oder einen Anruf entgegennehmen oder etwas wagen oder ein Verbrechen begehen oder einen Tod verursachen und wissen, daß es so war. Bisweilen habe ich das Gefühl, daß nichts von dem, was geschieht, geschieht, weil nichts ununterbrochen geschieht, nichts dauert oder beharrt unaufhörlich oder wird unaufhörlich erinnert, und sogar die monotonste und routinemäßigste Existenz hebt sich auf und negiert sich selbst in ihrer scheinbaren Wiederholung, bis nichts und niemand mehr ist wie zuvor, und das schwache Rad der Welt wird von Vergeßlichen angetrieben, die hören und sehen und wissen, was nicht gesagt wird und nicht stattfindet und nicht erkennbar und nicht nachprüfbar ist. Was sich ergibt, ist identisch mit dem, was sich nicht ergibt, was wir ausschließen oder vorbeigehen lassen, identisch mit dem, was wir nehmen und ergreifen, was wir erfahren, identisch mit dem, was wir nicht ausprobieren, und doch geht es um unser Leben und vergeht unser Leben damit, daß wir auswählen und ablehnen und entscheiden, daß wir eine Linie ziehen, welche diese identischen Dinge trennt und aus unserer Geschichte eine einzigartige Geschichte macht, an die wir uns erinnern und die sich erzählen läßt. Wir verwenden unsere ganze Intelligenz und unsere Sinne und unser Bestreben auf die Aufgabe, zu unterscheiden, was eingeebnet wird oder es schon ist, und deshalb sind wir reich an Reuegefühlen und verpaßten Gelegenheiten, an Bestätigungen und Bekräftigungen und genutzten Gelegenheiten, wo es doch so ist, daß nichts Bestand hat und alles verloren geht. Oder womöglich hat es nie etwas gegeben.

Vielleicht fiel nicht ein einziges Wort zwischen Miriam und dem Mann während der ganzen Zeit, da ich die Worte zu verpassen meinte. Vielleicht schauten sie sich nur an oder umarmten sich stumm im Stehen oder traten an das Bett heran, um sich auszuziehen, oder vielleicht beschränkte sie sich darauf, die Schuhe abzustreifen, und zeigte dem Mann ihre Füße, die sie bestimmt sorgfältig gewaschen hatte, bevor sie das Haus verließ, und die jetzt gewiß müde waren und schmerzten (die Sohle des einen vom Pflaster beschmutzt). Vermutlich ohrfeigten sie einander nicht und gerieten sich auch nicht in die Haare oder etwas Ähnliches (ich meine eine handgreifliche Auseinandersetzung), denn dabei keucht man sofort heftig und schreit, entweder kurz vorher oder danach. Vielleicht war Miriam wie ich ins Badezimmer gegangen (aber ich tat es für Luisa und ging hinein und wieder hinaus) und hatte sich während jener Minuten dort eingeschlossen, ohne etwas zu sagen, um sich anzuschauen und ihre Fassung zurückzugewinnen und nach

Möglichkeit aus ihrem Gesicht die Spuren des Zorns und der Müdigkeit und der Enttäuschung und der Erleichterung zu tilgen, die sich akkumuliert hatten, während sie sich fragte, welcher Ausdruck am angemessensten und vorteilhaftesten wäre, um endlich dem linkshändigen Mann mit den behaarten Armen gegenüberzutreten, der Vergnügen oder Zeitvertreib darin gefunden hatte, daß sie vergeblich wartete und mich mit ihm verwechselte. Vielleicht ließ sie ihn ein wenig warten, bei geschlossener Badezimmertür, oder aber sie wollte nichts anderes als heimlich und gedämpft weinen, auf dem Toilettendeckel oder dem Rand der Badewanne sitzend, nachdem sie sich die Haftschalen herausgenommen hatte, wenn sie welche trug, während sie sich mit einem Handtuch abtrocknete und vor ihren eigenen Augen verbarg, bis es ihr gelang, sich zu beruhigen, sich das Gesicht zu waschen, sich zu schminken und sich so weit in Gewalt zu haben, daß sie wieder herauskommen konnte, ohne sich etwas anmerken zu lassen. Ich hatte es eilig, hören zu können, und deshalb war es nötig, daß Luisa wieder einschlief, daß sie aufhörte, körperlich und präsent zu sein, und zurücktrat und vage wurde, und es war nötig, daß ich mich ruhig hielt, um durch die Wand mit dem Spiegel oder durch die offene Balkontür oder stereophon durch beide zuhören zu können.

Ich spreche und verstehe und lese vier Sprachen einschließlich der meinen, und deshalb, vermute ich, habe ich teilweise als Übersetzer und Dolmetscher auf Kongressen, Versammlungen und Treffen gearbeitet, die vor allem politischer Natur waren und zuweilen auf höchster Ebene stattfanden (zweimal habe ich zwischen Staatschefs gedolmetscht; na ja, einer war nur Ministerpräsident). Ich vermute, daß ich deshalb dazu neige (ebenso wie Luisa, die dieselbe Tätigkeit ausübt, nur, daß wir nicht genau die gleichen Sprachen haben und sie weniger einen Beruf daraus macht oder weniger arbeitet, und deshalb ist sie bei ihr nicht so ausgeprägt), *alles* verstehen zu wollen, was gesagt wird und mir zu Ohren kommt, sowohl bei der Arbeit als auch außerhalb, sei es aus der Ferne, sei es in einer der zahllosen Sprachen, die ich nicht kenne, sei es auch in ununterscheidbarem Gemurmel oder unhörbarem Geflüster, sei es auch besser, daß ich es nicht verstehe, und auch wenn das, was gesagt wird, nicht gesagt wird, damit ich es höre, oder sogar genau deshalb gesagt wird, damit ich es nicht höre. Ich kann abschalten, aber nur in bestimmten Momenten, in denen mir nach Verantwortungslosigkeit zumute ist, oder mittels einer großen Anstrengung, und deshalb freue ich mich zuweilen, daß das Gemurmel wirklich ununterscheidbar und das Geflüster unhörbar ist und daß so viele Sprachen existieren, die mir fremd und nicht ableitbar sind, denn auf diese Weise ruhe ich mich aus. Wenn ich weiß und feststelle, daß es nicht möglich ist, daß ich verstehen kann, so sehr ich es auch wünsche und versuche, dann fühle ich mich beruhigt und unwissend und ruhe mich aus. Ich kann nichts tun, nichts liegt in meiner Hand, ich bin ein Invalide, und meine Ohren ruhen sich aus, mein Kopf ruht sich aus, mein Gedächtnis ruht sich aus und auch meine Sprache, denn wenn ich verstehe, kann ich es nicht vermeiden, automatisch im Geist in meine eigene Sprache zu übersetzen, und oft geschieht es sogar (zum Glück nicht immer, vielleicht unbewußt), daß ich, wenn das, was mich erreicht, Spanisch ist, dies ebenfalls in Gedanken in irgendeine der drei anderen Sprachen übersetze, die ich spreche und verstehe. Oft übersetze ich sogar das Mienenspiel, die Blicke und die Gebärden, es ist ein Ersatzmittel und eine Angewohnheit, und mir scheint sogar, als sagten die Gegenstände etwas, wenn sie mit diesen Gebärden, Blicken und diesem Mienenspiel in Berührung kommen. Wenn ich nichts tun kann, höre ich auf Töne, von denen ich weiß, daß sie artikuliert werden und eine Bedeutung haben, und die mir dennoch rätselhaft sind: Es gelingt ihnen nicht, sich einzeln kenntlich zu machen oder Einheiten zu bilden. Es ist der größte Fluch eines Dolmetschers bei seiner Arbeit, wenn er aus irgendeinem Grund (einer unmöglichen Aussprache, einem fatalen fremdländischen Akzent, eigenem, schwerwiegendem Abgelenktsein) weder trennt noch auswählt und den Faden verliert und ihm alles, was er hört, identisch erscheint, eine Ansammlung oder ein Strom, von dem es egal ist, ob er hervorgebracht wird oder nicht, denn es kommt darauf an, die einzelnen Vokabeln zu identifizieren, ebenso wie die Personen, wenn man Umgang mit ihnen haben will. Aber es ist auch sein größter Trost, wenn dies geschieht und er nicht bei der Arbeit ist: Nur dann kann er sich völlig entspannen und nicht aufpassen und nicht wachsam sein und Vergnügen daran finden, Stimmen zuzuhören (das bedeutungslose Rauschen der Rede), und er weiß nicht nur, daß sie ihn nichts angehen, sondern auch, daß er darüber hinaus nicht fähig ist, zu deuten, zu übermitteln, zu erinnern, zu transkribieren, zu verstehen. Nicht einmal, sich zu wiederholen.

Aber im Zimmer jenes Hotels, das, glaube ich, früher das Sevilla-Biltmore gewesen ist oder dort stand, wo dieses vor vielen Jahren gestanden hatte (aber vielleicht auch nicht, ich weiß es nicht genau, und ich weiß auch kaum etwas von der Geschichte Kubas, obwohl ich zu einem Viertel aus Havanna stamme), war mir nicht danach, auszuruhen oder mich nicht um das Gemurmel aus dem Nachbarzimmer zu kümmern, wie ich es zum Beispiel zuvor getan hatte, als ich das allgemeinere Gemurmel der Bewohner von Havanna gehört hatte, die vor meinem Balkon durch ihre Straßen gingen, vielmehr wurde mir bewußt, daß ich, ohne es zu wollen, hellwach war und, wie man so sagt, die Ohren gespitzt hatte, und daß ich, um etwas verstehen zu können, völlige Stille benötigte, ohne das Klirren von Gläsern und das Geraschel von Laken und ohne meine eigenen Schritte zwischen dem Badezimmer und dem Zimmer und ohne den offenen Wasserhahn. Und natürlich auch ohne die geschwächte Stimme Luisas, obwohl es nicht viel war, was sie sagte, und sie auch nicht versuchte, mit mir eine regelrechte Unterhaltung zu führen. Nichts hindert so sehr am Hören wie der Umstand, gleichzeitig zwei Dinge, zwei Stimmen zu hören; nichts hindert so sehr am Verstehen wie die Gleichzeitigkeit von zwei oder mehr Personen, die sprechen, ohne abzuwarten, bis sie an der Reihe sind. Deshalb wollte ich, daß Luisa einschlief, nicht nur zu ihrem eigenen Wohl und damit sie wieder gesund würde, sondern vor allem, damit ich all meine Fähigkeiten und meine Erfahrung als Dolmetscher darauf verwenden konnte, dem zuzuhören, was, wie anzunehmen war, in jenem Gemurmel zwischen Miriam und dem linkshändigen Mann gesagt wurde.

Das erste, was ich schließlich deutlich hörte, wurde im Ton wütender Gereiztheit geäußert, so wie jemand spricht, der zum x-ten Male etwas wiederholt, das derjenige, der es all diese Male gehört hat, nicht glaubt oder nicht begreift oder nicht akzeptiert. Es war eine gedämpfte, gewohnheitsmäßige Gereiztheit, und deshalb schrie die Stimme nicht, sondern sie murmelte, die Stimme des Mannes.

»Ich sag dir doch, daß meine Frau im Sterben liegt.«

Miriam antwortete rasch, von der nämlichen Gereiztheit erfaßt, in der sich beide, so berichtigte ich mich sofort, anscheinend ständig eingerichtet hatten, zumindest, wenn sie zusammen waren: ihre Sätze und der erste Satz des Mannes bildeten eine Gruppe, die ich plötzlich ohne nennenswerte Anstrengung verstand.

»Aber sie stirbt nicht. Sie liegt im Sterben, aber sie stirbt nicht, so geht das schon ein Jahr. Bring sie endlich um, du mußt mich hier rausholen.«

Es folgte Stille, und ich wußte nicht, ob dies daran lag, daß er schwieg, oder ob er die Stimme noch mehr gesenkt hatte, um auf Miriams Bitte zu antworten, die vielleicht nicht gewohnheitsmäßig war.

»Was willst du, soll ich sie mit einem Kissen ersticken?

Ich kann nicht mehr tun, als ich schon tue, und das ist nicht wenig. Ich lasse sie sterben. Ich tue nichts, um ihr zu helfen. Ich treibe sie dem Tod in die Arme. Ich entziehe ihr ein paar Medikamente, die der Arzt ihr verschreibt, ich höre nicht auf sie, ich behandle sie ohne die geringste Zuneigung, ich gebe ihr Anlaß zu Ärger und Mißtrauen, ich nehme ihr das bißchen Lebenslust, das ihr noch bleibt. Findest du das nicht genug? Es hat keinen Sinn, jetzt einen falschen Schritt zu tun, oder daß ich mich scheiden lasse, wir würden die Dinge mindestens ein Jahr verlängern, sterben kann sie dagegen jeden Augenblick. Schon heute kann sie tot sein. Begreifst du nicht, daß dieses Telefon genau jetzt klingeln und die Nachricht mich erreichen kann?« Der Mann machte eine Pause und fügte in einem anderen Ton hinzu, als sagte er es ungläubig und mit einem halben Lächeln, unfreiwillig: »Vielleicht ist sie schon tot. Sei nicht dumm. Sei nicht so ungeduldig.«

Die Frau hatte einen karibischen Akzent, vermutlich einen kubanischen, obwohl mein hauptsächlicher Anhaltspunkt in dieser Hinsicht (die Kubaner haben sich an den internationalen Treffen nicht sonderlich beteiligt) nach wie vor meine Großmutter ist, und meine Großmutter hatte Kuba im Jahre 1898 mit ihrer ganzen Familie und im Alter weniger Jahre verlassen; außerdem gab es, wie sie sagte, wenn sie sich an ihre Kindheit erinnerte, große Unterschiede zwischen den Akzenten der Insel. Sie zum Beispiel konnte die Akzente der Provinz Oriente und einen Bewohner Havannas und einen von Matanzas unterscheiden. Der Mann hingegen hatte meinen Akzent, ein Spanisch aus Spanien oder eher aus Madrid, neutral, korrekt, wie die Synchronsprecher der Filme es einst benutzten und ich es noch immer spreche. Jene Unterhaltung war fast routinemäßig, gewiß variierte sie nur in Einzelheiten, Miriam und der Mann hatten sie bestimmt schon tausendmal geführt. Aber für mich war sie neu.

»Ich bin nicht ungeduldig gewesen, ich war lange geduldig, und sie stirbt nicht. Du gibst ihr Anlaß zu Ärger, aber von mir sagst du ihr nichts, und dieses Telefon klingelt nie. Wie soll ich wissen, daß sie stirbt? Wie soll ich wissen, daß das alles nicht Lüge ist? Ich habe sie nie gesehen, ich bin nie in Spanien gewesen, ich weiß nicht mal, ob du verheiratet bist oder alles nur ein Trick von dir ist. Manchmal glaube ich, deine Frau existiert überhaupt nicht.«

»Ach. Und meine Papiere? Und die Fotos?« sagte der Mann. Sein Akzent war wie meiner, aber seine Stimme eine ganz andere. Meine ist tief, und seine war hoch, fast ein wenig schrill in ihrem Gemurmel. Sie wirkte nicht angemessen für einen behaarten Mann, eher für einen gebrechlichen Sänger, der sich nicht im geringsten anstrengt, sein natürliches oder künstliches Timbre zu verändern, wenn er spricht, es ist schädlich, das zu tun. Seine Stimme war wie eine Säge.

»Was weiß ich, die Fotos! Sie können von deiner Schwester sein, von irgend jemandem, von deiner Geliebten, weiß ich, ob du noch eine hast? Und red' du mir nicht von Papieren. Ich trau dir nicht mehr. Deine Frau stirbt seit einem Jahr immer am nächsten Tag, entweder sie stirbt endlich oder laß mich in Ruhe.«

Das war es mehr oder weniger, was sie sagten, soweit ich mich erinnere und es zu transkribieren weiß. Luisa schien eingenickt zu sein, und ich hatte mich ans Fußende des Bettes gesetzt, mit den Füßen auf dem Boden und geradem Rücken, ohne Stütze, und wachte über sie, ein wenig angespannt, um keinen Lärm zu machen (die Bettfedern, meine Atmung, meine eigene Kleidung). Ich sah mich im Spiegel der Trennwand, das heißt, ich sah mich, wenn ich mich anschauen wollte, denn wenn man sehr aufmerksam zuhört, dann sieht man nichts, so als schlösse die äußerste Anspannung eines Sinnes die Benutzung der anderen aus. Wenn ich schaute, sah ich auch die Gestalt Luisas unter den Laken, zusammengerollt in meinem Rücken, oder besser gesagt, nur die Oberfläche der Gestalt, das einzige, was, da sie lag, im Gesichtsfeld des Wandspiegels erschien. Wenn ich mehr von ihr sehen wollte, ihren Kopf, mußte ich aufstehen. Nach jenem letzten Satz Miriams meinte ich zu hören (aber vielleicht verfügte ich bereits über Anhaltspunkte, um mir vorzustellen, was ich nicht sehen und nicht hören konnte), wie sie zornig aufstand und ein- oder zweimal im Zimmer hin und her ging, das sicher dem unseren glich (so als wollte sie fortgehen, aber könnte noch nicht und wartete auf etwas, darauf, daß ihr eigener Verdruß verflog), denn zu mir drang das Knarren von Holz, auf das getreten wird: Wenn es so war, dann hatte sie sich tatsächlich die Schuhe ausgezogen, es war nicht das Geklapper von Hufen, sondern das Geräusch von Fersen und Zehen, vielleicht war sie nackt, vielleicht hatten sich beide ausgezogen, während ich noch nichts gehört hatte, hatten ihre Zärtlichkeiten begonnen und sie dann unterbrochen oder aufgegeben, um mit der Gereiztheit zu sprechen, die ihnen eigen und gewohnheitsmäßig war. Ein Paar, dachte ich, das von seinen Hindernissen abhängt und lebt, ein Paar, das sich auflösen wird, wenn es keine mehr gibt, wenn es nicht zuvor aufgelöst wird von eben jenen so beschwerlichen und dauerhaften Hindernissen, die sie jedoch werden hegen und pflegen und verewigen müssen, wenn sie schon den Augenblick erreicht haben, an dem sie auf du und ich oder auf einander nicht verzichten können.

»Willst du wirklich, daß ich dich in Ruhe lasse?«

Es kam keine Antwort, oder aber er wartete nicht lange genug, denn gleich darauf, fester, aber noch immer mit einem Gemurmel, das verletzend klang, fuhr die Säge fort:

»Sag, ist es das, was du willst? Daß ich dich nicht mehr anrufe, wenn ich komme? Daß du nicht weißt, daß ich angekommen bin und hier bin, und wann ich hier bin? Daß zwei Monate vergehen und dann drei und nochmal zwei, und du mich noch immer nicht findest und nicht siehst und nichts von mir weißt und auch nicht, ob meine Frau schon gestorben ist?«

Der Mann mußte ebenfalls aufgestanden sein (ich weiß nicht, ob vom Bett oder aus einem Sessel) und sich der Stelle genähert haben, an der sie sich befand, stehend, wahrscheinlich nicht nackt, nur barfuß, niemand bleibt mehr als ein paar Sekunden nackt mitten in einem Zimmer stehen, nicht einmal wenn er auf dem Weg zum Bad oder zum Kühlschrank ist und stehenbleibt. Auch wenn es sehr heiß ist. Es war sehr heiß. Die Stimme des Mannes fuhr fort, jetzt ruhiger und vielleicht deshalb nicht mehr murmelnd, noch immer verstellt wie die eines Sängers, der sie selbst noch im Streit mäßigt; sie war auch bei normalem Tonfall hoch, eindeutig, und sie vibrierte wie bei einem Prediger oder einem singenden Gondoliere.

»Ich bin deine Hoffnung, Miriam. Ich bin es seit einem Jahr, und niemand kann auf seine Hoffnung verzichten. Glaubst du, du wirst so leicht eine andere finden? In der Kolonie bestimmt nicht, niemand wird dort reinwollen, wo ich schon gewesen bin.«

»Du bist ein Dreckskerl, Guillermo«, sagte sie.

»Denk, was du willst, du wirst schon sehen.«

Beide hatten einander schnell geantwortet, vielleicht hatte Miriam ihren Satz mit irgendeiner unbekannten Gebärde ihres ausdrucksvollen Arms begleitet. Und wieder folgte Stille, die Stille oder die Pause, die nötig ist, damit derjenige, der beleidigt hat, nachgeben und um Wohlwollen werben kann, ohne die Beleidigung zurückzunehmen oder um Verzeihung zu bitten, wenn jeder den anderen mißbraucht, dann löst sich das Gesagte schließlich von alleine auf, wie der Streit zwischen Geschwistern, wenn sie noch klein sind. Oder es akkumuliert sich, aber immer wird es auf später verschoben. Miriam dachte vermutlich nach. Wahrscheinlich dachte sie, was sie sicher nur zu gut wußte und schon unzählige Male gedacht hatte, das gleiche, was ich dachte, obwohl ich nichts wußte und auch nicht über die Vorgeschichte verfügte. Ich dachte, daß der Mann Guillermo recht hatte und das bessere Blatt in Händen hielt. Ich dachte, daß Miriam nichts anderes übrigblieb, als weiter zu warten und sich mit jedem auch noch so betrügerischen Mittel immer unentbehrlicher zu machen und zu versuchen, so wenig wie möglich zu insistieren, und natürlich nicht noch einmal den gewaltsamen Tod jener Frau zu befehlen oder zu verlangen, die sich krank in Spanien befand und nicht auf dem laufenden war über das, was jedesmal in Havanna geschah, wenn ihr diplomatischer oder industrieller oder vielleicht kommerzieller Ehemann im Rahmen seiner Geschäfte oder seiner Missionen dorthin reiste. Ich dachte, daß Miriam ebenfalls recht haben konnte in ihrem Mißtrauen und ihren Klagen, daß womöglich alles ein Trick war und diese Ehefrau in Spanien nicht existierte, oder wohl existierte, aber sich bester Gesundheit erfreute und nicht wußte, daß sie in den Augen einer unbekannten, auf einem anderen Kontinent lebenden Mulattin eine Sterbende war, deren Tod man erwartete und herbeiwünschte, für deren Tod man womöglich betete oder, schlimmer noch, deren Tod man an jenem anderen Ende der Welt in Gedanken und Worten vorwegnahm oder herbeiredete.

Ich wußte nicht, für welche Seite ich Partei ergreifen sollte, denn wenn man einem Streit beiwohnt (auch wenn man ihn nicht sieht und ihn nur hört: wenn man *einer Sache* beiwohnt und es zu wissen beginnt), dann kann man fast nie ganz unparteiisch bleiben und verhindern, Sympathie oder Antipathie, Abneigung oder Mitleid für eine der beiden streitenden Parteien oder einen Dritten zu empfinden, von dem die Rede ist, der Fluch dessen, der sieht oder hört. Ich merkte, daß ich es nicht wußte, weil es unmöglich war, die Wahrheit zu wissen, die mir indes nicht immer ausschlaggebend erschienen ist, wenn es galt, für Dinge oder für Menschen Partei zu ergreifen. Vielleicht hatte der Mann Miriam mit immer unhaltbareren falschen Versprechen eingefangen, aber es bestand auch die Möglichkeit, daß es nicht so war, daß sie ihrerseits Guillermo nur wollte, um aus der Isolation und dem Mangel, um aus Kuba herauszukommen, um sich zu verbessern, um zu heiraten oder vielmehr, um mit ihm verheiratet zu sein, um nicht länger ihren eigenen Platz, sondern den eines anderen Menschen einzunehmen, alle Welt bewegt sich oft nur, um seinen Platz nicht mehr einzunehmen und den eines anderen zu usurpieren, nur deshalb, um sich selbst zu vergessen und den zu begraben, der man gewesen ist, alle haben wir es unsäglich satt, der zu sein, der wir sind und der wir gewesen sind. Ich fragte mich, wie lange Guillermo wohl verheiratet sein mochte. Ich war erst seit zwei Wochen verheiratet, und das letzte, was ich wollte, war Luisas Tod, im Gegenteil, gerade diese Gefahr, die mit ihrer vorübergehenden Krankheit verbunden war, hatte mich vor einer Weile mit Angst erfüllt. Was ich auf der anderen Seite der Wand hörte, trug nicht dazu bei, mich zu beruhigen oder meine Unbehagen zu zerstreuen, das, wie ich bereits gesagt habe, mich in verschiedenen Formen seit der Zeremonie heimsuchte. Diese ausspionierte Unterhaltung verstärkte mein Katastrophengefühl, und plötzlich schaute ich mich bewußt in dem schlecht erleuchteten Spiegel an, den ich vor mir hatte, das einzige eingeschaltete Licht befand sich weit von ihm entfernt, mit meinen hochgekrempelten Ärmeln, meine im Halbdunkel sitzende Gestalt, ein noch junger Mann, wenn ich mich mit Wohlwollen oder rückblickend betrachtete, mit dem Willen, den wiederzuerkennen, der ich im Lauf der Zeit gewesen war, aber fast mittleren Alters, wenn ich mich vorausblickend oder mit Pessimismus betrachtete, wenn ich meine Erscheinung in einer sehr nahen Zeit erahnte. Auf der anderen Seite, jenseits des verdüsterten Spiegels, gab es einen anderen Mann, mit dem eine Frau mich von der Straße aus verwechselt hatte und der mir daher vielleicht ähnelte, er konnte ein wenig älter sein, deshalb oder warum auch immer war er vermutlich länger verheiratet, lange genug, dachte ich, um den Tod seiner Frau zu wünschen, um sie in seine Arme zu treiben, wie er gesagt hatte. Gewiß hatte dieser Mann irgendwann einmal seine Hochzeitsreise gemacht, hatte er das gleiche Gefühl von Beginn und Ende gehabt, das ich jetzt empfand, hatte er seine konkrete Zukunft verpfändet und seine abstrakte Zukunft verloren, so sehr, daß auch er es nötig hatte, seine eigene Hoffnung auf der Insel Kuba zu suchen, wohin er sich oft seiner Arbeit wegen begab. Auch Miriam war seine Hoffnung, jemand, um den man sich kümmern, jemand, um den man sich sorgen und um den man fürchten und vor dem man vielleicht Angst haben konnte (ich hatte sie nicht vergessen, die Gebärde des Packens, die Klaue, als diese Gebärde mir gegolten hatte, »Du gehörst mir«, »Hab ich dich jetzt«, »Komm her«, »Du stehst in meiner Schuld«, »Ich bring dich um«). Ich schaute mich im Spiegel an und richtete mich ein wenig auf, damit mein Gesicht besser beleuchtet wurde von dem entfernten Licht des Nachttisches und meine Gesichtszüge mir nicht so düster, so umschattet, so ohne meine Vergangenheit, so leichenhaft vorkamen; und als ich es tat, rückte in das Gesichtsfeld jenes Spiegels der Kopf von Luisa, der aufgrund seiner Nähe zur Lampe stärker erhellt war, und ich sah, daß ihre Augen offenstanden und wie abwesend wirkten, während sie mit dem Daumen über die Lippen strich, liebkosend, eine häufige Geste bei denen, die zuhören, oder bei ihr, wenn sie es tut. Als sie merkte, daß ich sie widergespiegelt sah, schloß sie sofort die Augen und hielt den Daumen ruhig, als wollte sie mich weiter glauben machen, daß sie schlief, als wünschte sie keine Veranlassung zu geben, daß sie und ich jetzt oder später über das sprächen, was wir beide – das entdeckte ich jetzt – aus dem Mund des Landsmannes Guillermo und der weißen Mulattin

Miriam gehört hatten. Ich dachte, daß sie das Unbehagen, das ich empfand, noch stärker spüren mußte, verdoppelt (eine Frau und Ehefraukandidatin, eine Ehefrau und Todeskandidatin), so sehr, daß es ihr lieber war, jeder hörte für sich zu, allein, nicht gemeinsam, und jeder behielte die Gedanken und die Gefühle, welche die benachbarte Unterhaltung und die sich daraus ergebende Situation in uns auslösten, für sich, unausgesprochen, und der eine wüßte nichts von denen des anderen, die vielleicht die gleichen waren. Das ließ mich sogleich den Verdacht hegen, daß sie sich vielleicht allem Anschein zum Trotz (sie hatte so froh gewirkt während der Zeremonie, sie äußerte mir gegenüber ihre Freude ohne jeden Vorbehalt, sie genoß die Reise sehr, sie war so wütend darüber gewesen, daß ihr wegen ihres Unwohlseins ein ganzer Nachmittag mit Besichtigungen und Spaziergängen in Havanna verlorengegangen war) ebenfalls durch den Verlust ihrer Zukunft oder durch deren Eintreffen bedroht und beunruhigt fühlte. Wir mißbrauchten einander nicht, und deshalb würde sich das, was wir sagten, was wir sagen oder bestreiten mochten oder uns vorwerfen könnten (was uns verdüstern würde), nicht von alleine oder nach einer Pause auflösen, sondern es würde sein Gewicht haben, es würde sich auswirken auf das, was käme, auf das, was uns widerfahren würde (und es mußte uns noch ein halbes gemeinsames Leben widerfahren); und so wie ich davon abgesehen hatte, das zu formulieren, was ich jetzt formuliere (meine Vorahnungen seit der Hochzeit und später), sah ich, daß Luisa die Augen schloß, damit ich sie nicht an meinen Empfindungen in bezug auf Guillermo und Miriam und die kranke spanische Frau teilnehmen lassen konnte, noch sie mich an ihren. Es war kein Mißtrauen oder mangelnde Partnerschaft oder Geheimniskrämerei. Wir taten nichts weiter, als uns in der Überzeugung oder im Aberglauben einzurichten, daß nicht existiert, was nicht ausgesprochen wird. Und es stimmt, daß wir nur das, was nicht ausgesprochen und nicht ausgedrückt wird, niemals übersetzen.

Während ich diese Überlegungen anstellte (sie dauerten nur kurz) und ein paar Sekunden lang (sie dauerten länger, womöglich Minuten) den Kopf Luisas im Spiegel betrachtete und sah, daß sie darauf beharrte, die Augen geschlossen zu halten, die offen und nachdenklich gewesen waren, kamen mir vorübergehend das Zeitgefühl und die Aufmerksamkeit abhanden (ich schaute, also hörte ich nicht), oder vielleicht schwiegen Guillermo und Miriam immer noch und machten aus dieser Pause eine wortlose Versöhnung, oder aber sie senkten die Stimme nicht mehr nur auf ein schneidendes Gemurmel, sondern auf ein Flüstern, das auf meiner Seite der Wand völlig unhörbar war. Ich schärfte abermals mein Gehör, und eine Weile lang hörte ich nichts, es war nichts zu hören, ich fragte mich sogar, ob sie in jenen Momenten meines Abgelenktseins nicht das Zimmer verlassen hatten, ohne daß ich es gemerkt hatte, vielleicht hatten sie beschlossen, eine Erholungspause einzulegen und hinunterzugehen, um etwas zu essen, womöglich hatten sie sich ursprünglich nur dazu verabredet, und nicht, sich oben zu sehen. Ich konnte nicht umhin zu denken, daß ihre wortlose Versöhnung, sollte sie stattfinden, ebenfalls eine sexuelle Versöhnung sein müßte, denn wenn man einander mißbraucht, dann sind die Geschlechter bisweilen das einzige, was sich versöhnen läßt, und daß sie vielleicht bekleidet in der Mitte des Zimmers standen, das dem meinen genau glich, wo sie zusammengetroffen waren, bevor Miriam das letzte gesagt hatte, was ich von ihr gehört hatte, »Du bist ein Dreckskerl, Guillermo«, gewiß hatte sie es barfuß gesagt. Ihre so kräftigen Beine, dachte ich, konnten es lange stehend, konnten alles aushalten, ohne nachzugeben noch zurückzuweichen, noch Halt zu suchen, so wie sie auf der Straße gewartet hatten, wie Messer in den Boden gerammt, jetzt machte sie sich bestimmt keine Sorgen mehr um die rebellischen Falten ihres Rockes, wenn sie ihn noch trug, der Rock jetzt eine einzige Falte und die Tasche endlich vergessen, oder der Rock auf einem Stuhl. Ich weiß nicht, es war nichts zu hören, nicht einmal Atemzüge, und deshalb erhob ich mich mit größter oder doch nicht so großer Vorsicht vom Fußende des Bettes, denn ich wußte ja, daß Luisa wach war und ohnehin so tun würde, als schliefe sie weiter, und trat abermals auf den Balkon hinaus. Jetzt war es auch von der Stunde her Abend, und die Bewohner Havannas befanden sich bestimmt beim Abendessen, die vom Hotel aus sichtbaren Straßen waren fast leer, ein Glück, daß Miriam nicht mehr wartete, von allen verlassen. Der Mond war fleischig, und die Luft stand still. Wir befanden uns auf einer Insel, an einem anderen Ende der Welt, aus dem ich zu einem Viertel stammte; der Ort, an dem sich unsere Geschichte konsolidiert hatte und an dem wir gemeinsam leben würden, Madrid, unsere Ehe, war sehr weit weg, und es schien, als würde die Ferne des Ortes, der uns zusammengeführt hatte, auch uns ein wenig trennen auf unserer Hochzeitsreise, oder vielleicht entfernten wir uns, weil wir das nicht teilten, was für niemanden ein Geheimnis war und sich doch in eines verwandelte, weil wir es nicht teilten. Der Mond war fleischig und derselbe. Vielleicht kann man aus der Ferne den Tod einer Person wünschen und herbeireden, die einem sehr nahesteht, dachte ich, mit aufgestützten Ellbogen. Wenn man es aus der Entfernung tut, wenn man ihn aus der Entfernung plant, dann wird das Ganze vielleicht zum Spiel und zu einer Fantasie, und sie sind alle zulässig, die Fantasien. Die Tatsachen sind es nicht, für sie gibt es keine Abänderung und kein Zurück, nur Verheimlichung. Für die gehörten Worte nicht einmal das, sondern höchstens mit ein wenig Glück Vergessen.

Plötzlich, vom Balkon her, durch die Balkontür und nicht mehr durch die Wand, durch ihre Balkontür, die angelehnt geblieben war, und durch unsere, die offen war und in der ich stand, die Ellbogen aufgestützt, hörte ich abermals deutlich die Stimme Miriams, und jetzt sprach sie nicht, sondern sie trällerte, und was sie trällerte, war folgendes:

»Mamita mamita, yen yen yen, Schlange verschluckt mich, yen yen yen.«

Sie unterbrach das gerade begonnene Trällern und sagte ohne Übergang (aber auch ohne Gereiztheit) zu Guillermo:

»Du mußt sie umbringen.«

»Ist gut, ist gut, ich werde es tun, aber jetzt streichel mich weiter«, antwortete er. Diese Worte beunruhigten mich jedoch nicht, noch bekümmerten sie mich, noch erschreckten sie mich (ob Luisa, weiß ich nicht), denn sie hatte sie wie eine überdrüssige Mutter gesagt, die einem hartnäckigen Kind, das sich auf etwas Unmögliches versteift, irgend etwas antwortet, ohne zu überlegen. Mehr noch, ich glaubte in jenem Augenblick, aufgrund dieser Antwort, zu wissen, daß Guillermo, sollte jene Frau in Spanien existieren, ihr keinen Schaden zufügen würde, und daß in dieser Situation oder Geschichte es in jedem Fall Miriam wäre, welche den Schaden davontragen würde. Ich glaubte in diesem Augenblick zu wissen, daß Guillermo log (er log in einer Sache), und ich vermutete, daß auch Luisa, die gleich mir so sehr daran gewöhnt war, zu übersetzen und das Zittern zu gewahren und Aufrichtigkeit in der Sprechweise zu erkennen, es gemerkt hatte und Erleichterung verspürt hatte, nicht in bezug auf Miriam, wohl aber in bezug auf die kranke Frau.

Und Miriam, die Guillermos Unaufrichtigkeit in diesen Momenten vermutlich nicht bemerkt oder beschlossen hatte, sich eine Weile auszuruhen und sie nicht zu bemerken oder sich einmal mehr etwas vorzumachen oder einfach ein paar Augenblicke lang nachzulassen im Ehrgeiz ihres Lebens, trällerte noch ein wenig, und ich wußte, was sein würde. Es war mehr Zeit vergangen, als ich glaubte, dachte ich, es konnte nicht sein, es war nicht so viel Zeit vergangen, daß sie eine stumme sexuelle Versöhnung hätten durchführen können und dadurch jetzt besänftigt waren. Aber so mußte es gewesen sein, denn es schien, als wären sie beide beruhigt und lägen auf dem Bett, Miriam sogar zerstreut, sie sang zerstreut, mit den Unterbrechungen, die jemand macht, der in Wirklichkeit vor sich hin trällert, ohne zu bemerken, daß er es tut, während er sich sorgfältig wäscht oder jemanden liebkost, der sich an seiner Seite befindet (ein Kind, dem man etwas vorsingt). Und was sie trällerte, war folgendes:

»Lüge Schwiegermutter, yen yen yen, wir spielen nur ein Spiel, yen yen yen, wie in meinem Land, yen yen yen.«

Diese Worte erschreckten mich wohl, mehr noch als die ersten des Singsangs, weil sie etwas Bestätigendes hatten (manchmal hört man gut, traut jedoch seinen Ohren nicht), und ich spürte einen leichten Schauer, wie Luisa zu Beginn ihres Unwohlseins. Und Miriam fügte in neutralem, wenn nicht mattem Ton hinzu, auch jetzt ohne Übergang:

»Wenn du sie nicht umbringst, bring ich mich um. Du wirst eine Tote haben, sie oder mich.«

Guillermo gab dieses Mal keine Antwort, aber mein Schrecken und mein Schauer waren Miriams Sätzen vorausgegangen und auf das Lied zurückzuführen, das ich seit sehr langer Zeit kannte, denn dieses Lied sang mir meine Großmutter vor, als ich ein Kind war, oder besser gesagt, sie sang es mir nicht vor, denn es war nicht gerade ein Kinderlied und gehörte in Wirklichkeit zu einer Geschichte oder einer Erzählung, die zwar ebenfalls nicht für Kinder war, die sie mir jedoch erzählte, um mir Angst einzujagen, eine verantwortungslose und heitere Angst. Aber manchmal, auch wenn sie gelangweilt in einem Sessel bei sich oder bei mir zu Hause saß und sich fächelte und zusah, wie der Nachmittag verging, während sie darauf wartete, daß meine Mutter kam, um mich abzuholen oder sie abzulösen, trällerte sie auch Lieder vor sich hin, ohne es zu merken, um sich zu zerstreuen, ohne den Vorsatz, sich zu zerstreuen, sie trällerte, ohne zu gewahren, was sie tat, mit der gleichen Lustlosigkeit und Absichtslosigkeit, mit der Miriam eben vor einer angelehnten Balkontür geträllert hatte, und mit dem gleichen Akzent. Es war jener unbewußte Gesang, der für niemanden bestimmt ist, wie der Gesang der Dienstmädchen, wenn sie die Böden wischten oder die Wäsche aufhängten oder mit dem Staubsauger oder trägen Federwischen hantierten an den Tagen, an denen ich krank war und nicht in die Schule ging und die Welt von meinem Kopfkissen aus sah und sie in ihrer morgendlichen Stimmung hörte, die sich so sehr von der nachmittäglichen unterschied; wie das bedeutungslose Gesumme meiner eigenen Mutter, wenn sie sich vor dem Spiegel kämmte oder die Frisur mit Haarnadeln befestigte oder mit dem Einsteckkamm beschäftigt war und lange Ohrringe anlegte, um am Sonntag zur Messe zu gehen, dieser weibliche Gesang zwischen den Zähnen (Klammern oder Haarnadeln zwischen den Zähnen), der nicht angestimmt wird, um gehört zu werden, und schon gar nicht, um gedolmetscht oder übersetzt zu werden, den jedoch jemand, das Kind, das auf sein Kissen geflüchtet ist oder in der Öffnung einer Tür lehnt, welche nicht die seines Schlafzimmers ist, hört und lernt und nicht mehr vergißt, und sei es auch nur, weil dieser absichts- und ziellose Singsang dennoch hervorgebracht wird und weder verstummt noch verklingt, nachdem er erklungen ist, wenn ihm die Stille des erwachsenen Lebens folgt, oder vielleicht ist es männlich. Dieser unbewußte, schwebende Gesang wird in allen Madrider Häusern meiner Kindheit viele Jahre lang jeden Morgen ertönt sein, wie eine Botschaft ohne Bedeutung, welche die ganze Stadt verband und sie verflocht und in Einklang brachte, ein ständiger Tonschleier, der ansteckend wirkte, der sie bedeckte, von den Innenhöfen zu den Portalen, vor den Fenstern und in den Fluren, in den Küchen und in den Badezimmern, auf den Treppen und auf den Terrassendächern, mit Schürzen, Kitteln und Morgenmänteln und mit Nachthemden und teuren Kleidern. Er wurde von allen Frauen jener Zeiten geträllert, die nicht so weit von diesen entfernt sind, die Dienstmädchen sehr früh am Morgen, wenn sie die Glieder streckten, und die Ehefrauen oder Mütter ein wenig später, wenn sie sich zurechtmachten, um einkaufen zu gehen oder irgend etwas Überflüssiges zu erledigen, sie alle einander gleich und vereint durch ihr stetiges gemeinsames Summen, begleitet bisweilen vom Gepfeife der Jungen, die nicht in der Schule waren und deshalb noch an der weiblichen Welt teilhatten, in der sie sich bewegten: die Ladenjungen mit ihren Lieferfahrrädern und ihren schweren Kisten, die kranken Kinder in ihren Betten, die mit Comics und Bilderbüchern und Märchen übersät waren, die arbeitenden Kinder und die nichtsnutzigen Kinder, die pfiffen und sich gegenseitig beneideten. Dieser Gesang wurde täglich und bei jeder Gelegenheit angestimmt, mit euphorischen Stimmen und mit kummervollen, schrillen und kraftlosen, brünetten und melodiösen, mißtönenden und blonden Stimmen, in jeder Verfassung und in jeder Situation, unabhängig vom Geschehen im Hause und ohne von jemandem beurteilt zu werden: so wie ein Dienstmädchen ihn trällerte, während sie zuschaute, wie eine Eistorte in der Wohnung meiner Großeltern zerfloß, als sie es noch nicht waren, weil ich noch gar nicht geboren war und auch keine Möglichkeit für mich bestand, geboren zu werden; und wie ein Junge ihn an demselben Tag und in derselben Wohnung pfiff, als er sich einem Badezimmer näherte, in dem vielleicht eine Frau ganz kurz zuvor ebenfalls etwas voller Angst und von Tränen und Wasser benetzt gesummt hatte. Und diesen Gesang sangen die Großmütter und auch die Witwen und die alten Jungfern an den Nachmittagen mit gebrechlicherer und schwächerer Stimme, während sie in ihren Schaukelstühlen oder auf ihren Sofas oder in ihren Sesseln saßen und die Enkel beaufsichtigten und beschäftigten oder verstohlene Blicke auf die Fotografien von Personen warfen, die bereits dahingegangen waren oder die sie nicht beizeiten hatten zurückhalten können, und seufzten und sich fächelten, sich ihr ganzes Leben lang fächelten, auch wenn es Herbst war und auch wenn es Winter war, und seufzten und trällerten und zusahen, wie die vergangene Zeit verging. Und abends konnte man den Gesang, unregelmäßiger und vereinzelt, in den Schlafzimmern der glücklichen Frauen hören, die noch keine Großmütter und keine Witwen und auch keine alten Jungfern waren, ruhiger und sanfter oder erschöpfter, Vorspiel des Schlafs und Ausdruck der Müdigkeit, so wie Miriam ihn mich hatte hören lassen aus ihrem Hotelzimmer, das genau wie meines war, am Abend und bei großer Hitze in Havanna, während meiner Hochzeitsreise mit Luisa und während Luisa weder sang noch etwas sagte, sondern ihr Gesicht auf das Kissen drückte.

Meine Großmutter sang vor allem die Lieder ihrer eigenen Kindheit, kubanische Lieder der schwarzen Kindermädchen, die für sie gesorgt hatten, bis sie zehn Jahre alt war, bis zu dem Alter, in dem sie Havanna verließ, um sich in das Land zu begeben, zu dem sie und ihre Eltern und ihre Schwestern zu gehören glaubten und das sie nur vom Namen her kannten, jenseits des Ozeans. Lieder und Geschichten (ich erinnere mich nicht mehr oder unterscheide sie nicht) voller Tierpersonen mit absurden Namen, die Kuh Verum-Verum und das Äffchen Chirrinchinchín, unheimliche oder afrikanische Geschichten, denn die Kuh Verum-Verum, so erinnere ich mich, wurde sehr geliebt von der Familie, in deren Besitz sie sich befand, eine wohltätige, freundliche Kuh, eine Kuh wie ein Kindermädchen oder wie eine Großmutter, doch eines Tages beschlossen die Mitglieder der Familie, von Hunger oder bösen Gedanken getrieben, sie zu töten und zu braten und zu essen, was die arme Verum-Verum verständlicherweise so nahestehenden Personen nicht verzeihen konnte, und in dem Augenblick, da jedes Familienmitglied ein Stück ihres schon alten, kleingeschnittenen Fleisches probiert (und damit gleichsam einen Akt metaphorischer Menschenfresserei begangen) hatte, ließ sich dortselbst, im Eßzimmer, eine hohle Stimme aus ihren Mägen vernehmen, die niemals mehr aufhörte und unermüdlich wiederholte – mit der Stimme, die meine Großmutter zu diesem Zweck kehlig klingen ließ, während sie ein Lachen unterdrückte –: »Vaca Verum-Verum, Vaca Verum-Verum«, und so bis in alle Ewigkeit aus ihren Mägen heraus. Was das Äffchen Chirrinchinchín betrifft, so glaube ich, daß ich seine Abenteuer vergessen habe, weil sie sich allzusehr überstürzten, doch ich meine mich zu erinnern, daß sein Schicksal nicht günstiger war und es schließlich ebenfalls aufgespießt im Bratofen irgendeines rücksichtslosen weißen Mannes landete. Dieser Gesang, den Miriam im Nebenzimmer geträllert hatte, besaß keinerlei Bedeutung für Luisa, und darin, in unserer Kenntnis oder unserem Verstehen dessen, was geschah und was durch die Balkontür und die Wand gesagt wurde, gab es jetzt zumindest einen sicheren Unterschied. Denn meine Großmutter pflegte mir jene kurze oder unvollständige Geschichte zu erzählen, die sie von ihren schwarzen Kindermädchen vernommen hatte und deren starke sexuelle Symbolik mir übrigens bis zu jenem Augenblick niemals aufgefallen war, dem Augenblick, da ich sie von Miriam hörte, oder, besser gesagt, da ich den traurigen und leicht komischen Gesang von ihr hörte, der zu jener Geschichte gehörte, die mir meine Großmutter erzählte, um mir eine wenig dauerhafte und scherzhaft gefärbte Angst einzujagen (sie lehrte mich die Angst und über die Angst zu lachen). Die Geschichte handelte davon, daß ein sehr reicher und gutaussehender Ausländer mit den besten Zukunftsaussichten, ein Mann, der sich mit dem größten Luxus und den ehrgeizigsten Plänen in Havanna niedergelassen hatte, um die Hand eines jungen Mädchens von großer Schönheit und noch größerer Armut anhielt. Die Mutter des Mädchens, eine Witwe, die von ihrer einzigen Tochter abhängig war oder vielmehr von der richtigen Wahl bei deren Heirat, konnte sich kaum fassen vor Freude und gewährte dem außergewöhnlichen Ausländer die Hand ihrer Tochter, ohne einen Augenblick zu zögern. Aber in der Hochzeitsnacht hörte die Mutter, wie im Zimmer der Frischverheirateten, an dessen Tür sie offenbar eine argwöhnische oder genußvolle Wache hielt, ihre Tochter ein ums andere Mal im Lauf der langen Nacht ihren Hilferuf sang: »Mamita mamita, yen yen yen, Schlange verschluckt mich, yen yen yen.« Die mögliche Bestürzung jener habsüchtigen Mutter wurde indes durch die wiederholte, wunderliche Antwort des Schwiegersohns beschwichtigt, der ihr ein ums andere Mal im Lauf der langen Nacht durch die Tür vorsang: »Lüge Schwiegermutter, yen yen yen, wir spielen nur ein Spiel, yen yen yen, wie in meinem Land, yen yen yen.« Am folgenden Morgen, als die Mutter und nunmehr Schwiegermutter beschloß, das Zimmer der Brautleute zu betreten, um ihnen das Frühstück zu bringen und ihre glücklichen Gesichter zu sehen, fand sie eine riesige Schlange auf dem blutgetränkten, zerwühlten Bett vor, in dem es dagegen nicht die geringste Spur ihrer unglücklichen und verheißungsvollen und geschätzten Tochter gab.

Ich erinnere mich, daß meine Großmutter lachte, nachdem sie diese makabre Geschichte erzählt hatte, der ich vielleicht jetzt aufgrund meines Erwachsenenalters irgendein noch makaberes Detail hinzugefügt habe (ich glaube nicht, daß sie in irgendeiner Weise das Blut oder die Länge der Nacht erwähnte), sie lachte ein kleines kindliches Lachen und fächelte sich (vielleicht das Lachen ihrer zehn Jahre oder weniger, ihr noch kubanisches Lachen), und damit nahm sie der Geschichte etwas von ihrer Bedeutung und erreichte, daß ich mit meinen zehn Jahren oder weniger ihr ebenfalls keine gab, oder vielleicht war die Angst, die diese Geschichte einflößen konnte, nur eine weibliche Angst, eine Angst von Töchtern und Müttern und Ehefrauen und Schwiegermüttern und Großmüttern und Kinderfrauen, eine Angst, die zur gleichen Sphäre gehörte wie der instinktive Gesang der Frauen im Laufe des Tages und am Ende des Abends, in Madrid oder in Havanna oder sonstwo, jener Gesang, an dem auch die Kinder teilhaben und den sie später vergessen, wenn sie keine mehr sind. Ich hatte ihn vergessen, aber nicht ganz, denn man vergißt nur wirklich, wenn man sich auch dann nicht erinnert, nachdem man gezwungen wurde, sich zu erinnern. Ich hatte diesen Singsang während vieler Jahre vergessen, aber die zerstreute oder erschöpfte Stimme Miriams mußte nicht insistieren oder sich anstrengen, damit meine Erinnerung ihn wiederfand auf meiner Hochzeitsreise mit meiner Frau Luisa, die krank im Bett lag und an jenem Abend mit fleischigem Mond die Welt von ihrem Kissen her sah oder vielleicht nicht bereit war, sie zu sehen.

Ich kehrte zu ihr zurück und streichelte ihr Haar und ihren Nacken, die abermals verschwitzt waren, sie hatte das Gesicht den Schränken zugekehrt, vielleicht war es erneut von falschen Haarfalten durchzogen, die wie Vorboten aus der Zukunft gekommen waren, ich setzte mich an ihre rechte Seite und zündete eine Zigarette an, die Glut leuchtete im Spiegel, ich wollte mich nicht anschauen. Ihr Atem war nicht der von jemandem, der schlief, und ich flüsterte ihr ins Ohr:

»Morgens geht's dir wieder gut, mein Liebling. Schlaf jetzt.«

Ich rauchte eine Weile, auf dem Laken sitzend, ohne noch etwas aus dem angrenzenden Zimmer zu hören: Miriams Singsang war Vorspiel des Schlafes und Ausdruck der Müdigkeit gewesen. Es war zu heiß, ich hatte nichts zu Abend gegessen, ich war nicht schläfrig, ich war ja nicht müde, ich trällerte nicht, ich machte die Lampe noch nicht aus. Luisa war wach, aber sie sprach nicht mit mir, sie antwortete noch nicht einmal auf meinen Satz mit den guten Wünschen, als hätte sie sich auf dem Umweg über Guillermo, dachte ich, oder über Miriam mit mir zerstritten und wollte es nicht zeigen, besser, man wartete, daß es sich im Schlaf auflöste, der uns nicht überkam. Mir war, als hörte ich, daß Guillermo jetzt seine Balkontür schloß, aber ich stand nicht mehr in meiner und ging auch nicht hin, um nachzusehen. Ich klopfte die Asche der Zigarette ab, schlecht gezielt und viel zu heftig, und die Glut fiel auf das Laken, und bevor ich sie mit den Fingern faßte, um sie in den Aschenbecher zu tun, wo sie sich allein aufzehren und nichts verbrennen würde, sah ich, wie sie ein glutgesäumtes Loch im Laken machte. Ich glaubte, ich ließ es länger wachsen, als angezeigt war, denn ich schaute einige Sekunden lang, wie es wuchs und der Kreis sich ausweitete, ein Fleck, der schwarz und glühend zugleich war und das Laken fraß.

LUISA HATTE ICH fast ein Jahr zuvor auf leicht komische und auch leicht feierliche Weise bei der Ausübung meiner Arbeit kennengelernt. Wie ich schon sagte, arbeiten wir beide hauptsächlich als Übersetzer oder Dolmetscher (um Geld zu verdienen), ich mehr als sie oder mit größerer Regelmäßigkeit, was überhaupt nicht heißt, daß ich kompetenter bin als sie, eher umgekehrt, sie ist kompetenter, oder zumindest war man dieser Ansicht, als wir uns kennenlernten, oder man war der Ansicht, sie habe insgesamt als vertrauenswürdiger zu gelten.

Glücklicherweise beschränken wir uns nicht darauf, unsere Dienste bei den Sitzungen und in den Büros der internationalen Organisationen zu leisten. Obwohl dies den unübertrefflichen Vorteil bietet, daß man in Wirklichkeit nur die Hälfte des Jahres arbeitet (zwei Monate in London oder Genf oder Rom oder New York oder Wien oder sogar Brüssel und danach zwei Monate Ruhezeit zu Hause, um dann wieder weitere zwei Monate oder weniger an dieselben Orte oder sogar nach Brüssel zurückzukehren), ist das Übersetzen oder Dolmetschen von Reden und Berichten äußerst langweilig, sowohl aufgrund des immer gleichen und im Grunde unverständlichen Jargons, den ohne Ausnahme sämtliche Parlamentarier, Delegierten, Minister, Regierungschefs, Abgeordneten, Botschafter, Experten und allgemeinen Repräsentanten aller Nationen der Welt verwenden, als auch aufgrund der unveränderlich lethargischen Natur ihrer sämtlichen Reden, Aufrufe, Proteste, Rügen und Berichte. Jemand, der diesen Beruf nicht ausgeübt hat, mag denken, daß er amüsant oder zumindest interessant und abwechslungsreich sein muß, mehr noch, er mag sogar denken, daß man sich gewissermaßen im Zentrum der Entscheidungen der Welt befindet und vollständige, privilegierte Information aus erster Hand erhält, Information über alle Aspekte des Lebens der verschiedenen Völker, politische und städtebauliche, landwirtschaftliche und rüstungsbezogene, viehwirtschaftliche und kirchliche, physikalische und linguistische, militärische und olympische, polizeiliche und touristische, chemische und propagandistische, sexuelle und fernsehtechnische und virologische, sportliche und bankspezifische und automobilistische, hydraulische und polimologische und ökologische und sittengeschichtliche Information. Es stimmt, daß ich im Lauf meines Lebens Reden oder Texte aller möglichen Personen über die erstaunlichsten Themen übersetzt habe (zu Beginn meiner Laufbahn kamen aus meinem Mund die posthumen Worte des Erzbischofs Makarios, um jemand Seltenen zu nennen), und ich war fähig, in meiner eigenen Sprache oder in einer anderen der Sprachen, die ich verstehe und spreche, lange Tiraden zu wiederholen über so spannende Themen wie die Bewässerungssysteme oder die sozialen Randgruppen in Swasiland und Burkina (zuvor Burkina-Faso, Hauptstadt Ouagadougou), denen es wie überall sehr schlecht geht; ich habe komplizierte Argumentationen wiedergegeben darüber, ob es angebracht oder demütigend sei, die Kinder im venezianischen Dialekt sexuell aufzuklären; darüber, ob es rentabel sei, die äußerst tödlichen und kostspieligen Waffen der südafrikanischen Fabrik Armscor weiterzufinanzieren, da sie theoretisch nicht exportiert werden konnten; über die Möglichkeiten, eine weitere Kopie des Kreml in Burundi oder Malawi, glaube ich, zu errichten (Hauptstädte Bujumbura und Zomba); über die Notwendigkeit, von unserer Halbinsel das ganze Reich der Levante (einschließlich Murcia) abzutrennen, um es in eine Insel zu verwandeln und auf diese Weise die alljährlichen sturzbachartigen Regengüsse und Überschwemmungen zu vermeiden, die unseren Haushalt belasten; über die Marmorpest in Parma, über die Ausbreitung von Aids auf den Tristan-da-Cunha-Inseln, über die Situation des Fußballs in den Arabischen Emiraten, über die geringe Kampfmoral der bulgarischen Seestreitkräfte und über ein seltsames Verbot, die Toten zu begraben, die sich deshalb stinkend auf einem Stück Ödland häuften, das ein Bürgermeister, der schließlich abgesetzt wurde, vor einigen Jahren willkürlich in Londonderry verfügt hatte. All dies und mehr habe ich übersetzt, habe ich übermittelt und habe ich andächtig wiederholt, so wie es andere, Experten und Wissenschaftler und Leuchten und Gelehrte aller Disziplinen und aus den fernsten Ländern sagten, ungewöhnliche, exotische, bewanderte und herausragende Leute, Nobelpreisträger und Professoren aus Oxford und Harvard, die Berichte über die ungeahntesten Probleme einsandten, weil ihre Regierungschefs oder die Repräsentanten der Regierungschefs oder die Delegierten der Repräsentanten oder aber deren Stellvertreter sie bei ihnen in Auftrag gegeben hatten.

Und doch sind die Übersetzungen das einzige, was in diesen Organisationen wirklich funktioniert, mehr noch, es existiert in ihnen ein wahres Übersetzungsfieber, leicht krankhaft, leicht ungesund, denn jedes Wort, das in ihnen ausgesprochen wird (auf einer Sitzung oder einer Versammlung) und jeder Wisch, der ihnen übergeben wird, egal, wovon er handelt und egal, für wen er im Prinzip bestimmt ist oder für welchen Zweck (selbst wenn er geheim ist), wird unverzüglich für alle Fälle in verschiedene Sprachen übersetzt. Wir Übersetzer und Dolmetscher übersetzen und dolmetschen ununterbrochen, ohne Unterschied und fast ohne Pause während unserer Arbeitszeiten, meistens ohne daß wir genau wissen, wozu wir übersetzen noch für wen wir dolmetschen, meistens für die Archive, wenn es ein Text ist, und für ein paar Leute, die noch dazu nicht einmal die zweite Sprache verstehen, in die wir dolmetschen, wenn es eine Rede ist. Jedwede Idiotie, die irgendein Idiot spontan an eine dieser Organisationen schickt, wird augenblicklich in die sechs offiziellen Sprachen Englisch, Französisch, Spanisch, Russisch, Chinesisch und Arabisch übersetzt. Alles ist in Französisch, und alles ist in Arabisch, alles ist in Chinesisch, und alles ist in Russisch, jeder Schwachsinn irgendeines spontanen Schreibers, jeder Einfall irgendeines Idioten. Vielleicht fängt man nichts damit an, aber es wird auf alle Fälle übersetzt. Mehr als einmal hat man mir Rechnungen zum Übersetzen gegeben, wenn man weiter nichts mit ihnen zu tun brauchte, als sie zu bezahlen. Diese Rechnungen, da bin ich mir sicher, werden bis zum Ende aller Zeiten in einem Archiv aufbewahrt, auf Französisch und Chinesisch, auf Spanisch und Arabisch, auf Englisch und Russisch, mindestens. Einmal rief man mich dringend in meine Kabine, damit ich die (nicht schriftlich vorhandene) Rede übersetzte, die ein regierendes Individuum halten sollte, das, wie ich selbst vor zwei Tagen in einem vierspaltigen Artikel in der Presse gelesen hatte, in seinem Heimatland im Verlauf eines Staatsstreichs getötet worden war, der sein Ziel, ihn zu stürzen, voll und ganz erreicht hatte.

Die größten Spannungen entstehen in diesen internationalen Foren nicht durch die heftigen Diskussionen zwischen Delegierten und Repräsentanten kurz vor einer Kriegserklärung, sondern dann, wenn es aus irgendeinem Grund keinen Übersetzer gibt, der übersetzen könnte, oder dieser mitten in einem Vortrag aus physischem oder psychischem Grund versagt, was relativ häufig passiert. Man muß in diesem Beruf sehr starke Nerven haben, nicht so sehr aufgrund der Schwierigkeit an sich, das Gesagte im Flug zu begreifen und zu vermitteln (was schwierig genug ist), als des Druckes wegen, den die Regierungschefs und die Experten auf uns ausüben, die nervös und sogar wütend werden, wenn sie sehen, daß etwas von ihnen Gesagtes womöglich nicht in eine der sechs berühmten Sprachen übersetzt wird. Sie überwachen uns ständig, ebenso wie unsere unmittelbaren oder fernen Vorgesetzten (sämtlich Beamte), um nachzuprüfen, ob wir uns auf unseren Posten befinden und alles, ohne Auslassung einer Vokabel, in die übrigen Sprachen übersetzen, die fast niemand kennt. Der einzige wirkliche Ehrgeiz der Delegierten und Repräsentanten besteht darin, übersetzt und verdolmetscht zu werden, und nicht darin, daß ihre Reden und Berichte Billigung oder Beifall finden oder ihre Vorschläge berücksichtigt oder in die Praxis umgesetzt werden, was im übrigen kaum jemals geschieht (weder Billigung noch Beifall noch Berücksichtigung noch Praxis). Auf einem Treffen der Länder des Commonwealth in Edinburgh, bei dem folglich nur englischsprachige Versammlungsteilnehmer anwesend waren, betrachtete ein australischer Vortragsredner namens Flaxman es als einen Affront, daß die Kabinen der Dolmetscher leer waren und daß keiner seiner Kollegen Kopfhörer trug, um ihm durch diese zuzuhören, statt, wie sie es taten, in direkter Linie vom Mikrofon zu ihren so bequemen Sitzen. Er forderte, seine Worte sollten übersetzt werden, und als man ihn daran erinnerte, daß dies nicht nötig sei, runzelte er die Stirn, stieß ein paar grobe Flüche aus und begann, seinen bereits lästigen australischen Akzent so sehr zu forcieren, daß er unverständlich wurde für die Vertreter der anderen Länder und sogar für einige seines eigenen Landes, die sich zu beschweren begannen und Opfer des Reflexes jedes erfahrenen Kongreßteilnehmers wurden, der sich die Kopfhörer anlegt, sobald jemand etwas sagt, das nicht zu verstehen ist. Als sie feststellten, daß entgegen der Gewohnheit nichts aus diesen Kopfhörern kam (nicht der geringste – helle oder dunkle – Ton), verstärkten sie ihren Protest, weshalb Flaxman Anstalten machte, sich persönlich in eine der Kabinen zu begeben und sich von dort aus selbst zu übersetzen. Er wurde neutralisiert, als er bereits durch den Gang lief, und in aller Eile mußte ein australischer Dolmetscher herbeigezaubert werden, der die Kabine einnahm und in natürlichem Englisch aussprach, was sein Landsmann, ein wahrer *larrikin,* um den Begriff zu verwenden, den er gebraucht hätte, mit seinem unverständlichen Akzent der Vorstädte oder Molen von Melbourne oder Adelaide oder Sydney von der Tribüne herabbrüllte. Als das repräsentierende Individuum Flaxman sah, daß sich endlich ein Übersetzer auf seinem Posten befand, der die Gedanken seiner Rede angemessen wiedergab, beruhigte es sich sogleich und kehrte zu seiner gewohnten, neutralen und mehr oder minder korrekten Aussprache zurück, ohne daß seine Kollegen dies gewahrten, da sie beschlossen hatten, ihn auf dem indirekten Weg der Kopfhörer zu hören, durch die alles sehr viel zögerlicher, aber auch bedeutsamer klingt. Auf diese Weise kam es auf dem Höhepunkt des Übersetzungsfiebers, das die internationalen Foren heimsucht und beherrscht, zu einer Übersetzung vom Englischen ins Englische, die anscheinend nicht völlig exakt war, da der rebellische australische Kongreßteilnehmer seine hochtrabende Rede zu rasch hielt, als daß der unerfahrene australische Dolmetscher alles mit der gleichen Geschwindigkeit und ohne Auslassungen hätte wiederholen können.

Es ist merkwürdig, alle Versammlungsteilnehmer trauen im Grunde mehr dem, was sie aus den Kopfhörern hören, also den Dolmetschern, als dem, was sie direkt von dem hören, der spricht (das gleiche, aber stärker verknüpft), obwohl sie die Sprache, in der dieser sich an sie wendet, vollkommen verstehen. Es ist merkwürdig, weil in Wirklichkeit niemand wissen kann, ob das, was der Übersetzer in seiner isolierten Kabine übersetzt, korrekt oder wahr ist, und man braucht wohl kaum zu sagen, daß es viele Male weder das eine noch das andere ist, sei es aus Unkenntnis,

Faulheit, Abgelenktsein, böser Absicht oder verkaterter Verfassung des dolmetschenden Dolmetschers. Das ist der Vorwurf, den die Übersetzer (von Texten) den Dolmetschern machen: während die Rechnungen und Idiotien, die jene in ihren dunklen Bürozimmern übersetzen, böswilligen Überprüfungen ausgesetzt sind und ihre Irrtümer erkannt, angezeigt und sogar bestraft werden können, kontrolliert niemand die Wörter, die unüberlegt aus den Kabinen in die Luft abgelassen werden. Die Dolmetscher hassen die Übersetzer und die Übersetzer die Dolmetscher (wie die Simultandolmetscher die Konsekutivdolmetscher und die Konsekutivdolmetscher die Simultanübersetzer), und ich, der ich beides gewesen bin (jetzt nur noch Dolmetscher, es hat mehr Vorteile, obwohl es erschöpfend ist und die Psyche beeinträchtigt), kenne ihre jeweiligen Gefühle sehr genau. Die Dolmetscher halten sich für Halbgötter oder für Halbdiven, da sie sich im Blickfeld von Regierungschefs und Repräsentanten und stellvertretenden Delegierten befinden, und die sind alle eifrig um sie bemüht, oder besser gesagt, um ihre Anwesenheit und Arbeit. Jedenfalls läßt sich nicht leugnen, daß sie von den Herrschern der Welt erblickt werden können, was sie veranlaßt, immer sorgfältig hergerichtet und geschniegelt und gebügelt zu erscheinen, und nicht selten kann man durch die Glasscheibe sehen, wie sie sich die Lippen schminken, sich kämmen, sich den Krawattenknoten richten, sich mit der Pinzette Haare auszupfen, sich Fussel von der Kleidung blasen oder sich den Backenbart stutzen (alle stets mit dem Taschenspiegel in Reichweite). Dies schafft Unbehagen und Ressentiment bei den Übersetzern von Texten, die zwar verborgen in ihren mit anderen geteilten, schmuddeligen Bürozimmern sitzen, aber ein Verantwortungsgefühl haben, das bewirkt, daß sie sich unendlich seriöser und kompetenter fühlen als die eingebildeten Dolmetscher mit ihren hübschen, individuellen, durchsichtigen, schalldichten und je nach Fall sogar mit Wohlgerüchen erfüllten Kabinen (es gibt Günstlingswirtschaft). Alle verachten und verabscheuen einander, aber was uns alle gleich macht, ist, daß niemand von uns etwas über jene so fesselnden Angelegenheiten weiß, von denen ich bereits einige Beispiele angeführt habe. Ich habe die Reden oder Texte wiedergegeben, von denen ich zuvor gesprochen habe, aber ich erinnere mich kaum an ein Wort von dem, was sie beinhalteten; nicht, weil die Zeit vergangen und das Gedächtnis im Bewahren von Information begrenzt ist, sondern weil ich mich im gleichen Augenblick, da ich all dies übersetzte, schon an nichts mehr erinnerte, das heißt, schon zum damaligen Zeitpunkt bekam ich nicht mit, was der Redner sagte, oder was ich danach oder, wie angenommen wird, gleichzeitig sagte. Er oder sie sagte es, und ich sagte oder wiederholte es, aber auf eine mechanische Weise, die nichts mit Verstehen zu tun hat, ja sogar unvereinbar damit ist: nur wenn man überhaupt nicht versteht und verarbeitet, was man hört, kann man es mehr oder minder genau wiedergeben (vor allem, wenn man ohne Pause empfängt und sendet), und das gleiche geschieht mit den Schriften dieser Art, die nicht im mindesten literarisch sind und bei denen weder Korrektur noch Nachdenken noch Umkehr möglich ist. Daher ist diese ganze wertvolle Information, von der man annehmen könnte, wir Übersetzer und Dolmetscher der internationalen Organisationen besäßen sie, in Wirklichkeit etwas, das uns völlig entgeht, von vorn bis hinten und von oben bis unten, wir wissen nicht ein Wort von dem, was in der Welt angezettelt, ausgebrütet und ausgekocht wird, wir haben nicht die geringste Ahnung. Und wir bleiben zwar zuweilen in unseren Ruhepausen sitzen und hören den hochgestellten Persönlichkeiten zu, ohne sie zu übersetzen, aber die identische Terminologie, die alle verwenden, erweist sich als unverständlich für jeden, der im Vollbesitz seiner geistigen Kräfte ist, so daß wir dann, wenn es uns einmal gelingt, aus irgendeinem unerklärlichen

Grund ein paar Sätze zu behalten, in Wirklichkeit alle Anstrengungen unternehmen, um sie gleich darauf bewußt zu vergessen, denn diesen unmenschlichen Jargon länger im Kopf zu behalten, als unbedingt nötig ist, um ihn in die zweite Sprache oder den zweiten Jargon zu übertragen, ist eine überflüssige und äußerst schädliche Qual für unser malträtiertes Gleichgewicht.

Unter anderem frage ich mich oft erschrocken, ob jemand etwas weiß von dem, was in diesen Foren gesagt wird, vor allem in den Sitzungen, die nur der Rhetorik dienen. Denn selbst wenn man davon ausgeht, daß die Versammlungsteilnehmer sich untereinander in ihrem wilden Rotwelsch verstehen, so trifft es doch völlig zu, daß die Dolmetscher nach Belieben den Inhalt der Ansprachen verändern können, ohne daß die Möglichkeit wirklicher Kontrolle oder die materielle Zeit für ein Dementi oder eine Abänderung existieren. Die einzige Art und Weise, uns umfassend zu kontrollieren, bestünde darin, einen zweiten, mit Kopfhörern und Mikrofon ausgestatteten Übersetzer einzusetzen, der uns wiederum simultan in die erste Sprache übersetzen würde, so daß man feststellen könnte, daß wir in der Tat das sagen, was in diesen Augenblicken im Saal gesagt wird. Aber in diesem Fall wäre ein dritter, gleichfalls mit seinen Apparaten ausgerüsteter Übersetzer nötig, der wiederum den zweiten kontrollieren und ihn rückübersetzen müßte, und vielleicht ein vierter, um den dritten zu überwachen, und so weiter, fürchte ich, bis ins Unendliche, Übersetzer, die Dolmetscher kontrollieren, und Dolmetscher, die Übersetzer kontrollieren, Vortragende, die Kongreßteilnehmer, und Stenografen, die Redner, Übersetzer, die Regierungschefs, und Amtsdiener, die Dolmetscher kontrollieren. Alle würden sich gegenseitig überwachen, und niemand würde zuhören noch etwas transkribieren, was auf lange Sicht zur Einstellung der Sitzungen und der Kongresse und der Versammlungen und zur endgültigen Schließung der internationalen Organisationen führen würde. Es ist daher besser, Risiken einzugehen und die (bisweilen ernsten) Vorfälle und (bisweilen dauerhaften) Mißverständnisse in Kauf zu nehmen, zu denen es unvermeidlich aufgrund der Ungenauigkeiten der Dolmetscher kommt, und wenn es auch nicht oft geschieht, daß wir uns freiwillig Scherze erlauben (wir setzen unsere Arbeitsstelle aufs Spiel), so widerstehen wir doch nicht der Versuchung, ab und zu ein paar Unwahrheiten einfließen zu lassen. Sowohl den Repräsentanten der Nationen als auch unseren verbeamteten Vorgesetzten bleibt nichts anderes übrig, als uns zu vertrauen, und dies gilt auch für die hohen Würdenträger der verschiedenen Länder, wenn unsere Dienste außerhalb der Organisationen angefordert werden, bei einer jener Begegnungen, die man *Gipfeltreffen* nennt, oder bei den offiziellen Besuchen, die sie einander in ihren befreundeten, verfeindeten oder neutralen Territorien abstatten. Bei diesen hohen Anlässen, von denen wichtige Handelsvereinbarungen, Nichtangriffspakte, Verschwörungen gegen Dritte oder sogar Kriegserklärungen oder Waffenstillstände abhängen, wird allerdings bisweilen versucht, eine größere Kontrolle des Dolmetschers zu erreichen, indem man einen zweiten Übersetzer einsetzt, der natürlich nicht rückübersetzen wird (das gäbe ein zu großes Durcheinander), wohl aber dem ersten aufmerksam zuhören und ihn überwachen und bestätigen wird, ob er richtig übersetzt oder nicht. Auf diese Weise lernte ich Luisa kennen, die aus irgendeinem Grund für seriöser, vertrauenswürdiger und loyaler als ich galt und zur Kontrolldolmetscherin bestellt wurde (Sicherheitsdolmetscher werden sie genannt, intern auch Ko-Dolmetscher, weshalb man sie am Ende »der Ko« oder »die Ko« nennt, sehr häßlich), um während der persönlichen Treffen auf höchster Ebene, die in unserem Land vor weniger als zwei Jahren zwischen unseren Repräsentanten und denen des Vereinigten Königreiches von Großbritannien stattfanden, meine Worte zu bestätigen oder zu korrigieren.

Diese Skrupel haben nicht allzuviel Sinn, denn je höher die Würdenträger sind, die sich treffen, um miteinander zu sprechen, um so unbedeutender ist in Wirklichkeit, was sie untereinander sagen, und um so weniger schwerwiegend wäre ein Irrtum oder ein Zuwiderhandeln unsererseits. Ich vermute, daß man diese Vorsichtsmaßnahmen ergreift, um das Gesicht zu wahren, und damit auf den Pressefotos und bei den Fernsehaufnahmen stets jene Gestalten mit gerecktem Kopf zu sehen sind, die unbequem auf einem Stuhl zwischen den beiden Staatenlenkern hocken, welche hingegen weiche Sessel oder Breitwand-Sofas einzunehmen pflegen; und wenn es zwei Personen sind, die jeweils mit einem Notizblock in der Hand auf äußerst harten Stühlen sitzen, dann wird das Treffen in den Augen der Betrachter noch mehr nach eisigem Gipfeltreffen aussehen. Denn bei diesen Besuchen reisen die sehr hohen Würdenträger in Begleitung eines ganzen Gefolges von Fachleuten, Experten, Wissenschaftlern und Spezialisten an (zweifellos dieselben, die auch die Reden für sie schreiben, die wir übersetzen), die so gut wie unsichtbar sind für die Presse, sich jedoch ihrerseits hinter den Kulissen mit den Experten- und Spezialistenkollegen des besuchten Landes treffen. Sie sind es, die diskutieren und entscheiden und wissen, die bilaterale Vereinbarungen abfassen, die Bedingungen der Zusammenarbeit festlegen, einander versteckt oder offen drohen, die Streitpunkte erörtern, sich gegenseitig erpressen und versuchen, den größten Nutzen für ihre jeweiligen Staaten herauszuholen (gewöhnlich sprechen sie Fremdsprachen und sind unser Ruin, bisweilen benötigen sie uns gar nicht). Die höchsten Würdenträger hingegen haben nicht die geringste Vorstellung von dem, was eingefädelt wird, oder erfahren es erst, wenn alles vorbei ist. Sie halten lediglich ihr Gesicht hin für die Aufnahmen, nehmen an irgendeinem

Abendessen in großem Stil oder einer Galaveranstaltung teil und setzen die Unterschrift auf die Schriftstücke, die ihre Fachleute ihnen am Ende der Reise vorlegen. Was sie zueinander sagen, hat daher fast nie die geringste Bedeutung, und was noch peinlicher ist, oft haben sie sich überhaupt nichts zu sagen. Das wissen wir Übersetzer und Dolmetscher, aber trotzdem müssen wir bei diesen privaten Treffen aus drei Gründen immer anwesend sein: Die höchsten Würdenträger sind im allgemeinen der Fremdsprachen unkundig; wenn wir nicht da wären, würden sie das Gefühl haben, man würdigte ihr Geschwätz nicht angemessen; wenn es zu einer Verstimmung kommt, kann man uns die Schuld zuschieben.

Bei besagter Gelegenheit war der spanische hohe Würdenträger männlich und der britische weiblich, weshalb es wohl angebracht schien, daß der erste Dolmetscher seinerseits männlich und der zweite, der Ko-Dolmetscher weiblich war, um eine komplizenhafte Atmosphäre und ein Gleichgewicht der Geschlechter zu schaffen. Ich saß auf meinem Folterstuhl zwischen den beiden Staatenlenkern und Luisa auf ihrem Marterstuhl ein wenig links von mir, das heißt zwischen dem weiblichen Staatenlenker und mir, aber etwas nach hinten versetzt, wie eine kontrollierende und drohende Präsenz, die meinen Nacken fixierte und die ich nur (schlecht) aus dem linken Augenwinkel sehen konnte (hingegen sah ich deutlich ihre sehr langen, übereinandergeschlagenen Beine und ihre neuen Prada-Schuhe, die Marke war mir am nächsten). Ich will nicht leugnen, daß ich beim Betreten des intimen kleinen Raumes (völlig geschmacklos), als sie mir vorgestellt wurde und bevor wir uns setzten, sehr auf sie geachtet hatte (das heißt, unbewußt), während die Fotografen ihre Fotos machten und die beiden hohen Würdenträger taten, als sprächen sie bereits miteinander vor den Fernsehkameras: Sie taten so, denn weder sprach unser hoher Würdenträger ein Wort Englisch (nun ja, beim Abschied wagte er ein »Good luck«) noch die britische hohe Würdenträgerin ein Wort Spanisch (obwohl sie »Buen dia« zu mir sagte, als sie mir mit eisernem Griff die Hand drückte). Während also der eine auf spanisch Dinge murmelte, die für die Kameraleute und Fotografen unhörbar und völlig unzusammenhängend waren, und dabei nicht aufhörte, seinen Gast mit einem großen Lächeln anzuschauen, so als schenkte er ihm Gehör (für mich waren sie jedoch hörbar: ich glaube mich zu erinnern, daß er wiederholt sagte: »Eins, zwei, drei und vier, nett werden wir's haben hier«), murmelte die andere Sinnlosigkeiten in ihrer Sprache und übertraf ihn noch in ihrem Lächeln (»Cheese, cheese«, sagte sie, wie man in der angelsächsischen Welt jedem zu sagen rät, der sich fotografieren läßt; und dann lautmalerische und unübersetzbare Dinge wie »Tweedle tweedle, biddle diddle, twit and fiddle, tweedle twang«).

Was mich betrifft, so gebe ich zu, daß auch ich Luisa unwillkürlich ein großes Lächeln schenkte während jener Prolegomena, als unser Eingreifen noch nicht nötig war (sie antwortete mir nur mit einem halben Lächeln, schließlich und endlich war sie da, um mich zu überwachen), und als es dann nötig war und wir uns gesetzt hatten, konnte ich aufgrund der bereits beschriebenen Anordnung unserer Verbrecherstühle unmöglich weiter auf sie achten oder ihr zulächeln. Um die Wahrheit zu sagen, es dauerte noch eine Weile, bis unser Eingreifen erforderlich war, denn nachdem die Journalisten aufgefordert worden waren, sich zurückzuziehen (»Es reicht«, sagte unser hoher Würdenträger zu ihnen, wobei er eine Hand hob, die mit dem Ring), und ein Kammerdiener oder ein Faktotum die Tür von außen geschlossen hatte und wir vier allein geblieben waren, bereit für das erhabene Gespräch, ich mit meinem Notizblock und Luisa mit ihrem auf dem Schoß, trat plötzlich ein äußerst unerwartetes und äußerst unbehagliches Schweigen ein. Meine Aufgabe war heikel, und meine Ohren waren besonders gespitzt in Erwartung der ersten vernünftigen Worte, die mir den Ton anzeigen würden und die ich sogleich würde übersetzen müssen. Ich schaute unseren Staatenlenker an, dann die Staatenlenkerin der anderen und abermals unseren. Sie betrachtete ihre Fingernägel mit erstaunter Miene und die sahneweißen Finger aus einiger Entfernung. Er befühlte die Taschen seines Jacketts und seiner Hose, nicht wie jemand, der nicht finden kann, was er tatsächlich sucht, sondern wie jemand, der tut, als finde er es nicht, um Zeit zu gewinnen (zum Beispiel den Fahrschein, den ein Zugschaffner von jemandem verlangt, der keinen hat). Ich hatte das Gefühl, als säße ich im Wartezimmer des Zahnarztes, und einen Augenblick lang fürchtete ich, unser Repräsentant würde ein paar Wochenzeitschriften hervorholen und an uns verteilen. Ich wagte, Luisa mit fragend hochgezogenen Brauen den Kopf zuzuwenden, und sie machte eine (nicht strenge) Handbewegung in meine Richtung, die mir zu Geduld riet. Schließlich zog der spanische hohe Würdenträger aus einer bereits zehnmal befühlten Tasche ein (leicht kitschiges) metallenes Zigarettenetui und fragte seine Kollegin:

»Sagen Sie, stört es Sie, wenn ich rauche?«

Und ich beeilte mich, es zu übersetzen.

»Do you mind if I smoke, Madam?« sagte ich.

»Nein, wenn Sie den Rauch nach oben blasen«, antwortete die britische Staatenlenkerin, während sie von den Fingernägeln abließ und sich den Rock glattstrich, und ich beeilte mich, zu übersetzen, wie es hier steht.

Der hohe Würdenträger zündete einen Zigarillo an (er hatte die Größe und Form einer Zigarette, war aber dunkelbraun, ich würde sagen, ein Zigarillo), nahm ein paar Züge und achtete darauf, den Rauch zur Decke hin auszustoßen, die, wie ich sah, Flecken aufwies. Wieder herrschte Schweigen, aber nach einer kurzen Weile stand er von seinem bequemen Sessel auf, trat an einen kleinen Tisch, auf dem sich vielleicht zu viele Flaschen befanden, bereitete sich einen Whisky mit Eis (mich wunderte, daß kein Kellner oder Sommelier ihm zuvor etwas serviert hatte) und fragte:

»Sie trinken nicht, nicht wahr?«

Und ich übersetzte, ebenso wie die Antwort, wenn auch unter abermaliger Hinzufügung von »Madam« am Ende des Satzes.

»Nicht zu dieser Tageszeit, wenn es Ihnen nichts ausmacht, daß ich Ihnen keine Gesellschafft leiste.« Und die englische Dame zog sich den schon weit heruntergezogenen Rock ein wenig mehr herunter.

Die langen Pausen und das karge Gespräch oder vielmehr der alberne Austausch einzelner Sätze begann mich zu langweilen. Das andere Mal, da ich als Dolmetscher zwischen führenden Persönlichkeiten eingesetzt worden war, hatte ich zumindest das Gefühl gehabt, so gut wie unersetzlich zu sein mit meinen vollkommenen Kenntnissen der Sprachen, die ich spreche. Nicht, daß sie einander große Dinge gesagt hätten (ein Spanier und ein Italiener), aber es galt doch, einen recht komplizierten Satzbau und Wortschatz wiederzugeben, die nicht jeder durchschnittliche Sprachkundige hätte gut übersetzen können, im Unterschied zur jetzigen Situation: was sie sagten, hätte ein Kind bewältigen können.

Unser Oberhaupt nahm wieder Platz mit dem Whisky in der einen und dem Zigarillo in der anderen Hand, trank einen Schluck, seufzte erschöpft, stellte das Glas ab, schaute auf die Uhr, glättete sich die Schöße seines Jacketts, die er mit seinem Körper eingeklemmt hatte, kramte abermals in den Taschen herum, atmete mehr Rauch ein und aus, lächelte, nunmehr lustlos (die britische Staatenlenkerin lächelte ebenfalls und noch lustloser und kratzte sich die Stirn mit den langen Nägeln, die sie zu Beginn erstaunt betrachtet hatte, in der Luft lag einen Augenblick lang der Geruch nach Puder), und in diesem Moment begriff ich, daß die vorgesehenen dreißig oder fünfundvierzig Minuten wie im Vorzimmer des Steuerberaters oder des Notars vergehen und sie sich darauf beschränken konnten, zu warten, daß die Zeit verginge und der Amtsdiener oder Famulus ihnen wieder die Tür aufmachte, wie der Pedell der Universität, der apathisch verkündet: »Es ist Zeit«, oder die Krankenschwester, die unangenehmerweise ruft: »Der Nächste«. Ich wandte mich erneut zu Luisa um, dieses Mal, um ihr unauffällig etwas zuzuflüstern (ich glaube, ich wollte ihr zwischen den Zähnen sagen: »Was für eine Blamage«), aber ich sah, daß sie, lächelnd und unbeirrt, den Zeigefinger an die Lippen hob und sie leicht beklopfte, um mir zu bedeuten, ich solle Schweigen bewahren. Ich weiß, daß ich diese lächelnden Lippen, über denen ein Zeigefinger lag, der das Lächeln nicht auszulöschen vermochte, nie vergessen werde. Ich glaube, es war in jenem Augenblick (oder mehr in jenem Augenblick), daß ich dachte, es würde mir zum Vorteil gereichen, mit dieser Frau zu tun zu haben, die jünger war als ich und so gut beschuht. Ich glaube, es war auch die Verbindung der Lippen und des Zeigefingers (die offenen Lippen und der Zeigefinger, der sie versiegelte, die gekrümmten Lippen und der gerade Zeigefinger, der sie zerteilte), die mich ermutigte, alles andere als genau zu sein bei der nächsten Frage, die unser sehr hoher Würdenträger schließlich stellte, nachdem er aus einer Tasche einen mit Schlüsseln überladenen Schlüsselring gezogen hatte, mit dem er in unpassender Weise herumzuspielen begann:

»Soll ich einen Tee für Sie bestellen?«

Und ich übersetzte nicht, ich meine, das, was ich ihm auf englisch in den Mund legte, war nicht seine höfliche Frage (die aus dem Handbuch stammte und ein wenig spät kam, man kann es nicht anders sagen), sondern eine andere:

»Sagen Sie, liebt man Sie eigentlich in Ihrem Land?«

Ich gewahrte die Bestürzung Luisas in meinem Rücken, mehr noch, ich sah, wie sie sofort die erschrockenen Beine nebeneinanderstellte (die sehr langen Beine, die stets in meinem Blickfeld waren, wie die neuen und teuren Prada-Schuhe, sie wußte ihr Geld auszugeben, oder jemand hatte sie ihr geschenkt), und ein paar Sekunden lang, die nicht kurz waren (ich spürte, wie der Schrecken sich meines Nakkens bemächtigte), erwartete ich ihr Eingreifen und ihre Denunziation, ihre Richtigstellung und ihren Verweis, oder daß sie unverzüglich das Dolmetschen übernähme, die »Ko«, dazu war sie da. Aber diese Sekunden vergingen (eins, zwei, drei und vier), und sie sagte nichts, vielleicht (dachte ich damals), weil die englische Staatenlenkerin nicht beleidigt wirkte und ohne zu zögern, ja mit einer Art verhaltener Heftigkeit antwortete: »Ich frage mich das oft«, sagte sie, und zum erstenmal schlug sie ihre Beine übereinander, ohne sich um ihren sittsamen Rock zu bekümmern, wobei sie ein paar weißliche und sehr quadratische Knie sehen ließ. »Sie stimmen für einen, ja, sogar mehr als einmal. Man wird gewählt, sogar mehr als einmal. Und doch, es ist seltsam, man hat nicht das Gefühl, daß sie einen deshalb lieben.«

Ich übersetzte genau, nur daß in der spanischen Fassung das »das« des ersten Satzes verschwand und das Ganze für unser Oberhaupt wie eine spontane britische Überlegung klang, die ihm, nebenbei gesagt, als Gesprächsthema zu gefallen schien, denn er schaute die Dame mit kaum merklicher Überraschung und größerer Sympathie an und antwortete ihr, während er seine zahlreichen Schlüssel fröhlich aneinanderstoßen ließ:

»Das ist wahr. Die Stimmen geben keinerlei Sicherheit in dieser Hinsicht, so groß ihr Nutzen auch für uns sein mag Und ich sage Ihnen eines: ich glaube, die Diktatoren, die Regierungschefs, die nie Stimmen bekommen haben noch demokratisch gewählt worden sind, werden in ihren Ländern mehr geliebt. Auch mehr gehaßt, natürlich, aber stärker geliebt von denen, die sie lieben, deren Zahl außerdem ständig größer wird.«

Ich fand, daß der letzte Kommentar, »deren Zahl außerdem ständig größer wird«, ein wenig übertrieben, wenn nicht falsch war, weshalb ich alles korrekt übersetzte, außer diesem Kommentar (ich ließ ihn weg und zensierte ihn, kurz gesagt), und wartete erneut auf die Reaktion Luisas. Sie schlug abermals rasch die Beine übereinander (ihre goldfarbenen, rundlichen Knie), aber das war das einzige Anzeichen dafür, daß sie meine Freiheit bemerkt hatte. Vielleicht, dachte ich, mißbilligte sie sie nicht, obwohl ich weiterhin spürte, wie ihr bestürzter oder vielleicht empörter Blick sich in meinen Nacken bohrte. Ich konnte mich nicht umdrehen, um sie anzusehen, das war mein Pech.

Die Staatenlenkerin schien munter zu werden:

»Oh, das glaube ich wohl«, sagte sie. »Die Leute lieben zu einem Gutteil, weil man sie zu lieben zwingt. Das passiert auch in den persönlichen Beziehungen, nicht wahr? Wie viele Paare sind nicht deshalb Paare, weil einer der beiden, nur einer, darauf bestand und den anderen zwang, ihn zu lieben?«

»Zwang oder überzeugte?« fragte unser hoher Würdenträger, und ich sah, daß er zufrieden war mit seiner Nuancierung, weshalb ich mich darauf beschränkte, sie so zu übersetzen, wie er sie formuliert hatte. Er schwenkte die unzähligen Schlüssel, wobei er ein großes Getöse veranstaltete, ein nervöser Mensch, er ließ mich nicht gut hören, ein Dolmetscher braucht Stille, um seine Aufgabe zu erfüllen.

Die Staatenlenkerin betrachtete ihre langen, gepflegten Fingernägel, jetzt eher mit unbewußter Koketterie als mit Unbehagen oder Argwohn, wie sie es zuvor in fingiertem Erstaunen getan hatte. Sie zog vergeblich am Rock, denn sie hatte ihre Beine noch immer übereinandergeschlagen.

»Das ist das gleiche, glauben Sie nicht? Es gibt nur einen zeitlichen Unterschied, was ist zuerst da, was kommt vorher, denn das eine verwandelt sich in das andere und das andere in das eine, unausweichlich. All das hat mit den *faits accomplis zu* tun, wie die Franzosen sagen. Wenn man einem Land befiehlt, seine Regierenden zu lieben, wird es schließlich überzeugt sein, daß es sie liebt, zumindest eher, als wenn man es ihm nicht befiehlt. Wir können es ihm nicht befehlen, das ist das Problem.«

Ich fragte mich auch bei ihr, ob der letzte Kommentar nicht zu weit ging für die demokratischen Ohren unseres hohen Würdenträgers, und nach einer Sekunde Zögern und einem raschen Blick auf die anderen, besseren Beine, die mich überwachten, entschied ich mich dafür, »das ist das Problem« wegzulassen. Die Beine bewegten sich nicht, und ich stellte sogleich fest, daß meine demokratischen Skrupel nicht gerechtfertigt gewesen waren, denn der Spanier klopfte als Antwort äußerst nachdrücklich mit den Schlüsseln auf den niedrigen Tisch:

»Das ist das Problem, das ist unser Problem, daß wir es ihm nicht befehlen können. Sehen Sie, ich kann nicht tun, was unser Diktator Franco getan hat, die Leute zu einer Jubelkundgebung auf der Plaza de Oriente versammeln« – hier sah ich mich gezwungen zu übersetzen »auf einem großen Platz«, denn ich war der Meinung, daß das Wort »Oriente« die englische Dame verwirren könnte – »damit sie uns Beifall klatschen, dem Kabinett, meine ich, wir sind nur Teil eines Kabinetts, so ist es doch, nicht? Er tat es ungestraft, unter jedem Vorwand, und man hat gesagt, die Leute seien unter Zwang hingegangen, um ihm zuzujubeln. Das stimmt, aber es stimmt auch, daß sie den Platz füllten, es gibt Fotos und Dokumentarfilme, die nicht lügen, unmöglich, daß alle unter Zwang kamen, vor allem in den letzten Jahren, als die Repressalien nicht so hart waren oder nur die staatlichen Beamten treffen konnten, eine Sanktion, eine Entlassung. Viele Leute waren bereits überzeugt, daß sie ihn liebten, und warum? Weil man sie vorher dazu gezwungen hatte, jahrzehntelang. Lieben ist eine Gewohnheit.«

»Oh, mein lieber Freund«, rief die hohe Würdenträgerin

aus, »Sie wissen nicht, wie sehr ich Sie verstehe, Sie wissen nicht, was ich für eine Kundgebung dieser Art geben würde. Dieses Schauspiel einer ganzen Nation, die sich wie in einem Fest vereint, findet in meinem Land leider nur statt, wenn protestiert wird. Es ist sehr entmutigend zu hören, wie sie uns beschimpfen, ohne uns zuzuhören, ohne unsere Gesetze zu lesen, das vollzählige Kabinett, wie Sie richtig sagen, mit ihren beleidigenden Transparenten, sehr deprimierend.«

»Und mit Slogans. Sie rufen Slogans«, warf unser Staatenlenker ein. Aber das übersetzte ich nicht, weil es mir nicht wichtig erschien und ich auch keine Zeit dazu fand; die englische Dame setzte ihre Klage fort, ohne auf ihn zu achten:

»Können sie uns denn niemals zujubeln? Ich frage mich: Machen wir nie irgend etwas richtig? Mir jubeln nur die Leute meiner Partei zu, und an deren Aufrichtigkeit kann ich natürlich nicht ganz glauben. Nur im Krieg werden wir unterstützt, ich weiß nicht, ob Sie das wissen, nur, wenn wir das Land in den Krieg führen, dann …«

Dic britische Staatenlenkerin verharrte nachdenklich, das Wort schwebte ihr auf den Lippen, als erinnerte sie sich an die Hochrufe der Vergangenheit, die nicht wiederkehren würden. Sie setzte schamhaft und vorsichtig die Beine nebeneinander und zog abermals energisch ihren Rock in die Länge, wie durch ein Wunder gelang es ihr, ihn noch einmal zwei Fingerbreit hinunterzuziehen. Allmählich mißfiel mir die Wendung, welche die Unterhaltung durch meine Schuld genommen hatte. Heiliger Himmel, dachte ich (aber ich hätte es gerne zu Luisa gesagt), diese demokratischen Politiker sind Nostalgiker der Diktatur, für sie wird jeder Erfolg und jede Zustimmung immer nur die blasse Verwirklichung eines zutiefst totalitären Wunsches sein, des Wunsches nach Einmütigkeit, danach, daß alle einverstanden sind, und je mehr sich diese partielle Verwirklichung der unmöglichen Totalität annähert, um so größer wird ihre Euphorie sein, wenn auch nie groß genug; sie preisen die Abweichung, aber in Wirklichkeit empfinden alle sie als einen Fluch und als Unsinn. Ich übersetzte korrekt, was die Dame gesagt hatte, mit Ausnahme ihrer Erwähnung des Krieges am Schluß (ich wollte nicht, daß unser hoher Würdenträger auf schlechte Gedanken käme) und legte ihr statt dessen die folgende Bitte in den Mund:

»Entschuldigen Sie, würde es Ihnen etwas ausmachen, diese Schlüssel einzustecken? Ich leide sehr unter Lärm in der letzten Zeit, ich danke Ihnen.«

Luisas Beine verharrten in ihrer Stellung, so daß ich, nachdem unser Staatenlenker sich leicht errötend entschuldigt und unverzüglich den umfangreichen Schlüsselbund in die Jackentasche zurückbefördert hatte (sie mußte schon völlig durchlöchert sein bei diesem Gewicht), ihn abermals zu verraten wagte, denn er sagte:

»Ah, natürlich, wenn wir etwas richtig machen, dann ruft niemand zu einer Kundgebung auf, damit wir erfahren, daß es ihnen gefallen hat.«

Ich beschloß dagegen, ihn auf ein persönlicheres Terrain zu führen, das mir weniger gefährlich und auch interessanter erschien, und ließ ihn in klarstem Englisch sagen:

»Wenn ich Sie fragen darf und Ihnen nicht zu nahe trete, haben Sie, in Ihrem Liebesleben, jemanden gezwungen, Sie zu lieben?«

Ich begriff auf der Stelle, daß die Frage zu gewagt war, vor allem einer Engländerin gegenüber, und ich war überzeugt, daß Luisa dieses Mal kein Auge zudrücken würde, mehr noch, sie würde sich als »Ko« betätigen, mich denunzieren und aus dem Zimmer werfen, ein großes Gezeter veranstalten, wie ist das möglich, so weit sind wir gekommen, Fälschung und Farce, das ist kein Spiel. Meine berufliche Laufbahn wäre ruiniert. Ich beobachtete aufmerksam und voller Furcht die glänzenden, ihres Rockes nicht achtenden Beine, außerdem hatten sie jetzt Zeit, nachzudenken und zu reagieren, da die britische Dame sich ihrerseits Zeit nahm, um etliche Sekunden lang zu überlegen, bevor sie reagierte. Sie schaute unseren hohen Würdenträger mit halboffenem Mund und respektvoller Miene an (zuviel Lippenstift, der sich auf die Zwischenräume ihrer Zähne ausbreitete), und er holte angesichts dieses neuen Schweigens, das er nicht verursacht hatte und das er sich sicher nicht erklären konnte, einen weiteren Zigarillo hervor und zündete ihn an der Kippe des vorherigen an, was (glaube ich) einen sehr schlechten Eindruck machte. Aber Luisas gesegnete Beine rührten sich nicht, sie waren noch immer übereinandergeschlagen, wenn sie auch vielleicht wippten: Ich bemerkte nur, daß sie sich noch ein wenig mehr auf ihrem Folterstuhl aufrichtete, als hielte sie den Atem an, erschrockener womöglich angesichts der möglichen Antwort als angesichts der bereits unwiderruflichen Indiskretion; oder vielleicht, dachte ich, wollte auch sie es wissen, nun, da die Frage schon einmal gestellt war. Sie verriet mich nicht, sie dementierte nicht, sie griff nicht ein, sie blieb stumm, und ich dachte, wenn mir das erlaubt war, dann konnte ich mir alles im Laufe meines Lebens oder meines halben, noch nicht gelebten Lebens erlauben.

»Hmmm. Hmmm. Mehr als einmal, mehr als einmal, glauben Sie mir«, sagte schließlich die englische Staatenlenkerin, und in ihrer lauten Stimme schwang der Anklang einer fernen Emotion mit, die so fern war, daß sie möglicherweise nur noch in dieser Form dingfest gemacht werden konnte, in der herrischen Stimme, die plötzlich stammelte. »Wirklich, ich frage mich, ob jemand mich je geliebt hat, ohne daß ich ihn zuvor gezwungen hätte, selbst die Kinder, nun ja, die Kinder werden von allen am meisten gezwungen. So ist es mir immer ergangen, aber ich frage mich auch, ob es jemanden in der Welt gibt, dem es anders ergangen ist. Sehen Sie, ich glaube nicht an diese Geschichten, die im Fernsehen erzählt werden, Menschen, die einander begegnen und sich ohne jede Schwierigkeit lieben, beide sind frei und verfügbar, keiner hat Zweifel, keiner empfindet verfrühte Reue. Ich glaube nicht, daß das jemals passiert, nie, nicht einmal unter den Jüngeren. Jede Beziehung zwischen Menschen ist immer eine Ansammlung von Problemen, Auseinandersetzungen, auch von Kränkungen und Demütigungen. Jeder zwingt jeden, nicht so sehr, etwas zu tun, was er nicht will, als etwas zu tun, von dem er nicht weiß, ob er es will, denn fast niemand weiß, was er nicht will, und noch weniger, was er will, es ist nicht möglich, das zu wissen. Wenn niemand jemals zu etwas gezwungen würde, würde die Welt zum Stillstand kommen, alles würde in einer globalen, anhaltenden Unentschiedenheit schweben, endlos. Die Leute wollen nur schlafen, die vorweggenommene Reue würde uns lähmen, sich vorstellen, was nach den noch ungetanen Taten kommt, ist immer furchtbar, deshalb sind wir Regierenden so unverzichtbar, wir sind da, um die Entscheidungen zu treffen, die die anderen nie treffen würden, gelähmt wie sie sind durch ihre Zweifel und den Mangel an Willenskraft. Wir hören ihrer Angst zu. ›Schlafende und Tote sind Bilder nur‹, sagte unser Shakespeare, und ich denke bisweilen, daß alle Menschen nur das sind, Bilder, gegenwärtige Schlafende und künftige Tote. Deshalb wählen sie uns und bezahlen sie uns, damit wir sie aufwekken, damit wir sie daran erinnern, daß ihre Stunde, die kommen wird, noch nicht gekommen ist, und wir uns dennoch in der Zwischenzeit zum Träger ihres Willens machen. Aber natürlich, man muß es in einer Weise tun, daß sie noch immer glauben, sie träfen eine Wahl, so wie die Paare sich im beiderseitigen Glauben zusammentun, daß sie bei wachen Sinnen eine Wahl getroffen haben. Es geht nicht mehr darum, daß einer der beiden vom anderen gezwungen oder, wenn man es lieber hat, überzeugt wurde; denn zweifellos trifft das für beide zu, in dem einen oder anderen Augenblick des langen Prozesses, der sie dazu brachte, sich zu verbinden, meinen Sie nicht?, und dann, eine Zeitlang zusammenzubleiben oder bis zum Tod. Manchmal hat etwas Äußeres sie gezwungen oder jemand, der nicht mehr in ihren Leben ist, die Vergangenheit zwingt sie, ihre Unzufriedenheit, ihre eigene Geschichte, ihre glücklose Biografie. Oder sogar Dinge, von denen sie nichts wissen und die sie nicht wissen können, der Teil unseres Erbes, den wir alle in uns tragen und nicht kennen, wer weiß, wann dieser Prozeß begonnen hat …«

Während ich die langen Ausführungen der hohen Würdenträgerin übersetzte (ich überging das »Hmmm. Hmmm.« und begann mit »… ich frage mich, ob jemand …«, das machte den Dialog zwischen ihnen kohärenter), sprach die Frau, den Blick auf den Boden gesenkt, mit einem bescheidenen, abwesenden, vielleicht ein wenig verschämten Lächeln, die Hände auf die Oberschenkel gestützt, ausgestreckt, wie es oft müßige Frauen eines gewissen Alters tun, wenn sie zusehen, wie der Nachmittag vorbeigeht, obwohl sie nicht müßig und es noch Vormittag war. Und während ich jene Rede fast simultan übersetzte und mich fragte, woher das Shakespeare-Zitat stammen mochte (»The sleeping and the dead, are but as pictures«, hatte sie gesagt, und ich hatte in dem Augenblick, da ich es von ihren geschminkten Lippen hörte, nicht recht gewußt, ob ich »Schläfer« und »Gemälde« sagen sollte), und ich fragte mich auch, ob das Ganze nicht eine zu weitschweifige Überlegung war, um von unserem Staatenlenker vollkommen verstanden zu werden, ob er sich nicht verlieren und keine ehrenwerte Antwort finden würde, ich spürte, daß Luisas Kopf sich mir, meinem Nacken genähert hatte, als hätte sie sich ein wenig vorgereckt oder geneigt, um besser beide Versionen hören zu können, ohne auf den Abstand zu achten, das heißt, auf den kurzen Abstand, der sie von mir trennte und der jetzt, mit ihrer Bewegung nach vorn (mit dem vorgereckten Gesicht: Nase, Augen und Mund; Kinn, Stirn und Wangen), noch kürzer geworden war, so daß ich ihren Atem leicht an meinem linken Ohr spürte, ihr leicht veränderter oder beschleunigter Atem streifte jetzt mein Ohr, das Ohrläppchen, als wäre er ein Flüstern, so leise, daß es der Botschaft oder der Bedeutung entbehrte, als wäre nur der Atem und der Akt des Flüsterns das Übermittelbare und vielleicht das leichte Wogen der Brust, die mich nicht berührte, die ich jedoch näher spürte, ganz dicht und unbekannt. Es ist die Brust einer anderen Person, die uns den Rücken stärkt, wir fühlen uns nur wirklich geschätzt, wenn jemand hinter uns steht, das besagt der Ausdruck selbst, in unserem Rücken, wie auch im Englischen, *to back,* jemand, den wir vielleicht nicht sehen und der uns den Rücken deckt mit seiner Brust, die uns fast berührt und uns am Ende immer berührt, und bisweilen legt uns dieser Jemand sogar eine Hand auf die Schulter, mit der er uns besänftigt und auch uns hält. So schlafen oder glauben die meisten Ehepaare und Paare zu schlafen, beide drehen sich auf die gleiche Seite, wenn sie sich verabschieden, so daß einer dem anderen im Laufe der ganzen Nacht den Rücken zukehrt und sich von ihm oder ihr, von jenem anderen, geschützt weiß, und wenn er mitten in der Nacht aufwacht, aus einem Alptraum aufschreckend, oder nicht in den Schlaf finden kann, da er Fieber hat oder sich im Dunkeln allein und verlassen glaubt, dann braucht er sich nur umzudrehen und das Gesicht dessen vor sich zu sehen, der ihn beschützt, der sich überall dort küssen lassen wird, wo das Gesicht küßbar ist (Nase, Augen und Mund; Kinn, Stirn und Wangen, es ist das ganze Gesicht), oder ihm vielleicht im Halbschlaf eine Hand auf die Schulter legen wird, um ihn zu besänftigen oder um ihn zu halten oder womöglich, um sich festzuhalten.

JETZT WEISS ICH, daß das Shakespeare-Zitat aus *Macbeth* stammte und daß dieser Vergleich aus dem Mund seiner Gemahlin kommt, kurz nachdem Macbeth König Duncan im Schlaf umgebracht hat. Er gehört zu den verstreuten Argumenten oder vielmehr einzelnen Sätzen, die Lady Macbeth fallen läßt, um herunterzuspielen, was ihr Gemahl getan hat oder gerade getan hat und was nunmehr unwiderruflich ist, und unter anderem sagt sie zu ihm, er solle nicht *»so brainsickly of things«* denken, was schwer zu übersetzen ist, denn das Wort *»brain«* bedeutet »Gehirn« und das Wort *»sickly«* heißt »krankhaft« oder »krank«, obwohl es hier ein Adverb ist; sie sagt ihm also wörtlich, er solle an die Dinge nicht so hirnkrank oder so krankhaft mit dem Gehirn denken, ich weiß nicht genau, wie ich es in meiner Sprache wiedergeben soll, zum Glück waren es nicht diese Worte, welche die Engländerin bei jener Gelegenheit zitierte. Jetzt, da ich weiß, daß dieses Zitat aus *Macbeth* stammt, kann ich nicht umhin zu erkennen (oder vielleicht ist es Erinnern), daß auch der hinter uns steht, der uns anstiftet, auch dieser flüstert uns ins Ohr, vielleicht ohne daß wir ihn sehen, die Sprache ist seine Waffe und ist sein Werkzeug, die Sprache als Regentropfen, der nach dem Wolkenbruch aus der Regenrinne fällt, immer auf dieselbe Stelle, wo die Erde allmählich nachgibt, bis sie durchlässig wird und eine Öffnung und vielleicht ein Kanal entsteht, nicht wie der Tropfen aus dem Wasserhahn, der im Abfluß verschwindet, ohne eine Spur im Becken zu hinterlassen, und auch nicht wie der Blutstropfen, der sofort gestillt wird mit dem, was zur Hand ist, einem Stück Stoff oder einem Verband oder einem Handtuch oder zuweilen Wasser, oder zur Hand ist nur die eigene Hand dessen, der Blut verliert, wenn er noch bei Bewußtsein ist und sich nicht selbst verletzt hat, die Hand, die an seinen Magen oder an seine Brust greift, um die Öffnung zuzuhalten. Die Zunge im Ohr ist auch der Kuß, der den, der sich nicht gern küssen läßt, am meisten überzeugt, bisweilen sind es nicht die Augen noch die Finger noch Lippen, die den Widerstand überwinden, sondern nur die Zunge, die erkundet und entwaffnet, die flüstert und küßt, die beinahe Zwang ausübt. Zuhören ist das gefährlichste, ist wissen, ist informiert und auf dem laufenden sein, die Ohren haben keine Lider, die sich instinktiv vor dem Ausgesprochenen schließen können, sie können sich nicht hüten vor dem, von dem man ahnt, daß man es zu hören bekommen wird, immer ist es zu spät. Nicht nur, daß Lady Macbeth ihren Gemahl anstiftet, sie weiß vor allem ab dem Augenblick nach dem Mord, daß ein Mord begangen wurde, sie hat von den Lippen ihres Mannes gehört *»I have done the deed«,* als er zurückgekommen ist, »Ich habe die Tat getan« oder »Ich habe die Handlung vollzogen«, obwohl das Wort *»deed«* heutzutage eher als »Heldentat« verstanden wird. Sie hört das Geständnis dieser Handlung oder Tat oder Heldentat, und was sie zur wahren Komplizin macht, ist nicht, daß sie zu ihr angestiftet hat, nicht einmal, daß sie vorher den Schauplatz vorbereitet oder danach mitgewirkt hat, daß sie den frischen Leichnam und den Ort des Verbrechens aufgesucht hat, um die Diener als Schuldige erscheinen zu lassen, sondern daß sie von dieser Handlung und von ihrem Vollzug weiß. Deshalb will sie ihre Bedeutung herunterspielen, vielleicht nicht so sehr, um den entsetzten Macbeth mit seinen blutbefleckten Händen zu besänftigen, als um ihr eigenes Wissen zu bagatellisieren und zu verdrängen, das über sich selbst: »Schlafende und Tote sind Bilder nur«; »Du läßt den edlen Mut erschlaffen, denkst du so hirnkrank drüber nach«; »Dieser Taten muß man so nicht denken; so macht es uns toll«; »Verlier dich nicht so schwächlich in Gedanken«. Letzteres sagt sie zu ihm, nachdem sie entschlossen hinausgegangen und zurückgekehrt ist und den Dienern das Blut des Toten in die Gesichter gerieben hat (»Wenn er blutet …«), um sie beschuldigen zu können; »Meine Hände sind blutig, wie die deinen«, verkündet sie Macbeth; »doch ich schäme mich, daß mein Herz so weiß ist«, als versuchte sie, ihn mit ihrer Sorglosigkeit anzustecken im Austausch dafür, daß sie sich mit dem von Duncan vergossenen Blut befleckte, es sei denn, »weiß« hieße hier »blaß und furchtsam« oder »feige«. Sie weiß, sie ist informiert, und das ist ihr Vergehen, aber sie hat das Verbrechen nicht begangen, so sehr sie es auch bedauern oder versichern mag, es zu bedauern, sich die Hände mit dem Blut des Toten beflecken ist ein Spiel, eine Vorspiegelung, ein falsches Band, das sie zwischen sich und demjenigen knüpft, der tötet, denn man kann nicht zweimal töten, und die Tat ist bereits getan: »Ich hab' die Tat getan«, und nie gibt es Zweifel daran, wer »ich« ist: auch wenn Lady Macbeth die Dolche abermals in die Brust des ermordeten Duncan gestoßen hätte, hätte sie ihn deshalb doch nicht getötet noch dazu beigetragen, es war bereits getan. »Ein wenig Wasser reint uns (oder vielleicht »reinige uns«) von der Tat«, sagt sie zu Macbeth, wohl wissend, daß es für sie stimmt, im Wortsinne stimmt. Sie gleicht sich ihm an und versucht auf diese Weise, ihn sich gleichzumachen, ihrem so weißen Herzen. Es geht nicht so sehr darum, daß sie seine Schuld in diesem Augenblick teilt, als darum, daß sie zu erreichen sucht, daß er ihre unabänderliche Unschuld oder ihre Feigheit teilt. Eine Anstiftung besteht aus weiter nichts als Worten, übersetzbaren, herrenlosen Worten, die von Stimme zu Stimme und von Sprache zu Sprache und von Jahrhundert zu Jahrhundert wiederholt werden, immer die gleichen, die zu den gleichen Handlungen anstiften, seit es auf der Welt Menschen und Sprachen und Ohren gibt, sie zu hören. Die gleichen Handlungen, von denen nie jemand weiß, ob er sie vollzogen sehen möchte, die Handlungen, die alle unfreiwillig sind, die Handlungen, die nicht mehr von den Worten abhängen, sobald sie ausgeführt werden, sondern sie auslöschen und isoliert vom Vorher und Nachher dastehen, sie allein sind unabänderlich, während es Bestätigung und Widerruf, Wiederholung und Richtigstellung bei den Worten gibt, sie können dementiert werden, und wir nehmen sie zurück, sie können entstellt und vergessen werden. Man ist nur schuldig, sie zu hören, was nicht vermeidbar ist, und obwohl das Gesetz denjenigen, der gesprochen hat, der spricht, nicht rechtfertigt, weiß dieser doch, daß er in Wirklichkeit nichts getan hat, selbst wenn er Zwang ausgeübt hat mit seiner Zunge im Ohr, mit seiner Brust im Rücken, mit beschleunigtem Atem, mit seiner Hand auf der Schulter und dem unverständlichen Geflüster, das uns überzeugt.

ES WAR LUISA, die mir zuerst die Hand auf die Schulter legte, aber ich glaube, ich war derjenige, der begann, sie zu zwingen (sie zu zwingen, mich zu lieben), obwohl dies niemals eindeutig ist und unmöglich konstant sein kann und der Nutzeffekt zu einem guten Teil davon abhängt, daß der Gezwungene den anderen zuweilen in der Zwangsausübung ablöst. Ich glaube aber, ich habe begonnen, und bis vor einem Jahr, zumindest bis zu unserer Hochzeit und unserer Hochzeitsreise, war ich es, der alles vorschlug, was akzeptiert wurde: uns daran zu gewöhnen, uns zu sehen, zum Abendessen auszugehen, zusammen ins Kino zu gehen, sie bis zu ihrer Haustür zu begleiten, uns zu küssen, unsere Arbeitszeiten zu ändern, um einige Wochen im Ausland zusammenzusein, die eine oder andere Nacht in ihrer Wohnung zu schlafen (das schlug ich vor, aber dann ging ich nach den wachen Küssen und Umarmungen), später eine neue für uns beide zu suchen, zu heiraten. Ich glaube, ich war es auch, der vorschlug, zu heiraten, vielleicht weil ich älter war, vielleicht weil ich es noch nie getan hatte, heiraten oder es vorschlagen, oder letzteres nur ein einziges Mal, halbherzig und angesichts eines Ultimatums. Luisa akzeptierte, sicher ohne zu wissen, ob sie wollte, oder vielleicht (ihr Glück) wußte sie es, ohne weiter darüber nachdenken zu müssen, das heißt, sie tat es einfach. Seit unserer Heirat haben wir uns weniger gesehen, als es angeblich üblich ist, aber in unserem Fall war es nicht auf die allgemeine Abnutzung zurückzuführen, die einhergeht mit dem, was sich den Anschein von Ziel oder Ende gibt, sondern auf äußere und vorübergehende Faktoren, eine mangelnde Übereinstimmung in unseren Arbeitszeiten: Luisa war immer weniger bereit, zu reisen und ihre acht Wochen im Ausland zu verbringen, ich hingegen mußte es weiterhin tun und sogar die Aufenthalte verlängern und die Zahl der Ortsveränderungen vermehren, um die Kosten unserer neuen, so künstlich eingeweihten Wohnung zu bestreiten. Fast ein Jahr lang, das Jahr vor unserer Heirat, hatten wir hingegen versucht, so oft wie möglich zusammenzutreffen, sie in Madrid, wenn ich in Madrid war, sie in London, wenn ich in Genf war, und sogar ein paarmal beide zugleich in Brüssel. Fast ein Jahr lang, das unserer Ehe, bin ich dagegen mehr Zeit abwesend gewesen, als mir lieb war, so daß ich mich nie ganz an mein Eheleben oder an das geteilte Kissen oder an die neue Wohnung gewöhnen konnte, die zuvor niemandem gehörte, und sie fast ständig in Madrid, wo sie sich um diese Wohnung gekümmert und sich mit meiner Familie vertraut gemacht hat, besonders mit Ranz, meinem Vater. Jedesmal, wenn ich während dieser Zeit von einer Reise zurückkehrte, fand ich neue Möbel oder Vorhänge und sogar irgendein neues Bild vor, so daß ich mich fremd fühlte und die häuslichen Wege, die ich beim vorherigen Mal gelernt hatte, verändern mußte (jetzt stand eine Ottomane dort, wo zuvor keine Ottomane stand, zum Beispiel). Ich bemerkte auch einige Veränderungen an Luisa, geringfügige Veränderungen, die völlig nebensächliche Dinge betrafen, auf die ich indes sehr achte, die Länge des Haares, ein Paar Handschuhe, Schulterpolster in den Jakken, ein anderer Farbton ihrer Lippen, selbst ein etwas anderer Gang, ohne daß sie die Art ihrer Schuhe verändert hätte. Nichts sehr Auffallendes, aber doch wahrnehmbar nach acht Wochen Abwesenheit und mehr noch nach weiteren acht. In gewissem Sinne störte es mich, mit diesen winzigen, bereits vollzogenen Veränderungen konfrontiert zu werden, ihnen nicht beizuwohnen, so als würde die Tatsache, daß ich nicht Zeuge war (daß ich sie nicht nach dem Friseur gesehen hatte, daß ich keine Meinung über die

Handschuhe geäußert hatte), zwangsläufig meinen möglichen Einfluß auf diese Veränderungen und damit den unserer Ehe ausschließen, der zweifellos der Zustand ist, der den stärksten Einfluß auf die Menschen ausübt und sie am meisten verändert und daher in seinen Anfängen die größte Wachsamkeit verlangt. Luisa änderte er in der richtigen Reihenfolge, zuerst in Einzelheiten, wie immer bei Frauen, wenn sie einem tiefgreifenden Wandlungsprozeß unterworfen sind, aber ich begann Zweifel zu hegen, ob ich es war oder ich in unserer Ehe, der die Richtung dieser Wandlung bestimmte, sie zumindest bedingte. Mir gefiel auch nicht, daß unsere neue Wohnung, deren Möglichkeiten unendlich waren, hier und da einem Geschmack folgte, der nicht dem Luisas und auch nicht genau meinem entsprach, obwohl ich an ihn gewöhnt war und ihn zum Teil geerbt hatte. Die neue Wohnung ähnelte allmählich ein wenig, erinnerte allmählich ein wenig an die meiner Kindheit, das heißt, an die von Ranz, meinem Vater, als hätte er während seiner Besuche Hinweise geliefert oder durch seine bloße Anwesenheit Bedürfnisse geschaffen, die mangels Stetigkeit meiner eigenen sowie eines entschiedenen Standpunktes Luisas ohne viel Aufhebens erfüllt worden waren. Mein Arbeitstisch, für den ich nur vage Anweisungen gegeben hatte, war fast eine Replik des Tisches, den mein Vater vor fünfundzwanzig Jahren mit sehr präzisen Anweisungen bei einem Tischler in Segovia in Auftrag gegeben hatte, dem berühmten Fonfrías, den ich in irgendeinem Sommer flüchtig kennengelernt hatte: ein riesiger Tisch, zu groß für meine geringen Tätigkeiten, in Form eines rechteckigen U und voller Schubladen, die ich weder füllen könnte noch kann. Die Regale, die ich gerne weiß angemalt gehabt hätte (obwohl ich vergaß, es ihr zu sagen), waren mahagonifarben bei der Rückkehr von einer meiner Reisen (aber nicht aus Mahagoni), und nicht nur das: mein Vater, Ranz, hatte sich die Mühe gemacht, die Kisten auszupacken, die auf mich warteten, und meine Bücher einzuräumen, so wie er es immer mit seinen gehalten hatte, nach Sprachen geordnet und nicht nach Sachgebieten und innerhalb der Sprachen chronologisch nach dem Geburtsdatum der Autoren. Als Hochzeitsgeschenk hatte er uns etwas Geld gegeben (ziemlich viel, er war großzügig), aber kurz danach, in meiner Abwesenheit, beschenkte er uns mit zwei wertvollen Bildern, die immer bei ihm in der Wohnung gehangen hatten (ein kleiner Martín Rico und ein noch kleinerer Boudin), und so kamen sie in meine, Venedig und Trouville, beide wunderschön, und doch hätte ich es vorgezogen, sie weiterhin dort zu sehen, wo sie jahrelang gehangen hatten, und nicht im Wohnzimmer meiner Wohnung, das nun mit Venedig und Trouville, wenn auch in kleinem Maßstab (das Trockendock von San Trovaso und der Strand), unfehlbar meiner jugendlichen Erinnerung an das Wohnzimmer seiner Wohnung glich. Auch ein Schaukelstuhl traf ohne mein vorheriges Wissen ein, ein Möbelstück, das meine kubanische Großmutter, seine Schwiegermutter, viel benutzt hatte, als sie uns in meiner Kindheit besuchen kam, und das mein Vater sich nach ihrem Tod angeeignet hatte, nicht so sehr, um allein in diesem Stuhl zu schaukeln, sondern um originelle Posen in ihm einzunehmen, wenn er, was oft geschah, Ehepaare und Freunde zu sich einlud.

Nicht so sehr, um zu schaukeln. Nicht so sehr, um allein zu schaukeln, wenn denn jemand weiß, was ein anderer tut, wenn er alleine ist. Aber mein Vater hätte nie geschaukelt, im Gegenteil, er hätte diese Bewegung als eine Art private Kapitulation betrachtet, als eine Bestätigung dessen, was er stets vermeiden wollte oder vielmehr vermeiden konnte, nämlich alt zu sein. Ranz, mein Vater, ist fünfunddreißig Jahre älter als ich, aber er ist nie alt gewesen, nicht einmal jetzt. Ein ganzes Leben lang hat er diesen Zustand hinausgeschoben, ihn für später aufgehoben oder ihn einfach nicht beachtet, und obwohl man wenig gegen die Veränderung des Aussehens und des Blickes tun kann (vielleicht etwas mehr gegen erstere), ist er jemand, an dessen Haltung oder Geist ich nie die Spur der Jahre gesehen habe, nie die geringste Veränderung, nie traten bei ihm die steife Würde und die Müdigkeit zutage, wie sie sich bei meiner Mutter zeigten in dem Maße, wie ich heranwuchs, noch verlosch der Glanz seiner Augen, den die gelegentliche Brille der Kurzsichtigkeit plötzlich aus ihrem Blick getilgt hatte, noch wirkte er verwundbar durch die Niederlagen und Demütigungen, welche die Existenz aller Menschen prägen, noch vernachlässigte er auch nur einen Tag in seinem ganzen Leben seine Kleidung, immer tadellos schon am Morgen, wie für eine Feierlichkeit, auch wenn er nicht ausgehen und niemand ihn besuchen kommen würde. Immer hat er nach Kölnisch Wasser und nach Tabak und nach Pfefferminz gerochen, manchmal ein wenig nach Likör und nach Leder, als käme er aus den Kolonien. Vor fast einem Jahr, als Luisa und ich heirateten, bot er das Bild eines älteren, eitlen und heiteren, mit seiner Jugendlichkeit zufriedenen, von spöttischem, unechtem Leichtsinn erfüllten Mannes. Seit ich denken kann, hat er den Mantel immer umgelegt getragen, ohne je in die Ärmel zu schlüpfen, halb, um der Kälte zu trotzen, halb aus festem Glauben an ein Kompendium äußerer Merkmale, deren Befolgung einen eleganten oder zumindest lässigen Mann ergeben würde. Vor einem Jahr hatte er noch fast sein ganzes Haar, weiß und dicht und äußerst sorgfältig gekämmt, mit rechtsseitigem Scheitel (ein sehr deutlicher Scheitel, wie bei einem Kind), das er nicht gelblich werden ließ, ein wattiger oder polarer Kopf, der sehr aufrecht aus perfekt gebügelten Hemden und Krawatten mit lebhaften, gefällig kombinierten Farben herausragte. Alles an ihm ist immer gefällig gewesen, von seinem oberflächlich leidenschaftlichen Charakter bis hin zu seinen maßvoll ungezwungenen Manieren, von seinem lebhaften Blick (als amüsierte ihn alles oder als sähe er an allem die komische Seite) bis hin zu seinen ständigen leutseligen Scherzen, ein Mann voll Ungestüm und Spott. Er hatte nicht ganz vollkommene Gesichtszüge, und doch galt er immer als ein gutaussehender Mann, dem es gefiel, den Frauen zu gefallen, aber vielleicht gab er sich damit zufrieden, daß dies nur auf Entfernung geschah. Wer ihn vor fast einem Jahr gekannt hätte (und Luisa hatte ihn kurz zuvor kennengelernt), hätte ihn gewiß für einen verwelkten, gegen seinen Verfall rebellierenden Eroberer gehalten, oder vielleicht umgekehrt für einen theoretischen, niemals verbrauchten Frauenhelden, jemand, der vormals alle Voraussetzungen für ein intensives Liebesleben besaß, jedoch aus bewußter Treue heraus oder mangels wirklicher Gelegenheiten oder sogar mangels Entschlossenheit sich nicht zugrunde gerichtet hatte, indem er sich auf die Probe stellte; jemand, der ständig, wie das Alter, auch die Praktizierung seiner Verführungskünste hinausgeschoben hatte, vielleicht, um niemanden zu verletzen. (Aber wir Kinder wissen nichts von den Eltern, oder es dauert lange, bis wir uns interessieren.) Das Auffallendste an seinem Gesicht waren seine unglaublich wachen Augen, die bisweilen blenden konnten durch die Hingabe und Beharrlichkeit, mit der sie zu schauen vermochten, als wäre das, was sie in jedem Augenblick sahen, äußerst bedeutsam, nicht nur sehenswert, sondern wert, eingehend studiert, in ausschließlicher Weise beobachtet, wahrgenommen zu werden, als wollte er jedes erfaßte Bild im eigenen Gedächtnis speichern wie eine Kamera, die bei der Aufnahme des Wahrgenommenen nicht auf ihren bloßen Mechanismus vertrauen könnte, sondern sich sehr anstrengen, das ihrige dazutun müßte. Diese Augen liebkosten, was sie betrachteten. Diese Augen besaßen eine sehr helle Farbe, aber ohne einen Tropfen Blau darin, ein so blasses Braun, daß es vor lauter Blässe klar und glänzend war, fast von der Farbe weißen Weins, wenn er nicht jung ist und das Licht sie zum Leuchten brachte, im

Schatten oder in der Dunkelheit fast essigfarben, Augen, die an Flüssiges denken ließen, eher einem Raubvogel zugehörig als einer Katze, den Tieren, bei denen diese Farbskala am meisten vertreten ist. Aber seine Augen hatten nicht die Starrheit oder die Perplexheit dieser Blicke, sie waren vielmehr beweglich und funkelnd, geschmückt mit langen dunklen Wimpern, welche ihre ständigen Bewegungen weniger rasch und angespannt erscheinen ließen, sie blickten mit Ehrerbietung und Beharrlichkeit, und gleichzeitig entging ihnen nichts von dem, was im Zimmer oder auf der Straße passierte, wie den Augen des erfahrenen Bildbetrachters, der keinen zweiten Blick braucht, um zu wissen, was im Hintergrund des Bildes dargestellt ist, sondern mit seinen alles umfassenden Augen die Komposition auf der Stelle, kaum daß er sie erblickt hat, reproduzieren könnte, wenn sie nur imstande wären, zu zeichnen. Das andere auffallende Merkmal des Gesichts von Ranz und das einzige, das ich geerbt habe, war sein Mund, der fleischig war und zu stark konturiert, als wäre er im letzten Augenblick hinzugefügt worden und gehörte einer anderen Person, leicht abweichend von den übrigen Gesichtszügen, getrennt von ihnen, ein Frauenmund in einem Männergesicht, wie man mir so oft über meinen gesagt hat, ein weiblicher, ein roter Mund, der von wer weiß welcher Urgroßmutter oder Urahnin stammen mochte, einer eitlen Frau, die nicht zuließ, daß er mit ihr aus der Welt verschwand und ihn an uns weitergegeben hatte, ungeachtet unseres Geschlechts. Und es gab noch ein drittes Merkmal, die dichten und immer hochgezogenen Augenbrauen, entweder die eine oder die andere oder beide gleichzeitig, ein Mienenspiel, das er wahrscheinlich in seiner Jugend von den ersten Schauspielern zu Beginn der dreißiger Jahre gelernt hatte und das nach Ablauf dieses Jahrzehnts eher wie eine merkwürdige unfreiwillige Eigenart wirkte, ein Detail, das die systematische Auslöschung überlebt hat, der uns die Zeit unterwirft, die Auslöschung dessen, was wir werden und tun. Mein Vater hob die dichten Brauen, die zunächst strohfarben und dann weiß waren, aus jedem beliebigen Grund oder auch ohne Grund, als wollte er damit seine übergenaue Art zu schauen komödiantisch ergänzen.

Auf diese Weise hat er mich immer angeschaut, seit meiner Kindheit, als ich meinen Blick zu seiner großen Höhe heben mußte, es sei denn, er hätte sich gebückt oder gesessen oder gelegen. Jetzt ist unsere Statur die gleiche, aber seine Augen schauen mich noch immer mit der leichten Ironie seiner wie offene Sonnenschirme gespannten Brauen und der funkelnden Starrheit seiner Pupillen an, schwarze Flecken seiner Sonneniris, wie zwei Mittelpunkte einer einzigen Zielscheibe. Oder so schaute er bis vor kurzem. So schaute er mich am Tag meiner Hochzeit mit Luisa an, der jungen Ehefrau dessen, der kein Kind mehr war, den er jedoch zu lange als Kind gekannt und behandelt hatte, um ihn als etwas anderes betrachten zu können, während er sie, die Braut, als bereits Erwachsene oder, mehr noch, als Braut kennengelernt hatte. Ich erinnere mich, daß er mich in einem Augenblick der Feier beiseite nahm, außerhalb des Salons, den wir in dem schönen alten Casino in der Calle Alcalá 15 gemietet hatten, in einem kleinen angrenzenden Raum, nach der Unterschrift der Zeugen (falsche Zeugen, Zeugnis ablegende Freunde, dekorative Zeugen). Er hielt mich mit einer Hand auf der Schulter zurück (eine Hand auf der Schulter), während alle hinausgingen und in den Salon zurückkehrten, bis wir allein waren. Dann schloß er die Tür und setzte sich in einen großen Lehnstuhl, und ich stützte mich auf den Tisch mit meinen verschränkten Armen, wir waren beide sehr hochzeitlich gekleidet, er mehr, ich weniger, obwohl sie standesamtlich gewesen war, nur eine standesamtliche Hochzeit. Ranz zündete sich eine dünne Zigarette an, eine von denen, die er in der Öffentlichkeit zu rauchen pflegte, ohne den Rauch zu inhalieren. Er hob gewaltig die Brauen, sie wurden ganz spitz, lächelte amüsiert und richtete den inbrünstigen Blick auf mein Gesicht, das in jenem Augenblick höher war als das seine. Und er sagte zu mir:

»Schön, nun hast du geheiratet. Und was jetzt?«

Er war der erste, der diese Frage stellte, oder besser gesagt, die Frage formulierte, die ich mir seit dem Morgen, seit der Zeremonie und sogar vorher, seit dem Vorabend, stellte. Ich hatte die Nacht in einem oberflächlichen, unruhigen Schlaf verbracht, wahrscheinlich hatte ich geschlafen, aber mich schlaflos geglaubt, geträumt, daß ich nicht schlief, und war bisweilen wirklich aufgewacht. Gegen fünf Uhr am Morgen hatte ich nicht recht gewußt, ob ich das Licht einschalten sollte, denn da es Frühling war, sah ich unter dem hochgezogenen Rolladen bereits die Ankündigung der Morgendämmerung, die die Straße erreichte, und konnte meine Gegenstände und Möbel erkennen, die meines Schlafzimmers. ›Ich werde nicht mehr allein schlafen, nur gelegentlich oder auf Reisen‹, hatte ich gedacht, während ich nicht recht wußte, ob ich das Licht einschalten oder die Morgendämmerung über den Gebäuden und über den Bäumen aufsteigen sehen sollte. ›Von morgen an und vermutlich viele Jahre lang werde ich nicht den Wunsch haben können, Luisa zu sehen, weil ich sie schon sehe, sobald ich die Augen aufschlage. Ich werde mich nicht fragen können, welches Gesicht sie wohl heute hat oder wie sie gekleidet sein mag, weil ich ihr Gesicht von heute an sehen werde, und vielleicht werde ich sehen, wie sie sich anzieht, es kann sein, daß sie sich sogar so anzieht, wie ich ihr sage, wenn ich ihr meine Vorlieben nenne. Von morgen an wird es die kleinen Ungewißheiten nicht mehr geben, die fast ein Jahr lang meine Tage angefüllt haben oder bewirkt haben, daß die Tage auf die bestmögliche Weise gelebt wurden, das heißt im Zustand vager Erwartung und vager Unwissenheit. Ich werde zuviel wissen, ich werde mehr über Luisa wissen, als ich will, ich werde vor Augen haben, was mich an ihr interessiert und was mich nicht interessiert, es wird weder Auswahl noch Wahl geben, die geringfügige oder minimale tägliche Wahl, die darin bestand, sich anzurufen, sich zu verabreden, sich mit suchenden Augen am Eingang eines Kinos oder zwischen den Tischen eines Restaurants zu treffen oder aber sich zurechtzumachen und sich auf den Weg zu begeben, um sich zu besuchen. Ich werde nicht das Ergebnis, sondern den Prozeß sehen, der mich womöglich nicht interessiert. Ich weiß nicht, ob ich sehen will, wie sie sich die Strumpfhose anzieht und sie an Taille und Leisten zurechtzupft, oder ob ich wissen will, wieviel Zeit sie morgens im Badezimmer verbringt, ob sie sich Cremes für die Nacht aufträgt, oder welche Laune sie hat, wenn sie aufwacht und mich an ihrer Seite sieht. Ich glaube, abends will ich sie nicht im Nachthemd oder Schlafanzug unter den Laken vorfinden, sondern sie ihrer Straßenkleidung entkleiden, sie des Scheins berauben, der sie während des Tages umgeben hat, nicht des Scheins, den sie vor mir, allein mit mir in unserem Schlafzimmer, vielleicht mit dem Rücken zu mir angenommen hat. Ich glaube, ich will diese Zwischenphase nicht, so wie ich wahrscheinlich auch nicht zu genau wissen will, welches ihre Fehler sind, oder gezwungenermaßen über diejenigen informiert sein will, die sie im Verlauf der Monate und Jahre annimmt und von denen die anderen Leute, die sie sehen, die uns sehen, nichts wissen werden. Ich glaube, ich will auch nicht von *uns* sprechen, sagen, *wir haben ein Klavier gekauft* oder *wir werden ein Klavier kaufen* oder *wir werden ein Kind haben* oder *wir haben eine Katze*. Es kann sein, daß wir Kinder haben werden, und ich weiß nicht, ob ich will, wenn ich mich auch nicht widersetzen würde. Hingegen weiß ich, daß mich interessiert, sie schlafen zu sehen, ihr Gesicht zu sehen, wenn es ohne Bewußtsein oder in lethargischem Zustand ist, ihren sanften oder harten, gequälten oder friedlichen, kindlichen oder gealterten Ausdruck zu kennen, während sie an nichts denkt oder nicht weiß, daß sie denkt, während sie nicht handelt, während sie sich nicht in einstudierter Weise verhält, wie wir alle es mehr oder minder vor irgendeinem Zeugen tun, auch wenn der Zeuge uns nichts bedeutet und unser eigener Vater oder unsere Frau oder unser Ehemann ist. Ich habe sie schon einige Nächte schlafen gesehen, aber nicht genug, um sie in ihrem Schlaf wiederzuerkennen, in dem wir zuweilen endlich aufhören, uns selbst zu gleichen. Sicher ist das der Grund, warum ich morgen heirate, das Tag für Tag ist der Grund, auch weil es logisch ist und weil ich es nie getan habe, die entscheidendsten Dinge tut man aus Logik und um sie auszuprobieren, oder, was das gleiche ist, weil sie unausweichlich sind. Die Schritte, die man eines Abends aufs Geratewohl und folgenlos macht, führen mit der Zeit oder der abstrakten Zukunft schließlich zu einer unausweichlichen Situation, und angesichts dieser Situation fragen wir uns bisweilen voll ungläubigem Staunen: ›Und wenn ich diese Bar nun nicht betreten hätte? Und wenn ich nun nicht zu diesem Fest gegangen wäre? Und wenn ich mich nun nicht an einem Dienstag am Telefon gemeldet hätte? Und wenn ich nun nicht die Arbeit an jenem Montag angenommen hätte?‹ Wir fragen uns das naiv und glauben einen Augenblick lang (aber nur einen Augenblick), daß wir in diesem Fall Luisa nicht kennengelernt hätten und nicht vor einer unausweichlichen und logischen Situation stünden, von der wir eben deshalb nicht mehr wissen können, ob wir sie wollen oder ob sie uns erschreckt, wir können nicht wissen, ob wir das wollen, von dem wir bis heute glaubten, daß wir es wollten. Aber immer kennen wir Luisa, es ist naiv, sich so etwas zu fragen, weil alles so ist, geboren werden hängt von einer zufälligen Bewegung ab, von einem Satz, der von einem Unbekannten am anderen Ende der Welt ausgesprochen wird, von einer gedeuteten Gebärde, einer Hand auf der Schulter und einem Flüstern, das nicht hätte geflüstert werden können. Jeder getane Schritt und jedes gesagte Wort irgendeines Menschen in irgendeiner Situation (aus Unschlüssigkeit oder Entschiedenheit, in ehrlicher oder betrügerischer Absicht) haben unvorstellbare Auswirkungen, die jemanden treffen, der uns weder kennt noch kennen will, jemanden, der ungeboren ist oder nicht weiß, daß er möglicherweise unter uns leiden wird, und verwandeln sich buchstäblich in eine Frage von Leben und Tod, so viele Leben und Tode haben ihren rätselhaften Ursprung in etwas, das niemand gewahrt und an das sich niemand erinnert, in dem Bier, das wir zu trinken beschlossen, nachdem wir gezweifelt hatten, ob die Zeit uns reichen würde, in der guten Laune, aus der heraus wir uns liebenswürdig zeigten gegenüber der Person, die man uns gerade vorgestellt hatte, ohne zu wissen, daß sie soeben jemanden angeschrien oder verletzt hatte, in der Torte, die wir auf dem Weg zu einem Mittagessen bei unseren Eltern kaufen wollten und schließlich doch nicht kauften, in dem Drang, einer Stimme zuzuhören, obwohl uns nicht viel an dem liegt, was sie sagt, in dem riskanten Anruf, den wir aus diesem Grund machten, in unserem Wunsch, zu Hause zu bleiben, den wir nicht erfüllten. Hinausgehen und sprechen und handeln, sich bewegen, sehen und hören und wahrgenommen werden setzt uns ständiger Gefahr aus, nicht einmal sich einschließen und schweigen und still verharren rettet vor den Folgen daraus, vor den logischen und unausweichlichen Situationen, vor dem, was heute unmittelbar bevorsteht und so unerwartet war vor nun bald einem Jahr oder vor vier oder zehn oder hundert Jahren oder sogar noch gestern. Ich denke, daß ich morgen Luisa heiraten werde, aber es ist fünf Uhr, und es ist schon heute, daß ich heirate. Die Nacht gehört nach unserem Empfinden zum vorherigen Tag, aber nicht auf den Uhren, meine auf dem Nachttisch zeigt fünf Uhr fünfzehn, der Wecker fünf Uhr vierzehn, beide weichen von dem Gefühl ab, das ich noch habe, dem Gefühl von gestern und noch nicht von heute. In sieben Stunden. Vielleicht schläft Luisa auch nicht, wach in ihrem Zimmer um fünf Uhr fünfzehn, ohne das Licht einzuschalten, allein, ich könnte sie anrufen, so allein wie ich, aber ich würde sie erschrecken, zum letztenmal allein außer in Ausnahmefällen und auf Reisen, wir beide reisen viel, das wird man ändern müssen, vielleicht würde sie glauben, ich riefe sie an, um alles mitten in der Nacht für ungültig zu erklären, um einen Rückzieher zu machen und wider das zu handeln, was logisch ist, und dem auszuweichen, was unausweichlich ist. Niemand kann sich je eines anderen sicher sein, niemand kann dem anderen trauen, und sie wird denken ›Und was jetzt, was jetzt?‹, oder sie wird denken, daß sie nicht sicher ist, ob sie sehen will, wie ich mich täglich rasiere, der Apparat macht Lärm, und im Bart wachsen mir ein paar weiße Haare, ich wirke älter, wenn ich mich nicht rasiere, und deshalb rasiere ich mich täglich mit Lärm, ich werde es nach dem Aufstehen tun, es ist spät, und ich schlafe nicht, und morgen sollte ich gut aussehen, in sieben Stunden werde ich vor Zeugen, vor meinem eigenen Vater, sagen, daß ich an Luisas Seite bleiben werde, vor ihren Eltern, daß dies meine Absicht ist, ich werde es rechtmäßig und laut sagen, und man wird es aufzeichnen, und es wird bestätigt.‹

»Das frage ich mich auch«, antwortete ich meinem Vater. »Und was jetzt.«

Ranz verstärkte sein Lächeln noch und ließ eine spektakuläre Wolke nicht inhalierten Rauches in der Luft schweben. Immer rauchte er so, ornamental.

»Diese Frau gefällt mir sehr«, sagte er. »Sie gefällt mir mehr als irgendeine von denen, die du mir in all deinen Jahren als absurder Schürzenjäger angeschleppt hast, nein, du brauchst nicht zu protestieren – Schürzenjäger. Ich amüsiere mich mit ihr, was nicht häufig ist bei Personen mit einem so großen Altersunterschied, obwohl ich nicht weiß, ob sie mir bisher so viel Aufmerksamkeit geschenkt hat, weil sie dich heiraten würde, oder weil sie nicht wußte, ob sie es tun würde, so wie du wahrscheinlich liebenswürdig zu ihren idiotischen Eltern gewesen bist und es nach einigen Monaten nicht mehr sein wirst, nehme ich an. Die Ehe ändert alles, die kleinste Einzelheit, selbst in diesen Zeiten, wo ihr glaubt, daß es nicht so ist. Was bisher zwischen euch gewesen ist, hat nicht allzuviel zu tun mit dem, was in den nächsten Jahren sein wird, du wirst das schon ab morgen ein bißchen merken. Höchstens bleiben euch alte, abgenutzte Scherze aus dieser Zeit, Schatten, die ihr nicht immer leicht zurückgewinnen könnt. Und die tiefe Zuneigung, natürlich. Ihr werdet die vergangenen Monate vermissen, in denen ihr Bündnisse gegen die anderen geschlossen habt, gegen jeden, kleine Spötteleien, die ihr geteilt habt, meine ich, in ein paar Jahren werden die einzigen Bündnisse die des einen gegen den anderen sein. Na ja, nichts Schlimmes, mach dir keine Sorgen, das unvermeidliche Ressentiment des langen Zusammenlebens, ein erträglicher Verdruß, auf den man aber gewöhnlich nicht gern verzichtet.«

Er sprach bedächtig, wie es seine Art war, und suchte mit großer Sorgfalt nach einigen Wörtern *(Schürzenjäger, Bündnisse, Schatten),* nicht so sehr, um genau zu sein, sondern um Wirkung zu erzielen und sicherzustellen, daß man ihm aufmerksam zuhörte. Er zwang einen, wachsam zu sein, sogar wenn man schon tausendmal gehört hatte, was er sagte. Diese Worte hatte er jedoch noch nie gesagt, soweit ich mich erinnern konnte, und mich überraschte der zweideutige Ton, mit dem er sprach, ironisch wie gewöhnlich, aber weniger leutselig als gewöhnlich: seine Äußerungen waren beinahe die eines Spielverderbers, so sehr ich auch in einigen Momenten Ähnliches oder Schlimmeres gedacht haben mochte, seitdem Luisa und ich das Datum jenes Tages festgesetzt hatten, welcher nun der heutige war. Ich hatte auch Besseres gedacht, es ist nicht das gleiche, wenn man es hört.

»Nett, was du mir da erzählst«, sagte ich. »Nett, wie du mich ermutigst, das habe ich nicht von dir erwartet; draußen habe ich dich froher gesehen.«

»Oh, das bin ich, das bin ich, glaub' mir, ich bin sehr froh, du kannst jeden fragen, ich freue mich schon den ganzen Tag, die ganze Zeit vor der Zeremonie. Allein zu Hause, bevor ich fortgegangen bin, habe ich vor einem Spiegel ein Glas Rheinwein, einen Riesling, auf euch erhoben, nur deshalb habe ich die Flasche aufgemacht, der Rest wird verderben. Daran siehst du, wie sehr ich mich freue, eine gute Flasche verderben lassen für einen kleinen einsamen Trinkspruch am frühen Morgen.«

Und nachdem er dies gesagt hatte, hob er die Brauen mit unschuldiger Miene, wobei die Unschuld dieses Mal eine Mischung aus Selbstgefälligkeit und vorgespiegeltem Erstaunen war.

»Was willst du mir also sagen?«

»Nichts Besonderes, nichts Besonderes. Ich wollte ein paar Minuten allein mit dir sein, sie werden uns nicht vermissen, nach der Zeremonie sind wir nicht mehr wichtig, die Hochzeitsfeiern gehören den Gästen, nicht denen, die heiraten und sie veranstalten. Es war eine gute Idee, hierher zu kommen, nicht wahr? Ich wollte dich nur fragen, was ich dich gefragt habe, und was jetzt? Aber du antwortest mir nicht.«

»Nichts jetzt«, sagte ich. Ich war leicht verärgert über seine Haltung, und ich hatte auch Lust, zu Luisa und zu meinen Freunden zurückzukehren, Ranz' Gesellschaft brachte mir keine Erleichterung in dem Maße, wie ich etwas Erleichterung benötigte. Einerseits war es typisch für meinen Vater, mich zum unpassendsten Zeitpunkt beiseite zu nehmen, andererseits war es untypisch. Es war ein wenig untypisch, daß er sich nicht darauf beschränkt hatte, mir auf die Schulter zu klopfen und mir Glück zu wünschen, auch wenn es rhetorisch gewesen wäre und mehrere Minuten gedauert hätte. Er zog sich die Sportstrümpfe über die Hose, bevor er mit Umsicht die langen Beine übereinanderschlug.

»Nichts? Wieso nichts? Komm, so kann man doch nicht anfangen, etwas wird dir einfallen, du hast mit dem Heiraten gewartet und hast es schließlich getan, vielleicht machst du es dir nicht klar. Wenn du fürchtest, mich zum Großvater zu machen, sei unbesorgt, ich glaube, mein Alter ist nicht unpassend für eine solche Aufgabe.«

»Hast du das gemeint, mit was jetzt?«

Ranz berührte sein polares Haar mit leichtem Dünkel, wie er es zuweilen ohne Vorsatz tat. Er strich es sich zurecht oder machte vielmehr Anstalten, darüber zu streichen, er berührte es kaum mit den Fingerkuppen, als hätte er die unbewußte Absicht, es zu richten, fürchtete sich jedoch vor der Berührung, die sie ihm bewußt machen würde. Er trug einen Kamm bei sich, aber er benutzte ihn nicht vor Zeugen, mochte der Zeuge auch sein Sohn sein, das Kind, das keines mehr war oder es in seinen Augen noch immer war, obwohl es bereits die Hälfte seines Lebens hinter sich hatte.

»Aber nein, überhaupt nicht, ich habe keine Eile, auch ihr dürft keine haben, nicht, daß ich mich einmischen wollte, aber das ist meine Meinung. Ich will nur wissen, wie du diese neue Situation in Angriff nimmst, gerade jetzt, wo sie da ist. Das ist alles, Neugier.«

Und er hob mir die offenen Handflächen entgegen, wie jemand, der zeigt, daß er nicht bewaffnet ist.

»Ich weiß nicht, ich nehme sie in keiner Weise in Angriff, ich werde es dir später sagen. Es ist zu erwarten, glaube ich, daß ich mich das am heutigen Tag nicht frage.«

Ich hatte mich auf den Tisch gestützt, auf ihm waren die

nutzlosen Unterschriften der späten Zeugen zurückgeblieben. Ich richtete mich ein wenig auf, das erste Zeichen, daß ich die Unterhaltung für beendet hielt und zum Fest zurückkehren wollte; aber er schloß sich meiner Gebärde nicht an, indem er seinerseits die Zigarette ausdrückte oder sich gerade hinsetzte. Nach seinem Dafürhalten sollte das Gespräch noch ein wenig fortgesetzt werden. Ich dachte, daß er mir etwas Konkretes sagen wollte, aber nicht wußte, wie, oder nicht überzeugt war, ob er es mir sagen wollte. Das war allerdings sehr typisch für Ranz, der oftmals andere zwang, auf Fragen zu antworten, die er nicht formulierte, oder ein von ihm nicht erwähntes Thema aufs Tapet zu bringen, auch wenn dieses Thema das einzige war, das in seinem markanten, mit Talkum bestäubten Kopf herumging. Ich kannte ihn zu gut, um es ihm leichtzumachen.

»Zu erwarten«, sagte er. »Ich glaube nicht, daß irgend etwas zu erwarten ist. Ich zum Beispiel habe nicht mehr erwartet, daß du heiraten würdest. Noch vor einem Jahr hätte ich dagegen gewettet, schön, ich hab's getan mit Custardoy und brieflich mit Rylands, und ich habe ein wenig Geld verloren, siehst du. Die Welt ist voller Überraschungen, auch voller Geheimnisse. Wir glauben, daß wir die Menschen, die uns nahestehen, immer besser kennen, aber die Zeit bringt sehr viel mehr Ungewußtes als Gewußtes mit sich, man kennt vergleichsweise immer weniger, der Schattenbereich wird immer größer. Obwohl auch der helle Teil größer ist, werden die Schatten immer mehr. Luisa und du, ihr werdet Geheimnisse haben, nehme ich an.« Er schwieg einige Sekunden, und als er sah, daß ich nicht antwortete, fügte er hinzu: »Aber natürlich, du wirst nur deine kennen können, sonst wären die ihren ja keine.«

Ranz lächelte noch immer mit seinen stark konturierten Lippen, die meinen so sehr glichen, obwohl sie bei ihm Farbe verloren hatten und von senkrechten Falten durchzogen wurden, die von seinem Kinn und von der Stelle des Schnauzbartes ausgingen, den er den damaligen Fotos zufolge als junger Mann getragen hatte, den ich jedoch nicht mehr bei ihm gesehen habe. Seine Worte wirkten leicht gehässig (im ersten Augenblick dachte ich, er wisse etwas über Luisa und habe bis nach der Hochzeit gewartet, um es mir mitzuteilen), aber sein Ton jetzt war es nicht, nicht einmal zweideutig. Wenn es nicht zuviel gesagt wäre, würde ich sagen, daß es ein hilfloser Ton war. Es schien, als hätte er sich verirrt, kurz nachdem er zu sprechen begonnen hatte, und wisse nicht mehr, wie er dorthin gelangen sollte, wo er hin wollte. Ich konnte ihm helfen oder auch nicht. Er lächelte freundlich mit der dünnen Zigarette in der Hand, sie war schon aufgeraucht, mit mehr Asche als Filter, eine Weile schon klopfte er sie nicht ab, wahrscheinlich drückte er sie nicht aus, um seine Hilflosigkeit nicht zu verstärken. Ich rückte ihm den Aschenbecher noch näher und hielt ihn vor ihn hin, und dann legte er die Kippe ab, rieb sich die Finger, der verbrannte Filter roch schlecht. Er verschränkte seine Hände, die groß waren wie sein ganzer Körper und sein mehlweißer Kopf, an ihnen war sein Alter etwas mehr zu erkennen, ein wenig mehr, nicht sehr, sie hatten Falten, aber keine Flecken. Er lächelte jetzt leutselig, wie es seiner Gewohnheit entsprach, fast mitleidig, ohne Spott, seine Augen blickten klar, seine Augen wie große Likör- oder Essigtropfen, wir befanden uns eher im Halbdunkel. Er war kein alter Mann, nie war er es gewesen, wie ich gesagt habe, aber in diesen Augenblicken sah ich ihn gealtert, das heißt von Angst erfaßt. Es gibt einen Schriftsteller namens Clerk oder Lewis, der über sich selbst nach dem Tod seiner Frau geschrieben hat und folgendermaßen begann: »Niemand hat mir je gesagt, daß der Schmerz ein Gefühl ist, das so sehr der Angst gleicht.« Vielleicht war es Schmerz, was in dem Lächeln von Ranz, meinem Vater, durchschien. Es ist bekannt, daß Mütter weinen und etwas Ähnliches wie Schmerz fühlen, wenn ihre Sprößlinge heiraten, vielleicht fühlte mein Vater seine eigene Freude und auch den Schmerz, den meine Mutter gefühlt hätte, die tot war. Ein stellvertretender Schmerz, eine stellvertretende Angst, ein Schmerz und eine Angst, die von einer anderen Person stammten, deren Gesicht wir beide schon ein wenig vergessen hatten, es ist merkwürdig, wie die Gesichtszüge derer verblassen, die uns nicht und die wir nicht mehr sehen, aus Verstimmung oder Erschöpfung oder ihrer Abwesenheit wegen, oder wie ihre immer in einem einzigen Tag ruhenden Fotografien sie usurpieren, meine Mutter ohne Brille, ohne ihre Kurzsichtigkeitsbrille, die sie sich in den letzten Zeiten zu sehr zu tragen angewöhnt hatte, erstarrt in dem Bild ihrer achtundzwanzig Jahre, das ich ausgewählt habe, eine Frau, die jünger ist, als ich es jetzt bin, mit gelassenem Gesichtsausdruck und leicht resignierten Augen, die sie, glaube ich, normalerweise nicht hatte, vielmehr waren sie heiter wie die meiner Großmutter aus Havanna, ihrer Mutter, beidc lachten miteinander, sie lachten oft zusammen, aber es stimmt, daß es bei beiden auch bisweilen einen langen Blick voll Schmerz oder Angst gab, meine Großmutter unterbrach bisweilen das Schaukeln des Schaukelstuhls und verharrte mit verlorenem Blick, die Augen trocken und ohne zu blinzeln, wie jemand, der gerade aufgewacht ist und noch nicht begreift, bisweilen schaute sie die Fotos oder das Bild ihrer Tochter an, die aus der Welt verschwunden war, bevor ich geboren wurde, sie schaute sie eine Minute oder vielleicht länger an, sicher ohne nachzudenken, ohne sich überhaupt zu erinnern, mit einem Gefühl von Schmerz oder nachträglicher Angst. Und auch meine Mutter schaute sie bisweilen so an, ihre ferngerückte Schwester, unterbrach die Lektüre und nahm die Brille ab, mit einem Daumen im Buch, um die Seite nicht zu verblättern, und der Brille in der anderen Hand schaute sie bisweilen nirgendwo hin und bisweilen zu den Toten, Gesichter, die man Gestalt annehmen, aber nicht altern sah, räumliche Gesichter, die flach geworden sind, Gesichter in Bewegung, die wir uns plötzlich im Zustand der Ruhe zu sehen angewöhnen, nicht sie, sondern ihr Bild, das lebendige Gesicht meiner Mutter verharrte in ihrer Betrachtung, während ihre Augen vielleicht melancholisch wurden wegen der Drehorgelmusik, die während meiner Kindheit zu jeder Tageszeit von der Straße in Madrid hochstieg und beim ersten Klang alle, die im Hause lebten, einen Augenblick innehalten ließ, die Mütter und die faulen oder kranken Kinder und die Dienstmädchen, die den Blick hoben und sogar auf den Balkon oder ans Fenster traten, um abermals zu sehen, was stets sich selber gleich war, einen sonnenverbrannten Mann mit einem Hut und einer Drehorgel, ein mechanischer Mann, der den Singsang der Frauen unterbrach oder ihn in Bahnen lenkte und den Blick der Bewohner einen Augenblick lang melancholisch werden ließ oder bei meiner Mutter länger als einen Augenblick, Schmerz und Angst sind nicht flüchtig. Die Mütter und die Kinder und die Dienstmädchen reagierten auf diesen Klang immer, indem sie den Blick hoben, wie Tiere den Hals reckten, und in derselben Weise reagierten sie auch auf den langgezogenen Pfiff der Scherenschleifer, die Frauen überlegten einen Moment, ob die Messer im Hause die richtige Schärfe hatten, oder ob sie rasch mit ihnen auf die Straße hinunterlaufen, eine Pause in ihren Verrichtungen oder ihrer Trägheit machen sollten, um sich zu erinnern und an Messerschneiden zu denken, vielleicht vertieften sie sich aber auch plötzlich in ihre Geheimnisse, in die gehüteten und in die erlittenen, das heißt, in die bekannten und in die unbekannten. Und dann, wenn sie den Kopf hoben, um auf die mechanische Musik oder auf einen Pfiff zu achten, der sich wiederholte und durch die ganze Straße näher kam, geschah es bisweilen, daß ihr Blick auf die Bilder der Abwesenden fiel, ein halbes Leben, das sie damit verbrachten, mit reglosen Augen oder einfältigem Lächeln Blicke auf stets rätselhafte Fotografien oder Bilder zu werfen, und noch ein Leben oder ein halbes, das des anderen, des Sohnes oder der Schwester, des Witwers, denen diese einfältigen und reglosen Blicke auf die Fotografie galten, von der der Schauende nicht immer weiß, wann man sie aufgenommen hat: meine Großmutter, die Blicke auf ihre tote Tochter, und meine Mutter, die Blicke auf ihre tote Schwester wirft, an deren Stelle sie getreten war; mein Vater und ich, die sie anschauen, und ich bereite mich darauf vor, ihn, Ranz, meinen Vater, anzuschauen; und meine geliebte Luisa, frisch verheiratet im Salon nebenan, weiß noch nicht, daß die Fotos, die man heute von uns gemacht hat, eines Tages Gegenstand ihrer Blicke sein werden, wenn sie nicht einmal mehr ihr halbes Leben vor sich hat und meines beendet ist. Aber niemand kennt die Reihenfolge der Toten noch die der Lebenden, weiß, wer zuerst mit dem Schmerz oder zuerst mit der Angst an der Reihe sein wird. Vielleicht verkörperte Ranz jetzt den Schmerz und die Angst, die wieder da waren: in seinem lächelnden und mitleidigen und besänftigenden Gesichtsausdruck, in seinen jetzt zigarettenlosen und verschränkten und müßigen Händen, in seinen Sportstrümpfen, die sorgsam hochgezogen waren, damit man niemals ein Stück Fleisch sehen konnte, ein Stück altes Fleisch wie das Fleisch von Verum-Verum, Fotografiefleisch, in seiner überladenen, für diese Zeiten ein wenig breiten Krawatte mit den so geschmackvoll kombinierten Farben, ein wenig breit der so sorgfältige Knoten. Er wirkte behaglich, wie er da saß, als wäre er der Besitzer des Kasinos von Madrid, solange er es gemietet hatte, er wirkte auch unbehaglich, ich half ihm nicht, mir zu sagen, was ihm im Kopf herumging, was er beschlossen hatte – oder vielleicht noch nicht –, mir am Tag meiner Hochzeit mitzuteilen, als er mich in jenem Nebenzimmer des Festes mit der Hand auf der Schulter zurückhielt. Jetzt sah ich es deutlich:

Es lag nicht daran, daß er nicht wußte, wie, sondern daß ein Aberglaube ihn lähmte, nicht zu wissen, was Glück oder Unglück bringen kann, sprechen oder schweigen, nicht schweigen oder nicht sprechen, zulassen, daß die Dinge ihren Lauf nehmen, ohne sie anzusprechen oder zu beschwören, oder verbal eingreifen, um diesen Lauf zu lenken, sie verbalisieren oder keine Hinweise geben, zu Vorsicht raten oder nicht auf Gedanken bringen, manchmal bringen uns diejenigen auf Gedanken, die uns vor diesen Gedanken warnen wollen, sie bringen uns darauf, weil sie uns warnen, und sie bewirken, daß wir auf Dinge kommen, die wir uns niemals vorgestellt hätten.

»Geheimnisse? Wovon redest du?« sagte ich.

Ranz errötete leicht, oder so schien es mir, als Höhepunkt und Abschluß seiner momentanen Hilflosigkeit; aber dann löschte er sogleich die Röte der Wangen aus, die ältere Menschen nur selten zulassen, und damit auch seinen lächelnden und vor Schmerz und Angst oder beidem leicht einfältigen Gesichtsausdruck. Er stand auf, wir beide haben jetzt eine ähnliche Statur, und legte mir abermals die große Hand auf die Schulter, aber er tat es von vorne und schaute mich dabei aus großer Nähe an, intensiv, aber nicht vielsagend, seine Hand auf meiner Schulter war fast der Schlag mit dem flachen Schwert, der den zum Ritter macht, der es nicht ist. Er hatte sich für den Mittelweg oder die Andeutung entschieden, er hatte sich nicht entschließen können, oder vielleicht war es ein Aufschub. Er sprach ernst und ruhig, nunmehr ohne Lächeln, sein knapper Satz wurde ohne das Lächeln gesagt, das fast immer auf seinen Lippen liegt, die fleischig sind wie die meinen, und das, als der Satz gesagt war, sogleich zurückkehrte. Dann nahm er eine neue dünne Zigarette aus seinem altmodischen Zigarettenetui und öffnete die Tür. Der Lärm des Festes drang herein, und in der Ferne sah ich Luisa, die mit zwei Freundinnen und einem früheren Freund sprach, den ich nicht leiden kann, aber sie schaute zu unserer Tür, die bisher geschlossen gewesen war. Ranz machte eine Handbewegung zu mir hin, wie zum Abschied oder zur Warnung oder zur Ermutigung (als wollte er sagen »Warten wir's ab« oder »Kopf hoch« oder »Paß auf«), und ging aus dem Zimmer, er vor mir. Ich sah, wie er sofort übermütig mit einer Dame zu scherzen und laut zu lachen begann, von der ich nicht wußte, wer sie war, bestimmt stammte sie aus Luisas Hälfte, der Hälfte der Gäste meiner eigenen Hochzeit, die ich nie gesehen hatte und auch sicher nie wiedersehen würde. Oder vielleicht war sie ein Gast meines Vaters, jetzt, da ich daran denke: Er hat immer merkwürdige Freundschaften gepflegt oder solche, die ich kaum kenne.

Das war der Rat, den Ranz mir erteilte, es war ein Flüstern:

»Ich sage dir nur eines«, sagte er. »Wenn du einmal Geheimnisse haben wirst oder sie jetzt schon hast, dann erzähl sie ihr nicht.« Und er fügte hinzu, jetzt wieder mit einem Lächeln: »Viel Glück.«

Die Unterschriften der Zeugen blieben in jenem Zimmer, und ich weiß nicht, ob jemand sie an sich nahm, auch nicht, wo sie jetzt sind, vielleicht landeten sie mit den leeren Servierplatten und den Resten des Festes im Abfall. Ich nahm sie natürlich nicht von jenem Tisch, auf den ich mich eine Weile gestützt hatte, so hochzeitlich gekleidet, an dem Tag, an dem ich mich so kleiden mußte.

GESTERN HÖRTE ICH den seltsamen Klang einer Drehorgel von der Straße, es gibt sie kaum noch, eine Spur der Vergangenheit. Ich hob sofort den Blick, wie in der Kindheit, sie tönte zu laut und hinderte mich am Arbeiten, ihr Klang war zu erinnerungsträchtig, als daß ich mich auf irgend etwas hätte konzentrieren können. Ich stand auf und trat ans Fenster, um zu sehen, wer da spielte, aber weder der Musiker noch das Instrument befanden sich in meinem Gesichtsfeld, sie standen um die Ecke, verborgen von dem Gebäude mir gegenüber, das mir nicht das Licht nimmt, es ist niedrig. Es verbarg sie sicher nur knapp, denn an dieser Ecke sah ich eine Frau mittleren Alters, mit einem Zigeunerzopf, aber nicht in folkloristischer Kleidung (in Straßenkleidung), die mir das Profil zuwandte und einen kleinen Plastikteller in der Hand hielt, eher einen Untersetzer für Gläser, sie würde nicht viele Münzen einsammeln können, sie würde ihn leeren, seinen Inhalt in die Jackentasche oder irgendeine Handtasche schütten müssen, um ihn wieder frei zu haben, nicht ganz leer, sondern mit ein paar Münzen darauf, Geld ruft Geld herbei. Ich hörte eine Weile zu, zuerst einem Chotis, dann etwas undefinierbar Andalusischem, danach einem Pasodoble, und dann trat ich auf den Balkon hinaus, um zu sehen, ob ich den Drehorgelspieler von den Pflanzen aus erspähen konnte, ich ging hinaus, obwohl ich wußte, daß es nicht so wäre, denn der Balkon – vorspringend, wie jeder Balkon – brachte mich zwar der Straße ein wenig näher, befand sich jedoch zur Rechten meines Fensters, das heißt er bot noch weniger Sicht auf das, was sich hinter der Ecke befand, verborgen, ich schaute nach links. Es gingen nicht viele Passanten vorbei, so daß die Frau mit dem Zopf wieder und wieder den kleinen Plastikteller schüttelte und ein paar Münzen erklingen ließ, die sie vielleicht selbst hineingelegt hatte, Geld ruft Geld herbei. Ich kehrte zu meinem Schreibtisch zurück und versuchte, den Radau zu überhören, aber ich konnte nicht, also zog ich mir ein Jackett an und ging auf die Straße hinunter, bereit, die Musik zu unterbrechen. Ich überquerte den Fahrdamm und sah schließlich den sonnenverbrannten Mann mit einem alten Hut und einem weißen, kurzgestutzten Schnurrbart, ein Mann mit gegerbter Haut und freundlichem Gesicht, mit lächelnden Schlitzaugen, die ein wenig verträumt und abwesend waren, während er mit der rechten Hand die Kurbel drehte und mit dem anderen Fuß, dem linken, den Takt auf den Boden klopfte, beide Füße steckten in Schuhen aus geflochtenem Leder, weiß der Spann und braun der Rest, über die sich die etwas weite und lange Hose breitete. Er spielte einen Pasodoble bei mir an der Ecke. Ich holte einen Schein aus der Tasche, und mit ihm in der Hand sagte ich:

»Ich gebe Ihnen das, wenn Sie eine Ecke weiter gehen. Ich wohne hier und arbeite zu Hause. Bei der Musik ist das unmöglich. Einverstanden?«

Der Mann lächelte noch breiter und bewegte zustimmend den Kopf, mit dem er seinerseits der Frau mit dem Zopf ein Zeichen machte, obwohl das nicht nötig war: Sie war mit dem halbleeren Plastikteller nähergetreten, sobald sie den Schein in meiner Hand gesehen hatte. Sie hielt mir den Teller entgegen, und ich legte das grüne Papier hinein, das nur eine Sekunde dort blieb, der Plastikteller abermals fast leer und der Schein in einer Tasche. In Madrid geht das Geld nie von Hand zu Hand.

»Danke«, sagte ich. »Aber gehen Sie an die andere Ecke, ja?«

Der sonnenverbrannte Mann nickte erneut, und ich ging wieder hinüber zu mir nach Hause. Als ich in mein Zimmer im fünften Stock kam, sah ich mit leicht zwanghaftem Mißtrauen aus dem Fenster, denn die Musik war zwar immer noch hörbar, aber sie tönte schon schwächer, entfernter und würde mich nicht an der Konzentration hindern. Aber dennoch schaute ich hinaus, um mit eigenen Augen festzustellen, daß sie meine Ecke geräumt hatten. »Ja, mein Herr, sofort«, hatte die Zigeunerin gehorsam gesagt, und sie hatten sich daran gehalten.

Heute werden mir zwei Dinge bewußt: erstens – dieser Punkt ist weniger wichtig – hätte ich nicht insistieren dürfen, nachdem das Geld und der Handel akzeptiert worden waren, ich hätte nicht wiederholen dürfen ›Aber gehen Sie an die andere Ecke, ja?‹, womit ich von vornherein in Zweifel zog, daß sie sich an die Vereinbarung halten würden (das schlimmste war dieses kränkende ›ja?‹). Zweitens – und dies ist schwerwiegender – habe ich, *weil* ich Geld besitze, über die Bewegungen zweier Menschen gestern vormittag entschieden. Ich wollte nicht, daß sie an einer Ecke *(meiner* Ecke) blieben, und schickte sie zu einer anderen, die sie nicht gewählt hatten; sie hatten meine gewählt, vielleicht aus Zufall, aber vielleicht auch aus irgendeinem Grund, vielleicht hatten sie einen Grund, an meiner zu stehen und nicht an der anderen, aber das kümmerte mich nicht, noch hatte ich Interesse daran, es herauszufinden, ich brachte sie einfach dazu, einen Häuserblock weiter zu gehen, dorthin, wo sie sich nicht aus eigener Entscheidung hingestellt hatten. Ich habe sie nicht gezwungen, das ist wahr, es war ein Geschäft oder ein Pakt, für mich lohnte es sich, einen Schein auszugeben, um in Ruhe arbeiten zu können (ich würde mehr Scheine verdienen, wenn ich arbeitete), und für sie war es bestimmt nicht lebensnotwendig, an meiner Ecke zu stehen, sicher war es ihnen lieber, eine weiter zu gehen und meinen Schein zu behalten, als ohne Schein an meiner zu bleiben, deshalb waren sie einverstanden und gingen weiter. Man kann sogar meinen, daß es leichtes Geld war, sie hätten Stunden gebraucht, um diese Menge durch die Münzen knausriger Passanten zusammenzubringen, die sich kaum blicken ließen. Es ist nicht schlimm, es ist ein geringfügiger, unbedeutender Vorfall, der niemandem schadet, mehr noch, bei dem wir alle gewonnen haben. Und doch scheint es mir schlimm, daß ich entscheiden konnte – *weil* ich Geld hatte und es kein Problem für mich war, es auszugeben –, wo der sonnenverbrannte Mann seine Drehorgel spielen und wo die Frau mit dem Zopf ihren Plastikteller hinhalten sollte. Ich habe ihre Schritte gekauft, ich habe ihren Standort gestern vormittag gekauft, ich habe auch einen Augenblick lang ihren Willen gekauft. Ich hätte sie darum bitten können, hätte ihnen die Situation erklären und ihn entscheiden lassen sollen, auch sie gingen ihrer Arbeit nach. Es schien mir sicherer, ihm Geld anzubieten und ihm eine Bedingung zu stellen, damit er es bekommen konnte: ›Ich gebe Ihnen das, wenn Sie gehen‹, habe ich zu ihm gesagt, ›wenn Sie eine Ecke weiter gehen.‹ Dann gab ich ihm Erklärungen, aber in Wirklichkeit waren sie überflüssig, ich hätte es nicht zu tun brauchen, nachdem ich ihm das Geld angeboten hatte, für ihn war es viel, und für mich war es nichts, ich war sicher, daß er es nehmen würde, das Ergebnis wäre das gleiche gewesen, wenn ich, statt danach meine Arbeit zu erwähnen, wie ich es getan habe, zu ihm gesagt hätte: ›Weil ich möchte, daß Sie weggehen.‹ So verhielt es sich in der Tat, obwohl ich es ihm nicht gesagt habe, ich schickte ihn an die andere Ecke, weil ich Lust dazu hatte. Er war ein angenehmer Drehorgelspieler, von denen es fast keine mehr gibt, eine Spur der Vergangenheit und meiner Kindheit, ich hätte mehr Respekt vor ihm haben müssen. Das Schlimme dabei ist, daß auch ihm wahrscheinlich die Dinge so lieber waren und nicht so, wie ich jetzt denke, daß sie hätten sein können, das heißt, er hätte meinen Geldschein meinem Respekt vorgezogen. Ich hätte ihn bitten können, weiterzugehen, nachdem ich ihm die Situation erklärt hätte, und hätte ihm danach den Geldschein geben können, wenn er sich entgegenkommend und verständnisvoll gezeigt hätte, Trinkgeld statt Bestechungsgeld, ›für die Umstände‹ statt ›hauen Sie ab‹; aber zwischen beiden Dingen gibt es keinen Unterschied, bei beiden spielt ein *Wenn* mit, es macht wenig aus, ob es explizit oder implizit ist, ob es nachher oder vorher kommt. In gewissem Sinne war das, was ich getan habe, am klarsten und saubersten, ohne Heuchelei noch falsche Gefühle, wir haben beide gewonnen, das ist alles. Aber trotz allem habe ich ihn gekauft und über seine Schritte entschieden, und an der anderen Ecke, an die ich ihn geschickt habe, hat ihn vielleicht ein Lieferwagen überfahren, der in dieser Höhe aus der Spur geraten und auf den Bürgersteig gefahren ist, er hätte ihn nicht überfahren, wenn der sonnenverbrannte Mann an der ersten Ecke geblieben wäre, die er gewählt hatte. Kein Chotis mehr; der Hut heruntergefallen und der Schnurrbart blutig. Es hätte auch umgekehrt sein können, und dann ist anzunehmen, daß ich ihm das Leben gerettet habe, indem ich ihn vertrieb.

Aber dies sind Spekulationen und bloße Annahmen, während es Situationen gibt, in denen das Leben der anderen, des anderen (die Gestaltung eines Lebens, seine Fortdauer, nicht bloß ein paar Schritte) von unseren Entscheidungen und Unschlüssigkeiten abhängt, von unserer Feigheit oder Unerschrockenheit, von unseren Worten und von unseren Händen, bisweilen auch davon, daß wir Geld haben und die anderen nicht. In der Nähe der Wohnung von Ranz, das heißt, in der Nähe der Wohnung, in der ich während meiner Kindheit und Jugend gewohnt habe, liegt ein Papierwarengeschäft. In diesem Papierwarengeschäft begann sehr früh, mit dreizehn oder vierzehn Jahren, ein Mädchen zu bedienen, das fast im gleichen Alter war wie ich, ein wenig jünger, die Tochter des Besitzers. Es ist ein alter, bescheidener Laden, einer dieser Orte, die der Fortschritt vergißt und übersieht, um seine totalitären Erfolge noch glanzvoller erscheinen zu lassen, kaum renoviert in vielen Jahren, etwas in den letzten Jahren, nach dem Tod des Vaters haben sie sich verbessert, sie haben sich ein wenig modernisiert und werden mehr Geld verdienen. Damals, als ich fünfzehn oder vierzehn Jahre alt war, verdienten sie bestimmt sehr wenig, und deshalb arbeitete das Mädchen, wenigstens nachmittags zu jener Zeit. Dieses Mädchen war bildhübsch, es gefiel mir sehr, ich ging fast täglich in das Papierwarengeschäft, um es anzusehen, statt das, was ich brauchte, alles auf einmal zu kaufen, kaufte ich an einem Tag einen Bleistift und an einem anderen ein Heft, den Radiergummi an einem Nachmittag, um am nächsten wegen eines Tintenfasses wiederzukommen. Ich erfand meine Bedürfnisse, zuviel Taschengeld rann mir in diesem Papierwarengeschäft durch die Finger. Ich trödelte auch beim Gehen und pfiff, während ich darauf wartete, bedient zu werden, wie die Jungen meines Alters damals, ich suchte es so einzurichten, daß sie mich bediente (ich paßte den Moment ab, wenn sie frei war, um den Mund aufzumachen) und nicht der Vater oder die Mutter, ich blieb länger als nötig, und meine Freude hielt den ganzen Abend an, wenn ich ein Lächeln oder einen freundlichen oder zumindest deutbaren Blick erhalten hatte, aber ich war vor allem froh bei dem Gedanken an die abstrakte Zukunft, alles war aufgeschoben, sie war einen Nachmittag nach dem anderen dort, immer lokalisierbar, und es gab keinen Grund dafür, daß die Zukunft konkret würde und aufhörte, Zukunft zu sein. Ich kam allmählich in ein anderes Alter, auch das Mädchen, sie wurde größer und war noch mehrere Jahre lang sehr hübsch, dann auch an den Vormittagen, ab dem sechzehnten Lebensjahr etwa war sie den ganzen Tag da, sie bediente dauernd, während ich auf die Universität ging, ging sie nicht mehr zur Schule. Ich hatte nicht mit ihr gesprochen, als wir beide in die Schule gingen, und auch später sprach ich nicht mit ihr, zuerst traute ich mich nicht, und dann war die Zeit vergangen, das ist das Schlechte an der abstrakten Zukunft, wenn sie es bleibt: Obwohl ich sie anschaute, war ich mit anderen Dingen beschäftigt und in der veränderbaren Gegenwart, ich ging nicht mehr so oft in das Papiergeschäft. Ich habe immer nur das Wort an sie gerichtet, um Papier und Bleistifte, Mappen und Radiergummis von ihr zu verlangen und mich bei ihr zu bedanken. Ich weiß daher nicht, wie sie ist, wie ihr Charakter ist oder was sie für Vorlieben hat, ob ihre Unterhaltung angenehm oder ihre Laune gut oder schlecht ist, was sie über irgend etwas denkt, ob sie gern lacht oder wie sie küßt. Ich weiß nur, daß ich sie mit fünfzehn Jahren geliebt habe, wie man in diesem Alter oder noch immer das nicht Begonnene liebt, das heißt in der Vorstellung, es sei für immer. Aber ich wage außerdem zu behaupten, daß ihre Art zu schauen und zu lächeln (ihre damalige Art) verdiente, für immer geliebt zu werden, und das hing nicht mehr von meinen fünfzehn Jahren ab, sondern ich sage es jetzt. Sie hieß und sie heißt Nieves. Jetzt sind weitere fünfzehn oder mehr Jahre vergangen, seitdem ich nicht mehr in Ranz' Wohnung lebe, aber manchmal, wenn ich ihn besuche oder besucht habe oder ihn abgeholt habe, um mit ihm in ›La Trainera‹ oder in einem anderen, entfernter gelegenen Restaurant zu Mittag zu essen, bin ich aufgrund der nicht ganz abgelegten Gewohnheit, dort etwas zu kaufen, vorher in das Papierwarengeschäft hineingegangen und in all diesen Jahren immer diesem Mädchen gegenübergestanden, das kein Mädchen mehr war, ich habe sie mit dreiundzwanzig, mit sechsundzwanzig, mit neunundzwanzig und mit drei- oder vierunddreißig Jahren gesehen, wohl ihr jetziges Alter. Ich habe sie kurz vor meiner Heirat mit Luisa gesehen, sie ist eine noch junge Frau, sie ist es zwangsläufig, da ich immer ihr Alter gewußt habe, ungefähr, es war etwas weniger als meines. Sie ist es zwangsläufig, aber sie wirkt nicht so, sie ist nicht mehr hübsch, und ich weiß nicht, warum nicht, denn sie hat noch immer das Alter dazu. Sicher hat sie zu viele Jahre vormittags und nachmittags (wenn auch nicht abends noch sonntags noch samstags ab Mittag, aber das genügt nicht) in diesem Papierwarengeschäft damit verbracht, ihr Material an Kinder zu verkaufen, die sie nicht mehr wie ihresgleichen oder wie ihre Geliebte, sondern schon lange wie eine Erwachsene sehen. Gewiß wird keines dieser Kinder sie noch bewundern, vielleicht bewundert sie niemand, nicht einmal ich, der ich kein Kind mehr bin, möglicherweise ein Ehemann, der aus dem Viertel stammen und zu viele Jahre vormittags und nachmittags in einem anderen Geschäft damit verbracht haben wird, Medikamente zu verkaufen oder Räder zu wechseln. Ich weiß es nicht, vielleicht gibt es auch keinen Ehemann. Ich weiß nur, daß diese junge Frau, die nicht mehr jung wirkt, sich seit zu langer Zeit immer gleich kleidet, mit Strickjacken und Blusen mit rundem Kragen, mit plissierten Röcken und weißlichen Strümpfen, daß sie zuviel Zeit damit verbracht hat, auf eine Leiter zu steigen, um mit ihren abgebrochenen, tintenfleckigen Fingernägeln nach einem Farbband zu suchen, ihre schlanke Figur leicht gepolstert, ihre Brüste, die ich wachsen sah, immer weiter auseinanderstrebend, der Blick voll Überdruß und die größer werdenden Augenringe, die von wenig Schlaf geschwollenen Lider, die sich schwer auf ihre einst schönen Augen senken; oder vielleicht nur geschwollen durch das, was sie von Kindesbeinen an vor sich sahen. Jenes Mal, als ich da war und sie sah, kurz vor meiner geplanten Hochzeit, bevor ich hinaufging, um meinen Vater zu einem heiteren Mittagessen abzuholen, hatte ich einen eitlen Gedanken, dessen ich mich eher schäme und den ich dennoch nicht ganz verdrängen konnte, oder besser gesagt, er kommt mir ab und zu in den Sinn wie etwas tausendmal Vergessenes und ebensooft Erinnertes, dem abzuhelfen man jedoch immer zu träge ist, und so zieht man es vor, daß es weiterhin zu gleichen Teilen oder abwechselnd vergessen und erinnert wird, um es nicht endgültig zu vergessen. Ich dachte, daß dieses Mädchen, Nieves, anders und besser wäre, wenn ich sie nicht nur aus der Ferne geliebt hätte, wenn ich nach der Jugendzeit mit ihr gesprochen und mit ihr Umgang gehabt hätte und sie mich hätte küssen wollen, was ich nie werde wissen können, ob sie gewollt hätte. Ich weiß, daß ich nichts von ihr weiß, bestimmt fehlen ihr innere Unruhe und Ehrgeiz und Neugier, aber ich bin mir zumindest zweier Dinge sicher: daß sie sich nicht so kleiden würde, wie sie es jetzt tut, und daß sie das Papierwarengeschäft verlassen hätte, dafür hätte ich gesorgt. Daß sie noch hübsch wäre und jung wirken würde, wäre vielleicht zuviel gesagt, aber die bloße Möglichkeit, daß es so gewesen wäre, reicht aus, mich zu empören, nicht über mich selbst, weil ich nur über Bleistifte mit ihr gesprochen habe, sondern über die einfache Tatsache oder abermals die Möglichkeit, daß das sichtbare Alter und das Äußere einer Person von demjenigen abhängen können, der sich ihr genähert hat, und davon, Geld zu haben. Geld bewirkt, daß das Papierwarengeschäft ohne Zögern verkauft wird und noch mehr Geld da ist, Geld mindert die Angst und kauft in jeder Saison neue Kleider, Geld ermöglicht, daß ein Lächeln und ein Blick geliebt werden, wie sie es verdienen, und länger anhalten, als ihnen zusteht. Andere Menschen in der Situation von Nieves wären nicht mehr dort, es wäre ihnen gelungen, die so bequeme abstrakte Zukunft zu verlassen, das Offene, das sich allmählich schließt; aber ich spreche nicht von imaginären Menschen, sondern von *diesem* Mädchen, dessen niemals konkrete Gestalt die Nächte meiner fünfzehn Jahre schützte. Deshalb war mein eitler Gedanke nicht nur eine dünkelhafte, pathetische Variante der Märchen von Prinzen und Bäuerinnen, von Professoren und Blumenmädchen, von Gentlemen und Revuegirls, obwohl er etwas Anmaßendes hatte, vielleicht wurde er durch meine bevorstehende Hochzeit ausgelöst und weil ich mich als Verräter und überlegen und einen Augenblick lang gerettet fühlte, überlegen und Verräter gegenüber Nieves und gerettet davor, zu sein wie sie. Ich dachte nicht an mich selbst, sondern an ihr gestaltetes Leben, an seine Fortdauer, ich glaubte eine Sekunde lang, daß ich fähig gewesen wäre, es zu ändern, sogar jetzt noch, es zu tun, ebenso oder ähnlich, wie ich gestern vormittag den Standort und die Schritte des angenehmen Drehorgelspielers meiner Vergangenheit und der Frau mit dem Zopf geändert habe. Ich weiß, daß das Mädchen des Papierwarengeschäfts andere Dinge und andere Länder außerhalb des Sommerurlaubs gesehen hätte, ich weiß, daß sie Umgang mit anderen Menschen gehabt hätte als mit denen, die sie sieht und kennt, ich weiß, daß sie über mehr Geld verfügt und sich nicht unter Holzwolle und Radiergummifusseln begraben hätte. Aber was ich nicht weiß, ist, wie ich es wagen konnte, all dies zu denken, wie ich es noch heute wage, diesen eitlen Gedanken nicht endgültig verjagt zu haben, und ihm erlaube, wiederzukehren, wie ich es für selbstverständlich halten konnte, daß ein Leben mit mir besser für sie gewesen wäre, besser im ganzen. Nie gibt es ein Ganzes, denke ich, und wer wäre sie, dachte ich, ohne mir einzugestehen, daß auch ich nicht der gleiche wäre und vielleicht meine Tage mit ihr im Papierwarengeschäft verbringen würde.

»Hast du Patronen für diesen Füllfederhalter?«

Das war es, was ich sie fragte, während ich einen deutschen Füllfederhalter aus der Tasche holte, den ich in Brüssel gekauft hatte und den ich sehr mag, weil die Feder schwarz und matt ist.

»Laß sehen«, sagte sie und schraubte den Füllfederhalter auseinander und schaute die fast leere Patrone an. »Ich glaube nicht, aber warte, ich seh mal in den Kartons oben nach.«

Ich wußte, daß sie diese Patronen nicht haben würde, und dachte, sie hätte wissen müssen, daß sie sie nicht hatte. Trotzdem schleppte sie die alte Leiter herbei und stellte sie auf ihrer Seite der Theke zu meiner Linken auf und stieg schwerfällig, als wäre sie zwanzig Jahre älter, als sie war (aber diese Zeit hatte sie mit dem Hinauf und Hinunter verbracht), die Stufen hoch, bis sie auf der fünften stehenblieb und von dort aus in verschiedenen Kartons herumkramte, die uns nichts nützen würden. Ich sah sie von hinten, mit ihren flachen Schuhen und ihrem altmodischen karierten Schulmädchenrock, ihren breit gewordenen Hüften und dem etwas lockeren Riemen ihres Büstenhalters, der durch die Bluse hindurchschimmerte; und mit ihrem hübschen Nacken, der als einziger unverändert war. Sie schaute in den Kartons nach und hielt meinen aufgeschraubten Füllfederhalter in der Hand, um die Patrone zu sehen und sie vergleichen zu können, sie hielt ihn mit großer Vorsicht. Wäre ich in diesem Augenblick auf ihrer Höhe gewesen, dann hätte ich ihr eine Hand auf die Schulter gelegt oder zärtlich diesen Nacken gestreichelt.

Es ist schwer vorstellbar, daß ich dort meine Tage verbringen könnte, ich habe immer Geld und Neugier besessen, Neugier und Geld, selbst wenn ich nicht über große Mengen verfüge und arbeite, um es zu verdienen, wie jetzt und seitdem ich vor schon so langer Zeit Ranz' Wohnung verlassen habe, obwohl ich jetzt nur sechs Monate im Jahr arbeite. Wer weiß, daß er es haben wird, hat es schon zum großen Teil, die Leute strecken es ihm vor, ich weiß, daß ich über viel Geld verfügen werde, wenn mein Vater stirbt, und daß ich dann kaum werde arbeiten müssen, wenn ich nicht will, ich hatte es als Kind, um viele Bleistifte zu kaufen, und ich habe bereits einen Teil beim Tod meiner Mutter geerbt, und einen geringeren Teil schon vorher, beim Tod meiner Großmutter, auch wenn nicht sie es waren, die es verdient hatten, der Tod macht jene reich, die es nicht waren und es auch nie von sich aus sein könnten, die Witwen und die Töchter, oder vielleicht bleibt manchmal nur ein Papierwarengeschäft übrig, das die Tochter ankettet und keine Lösung bringt.

Ranz hat immer gut gelebt und folglich auch sein Sohn, ohne große Exzesse oder nur mit solchen, die sein Beruf für ihn bereithielt und sogar ratsam erscheinen ließ. Der Exzeß oder das Vermögen meines Vaters besteht in Gemälden und der einen oder anderen Skulptur, vor allem in Gemälden und zahlreichen Zeichnungen. Jetzt ist er im Ruhestand, aber viele Jahre lang (Franco-Jahre und auch später) war er einer der Hausexperten des Prado-Museums, niemals Direktor oder Unterdirektor, niemals jemand, der sichtbar gewesen wäre, scheinbar ein Beamter, der alle Vormittage in einem Büro verbrachte, ohne daß zum Beispiel sein Sohn jemals eine klare Vorstellung davon gehabt hätte, womit er sie verbrachte, zumindest als Kind. Mit der Zeit erfuhr ich es dann, mein Vater verbrachte seine Tage in der Tat eingeschlossen in einem Raum neben den meisterhaften und nicht so meisterhaften Werken der Malerei, die er so leidenschaftlich liebte. Ganze Vormittage in der Nachbarschaft grandioser Gemälde, blind, ohne vor sie hintreten zu können, um sie zu sehen oder zu sehen, wie die Besucher sie betrachteten. Er examinierte, katalogisierte, beschrieb, entkatalogisierte, forschte, begutachtete, inventarisierte, telefonierte, verkaufte und kaufte. Aber er war nicht immer dort, auch er ist viel gereist im Auftrag von Institutionen und Einzelpersonen, die nach und nach seine Vorzüge erkannten und ihn unter Vertrag nahmen, damit er Meinungen äußerte oder Sachverständigengutachten anfertigte, ein häßliches Wort, aber es wird von denen benutzt, die sie anfertigen. Im Lauf der Zeit war er Berater mehrerer nordamerikanischer Museen, zu denen Getty in Malibu, Walters in Baltimore und Gardner in Boston gehörten, auch Berater einiger Stiftungen und krimineller südamerikanischer Banken und von privaten Sammlern, Leute, die zu reich waren, um nach Madrid und zu ihm nach Hause zu kommen, er war es, der nach London oder Zürich, Chicago oder Montevideo oder Den Haag reiste, er äußerte seine Meinung, unterstützte den Kauf oder Verkauf oder riet davon ab, erhielt einen prozentualen Anteil oder eine Sonderzulage, kehrte zurück. Im Lauf der Jahre machte er immer mehr Geld, nicht nur durch die prozentualen Anteile und durch sein Expertengehalt vom Prado (nicht viel), sondern durch seine fortschreitende, leichte Korruption: Es ist wahr, daß er sich vor mir nie geschämt hat, seine halbbetrügerischen Praktiken zuzugeben, ja er hat sich ihrer gerühmt, insofern jeder subtile Betrug, der an den Vorsichtigen und Mächtigen begangen wird, zum Teil Beifall verdient, wenn er außerdem straflos bleibt und nicht entdeckt wird, das heißt, wenn nicht nur der Täter, sondern auch der Betrug selbst unerkannt bleibt. Die Korruption ist auch nicht sehr schwerwiegend in diesem Bereich, sie besteht schlicht darin, daß man dazu übergeht, die Interessen des Verkäufers zu vertreten, ohne daß dies bemerkt oder gewußt würde, statt die Interessen des Käufers, der normalerweise den Experten unter Vertrag nimmt (und außerdem eines Tages Verkäufer sein kann). Das Getty-Museum oder die Walters Art Gallery, die meinen Vater bezahlten, wurden über die Autorschaft und den Zustand und die Konservierung eines Gemäldes informiert, dessen Erwerb sie in Betracht zogen. Mein Vater lieferte grundsätzlich wahrheitsgetreue Information, verhehlte jedoch irgendeine Angabe, die, hätte man sie berücksichtigt, Wert und Preis erheblich vermindert hätte, zum Beispiel, daß dem betreffenden Gemälde mehrere Zentimeter fehlten, die jemand im Lauf der Jahrhunderte abgeschnitten hatte, damit es in das Kabinett eines seiner Besitzer paßte, oder aber daß ein paar völlig sekundäre Gestalten im Hintergrund auf dem Original aufgefrischt, um nicht zu sagen neu gemalt worden waren. Mit dem Verkäufer zu einer Vereinbarung zu gelangen, um diese Einzelheiten zu verschweigen, kann einen doppelten prozentualen Anteil von einem höheren Preis bedeuten, ziemlich viel Geld für den Verschweiger und mehr noch für den Verkäufer; und wenn der Experte später erlebt, daß sein Fehler entdeckt wird, dann kann er immer behaupten, es handle sich eben darum, um einen Fehler, kein Experte ist völlig unfehlbar, eher im Gegenteil, es ist unvermeidlich, daß sie sich irgendwann einmal in irgendeinem Aspekt irren, es genügt, wenn sie in vielen anderen recht haben, damit sie ihr Prestige bewahren, und so können die Irrtümer dosiert werden. Mein Vater, ich bezweifle es nicht, hat ein gutes Auge und eine noch bessere Hand (man muß das Gemälde berühren, das ist unerläßlich, manchmal muß man sogar ein wenig an ihm lecken, ohne es zu beschädigen), und in Ländern wie Spanien ist das sehr viele Jahre lang unbezahlbar gewesen, als die (nebenbei gesagt auch nicht unfehlbaren) chemischen Analysen unbekannt waren oder man sie nicht bezahlen konnte und die Glaubwürdigkeit der Experten nur von der Emphase und Überzeugung abhing, mit der sie ihre Urteile von sich gaben. Die spanischen Privatsammlungen (auch die öffentlichen, aber weniger) sind voller Fälschungen, und ihre Besitzer erleben die unangenehmsten Überraschungen, wenn sie heutzutage beschließen, sie zu verkaufen, und sie nach langer Überlegung einem seriösen Auktionshaus anvertrauen. Es hat Damen gegeben, die an Ort und Stelle in Ohnmacht gefallen sind, als sie erfuhren, daß ihr lebenslang göttlicher kleiner Greco ein falscher göttlicher kleiner Greco war. Es hat alte Herren gegeben, die Anstalten machten, sich die Pulsadern aufzuschneiden, als sie die unmißverständliche Mitteilung erhielten, daß ihr lebenslang geliebtes flämisches Tafelgemälde ein geliebtes falsches Tafelgemälde war. In den Büroräumen der Auktionshäuser sind echte Perlen herumgerollt und gingen Stöcke aus Edelholz in die Brüche, scharfe Gegenstände befinden sich in Glasschränken, seitdem ein Angestellter verwundet wurde, und niemand wundert sich beim Anblick von Zwangsjacken und Krankenwagen. Den Irrenwärtern wird ein freundlicher Empfang zuteil.

Jahrzehntelang wurden in Spanien die Sachverständigengutachten von jeder beliebigen Person mit genügend Eitelkeit, Unverfrorenheit oder Verwegenheit angefertigt: ein Antiquar, ein Buchhändler, ein Ausstellungskritiker, einer von den Führern im Prado mit Erkennungszeichen, ein Pedell, der Postkartenverkäufer oder die Putzfrau, alle äußerten sie ihre Meinung und gaben ihr Urteil von sich, und alle Urteile waren die lautere Wahrheit, die einen wie die anderen. Jemand, der wirklich etwas verstand, war unbezahlbar, wie er es noch heute überall in der Welt ist, aber mehr hier und damals. Und mein Vater verstand etwas, er versteht noch immer mehr als die meisten. Gleichwohl habe ich mich gefragt, ob unter seinen leichten Betrügereien nicht eine schwerwiegendere gewesen ist, derer er sich nie gerühmt hat. Der Experte hat, abgesehen von den bereits erwähnten Möglichkeiten, noch zwei oder drei andere, um sich zu bereichern. Die erste ist legal und besteht darin, für sich selbst von jemandem zu kaufen, der sich nicht auskennt oder sich in Not befindet (zum Beispiel während und nach einem Krieg, in diesen Zeiten wechseln Meisterwerke für einen Paß oder ein Stück Speck die Hand), Ranz hat jahrelang auch für sich gekauft, nicht für jene, die ihn unter Vertrag nahmen: von Antiquaren, von Buchhändlern, von Ausstellungskritikern, von Führern im Prado mit Erkennungszeichen, von Pedellen, von Postkartenverkäufern und sogar von Putzfrauen, von allen möglichen Leuten, er hat ihnen spottbillig großartige Werke abgekauft: mit dem Geld, das man ihm in Malibu, Boston und Baltimore zahlte, investierte er in Kunst für sich selbst oder besser gesagt, er investierte nicht oder wenn, dann für seine Nachkommen, denn er hat niemals etwas von seinem Besitz verkaufen wollen, ich werde derjenige sein, der verkauft. Mein Vater besitzt Kostbarkeiten, die ihn nichts gekostet haben, darunter einige, von denen man nichts weiß. In der Bremer Kunsthalle verschwanden 1945 ein Gemälde und sechzehn Zeichnungen von Dürer, von denen es heißt, sie hätten sich während der Bombardierungen in Luft aufgelöst oder die Russen hätten sie mitgenommen, eher letzteres. Unter diesen Zeichnungen befand sich eine mit dem Titel *Frauenkopf mit geschlossenen Augen,* eine andere *Porträt von Caterina Cornaro* und eine dritte, bekannt als *Drei Linden.* Ich will nichts behaupten oder leugnen, aber in der Sammlung von Zeichnungen, die Ranz besitzt, gibt es drei, von denen ich schwören würde, sie sind von Dürer (aber ich bin niemand, der dies behaupten könnte, und er lacht immer, wenn ich ihn frage, er antwortet mir nicht), und auf einer von ihnen ist ein Frauenkopf mit geschlossenen Augen zu sehen, eine andere, so sagt mir mein Herz, ist das lebendige Porträt von Caterina Cornaro, und was ich auf der letzten sehe, sind drei Linden, obwohl ich nicht viel von Bäumen verstehe. Das ist nur ein Beispiel. Angesichts der so variablen Preise des Kunstmarktes weiß ich nicht, was seine Sammlung insgesamt wert sein mag (mein Vater lacht auch, wenn ich ihn das frage, und antwortet mir: ›Das wirst du an dem Tag erfahren, da dir nichts anderes übrigbleibt, als es herauszufinden. Das ändert sich jeden Tag, wie der Goldpreis‹), aber es kann sein, daß ich mich nur von einem oder zwei Stücken trennen muß, wenn er stirbt und es an mir liegt, ob ich verkaufe oder nicht, um mit dem Übersetzen aufzuhören und zu reisen, wenn ich nicht länger dabeibleiben möchte.

Von den besten Gemälden, die Ranz immer sichtbar zu Hause gehabt hat (sichtbar waren nicht so viele), hat er den Freunden und Besuchern stets gesagt, daß es sich um Kopien handle (mit einigen vernünftigen Ausnahmen: Boudin, Martín Rico und ähnliche), ausgezeichnete Kopien von

Custardoy Vater und die eine oder andere neuere von Custardoy Sohn. Die zweite Möglichkeit für einen Experten, reich zu werden, besteht darin, seine Kenntnisse nicht in den Dienst der Deutung, sondern in den der Tat zu stellen: das heißt, einen Fälscher zu beraten und anzuleiten, damit dessen Werke so vollkommen wie möglich geraten. Es ist anzunehmen, daß der Experte, der einem Fälscher rät, davon absehen wird, jemandem über *diese,* das heißt unter seiner Aufsicht und Anleitung zustande gekommenen Fälschungen ein Gutachten zu erstellen. Hingegen ist es wahrscheinlich, daß der Fälscher ihm einen prozentualen Anteil gibt von dem, was er durch den Verkauf eines dieser angeratenen Gemälde an eine Privatperson oder ein Museum oder eine Bank erhalten hat, nachdem ein *anderer* Experte keine Einwände geltend gemacht hat, so wie es auch wahrscheinlich ist, daß der erste Experte sich durchaus dazu hergibt, die von jenem anderen beaufsichtigten Fälschungen zu begutachten. Einer der besten Freunde von Ranz war Custardoy Vater, und jetzt ist es Custardoy Sohn, beide grandiose Kopisten fast aller Gemälde aus fast allen Epochen, obwohl ihre besten Imitationen, jene, bei denen Original und Kopie verwechselt werden konnten, den französischen Malern des 18. Jahrhunderts galten, die lange Zeit nicht besonders geschätzt wurden (und die zu fälschen sich daher niemand die Mühe machte), heute hingegen überschätzt sind, zum Teil infolge der von den Experten selbst in den letzten Jahrzehnten beschlossenen Aufwertung. In Ranz' Wohnung gibt es zwei großartige Kopien eines kleinen Watteau und eines winzigen Chardin, die erste von Custardoy Vater und die zweite von Custardoy Sohn, bei dem er sie erst vor drei Jahren in Auftrag gegeben hatte, oder so sagte er. Custardoy Vater hatte kurz vor seinem Tod, vor nunmehr zehn Jahren, Schwierigkeiten und Ängste auszustehen, er wurde sogar festgenommen und kurze Zeit später wieder freigelassen, ohne daß man ihm den Prozeß machte: Bestimmt hat mein Vater von seinem Büro im Prado aus ein paar Leute angerufen, die nach Francos Tod ihren Einfluß nicht ganz verloren hatten.

Aber so viel Ranz auch verdient und hinzugewonnen haben mochte über Malibu, Boston und Baltimore, über Zürich, Montevideo und Den Haag, durch seine privaten Gefälligkeiten und seine noch privateren Dienste für die Verkäufer, selbst durch seine möglichen Ratschläge für Custardoy den Älteren und jetzt vielleicht gelegentlich für den Jüngeren, sein Vermögen und seine Caprice bestehen, wie ich schon sagte, in seiner persönlichen Sammlung von Zeichnungen und Gemälden und der einen oder anderen Skulptur, obwohl ich immer noch nicht weiß und vorläufig auch nicht wissen werde, welchen Wert dieses Vermögen und diese Caprice besitzen (ich hoffe, er hinterläßt bei seinem Tod einen genauen Expertenbericht). Er hat sich niemals von etwas trennen wollen, von keiner seiner vermeintlichen Kopien und auch nicht von seinen sicheren Originalen, und darin muß man jenseits seiner leichten Betrügereien die Aufrichtigkeit seiner Neigung und seine genuine Leidenschaft für die Malerei erkennen. Daß er uns den Boudin und den Martín Rico im Zwergenformat zur Hochzeit geschenkt hat, muß, genau betrachtet, ein großes Opfer für ihn gewesen sein, auch wenn er sie zu Hause weiter sehen kann. Ich erinnere mich, als er im Prado arbeitete, an seine panische Angst vor Unfall oder Verlust, vor Beschädigung und vor dem geringsten Defekt, sowie vor den Aufpassern und Wärtern des Museums, die man, wie er sagte, fantastisch bezahlen und bei bester Laune halten müsse, denn von ihnen hänge nicht nur die Sicherheit und die Bewachung, sondern schlicht die Existenz der Gemälde ab. Die *Meninas,* sagte er, existieren dank des Wohlwollens oder der täglichen Gnade der Wärter, die das Bild jeden Augenblick zerstören könnten, wenn sie wollten, deshalb müsse man dafür sorgen, daß sie stolz und fröhlich und ausgeglichen seien. Er nahm es verschiedentlich auf sich (es war nicht seine Aufgabe, es war niemandes Aufgabe) herauszufinden, wie es diesen Wärtern ging, ob sie ruhig waren oder aber aufgebracht, ob Schulden sie drückten oder sie zurechtkamen, ob ihre Frauen oder ihre Männer (das Personal ist gemischt) sie gut oder grob behandelten, ob ihre Kinder Anlaß zur Freude gaben oder kleine Psychopathen waren, die sie aus dem Gleichgewicht brachten, immer an ihnen interessiert und für sie da, um die Werke der Meister zu bewahren, sie vor ihren möglichen Zornesausbrüchen oder Wutanfällen zu schützen. Mein Vater wußte sehr wohl, daß ein Mann oder eine Frau, die ihre Tage eingesperrt in einem Raum verbringen, wo sie immer dieselben Gemälde sehen, Stunden um Stunden jeden Vormittag und einige Nachmittage auf einem Stuhl sitzend, ohne etwas anderes zu tun, als die Besucher zu überwachen und die Stücke Leinwand anzuschauen (es ist sogar verboten, Kreuzworträtsel zu lösen), verrückt und eine Gefahrenquelle werden oder einen tödlichen Haß auf diese Bilder entwickeln können. Deshalb kümmerte er sich während seiner Jahre im Prado persönlich darum, jeden Monat den Standort der Wärter zu ändern, damit sie dieselben Gemälde wenigstens nur dreißig Tage lang sahen und ihr Haß abkühlen oder sich einem anderen Gegenstand zuwenden konnte, bevor es zu spät wäre. Es gab noch etwas, was er sehr gut wußte: Mochte dieser Wärter auch bestraft werden und im Gefängnis landen – wenn er eines Vormittags beschließen würde, die *Meninas* zu zerstören, dann wären die *Meninas* so zerstört wie die Dürer in Bremen, wenn denn die Bomben sie zerstört haben, es gäbe keinen Wärter, der die Zerstörung verhindern könnte, wenn der Wärter selbst der Zerstörer wäre, er, der alle Zeit der Welt hat, um seine Missetat durchzuführen, und niemanden, außer sich selbst, der ihm Einhalt gebieten könnte. Es wäre irreversibel, es gäbe keine Möglichkeit, das Bild zu retten.

Einmal verließ er sein Büro kurz vor der Schließung des Museums, als die meisten Besucher gegangen waren, und traf auf einen alten Wärter namens Mateu (er war schon fünfundzwanzig Jahre dort), der mit einem Wegwerffeuerzeug und dem Rand eines Rembrandt spielte, genau gesagt mit dem unteren linken Rand des *Artemisia* betitelten Gemäldes aus dem Jahr 1634, dem einzigen sicheren Rembrandt des Prado-Museums, auf dem die erwähnte Artemisia, deren Gesichtszüge denen von Saskia, der Frau des genialen Malers und sein häufiges Modell, sehr ähnlich sind, einen schrägen Blick auf einen kompliziert geformten Kelch richtet, den eine junge kniende Dienerin ihr reicht, die dem Betrachter fast den Rücken zuwendet. Die Szene ist auf zwei verschiedene Weisen interpretiert worden, als Artemisia, Königin von Halikarnassos, in dem Augenblick, da sie den Kelch mit der Asche von Mausolos, ihrem toten Gatten, trinkt, dem sie ein Grabmal errichten ließ, das eines der sieben Weltwunder der Antike war (daher *Mausoleum),* oder als Sofonisba, Tochter des Karthagers Hasdrubal, die, um Scipio und den Seinen, die sie förmlich für sich reklamierten, nicht lebendig in die Hände zu fallen, von ihrem neuen Gatten Masinissa einen Giftkelch als Hochzeitsgeschenk erbat, welcher ihr der Geschichte zufolge um der gefährdeten Treue willen verschafft wurde, und dabei hatte Sofonisba nicht nur ihm gehört, sondern war zuvor schon mit einem anderen verheiratet gewesen, mit Syphax, dem Heerführer der Massylier, dem der zweite, plündernde Gatte (der obengenannte Masinissa) sie in Wirklichkeit gerade im Zuge der chaotischen Einnahme von Cirta, heute Constantine in Algerien, geraubt hatte. Man kann daher angesichts des Gemäldes schwer wissen, ob Artemisia zu Ehren von Mausolos eheliche Asche trinkt oder Sofonisba eheliches Gift durch die Schuld Masinissas; obwohl es aufgrund des schrägen Blickes beider eher so aussieht, als würde die eine oder die andere nicht ohne Zögern irgendein ehebrecherisches Gebräu zu sich nehmen. Wie dem auch sei, im Hintergrund ist der Kopf einer alten Frau zu sehen, die eher den Kelch als die Dienerin oder Artemisia selbst beobachtet (wäre es Sofonisba, so besteht die Möglichkeit, daß die Alte ihr das Gift hineingetan hat), man kann sie nicht sehr gut erkennen, der Hintergrund ist ein zu geheimnisvolles Halbdunkel oder er ist zu schmutzig, und die Gestalt Sofonisbas ist so licht und nimmt so viel Raum ein, daß sie die Alte noch zweifelhafter erscheinen läßt.

Zu jener Zeit gab es keinen automatischen Feueralarm im Prado, wohl aber Feuerlöscher. Mein Vater löste mit einiger Anstrengung einen, der sich in der Nähe befand, aus seiner Halterung, und obwohl er ihn nicht zu gebrauchen wußte, ging er, das Gerät ungeschickt hinter seinem Rükken verbergend (ein gewaltiges Gewicht von auffallender Farbe), langsam auf Mateu zu, der bereits eine Ecke des Rahmens angesengt hatte und die Flamme jetzt ganz dicht an der Leinwand entlangführte, von oben nach unten und von einem Ende zum anderen, als wollte er alles beleuchten, die Dienerin und die Alte und Artemisia und den Kelch, auch einen runden Tisch mit einer Decke, auf der einige beschriftete Bögen liegen (die förmliche Reklamation Scipios vielleicht) und auf den Sofonisba ihre eher rundliche linke Hand stützt.

»Na, Mateu?« sagte mein Vater ruhig zu ihm. »Sehen Sie sich das Bild ein bißchen genauer an?«

Mateu wandte sich nicht um, er kannte Ranz' Stimme genau und wußte, daß er jeden Tag, bevor er ging, aufs Geratewohl einige Säle ablief, um festzustellen, ob sie unversehrt waren.

»Nein«, antwortete er völlig natürlich und gelassen. »Ich überlege mir, ob ich es verbrenne.«

Mein Vater hätte ihm, wie er erzählte, einen Schlag auf den Arm versetzen, ihm das Feuerzeug aus der Hand schlagen und das harmlos gewordene Ding dann mit einem geschickten Fußtritt hinwegbefördern können. Aber seine Hände waren damit beschäftigt, den Feuerlöscher in seinem Rücken zu halten, und außerdem ließ ihn allein die Möglichkeit, er könnte scheitern und den Verdruß des Wärters Mateu noch vergrößern, von seinem Versuch Abstand nehmen. Er dachte, es sei vielleicht besser, ihn hinzuhalten, ohne daß er die Flamme ansetzte (und bituminöse Substanzen verbrannte), bis das Feuerzeug leer wäre, aber das konnte zu lange dauern, wenn das Feuerzeug zu allem Unglück gerade erst gekauft worden war. Er dachte auch daran, laut um Hilfe zu rufen, jemand würde erscheinen, Mateu würde überwältigt werden und das Feuer nicht auf andere Bilder übergreifen, aber das hieße Abschied nehmen vom einzigen sicheren Rembrandt von der Hand Rembrandts im Prado, Abschied von Sofonisba und Abschied von Artemisia und auch von Mausolos und Masinissa und Saskia und Syphax. Er fragte ihn abermals:

»Aber Mateu, Mensch, mögen Sie es denn gar nicht?«

»Ich habe diese dicke Kuh satt«, antwortete Mateu. Mateu ertrug Sofonisba nicht. »Ich mag diese dicke Kuh mit ihren Perlen nicht«, insistierte er (und es stimmt, daß Artemisia auf dem Rembrandt dick ist und Perlen um den Hals und über der Stirn trägt). »Die kleine Dienerin, die ihr den Kelch reicht, wirkt viel hübscher, aber es ist einfach nicht möglich, ihr Gesicht richtig zu sehen.«

Mein Vater konnte nicht vermeiden, eine spöttische, das heißt überraschte und logische Antwort zu geben:

»Ja«, sagte er, »so wurde es gemalt, klar, die Dicke von vorne und die Dienerin von hinten.«

Der Pyromane Mateu ließ das Feuerzeug ab und zu ein paar Sekunden lang verlöschen, aber er entfernte es nicht von der Leinwand, und nach diesen Sekunden ließ er es wieder brennen und wärmte den Rembrandt. Ranz schaute er nicht an.

»Das ist ja das Schlimme«, sagte er, »daß es für immer so

gemalt ist und daß wir nie wissen werden, was los ist, sehen Sie, Herr Ranz, es ist unmöglich, das Gesicht des Mädchens zu sehen oder zu wissen, was die Alte im Hintergrund soll, das einzige, was man sieht, ist die Dicke mit ihren beiden Ketten, die nie den Kelch nimmt. Sie soll ihn verdammt noch mal endlich austrinken, damit ich das Mädchen sehen kann, wenn es sich umdreht.«

Mateu, ein Mann, der an das Wesen der Malerei gewöhnt war, ein Mann von sechzig Jahren, der seit fünfundzwanzig Jahren im Prado arbeitete, wollte plötzlich, daß die Szene eines Rembrandt weiterginge, die er nicht verstand (niemand versteht sie, zwischen Artemisia und Sofonisba liegen Welten, es geht darum, einen Toten zu trinken oder den Tod zu trinken, das Leben zu intensivieren oder zu sterben, es zu erweitern oder sich umzubringen). Es war absurd, aber Ranz verzichtete noch nicht darauf, ihm mit Vernunftgründen zu kommen:

»Aber verstehen Sie doch, das ist nicht möglich, Mateu«, sagte er zu ihm, »die drei sind gemalt, sehen Sie denn nicht? Gemalt. Sie haben viel Kino gesehen, das ist kein Film. Sie müssen verstehen, daß man sie nicht anders sehen kann, das ist ein Gemälde. Ein Gemälde.«

»Deshalb mach ich es hin«, sagte Mateu, während er erneut mit dem brennenden Feuerzeug über die Leinwand strich.

»Außerdem«, fügte mein Vater hinzu, um ihn abzulenken und auf Genauigkeit erpicht (mein Vater ist pedantisch), »das über der Stirn ist keine Kette, sondern ein Diadem, auch wenn es aus Perlen ist.«

Doch Mateu schenkte seinen Worten keine Beachtung. Er blies sich mechanisch ein paar Fusseln von der Uniform.

Der freihändig gehaltene Feuerlöscher richtete Verheerungen in Ranz' Handgelenken an, er verzichtete daher darauf, ihn zu verbergen, und nahm ihn in die Arme wie ein

Baby, sein Karminrot gut sichtbar. Der Wächter Mateu bemerkte das Gerät.

»Hehe, was machen Sie denn damit«, sagte er in vorwurfsvollem Ton zu meinem Vater. »Wissen Sie nicht, daß es verboten ist, sie abzumontieren?«

Mateu hatte sich schließlich umgewandt, als er den Krach hörte, der durch das ungeschickte Hantieren mit dem Feuerlöscher entstand, der auf seinem Weg vom Rükken in die Arme auf dem Boden aufschlug und diesen splittern ließ, aber mein Vater wagte nicht, diesen Moment der Bestürzung auszunutzen. Er gab ihm jedoch zu denken.

»Keine Sorge, Mateu«, sagte er, »ich nehme ihn mit, weil er repariert werden muß, der funktioniert nicht.« Und er nutzte die Gelegenheit, um ihn mit großer Erleichterung auf dem Boden abzustellen. Er holte das kirschfarbene seidene Taschentuch heraus, das er zur Zierde in der oberen Jakkentasche trug, und trocknete sich die Stirn, ein Taschentuch, das sich angenehm anfühlte und roch, es diente mehr zum Schmuck als zum Gebrauch, es paßte zum Feuerlöscher.

»Ich sage Ihnen, daß ich es hinmache«, wiederholte Mateu und drohte Saskia mit dem Feuerzeug.

»Das Bild ist sehr wertvoll, Mateu. Es ist Millionen wert«, sagte Ranz. Er wollte sehen, ob die Erwähnung des Geldes ihn wieder zur Vernunft brachte.

Aber der Wärter spielte weiter mit dem Feuerzeug, ließ es brennen, verlöschen, brennen, entschloß sich, den Rahmen noch mehr anzusengen, einen sehr guten, alten Rahmen.

»Das auch noch«, antwortete er verächtlich. »Diese Scheißdicke ist auch noch Millionen wert, es ist zum Kotzen.«

Der gute Rahmen geschwärzt. Mein Vater dachte daran, ihm jetzt mit dem Gefängnis zu kommen, aber verwarf es sogleich wieder. Er dachte einen Moment nach, dachte noch einen Moment nach und änderte schließlich seine Taktik. Plötzlich hob er den Feuerlöscher vom Boden auf und sagte:

»Sie haben recht, Mateu, ich gebe Ihnen recht. Aber verbrennen Sie es nicht, andere Gemälde könnten Feuer fangen. Lassen Sie mich machen. Ich werde es mit dem Feuerlöscher hinmachen, der wiegt einiges. Die Dicke wird schön was abkriegen und zum Teufel gehen.«

Und Ranz hob den Feuerlöscher und hielt ihn mit beiden Händen in die Höhe, wie ein Gewichtheber, bereit, ihn mit aller Wucht gegen Sofonisba und gegen Artemisia zu schmettern.

In diesem Augenblick wurde Mateu ernst.

»Hehe«, sagte er streng, »was machen Sie denn da, so werden Sie das Gemälde beschädigen.«

»Ich hau es in Stücke«, sagte Ranz.

Es folgte ein Moment der Ungewißheit, mein Vater mit den in der Luft schwebenden Armen, den knallroten Feuerlöscher haltend, Mateu mit dem noch brennenden Feuerzeug in der Hand, in der Luft schwebend die flackernde Flamme. Er schaute meinen Vater an, er schaute das Gemälde an. Ranz konnte das Gewicht nicht länger aushalten. In diesem Augenblick ließ Mateu das Feuerzeug verlöschen, steckte es in die Tasche, breitete die Arme aus wie ein Ringkämpfer und sagte drohend:

»Ruhig da, ruhig, ja? Zwingen Sie mich nicht.«

Mateu wurde nicht entlassen, weil mein Vater über diesen Vorfall nicht informierte, auch der Wärter beschuldigte ihn nicht öffentlich, er habe den Rembrandt mit einem kaputten Feuerlöscher demolieren wollen. Niemand sonst bemerkte den angesengten Rahmen (höchstens irgendein indiskreter Besucher, dem man empfahl, keine Fragen zu stellen, und der bestochene Ersatzmann), und nach kurzer Zeit wurde er durch einen sehr ähnlichen ausgetauscht, der allerdings nicht alt war. Wenn Mateu fünfundzwanzig Jahre lang ein sorgsamer Wächter gewesen war, dann gab es für

Ranz keinen Grund, daß er es nach einem vorübergehenden Wutanfall nicht auch weiter sein konnte. Mehr noch, er schrieb dessen Tat und Attentat dem Mangel an Taten und Attentaten zu und sah einen Beweis seiner Vertrauenswürdigkeit in dem Umstand, daß in dem Augenblick, da er das Gemälde, dem sein Groll galt, von einer anderen Person bedroht gesehen hatte, die noch dazu ein Vorgesetzter war, sein Verantwortungsgefühl als Wachhabender über seinen aufrichtigen Wunsch, Artemisia zu verbrennen, obsiegt hatte. Er wurde sofort in einen anderen Saal versetzt, wo die Primitiven hingen, deren Gestalten weniger rund sind und nicht so leicht in Rage bringen (und einige sind palinschematisch, das heißt sie erzählen auf ein und derselben Oberfläche oder Fläche ihre ganze Geschichte). Im übrigen beschränkte mein Vater sich darauf, ihm noch mehr Interesse entgegenzubringen, ihm angesichts des näherrückenden Alters Mut zu machen und kein Auge von ihm zu lassen während der Feste, die zweimal im Jahr, an einem Tag, an dem das Museum geschlossen war, für das gesamte Museumspersonal veranstaltet wurden, vorzugsweise im großen Velázquez-Saal. Sämtliche Angestellten, angefangen beim Direktor (der nur eine Minute lang erschien und eine schlaffe Hand reichte) bis zu den Putzfrauen (welche am lautesten waren und den größten Spaß hatten, denn sie mußten später dableiben, um die Verwüstungen zusammenzukehren) versammelten sich mit ihren jeweiligen Familienangehörigen, um auf einer Art halbjährlichem Volksfest zu trinken und zu essen und zu plaudern und zu schwofen (plaudern ist eine Redensart), das mein eigener Vater nach dem Vorbild oder der Idee des Karnevals konzipiert hatte, um die Wächter bei Laune zu halten und sich dort austoben und die Haltung verlieren zu lassen, wo sie sie an den übrigen Tagen bewahren mußten. Er selbst trug Sorge dafür, daß das Essen und die Getränke, die ihnen gereicht wurden, so beschaffen waren, daß Flecken die Gemälde nicht ruinieren oder beschädigen konnten, was zur Folge hatte, daß manche Rücksichtslosigkeit und mancher Exzeß geduldet wurden: Ich habe als Kind Mineralwasser auf den *Meninas* und Meringestücke auf der *Übergabe von Breda* gesehen.

VIELE JAHRE LANG, als Kind und auch später, als Heranwachsender und noch sehr jung, als ich noch das Mädchen aus dem Papierwarengeschäft mit zweifelnden Augen betrachtete, wußte ich nur, daß mein Vater vor meiner Mutter mit der älteren Schwester meiner Mutter verheiratet gewesen war, zuerst mit Teresa Aguilera und dann mit ihrer Schwester Juana, die beiden Mädchen, auf die sich manchmal meine Großmutter bezog, wenn sie Anekdoten aus der Vergangenheit erzählte, oder sie sagte eigentlich nur »die Mädchen«, um sie von deren Brüdern zu unterscheiden, die sie hingegen »die Burschen« nannte. Es dauerte nicht nur lange, bis Kinder sich für jene interessieren, die ihre Eltern waren, bevor sie sie kennenlernten (im allgemeinen entsteht dieses Interesse, wenn die Kinder in das Alter kommen, das die Eltern in dem Moment hatten, da sie sie tatsächlich kennenlernten, oder wenn sie ihrerseits Kinder haben und sich durch sie an ihre eigene Kindheit erinnern und sich erstaunt Gedanken über die schützenden Gestalten machen, denen sie jetzt entsprechen), auch die Eltern gewöhnen sich daran, keine Neugier zu wecken und vor ihren Sprößlingen über sich selbst zu schweigen, zu verschweigen, wer sie waren, oder vielleicht vergessen sie es auch. Fast alle schämen sich ihrer Jugend, es stimmt nicht ganz, daß man sich nach ihr zurücksehnt, wie man sagt, man verdrängt oder flieht sie und verbannt den Ursprung mühelos oder mühevoll in den Bereich der schlechten Träume oder der Romane oder dessen, was nicht existiert hat. Die Jugend wird verborgen, die Jugend ist geheim für jene, die uns nicht mehr jung kennen.

Ranz und meine Mutter haben niemals Ranz' Ehe mit der

Frau verschwiegen, die meine Tante Teresa gewesen wäre, wenn sie gelebt hätte (oder es nicht gewesen wäre), eine sehr kurze Ehe, von deren Auflösung ich nur wußte, daß der frühe Tod sie verursacht hatte, hingegen wußte ich viele Jahre lang nicht (ich habe auch nicht danach gefragt) die Ursache dieses Todes, und viele weitere Jahre lang glaubte ich, es im wesentlichen zu wissen, aber man täuschte mich, als ich schließlich fragte, gab man mir eine falsche Antwort, auch das ist eines der Dinge, an die sich die Eltern gewöhnen, die Kinder über ihre vergessene Jugend zu belügen. Man erzählte mir von Krankheit, und das war alles, man erzählte mir viele Jahre lang von einer Krankheit, und es ist schwer, etwas in Frage zu stellen, was man seit der Kindheit weiß, es dauert, bis man mißtrauisch wird. Die Vorstellung, die ich folglich immer von dieser so kurzen Ehe hatte, war die eines Irrtums, der verständlich schien in den Augen eines Kindes oder eines Jugendlichen, der lieber an die Unvermeidbarkeit seiner vereinten Eltern denkt, um seine eigene Existenz zu rechtfertigen und damit an seine eigene Unvermeidbarkeit und Daseinsberechtigung zu glauben (ich spreche von den faulen, normalen Kindern, die nicht in die Schule gehen, wenn sie ein bißchen Fieber haben, die nicht arbeiten und morgens mit einem Fahrrad Kisten ausfahren müssen). Die Vorstellung war ohnehin vage, und der erklärliche Irrtum bestand darin, daß Ranz geglaubt haben konnte, eine Schwester zu lieben, die ältere Schwester, wo er doch in Wirklichkeit die andere liebte, die jüngere Schwester, zuviel jünger womöglich in dem Augenblick, da er beide kennenlernte, als daß mein Vater sie hätte ernst nehmen können. Vielleicht wurde es mir so erzählt, es könnte sein, von meiner Mutter oder eher von meiner Großmutter, ich erinnere mich nicht, eine kurze und vielleicht lügnerische Antwort auf eine kindliche Frage, Ranz hat mir natürlich niemals etwas von diesen Dingen erzählt. Es war auch leicht möglich, daß in der Fantasie des Kindes ein anderer Aspekt, nämlich Mitleid, mitspielte: der Trost des Witwers, die Schwester ersetzen, die Verzweiflung des Ehemanns lindern, den Platz der Toten einnehmen. Meine Mutter konnte meinen Vater ein wenig aus Mitgefühl geheiratet haben, damit er nicht allein wäre; oder auch nicht, sie konnte ihn von Anfang an insgeheim geliebt und insgeheim das Verschwinden des Hindernisses, ihrer Schwester Teresa, gewünscht haben. Oder da es nun einmal so gekommen war, sich zumindest in einer Hinsicht über das Verschwinden gefreut haben. Ranz hatte niemals etwas erzählt. Vor einigen Jahren, als ich bereits erwachsen war, versuchte ich, ihn zu fragen, aber er behandelte mich, als wäre ich noch ein Kind. »Was geht dich das alles an«, sagte er und wechselte das Thema. Als ich insistierte (wir befanden uns im ›Dorada‹), stand er auf, um zur Toilette zu gehen, und sagte spöttisch und mit seinem schönsten Lächeln: »Hör mal, ich habe keine Lust, von der fernen Vergangenheit zu reden, das ist geschmacklos und erinnert einen an die vielen Jahre, die man auf dem Buckel hat. Wenn du weitermachen willst, dann ist es besser, daß du den Tisch verlassen hast, wenn ich wiederkomme. Ich will in Ruhe essen und zwar heute, nicht an einem Tag vor vierzig Jahren.« Als wären wir zu Hause und als wäre ich ein kleines Kind, das man in sein Zimmer schicken kann, sagte er mir, ich solle mich davonscheren, er zog nicht einmal die Möglichkeit in Betracht, böse zu werden und selber das Restaurant zu verlassen.

Jedenfalls hat fast niemand jemals von Teresa Aguilera gesprochen, und dieses *fast* ist überflüssig geworden seit dem Tod meiner kubanischen Großmutter, die sie als einzige bisweilen erwähnte, wie unabsichtlich oder ohne es vermeiden zu können, obwohl Teresa bei ihr zu Hause sehr präsent und sichtbar war in Form eines posthumen Porträts in Öl, das ausgehend von einer Fotografie angefertigt worden war. Und bei mir, das heißt bei Ranz zu Hause, gab und gibt es das Foto, das in schwarzweiß als Modell diente, auf das Ranz und Juana dann und wann im Vorbeigehen einen Blick warfen. Teresas Gesicht ist ein zuversichtliches, ernstes Gesicht auf dieser Fotografie, eine hübsche Frau mit dünnen Augenbrauen, die eine einzige Linie bilden, und einem nicht sehr tiefen Grübchen im Kinn – eine Kerbe, ein Schatten –, das dunkle Haar im Nacken zusammengeschlungen und der Scheitel in der Mitte, der den spitzen Haaransatz betonte, der lange Hals, der große Frauenmund (aber ganz anders als der meines Vaters und mein eigener), die ebenfalls dunklen Augen sind weit offen und blicken ohne Mißtrauen in das Objektiv, sie trägt diskrete Ohrringe, vielleicht aus Perlmutt, und die Lippen sind trotz ihrer Jugend geschminkt, wie es die Zeit, in der sie jung oder am Leben war, aus Anstand gebot. Ihre Haut ist sehr blaß, ihre Hände sind verschränkt, die Arme auf einen Tisch gestützt, wohl eher der Eßtisch als ein Arbeitstisch, obwohl man ihn nicht deutlich genug sieht, um es zu erkennen, und der Hintergrund ist verschwommen, vielleicht ist es eine Studioaufnahme. Sie trägt eine Bluse mit kurzen Ärmeln, möglicherweise war es Frühling oder Sommer, sie mag zwanzig Jahre alt sein, vielleicht weniger, vielleicht kannte sie Ranz noch nicht oder hatte ihn gerade kennengelernt. Sie war unverheiratet. Es gibt etwas an ihr, das mich *jetzt* an Luisa erinnert, obwohl ich dieses Foto viele Jahre lang gesehen habe, bevor Luisa existierte, alle Jahre meines Lebens außer den beiden letzten. Es mag daran liegen, daß man ein wenig überall den Menschen sieht, den man liebt und mit dem man zusammenlebt. Aber beide haben einen Ausdruck von Zuversicht, Teresa als Bild und Luisa ständig als Person, als fürchteten sie nichts, und nichts könnte sie je bedrohen, Luisa zumindest in wachem Zustand, wenn sie schläft, ist ihr Gesicht verletzbarer und ihr Körper scheint in größerer Gefahr. Luisa ist so zuversichtlich, daß sie in der ersten Nacht, die wir zusammen verbrachten, von Goldunzen träumte, wie sie mir erzählte. Sie wachte mitten in der Nacht durch meine Gegenwart auf, schaute mich leicht verwundert an, strich mir mit den Fingernägeln über die Wange und sagte: ›Ich habe von Goldunzen geträumt. Sie waren wie Fingernägel und glänzten ganz stark‹, nur jemand, der sehr unschuldig ist, kann so etwas träumen und vor allem es erzählen. Teresa Aguilera könnte in ihrer Hochzeitsnacht von diesen leuchtenden Goldunzen geträumt haben, so dachte ich, als ich ihr Bild bei Ranz zu Hause anschaute, nachdem ich Luisa kennengelernt und mit ihr den Schlaf geteilt hatte. Ich weiß nicht, wann man das Foto von Teresa aufgenommen hat, sicher hat es niemand je genau gewußt: Es ist sehr klein, es befindet sich in einem hölzernen Rahmen, auf einem Regal, und seitdem sie gestorben ist, wird ihr niemand mehr als einen gelegentlichen Blick zugeworfen haben, so wie man Vasen oder Ziergegenstände und sogar Gemälde in den Wohnungen anschaut, man hört auf, sie mit Aufmerksamkeit und Wohlgefallen zu betrachten, wenn sie erst einmal Teil der täglichen Landschaft sind. Seit dem Tod meiner Mutter ist auch ihr Foto da, zu Hause bei Ranz, größer, und außerdem hängt ein nicht posthumes Porträt an der Wand, das Custardoy der Ältere von ihr angefertigt hat, als ich noch ein Kind war. Meine Mutter, Juana, ist heiterer, obwohl die beiden Schwestern sich etwas ähneln, der Hals und die Gesichtsform und das Kinn sind gleich. Meine Mutter lächelt auf ihrem Foto und lächelt auf dem Bild, auf beiden ist sie schon älter als ihre ältere Schwester auf ihrem kleinen Foto, in Wirklichkeit älter als Teresa je gewesen ist, die durch ihren Tod zweifellos zur jüngeren wurde, sogar ich bin älter als sie, der frühe Tod verjüngt. Meine Mutter lächelt fast wie sie lachte: Sie lachte leicht, wie meine Großmutter; beide, ich sagte es schon, lachten bisweilen aus vollem Halse, wenn sie zusammen waren.

Ich habe jedoch erst vor einigen Monaten erfahren, daß

meine Tante Teresa, die nie meine Tante gewesen ist, sich umgebracht hat, kurz nach der Rückkehr von ihrer Hochzeitsreise mit meinem eigenen Vater, und es war Custardoy der Jüngere, der es mir sagte. Er ist drei Jahre älter als ich, und ich kenne ihn seit meiner Kindheit, als drei Jahre viel waren, wenn ich ihm damals auch soweit wie möglich aus dem Weg ging und ihn erst als Erwachsener ertragen habe. Die Freundschaft oder die Geschäfte unserer Väter führten uns bisweilen zusammen, aber er stand immer den Erwachsenen näher, war interessierter an ihrer Welt, als könnte er es kaum abwarten, zu ihr zu gehören und frei zu handeln, in meiner Erinnerung ist er ein alt aussehender Junge oder ein verhinderter Erwachsener, ein Mann, dazu verurteilt, zu lange in einem unstimmigen Kinderkörper zu verharren, zu einem vergeblichen Warten gezwungen, das ihn verrückt machte. Nicht, daß er an den Unterhaltungen der Erwachsenen teilnahm, es fehlte ihm an Altklugheit – er hörte nur zu –, es war mehr eine dunkle Anspannung, die ihn beherrschte, unpassend für einen Jungen, die ihn ständig wachsam sein und aus dem Fenster schauen ließ, wie jemand, der die rasch vor seinen Augen dahinziehende Welt anschaut, auf die aufzuspringen ihm noch nicht erlaubt ist, wie der Gefangene, der weiß, daß niemand wartet oder sich etwas versagt, weil er nicht da ist, und daß mit der dahineilenden Welt auch *seine* Zeit vergeht; und das wissen auch jene, die sterben. Er machte immer den Eindruck, etwas zu versäumen und sich dessen schmerzhaft bewußt zu sein, er gehörte zu den Menschen, die am liebsten mehrere Leben zugleich leben würden, die sich vervielfältigen und nicht darauf beschränken möchten, nur sie selbst zu sein: zu denen, die Schrecken vor der Einheit empfinden. Wenn er zu uns nach Hause kam und in meiner Gesellschaft warten mußte, bis der Besuch seines Vaters bei meinem beendet war, trat er an die Balkontür und wandte mir fünfzehn oder zwanzig Minuten oder eine halbe Stunde lang den Rücken zu, ohne den verschiedenen Spielen Beachtung zu schenken, die ich ihm naiverweise vorschlug. Aber trotz ihrer Reglosigkeit drückte seine aufrechte Gestalt weder Kontemplation noch Ruhe aus, auch nicht seine knochigen Hände, die, nachdem sie die Vorhänge zur Seite geschoben hatten, sich an ihnen festklammerten, so wie der noch neue Gefangene sich an die Berührung der Gitterstäbe gewöhnt, weil er ihnen noch keinen Glauben schenkt. Ich spielte in seinem Rücken, wobei ich versuchte, seine Aufmerksamkeit nicht allzusehr auf mich zu lenken, eingeschüchtert in meinem eigenen Zimmer, fast ohne einen Blick auf seinen ausrasierten Nacken und noch weniger auf seine Männeraugen, die begehrlich auf die Außenwelt blickten und sich danach sehnten, frei zu sehen und zu handeln. Letzteres schaffte er ein wenig, zumindest in dem Maße, in dem sein Vater ihm seit frühester Zeit das Handwerk des Kopisten und vielleicht des Bilderfälschers beibrachte und ihn für einige Arbeiten entlohnte, die er ihm in seinem Maleratelier übertrug. Deshalb besaß Custardoy der Jüngere mehr Geld als seine Altersgenossen, er verfügte über eine seltene Selbständigkeit, er verdiente sich nach und nach seinen Lebensunterhalt; er interessierte sich für die Straße und nicht für die Schule, mit dreizehn Jahren ging er schon zu Huren, und ich hatte immer ein wenig Angst vor ihm, sowohl der drei Jahre wegen, die er älter war und die ihn in die Lage versetzten, mich stets bei unseren gelegentlichen Keilereien zu besiegen, wenn seine Anspannung sich so sehr verdüsterte, daß sie sich schließlich entlud, als auch seines Charakters wegen, der obszön und wild war, aber kalt selbst bei den Prügeleien. Wenn er mit mir kämpfte, bemerkte ich an ihm, so heftig ich mich auch gegen ihn wehren mochte, bevor ich mich ergab, weder Erhitzung noch Erbitterung, sondern nur kalte Gewalt und den Willen zur Unterwerfung. Obwohl ich ihn einige Male im Atelier seines Vaters besucht habe, das jetzt seines ist, habe ich ihn niemals malen gesehen, weder seine eigenen Bilder, die keinen Erfolg haben, noch seine perfekten Kopien, die ihm Geld bringen, ebenso wie seine technisch ausgezeichneten, aber konventionellen Auftragsporträts: So viele Stunden reglos, eingesperrt, mit dem Pinsel in der Hand, eingerichtet in peinlicher Genauigkeit und den Blick auf eine Leinwand gerichtet, sind vielleicht die Erklärung für seine ständige Anspannung und sein Streben nach Verdoppelung. Schon als Junge hat er sich nicht gescheut, seine Abenteuer, vor allem die sexuellen, zu erzählen (von ihm habe ich fast alles in meiner Jugend und auch früher gelernt), und manchmal frage ich mich, ob die Zuneigung, die mein Vater in den letzten Jahren, seit dem Tod von Custardoy dem Älteren, für ihn entwickelt hat, nicht vielleicht mit diesen Erzählungen zu tun hat. Je älter ruhelose Männer sind, um so mehr wollen sie weiterleben, und wenn ihre Fähigkeiten es ihnen nicht in aller Fülle gestatten, suchen sie die Gesellschaft derer, die imstande sind, ihnen die Existenz zu erzählen, die nicht mehr in ihren Möglichkeiten liegt, und ihnen stellvertretend das Leben verlängern. Mein Vater wird ihm zuhören wollen. Ich weiß von Prostituierten, die entsetzt davongelaufen sind, nachdem sie eine Nacht mit Custardoy dem Jüngeren verbracht hatten, und nicht einmal erzählen wollten, was geschehen war, selbst wenn es zwei waren, die er sich ins Bett geholt hatte und die sich daher gegenseitig stärken und trösten konnten, denn Custardoys Wunsch, sich aufzuspalten, ließ ihm schon in jungen Jahren eine einzige Person ungenügend erscheinen, eine seiner Vorlieben sind seit jeher Paare gewesen. Mit den Jahren ist Custardoy diskreter geworden, und soviel ich weiß, erzählt auch er nicht, warum er Entsetzen auslöst, vielleicht aber privat meinem Vater, der für ihn eine Art Pate ist. Mein Vater wird ihm zuhören wollen. Jedenfalls sehen sie sich schon seit Jahren häufig, einmal in der Woche besucht Custardoy Ranz, oder sie gehen zusammen

Abend essen und danach vielleicht in ein antiquiertes Lokal, oder sie begleiten sich gegenseitig, wenn sie Besorgungen machen und Dritte besuchen, mich zum Beispiel oder sogar Luisa in meiner Abwesenheit. Wahrscheinlich amüsiert Custardoy meinen Vater. Jetzt, schon nahe der vierzig, trägt er in seinem einst rasierten Nacken das Haar zusammengebunden, wie ein Pirat oder ein Stierkämpfer, und sein Backenbart ist ein wenig zu lang für diese Zeiten, jedenfalls auffallend, weil er kraus ist und sehr viel dunkler als sein krapprotes, glattes Haar, vielleicht trägt er sie, Schopf und Backenbart, um nicht in seinem archaisch bohemehaften Milieu nachtschwärmerischer Maler aus dem Rahmen zu fallen, obwohl er sich gleichzeitig klassisch und übertrieben korrekt kleidet – immer Krawatte –, er strebt nach Eleganz in seiner Aufmachung. Einige Monate lang trägt er einen Schnurrbart, und dann rasiert er ihn wieder eine Zeitlang, ein unaufhebbarer Zweifel oder vielleicht seine Art, mehr als einer zu sein. Mit den Jahren hat sein Gesicht voll herausgebildet, was seit der Kindheit und mehr noch seit der Jugend in ihm angelegt war: Sein Gesicht ist wie sein Charakter, obszön, wild und kalt, mit breiter Stirn oder Geheimratsecken und einer leicht hakenförmigen Nase und langen Zähnen, die sein Gesicht erhellen, wenn er freundlich, aber nicht warmherzig lächelt, mit tiefschwarzen, sehr großen und leicht auseinanderstehenden Augen, die fast keine Wimpern haben, und dieser Mangel und dieses Auseinanderstehen machen seinen Blick unerträglich, seinen obszönen Blick auf die Frauen, die er erobert oder kauft, und auf die Männer, mit denen er rivalisiert, auf die Welt, die nunmehr mit ihm als festem Bestandteil weiterzieht, mit ihm, der zu ihrem ungestümeren Lauf gehört.

Er war es, der mir vor ein paar Monaten oder fast einem Jahr, kurz nach meiner Rückkehr von meiner Hochzeitsreise nach Havanna und Mexiko und New Orleans und Miami, erzählte, was vor fast vierzig Jahren wirklich mit meiner

Tante Teresa geschehen war. Ich wollte meinen Vater besuchen, ihn nach der Rückkehr begrüßen und ihm von meiner Reise erzählen, als ich am Portal auf Custardoy den Jüngeren traf, dessen schlanke Gestalt reglos in der Dämmerung stand.

»Er ist nicht da«, sagte er, »er mußte ausgehen.« Und er hob die Augen, zum Zeichen, daß er sich auf Ranz bezog. »Er hat mich gebeten, ein paar Minuten auf dich zu warten, um es dir zu sagen. Ein Amerikaner hat ihn angerufen, und er ist sofort davongeschossen, ich weiß nicht wer von irgendeinem Museum, er ruft dich heute abend oder morgen an. Laß uns was trinken gehen.«

Custardoy der Jüngere faßte mich am Arm, und wir gingen los. Ich fühlte seine kalte, eiserne Hand, deren Zugriff ich seit meiner Kindheit gut kannte, er war ein Junge und ist jetzt ein Mann mit außerordentlicher Körperkraft, mit der Kraft der Nerven und der Konzentration. Das letzte Mal hatte ich ihn vor ein paar Wochen gesehen, am Tag meiner schon so weit zurückliegenden Hochzeit, zu der er von Ranz eingeladen worden war, nicht von mir. Ranz hatte mehrere Personen eingeladen, ich hatte keinen Grund, Einwände zu erheben, nicht dagegen und auch nicht gegen Custardoy. Damals hatte ich keine Zeit gehabt, mit ihm zu sprechen, er hatte sich darauf beschränkt, mich zu beglückwünschen, als er mit seinem liebenswürdigen, leicht spöttischen Lächeln im Kasino eintraf, später hatte ich ihn während des Festes aus der Ferne gesehen, wie er begierig um sich schaute, im Grunde eine vertraute Anwesenheit. Er schaute immer begierig, auf die Frauen und auf einige Männer – schüchterne Männer –, wo immer er sich befand, seine Augen griffen zu wie seine Hände. An jenem Tag trug er keinen Schnurrbart, und jetzt, ein paar Wochen später, war er ihm fast schon wieder nachgewachsen, noch nicht ganz, er hatte ihn sich während meiner Reise mit Luisa stehen lassen. Im ›Balmoral‹ bestellte er ein Bier, nie trank er etwas anderes, und deshalb begann seine Schlankheit ihn am Bauch zu verlassen (aber die Krawatte verdeckte ihn immer). Eine Weile redete er über Geld, dann über meinen Vater, der, wie er fand, gut aussah, dann wieder über das Geld, das er verdiente, als wäre das letzte, was ihn interessierte, mein neuer Personenstand, er fragte mich nichts, auch nicht nach der Reise oder meiner Arbeit oder meinen künftigen Aufenthalten in Genf und London oder sogar Brüssel, er konnte nichts davon wissen, er mußte fragen, er tat es nicht. Da mein Vater ausgegangen war, wollte ich nach Hause und zu Luisa zurückkehren und vielleicht ins Kino gehen, ich habe Custardoy nie viel zu sagen gehabt. Mein Vater war sicher ausgegangen, weil jemand aus Malibu oder aus Boston oder aus Baltimore angerufen hatte, sie riefen ihn kaum noch an, obwohl sein Auge und seine Kenntnisse die gleichen wie immer oder noch besser waren, selten konsultiert man die Alten oder nur in sehr wichtigen Angelegenheiten, bestimmt war jemand auf der Durchreise in Madrid und hatte niemanden, mit dem er zu Abend essen konnte, er hatte wahrscheinlich geglaubt, daß man ihn für eine Begutachtung benötigte, irgendein ausgegrabenes Gemälde, irgendein Geschäft in Madrid. Ich gab zu verstehen, daß ich gehen mußte, aber daraufhin legte Custardoy mir erneut die Hand auf den Arm – seine Hand war wie ein Gewicht – und hielt mich auf diese Weise zurück.

»Bleib noch ein bißchen«, sagte er. »Du hast mir noch nichts von deiner hübschen Frau erzählt.«

»Du findest sie alle hübsch. Ich habe nicht viel zu erzählen.«

Custardoy spielte mit der Flamme eines Feuerzeugs. Er lächelte mit seinen langen Zähnen und sah zu, wie die Flamme erschien und verschwand. Im Augenblick schaute er mich nicht an oder nur flüchtig mit einem seiner auseinanderstehenden Augen, die abirrten, um das Lokal zu kontrollieren.

»Etwas wird sie haben, denke ich, wenn du nach so vielen Jahren geheiratet hast, du bist ja kein Kind. Bestimmt macht sie dich kirre. Die Leute heiraten nur, wenn ihnen nichts anderes übrigbleibt, aus Panik oder weil sie verzweifelt sind oder weil sie es nicht aushalten, jemanden zu verlieren, den sie nicht verlieren wollen. Es ist immer viel Irrsinn an dem, was so überaus konventionell wirkt. Komm, erzähl mir deinen. Erzähl mir, was das Mädchen mit dir macht.«

Custardoy war vulgär und ein bißchen infantil, als hätte dieses endlose Warten auf das männliche Alter während seiner Kindheit etwas von dieser Kindheit für immer mit seinem männlichen Alter verknüpft. Er sprach zu ungeniert, obwohl er sich bei mir etwas beherrschte, ich meine, er minderte die Häufigkeit und den Ton seiner saloppen oder brutalen Ausdrücke, wenn er mit mir allein war. Einen anderen Freund hätte er rundheraus aufgefordert, die Möse seiner Frau oder sogar die Fotze zu beschreiben und ihm zu erzählen, wie sie geigte, schwer übersetzbare Wörter, die zum Glück nie in den internationalen Organisationen ausgesprochen werden; ich verdiente einige Umschweife.

»Du müßtest mich bezahlen«, sagte ich, um seine Äußerung ins Scherzhafte zu wenden.

»Komm, ich bezahl dich, wieviel willst du? Auf, noch ein Whisky für den Anfang.«

»Ich will keinen Whisky mehr, nicht mal den hier. Laß mich in Ruhe.«

Custardoy hatte seine Hand in die Tasche gesteckt, einer dieser Männer, die die Geldscheine lose in der Hosentasche tragen, ich auch, um die Wahrheit zu sagen.

»Willst du nicht darüber reden? Mein Respekt, du willst nicht darüber reden. Auf dein Wohl und das deines Mädchens.« Und er nahm einen kurzen Schluck von seinem Bier. Er spähte um sich, während er sich mit den Lippen die

Lippen trocknete, zwei Frauen von etwa dreißig Jahren saßen an der Bar und unterhielten sich, eine der beiden, die nähere (aber vielleicht auch beide), ließ gewollt oder ungewollt ihre Oberschenkel sehen. Oberschenkel, die zu gebräunt waren für den Frühling, wie von einer falschen Mulattin, bestenfalls gebräunt von Schwimmbädern und Cremes. Custardoy richtete jetzt seine schmucklosen oder schutzlosen Augen auf mich. Er fügte hinzu: »Jedenfalls hoffe ich, daß es dir besser geht als deinem Vater, und ich will kein Unglücksbringer sein, dreimal Holz. Eine tolle Karriere, Blaubart ist nichts dagegen, ein Glück, daß er nicht weitergemacht hat, er ist schon ein wenig in den Jahren, der gute Mann.«

»So schlimm ist es nun auch wieder nicht«, sagte ich. Ich hatte sofort an meine Tante Teresa und an meine Mutter Juana gedacht, beide tot, Custardoy meinte sie, vereinte sie übertrieben oder böswillig in ihrem Tod. ›Blaubart ist nichts dagegen‹, hatte er gesagt. ›Unglücksbringer‹ hatte er gesagt. Blaubart ist nichts dagegen. Keiner erinnert sich an Blaubart.

»Ach nein?« sagte er. »Na ja, die Sache kam halbwegs zum Stillstand mit deiner Mutter, hätte er sich vergessen, würdest du nicht existieren. Aber siehst du, auch sie hat er überlebt, ihm kommt niemand bei. Friede ihrer Asche, ja?« fügte er mit spöttischem Respekt hinzu. Er sprach mit Achtung von Ranz, vielleicht mit Bewunderung.

Ich schaute zu den Frauen hin, die uns nicht beachteten, sie waren in ihre Unterhaltung vertieft (bestimmt Bericht über Affären), aus der ab und zu ein einzelner, lauter ausgesprochener Satz herauszuhören war (»Das ist ja superstark«, hörte ich mit ehrlichem Staunen diejenige sagen, die uns den Rücken zuwandte, die andere ließ lässig ihre Oberschenkel sehen, aus einem anderen Blickwinkel könnte man die Spitze ihres Slips sehen, nahm ich an, ihre superstarken Oberschenkel ließen mich an Miriam denken, die

Frau in Havanna vor einigen Tagen. Das heißt, sie brachten mir ihr Bild in Erinnerung und ließen mich denken, daß ich in einem anderen Augenblick an sie denken sollte. Erst vor ein paar Tagen, vielleicht war Guillermo, wie wir, auch schon zurückgekehrt).

»Das ist Zufall, niemand kennt die Reihenfolge des Todes, es hätte ihn treffen können, so wie er auch uns alle begraben kann. Meine Mutter hat ziemlich lange gelebt.«

Custardoy Sohn zündete sich schließlich eine Zigarette an und legte das Feuerzeug auf den Tisch, er verzichtete auf die Flamme und sog an der Glut. Ab und zu wandte er sich ein wenig zur Seite, um die Dreißigjährigen anzuschauen, die an der Bar saßen, und blies den Rauch in ihre Richtung, ich hoffte, er würde nicht auf den Gedanken kommen, aufzustehen und sie anzusprechen, das tat er oft und mit großer Lässigkeit, manchmal sogar, ohne daß es vorher auch nur zu einem Blick gekommen wäre, zu einem einzigen erwiderten oder getauschten Blick mit der Frau, an die er plötzlich das Wort richtete. Es schien, als wüßte er vom ersten Augenblick an, wer und mit welcher Absicht angesprochen werden wollte, in einem Lokal oder auf einem Fest oder sogar auf der Straße, oder vielleicht war er es, der die Bereitschaft und die Absicht entstehen ließ. Ich fragte mich, wen er wohl bei meinem Fest im Kasino angesprochen haben mochte, ich hatte ihn kaum gesehen. Er schaute mich wieder an mit seinen unangenehmen Augen, die mir doch völlig vertraut waren.

»Wie du willst, Zufall. Aber dreimal ist viel Zufall.«

»Dreimal?«

Es war das erste Mal in meinem Leben, daß ich eine Anspielung auf die ausländische Frau hörte, mit der ich nicht verwandt bin und von der ich jetzt etwas weiß, aber nicht genug, nie werde ich allzuviel wissen, es gibt Menschen, die viele Jahre in der Welt gewesen sind und an die sich niemand erinnert, als wären sie letztlich nicht dagewesen, und dieses erste Mal wußte ich nicht einmal, daß auf sie angespielt wurde oder auf wen überhaupt angespielt wurde, ich wußte noch nichts von ihrer Existenz (›dreimal ist viel Zufall‹). Zuerst wollte ich glauben, es handle sich um einen Irrtum oder einen Lapsus, und Custardoy stellte es zuerst so hin, vielleicht hatte er vorgehabt, nur über meine Tante Teresa mit mir zu reden, oder vielleicht hatte er nicht vorgehabt, mir zu erzählen, was ich in jenen Tagen des Vorgefühls einer Katastrophe und erster ehelicher Schritte lieber weiterhin nicht gewußt hätte, obwohl es schwierig ist zu wissen, ob man etwas wissen oder lieber nicht erfahren möchte, wenn man es erst einmal weiß.

»Ich meine zweimal«, sagte Custardoy rasch, vielleicht war alles unüberlegt und ohne böse Absicht, obwohl es unwahrscheinlich war, daß er überhaupt keine hatte, auch keine vage oder gute, Custardoy ist kein nachdenklicher Mensch, wohl aber einer mit Absichten. Er lächelte ebenso rasch (seine langen Zähne verliehen seinem spitzen Gesicht Herzlichkeit, oder beinahe), während er mehr Rauch zu den Frauen hin ausstieß: Die uns den Rücken zuwandte, wehrte ihn mit zorniger Hand ab, wie eine Fliege, ohne von seiner Herkunft zu wissen. Custardoy fügte ohne Pause hinzu: »Hör mal, daß das klar ist, ich habe nichts gegen deinen Vater, ganz im Gegenteil, das weißt du genau. Aber daß jemand sich gleich nach der Hochzeit umbringt, wirkt nicht wie ein Zufall. Das kann nie in der Reihenfolge des Todes sein, wie du sagst.«

»Sich umbringt?«

Custardoy biß sich zu ausdrucksvoll auf die Lippen, als daß es hätte spontan sein können. Dann rief er den Kellner, indem er zwei Finger bewegte, und nutzte die Gelegenheit, um einen geilen Blick auf die beiden Frauen zu richten, die uns nach wie vor keinerlei Beachtung schenkten (obwohl eine von ihnen sie bereits unserem Rauch geschenkt hatte, so wie man sie einer Fliege schenkt. Diejenige, die uns zugewandt war, sagte mit sehr lauter und fröhlicher Stimme: »Schönschönschön, er widert mich eben an.« Sie sagte es entzückt, fast schlug sie sich auf die Mulattinnenschenkel). Custardoy hingegen achtete gleichermaßen auf die Frauen wie auf seine Unterhaltung mit mir, ständig verdoppelt, ständig mit dem Wunsch, mehr als einer zu sein und sich dort zu befinden, wo er nicht war. Ich glaubte, er würde aufstehen, und um ihn daran zu hindern, fragte ich nach: »Was sagst du, sich umbringt?« Aber er beschränkte sich darauf, beim Kellner ein weiteres Bier zu bestellen.

»Noch ein Bier. Erzähl mir nicht, daß du das nicht weißt.«

»Wovon redest du?«

Custardoy strich sich über den noch spärlichen Schnurrbart und richtete sich mit einer zwangsläufig weiblichen Gebärde den kurzen Pferdeschwanz gerade. Ich weiß nicht, warum er diesen lächerlichen, ungepflegten Schopf trug, er wirkte wie ein Handwerker oder ein Bauer aus dem achtzehnten Jahrhundert. Er blies auf das Bier. Mit seinen fast vierzig Jahren beugte er sich den Moden, er besaß Elan. Oder vielleicht war es in seinem Fall der Einfluß der Malerei.

»Zuviel Schaum«, sagte er. »Reiner Wahnsinn«, fügte er hinzu, »daß du nichts weißt, reiner Wahnsinn, was die Familien vor ihren Kindern verschweigen, wer weiß, was du von meiner weißt, wovon ich nicht die geringste Ahnung habe.«

»Ich weiß nichts«, sagte ich rasch.

Er spielte erneut mit der Flamme, er hatte seine Zigarette ausgedrückt, nicht richtig, es roch.

»Mir scheint, ich habe einen Bock geschossen. Ranz wird sauer sein. Ich wußte nicht, daß du nicht gewußt hast, wie die Schwester deiner Mutter gestorben ist.«

»An einer Krankheit, hat man mir immer gesagt. Ich habe nie viel gefragt. Also, was weißt du.«

»Vielleicht stimmt es ja nicht. Es ist ewig lange her, daß mein Vater es mir erzählt hat.«

»Was hat er dir erzählt?«

Custardoy zog zweimal die Nase hoch. Während dieser Zeit war er nicht auf die Toilette gegangen, um sich eine Linie zu genehmigen, aber er zog die Nase hoch, als kehrte er von dort zurück. Er ließ die Flamme brennen und verlöschen.

»Sag Ranz nicht, daß ich es dir gesagt habe, ja? Ich möchte nicht, daß er mir deshalb den Rücken kehrt. Vielleicht erinnere ich mich nicht richtig oder habe nicht richtig verstanden.«

Ich antwortete nicht, ich wußte, er würde es mir erzählen, auch wenn ich ihm dieses Versprechen nicht gäbe.

»Woran erinnerst du dich? Was hast du verstanden?«

Custardoy zündete sich eine neue Zigarette an. Sein geziertes Gehabe war unecht: Er ließ es sich nicht nehmen, zweimal zu ziehen und, ohne zu inhalieren, eine dicke Rauchwolke in Richtung der Dreißigjährigen zu schicken (dieser Rauch, der sehr viel üppiger und langsamer auf seinem Weg ist als der inhalierte). Die mit dem Rücken zu uns wandte sich einen Augenblick ganz mechanisch um und blies zur Seite, um ihn abzuwehren. Auch sie zeigte die Oberschenkel, sie hatten noch kein Schwimmbad gesehen. Ihr Blick war bereits auf Custardoy gefallen, wenn auch nur einige Sekunden lang, die Zeit, die ihre Begleiterin brauchte, um ihr mit selbstgewisser Verachtung für die Person, von der sie sprach, zu sagen: »Er ist ganz verrückt nach mir, aber ich mag sein Gesicht nicht, und er ist betucht, was würdest du machen?«

»Daß deine Tante sich erschossen hat, kurz nach der Rückkehr von ihrer Hochzeitsreise mit Ranz. Das hast du doch gewußt, daß sie ihn geheiratet hatte?«

»Ja, das weiß ich.«

»Es war so, sie betrat das Badezimmer, stellte sich vor

den Spiegel, knöpfte die Bluse auf, zog den Büstenhalter aus und suchte mit der Mündung der Pistole ihres eigenen Vaters, der sich mit einem Teil der Familie und Gästen im Eßzimmer befand, ihr Herz. Das hat mein Vater mir erzählt, wie ich mich erinnere.«

»In der Wohnung meiner Großeltern?«

»So habe ich es verstanden.«

»War mein Vater da?«

»Nicht genau in dem Augenblick, er kam kurz danach, glaube ich.«

»Warum hat sie sich umgebracht?«

Custardoy zog die Nase hoch, vielleicht ein leichter Frühjahrsschnupfen, obwohl er den Moden folgte, war er nicht der Typ, der unter Heuschnupfen litt, das war spießig. Er schüttelte verneinend den Kopf.

»Keine Ahnung, und ich glaube auch nicht, daß mein Vater es wußte, oder er hat es mir nicht gesagt. Wenn jemand es weiß, dann deiner, aber vielleicht nicht einmal er, es ist nicht einfach zu wissen, warum die Leute sich umbringen, nicht einmal bei denen, die einem besonders nahestehen, alle sind sie verstört, allen geht's dreckig, manchmal ohne Grund und fast immer im verborgenen, die Leute drücken das Gesicht ins Kissen und warten auf den nächsten Tag. Plötzlich warten sie nicht mehr. Ich habe nie mit Ranz über diese Sache gesprochen, wie kann man einen Freund nach seiner Frau fragen, die sich nach der Heirat mit ihm erschossen hat? Auch wenn es Ewigkeiten her ist. Ich weiß nicht, dich könnte ich fragen, wenn dir das gleiche passieren würde, und ich will kein Unglücksbringer sein, dreimal Holz. Aber nicht einen Freund, der so viel älter ist als ich und den ich so sehr respektiere. Respekt ist ein Hemmschuh für bestimmte Gespräche, sie finden nie statt.«

»Ja, Respekt ist ein Hemmschuh.«

Er hatte erneut ›Unglücksbringer‹ gesagt, ich dachte automatisch daran, es ins Englische, Französische oder Italienische zu übersetzen, meine Sprachen, ich wußte den Ausdruck in keiner von ihnen, ›böser Blick‹, ja, ›evil eye‹, ›jettatura‹, aber das ist nicht das gleiche. Jedesmal, wenn er sagte ›dreimal Holz‹, klopfte er nicht auf Holz, sondern auf das Glas. Ich hingegen klopfte auf meinen Stuhl.

»Tut mir leid, ich habe geglaubt, du wüßtest es.«

»Kindern erzählt man geschönte Versionen von dem, was passiert oder passiert ist, ich nehme an, später ist es dann schwierig, ihnen die Illusion zu nehmen. Man findet wahrscheinlich nicht den Moment, wo sie aufhören, Kinder zu sein, es ist schwer, eine Linie zu ziehen, wann es spät genug ist, um eine alte Lüge zuzugeben oder eine verborgene Wahrheit zu enthüllen. Man läßt die Zeit vorbeigehen, nehme ich an, und wer die Lüge gesagt hat, glaubt nach einer Weile selbst daran oder vergißt sie, bis jemand wie du einen Bock schießt und das wohldurchdachte Schweigen eines ganzen Lebens zum Teufel gehen läßt.«

›Böser Blick‹ auf französisch wußte ich auch nicht. Ich hatte es gewußt, aber ich erinnerte mich nicht mehr, ›guignon‹ fiel mir plötzlich ein. »Vielleicht bringst du mir noch Unglück mit diesen Sachen«, hörte ich die blonde Frau mit der gebräunten Haut sagen, sie war ausdrucksvoll, ihre Stimme war rauh, eine von diesen spanischen Frauen, die weder den Ton ihrer Stimme noch die Tragweite ihrer Worte noch die Schroffheit ihrer Gesten noch die Länge ihrer Röcke wägen, zu oft äußern die Spanierinnen Verachtung durch den Mund und den Blick und die despotischen Gesten und die übereinandergeschlagenen Oberschenkel, spanisches Erbe in Kuba: Miriams Arm und auch ihre Rufe und ihre hohen Absätze und ihre Beine wie Messer (›Du gehörst mir‹, ›Ich bring dich um‹). Luisa ist nicht so, die neuen Generationen verachten auch, aber zurückhaltender, Luisa ist sanfter, obwohl sie einen Sinn für Redlichkeit besitzt, der sie bisweilen sehr ernst werden läßt, bisweilen weiß man, daß sie nicht scherzt, sie glaubt, daß ich jetzt mit meinem

Vater zusammen bin, aber mein Vater ist unerwartet ausgegangen, und deshalb höre ich Enthüllungen von Custardoy, wenn sie wahr sind, sie müssen es sein, denn er hat nie Erfindungskraft besessen, bei seinen Geschichten hat er sich immer an das gehalten, was war oder ihm widerfahren ist, deshalb muß er vielleicht die Dinge erleben und ihre Doppeldeutigkeiten erfahren, weil er sie nur so erzählen kann, nur so begreift er das Unbegreifbare, manche Menschen kennen nicht mehr Fantasien als die erfüllten, sie sind nicht fähig, sich etwas vorzustellen, und daher wenig vorausschauend, sich etwas vorstellen vermeidet viel Unglück, wer seinen eigenen Tod antizipiert, bringt sich selten um, wer den der anderen antizipiert, ist selten ein Mörder, es ist besser, in Gedanken zu morden und sich umzubringen, das hinterläßt keine Folgen noch Spuren, selbst mit der fernen Gebärde des zupackenden Arms, alles ist eine Frage der Entfernung und der Zeit, wenn man ein wenig entfernt ist, trifft das Messer die Luft statt die Brust, es senkt sich nicht in das braune oder weiße Fleisch, sondern bewegt sich durch den Raum, und es geschieht nichts, seine Bewegung wird weder berechnet noch aufgezeichnet und ist nicht bekannt, Absichten werden nicht bestraft, so oft fehlgeschlagene Versuche werden verschwiegen und sogar geleugnet von denen, die sie erleiden, weil nach ihnen alles unverändert ist, die Luft ist unverändert, und die Haut tut sich nicht auf noch ändert sich das Fleisch, und nichts wird aufgeschlitzt, es ist harmlos, das flachgedrückte Kissen, unter dem sich kein Gesicht befindet, und dann ist alles genau wie vorher, weil die Häufung und der Stoß ohne Adressat und das Ersticken ohne Mund nicht genug sind, um die Dinge und die Beziehungen zu ändern, nicht die Wiederholung ist es noch das Beharren noch die gescheiterte Durchführung noch die Drohung, das macht es nur schlimmer, aber es ändert nichts, die Wirklichkeit kommt nicht hinzu, sie sind nur wie Miriams Gebärde des

Packens und ihre Worte (›Du gehörst mir‹, ›Du bist in meiner Schuld‹, ›Hab ich dich jetzt‹, ›Mit mir in die Hölle‹), die nicht die späteren Küsse und den Singsang im Zimmer nebenan an der Seite des linkshändigen Mannes verhinderten, Guillermo mit Namen, dem man gesagt hatte: ›Sie oder ich, eine Tote wirst du haben.‹

»Vielleicht habe ich ja einen Bock geschossen«, sagte Custardoy Sohn, »aber ich glaube, es ist besser, wenn man die Dinge weiß, besser, man erfährt alles spät als nie. Das ist sehr lange her, was macht es in Wirklichkeit schon aus, wie deine Tante das Zeitliche gesegnet hat.«

Mein Vater hatte eine Tote gehabt, eine wirkliche Tote, eine von denen, die sich tatsächlich nicht in die Reihenfolge fügen, wie Custardoy zuvor gesagt hatte. Wer von eigener Hand stirbt, stirbt mehr, und mehr noch vielleicht, wer von meiner Hand stirbt. Er hatte auch gesagt: ›Aber dreimal ist viel Zufall‹, dann hatte er sich berichtigt. Ich fragte mich, ob ich darauf zurückkommen sollte, wenn ich insistierte, würde er mir schließlich erzählen, was es gab oder was er wußte, ich war sicher, etwas Partielles oder Irrtümliches, irgend etwas, es ist ja durchaus möglich, etwas nicht wissen zu wollen, wenn man es noch nicht weiß, danach nicht mehr, er hatte recht, es ist besser, wenn man die Dinge weiß, aber nur, wenn man sie schon weiß (ich wußte noch nicht). In diesem Augenblick wurde in mir eine seit der Kindheit, seit damals – der Kindheit – verlorene Erinnerung wach, etwas Geringes, Zartes, das verlorengehen muß, jene bedeutungslosen Szenen, die flüchtig wiederkehren, wie geträllerte Melodien oder Einbildungen oder ein rasches gegenwärtiges Wahrnehmen dessen, was vergangen ist, die eigene Erinnerung kommt mit Zweifeln behaftet, während man sich an sie erinnert. Ich spielte allein mit meinen Bleisoldaten in der Wohnung meiner Großmutter aus Havanna, und sie fächelte sich, wie so viele Sonnabendnachmittage, an denen meine Mutter mich bei ihr ließ. Aber dieses Mal war meine Mutter krank, und es war Ranz, der mich kurz vor dem Abendessen abholte. Ich sah sie selten zusammen, meinen Vater und meine Großmutter, immer war meine Mutter da, die vermittelte oder in der Mitte stand, aber jenes Mal nicht. Die Klingel ertönte in der Dämmerung, und ich hörte die Schritte von Ranz, die durch den endlosen Flur näher kamen, hinter denen des Dienstmädchens, bis zu dem Zimmer, in dem ich mich mit meiner Großmutter befand und das letzte Spiel beendete, während sie murmelte und trällerte und manchmal über meine Äußerungen lachte, so wie Großmütter für nichts und wieder nichts vor ihren Enkeln lachen. Ranz war damals noch jung, obwohl er mir nicht so vorkam, er war ein Vater. Er trat ins Zimmer mit dem über die Schultern geworfenen Mantel, in der Hand die gerade ausgezogenen Handschuhe, es war kühl, es war Frühling, meine Großmutter fing immer vor der Zeit an, sich zu fächeln, vielleicht ihre Art, den Sommer herbeizurufen, oder aber sie fächelte sich zu allen Jahreszeiten. Bevor Ranz etwas sagte, fragte sie ihn sofort: ›Wie geht es Juana?‹ – ›Besser, scheint es‹, sagte mein Vater, ›aber ich komme jetzt nicht von zu Hause.‹ – ›Ist der Arzt schon da gewesen?‹ – ›Als ich gegangen bin noch nicht, er hat Bescheid gesagt, daß er erst spät kommen könnte, vielleicht ist er jetzt da. Wir können anrufen, wenn du willst.‹ Sicher sagten sie noch mehr, oder vielleicht riefen sie an, aber meine Erinnerung (Custardoy an einem Tisch gegenübersitzend) konzentrierte sich auf das, was meine Großmutter meinem Vater wenig später sagte: ›Ich verstehe nicht, wie du es fertig bringst, herumzugehen und dich mit deinen Angelegenheiten zu beschäftigen, während Juana krank ist. Ich weiß nicht, warum du nicht zu beten anfängst und die Daumen drückst jedesmal, wenn deine Frau eine Erkältung hat. Du hast schon zwei verloren, mein Sohn.‹ Ich erinnerte mich oder glaubte mich zu erinnern, daß meine Großmutter sofort die Hand zum Mund hob, meine Großmutter hielt sich einen Augenblick lang den Mund zu, als wollte sie verhindern, daß die Worte aus ihm kämen, die schon aus ihm gekommen waren und die ich gehört hatte und denen ich damals nicht die geringste Beachtung schenkte, oder vielleicht schenkte ich sie ihnen nur – wie sich jetzt erweist –, weil sie sich den Mund zuhielt, um sie zu unterdrücken. Mein Vater antwortete nicht, und erst jetzt bekommt diese vor fünfundzwanzig Jahren oder mehr ausgeführte Geste einen Sinn, oder besser gesagt, sie bekam ihn vor fast einem Jahr, während ich Custardoy gegenübersaß und daran dachte, daß er gesagt hatte: ›Dreimal ist viel Zufall‹, und sich berichtigt hatte, und ich mich dann erinnerte, daß meine Großmutter ihrerseits gesagt hatte: ›Du hast schon zwei verloren, mein Sohn‹, und es bereut hatte. Sie hatte Ranz, ihren zweimaligen oder doppelten Schwiegersohn, ›mein Sohn‹ genannt.

Ich insistierte nicht weiter gegenüber Custardoy, ich wollte in jenem Augenblick nicht mehr wissen, und außerdem war er schon zu etwas anderem übergegangen.

»Hast du Lust auf die zwei da?« sagte er plötzlich. Er hatte sich fast ganz umgedreht und schaute ungehemmt und unverhohlen die Dreißigjährigen an, die ihrerseits den direkten, wimpernlosen und auseinanderstehenden Blick registrierten und plötzlich leiser sprachen oder momentan gar nicht sprachen, da sie sich beobachtet und beachtet oder vielleicht sexuell bewundert fühlten. Ihr letzter Satz vor der Unterbrechung oder der Dämpfung, ausgesprochen von derjenigen, die uns den Rücken zuwandte, war fast mit der Frage Custardoys zusammengetroffen, vielleicht hatten sie sie trotz der raschen Aufeinanderfolge gehört. Custardoy hatte mich bestimmt gefragt, damit sie ihn hörten, damit sie Bescheid wußten, damit sie unterrichtet waren darüber, daß er sich ihnen gleich nähern würde. ›Ich hab die Typen ganz schön satt‹, hatte die mit den weißen Oberschenkeln gesagt. ›Hast du Lust auf die zwei da?‹ hatte Custardoy gesagt (es ist leicht, wahrgenommen zu werden, man braucht nur die Stimme zu heben). Daraufhin hatten sie den Atem angehalten und uns angeschaut, die Pause, die nötig ist, um zu sehen, wer uns begehrt.

»Vergiß nicht, daß ich geheiratet habe. Beide für dich.«

Custardoy nahm noch einen Schluck Bier und stand auf, die Zigaretten und das Feuerzeug in der Hand (kein Schaum mehr). Seine wenigen Schritte zur Bar tönten metallisch, als wären seine Schuhe beschlagen oder hätten Plättchen wie die eines Steptänzers, oder vielleicht waren es Einlagen, plötzlich, als er sich entfernte, kam er mir größer vor.

Die beiden Frauen lachten schon mit ihm, als ich mein Geld aus der Hosentasche nahm und es auf den Tisch legte und hinausging, um nach Hause und zu Luisa zurückzukehren. Ich ging hinaus, ohne mich von Custardoy zu verabschieden (oder ich tat es mit einer Handbewegung aus der Ferne), sowenig wie von den Dreißigjährigen, die sich in seine unbekannten und entsetzten Intimas verwandeln würden nach einer Weile Bier und Kaugummi und Gin und Tonic und Eis und Zigarettenrauch und Erdnüssen und Gelächter und Koks und der Zunge am Ohr und auch nach Worten, die ich nicht hören würde, das unverständliche Geflüster, das uns überzeugt. Der Mund ist immer voll und ist die Fülle.

AN JENEM ABEND, während ich die Welt von meinem Kissen aus sah mit Luisa an meiner Seite, wie es bei Jungverheirateten üblich ist, vor mir der Fernsehapparat und in den Händen ein Buch, das ich nicht las, erzählte ich Luisa, was Custardoy der Jüngere mir erzählt hatte und ich mir nicht hatte erzählen lassen wollen. Die wirkliche Einheit der Ehepaare und überhaupt der Paare entsteht aus den Worten, nicht so sehr aus den gesagten Worten – den freiwillig gesagten – als aus den Worten, die nicht verschwiegen werden: die nicht verschwiegen werden, ohne daß unser Wille ins Spiel kommt. Es geht weniger darum, daß es zwischen zwei Menschen, die das Kopfkissen teilen, keine Geheimnisse gibt, weil sie es so entscheiden – was ist schwerwiegend genug, um ein Geheimnis zu sein, und was nicht, wenn man es verschweigt –, als darum, daß es nicht möglich ist, das Erzählen, Berichten, Kommentieren und Äußern zu unterlassen, so als wäre dies das wichtigste Betätigungsfeld der Partner, zumindest wenn sie es erst seit kurzer Zeit sind und Trägheit ihnen noch nicht den Mund verschließt. Es geht nicht nur darum, daß man sich mit dem Kopf auf einem Kissen an die Vergangenheit und sogar an die Kindheit erinnert und weit zurückliegende, völlig unbedeutende Dinge ins Gedächtnis und auch auf die Zunge zurückkehren und alle einen Wert erlangen und scheinbar verdienen, daß man sich an sie mit lauter Stimme erinnert oder darum, daß wir bereit sind, unser ganzes Leben demjenigen zu erzählen, der ebenfalls seinen Kopf auf unser Kissen bettet, als müßte diese Person uns von Anfang an – vor allem von Anfang an, das heißt als Kind – *sehen* und durch die Erzählung all die Jahre *erleben* können, in denen wir uns nicht kannten und in denen wir, wie wir jetzt glauben, aufeinander warteten. Es geht auch nicht nur um einen Drang, zu vergleichen oder Parallelen zu finden oder nach Übereinstimmungen zu suchen, darum, daß jeder weiß, wo der andere in den verschiedenen Lebensabschnitten war, darum, über die unwahrscheinliche Möglichkeit zu fantasieren, sich *früher* kennengelernt zu haben, den Liebenden erscheint ihre Begegnung immer zu spät, als wäre die Zeit ihrer Leidenschaft niemals die passendste oder niemals lang genug im Rückblick (die Gegenwart ist mißtrauisch), oder vielleicht ertragen sie es nicht, daß keine Leidenschaft zwischen ihnen gewesen ist, nicht einmal eine erahnte, während beide schon in der Welt waren, als Teil ihres ungestümeren Laufes und dennoch mit dem Rücken zueinander, ohne sich zu kennen und vielleicht auch ohne den Wunsch danach. Es geht auch nicht darum, daß sich ein System täglichen Verhörs herausbildet, dem aus Müdigkeit oder Routine kein Ehepartner entgeht und dem schließlich alle Rede und Antwort stehen. Es geht vielmehr darum, daß das Zusammensein mit jemandem zum großen Teil darin besteht, mit lauter Stimme zu denken, das heißt, alles zweimal statt einmal zu denken, einmal mit dem Denken und einmal mit der Erzählung, die Ehe ist eine Institution, die dem Erzählen dient. Oder womöglich vergeht so viel Zeit in gegenseitiger Gesellschaft (so wenig es bei den modernen Ehen auch sein mag, immer so viel Zeit), daß die beiden Ehepartner (aber vor allem der männliche Teil, der sich schuldig fühlt, wenn er schweigt) auf das zurückgreifen müssen, was sie denken und was ihnen einfällt und was ihnen widerfährt, um den anderen zu zerstreuen, und so bleibt am Ende kaum etwas von den Taten und Gedanken eines Menschen, das nicht übermittelt oder ehelich übersetzt würde. Übermittelt werden auch die Taten und Gedanken der anderen, die sie uns privat anvertraut haben, und daher die so geläufige Wendung ›das Bett löst die Zunge‹, es gibt keine Geheimnisse zwischen denen, die es teilen, das Bett ist ein Beichtstuhl. Aus Liebe oder aus dem heraus, was ihr Wesen ausmacht – Erzählen, Informieren, Ankündigen, Kommentieren, Urteilen, Zerstreuen, Zuhören und Lachen und vergeblich Planen –, werden die anderen verraten, die Freunde, die Eltern, die Geschwister, die Blutsverwandten und die nicht Blutsverwandten, die früheren Lieben und die Überzeugungen, die früheren Geliebten, die eigene Vergangenheit und die eigene Kindheit, die eigene Sprache, die man zu sprechen aufhört, und zweifellos das eigene Vaterland, das, was an Geheimnis in jedem Menschen ist, oder vielleicht ist es Vergangenheit. Um der Person zu schmeicheln, die man liebt, setzt man den Rest alles Existierenden herab, man negiert und verdammt alles, um einem einzigen Zufriedenheit und Sicherheit zu geben, der fortgehen kann, die Macht des Territoriums, dessen Grenzen das Kissen zieht, ist so groß, daß es alles ausschließt, was nicht auf diesem Kissen ist, es ist ein Territorium, das seinem eigenen Wesen nach nichts als die Ehepartner oder die Liebenden darauf duldet, die gewissermaßen *alleine bleiben* und deshalb miteinander sprechen und nichts verschweigen, unfreiwillig. Das Kissen ist rund und weich und oft weiß, und im Lauf der Zeit ersetzt das Runde und Weiche die Welt und ihr schwaches Rad.

Luisa erzählte ich im Bett von meinem Gespräch und meinen Mutmaßungen, von dem mir offenbarten gewaltsamen Tod (Custardoy zufolge) meiner Tante Teresa und von der Möglichkeit, daß mein Vater ein weiteres Mal verheiratet gewesen war, ein drittes Mal, welches das allererste gewesen wäre, vor seiner Verbindung mit dem Mädchen, und von dem ich nichts wußte, wenn es zutraf. Luisa verstand nicht, daß ich nicht hatte weiter fragen wollen, Frauen empfinden ungetrübte Neugier, ihr Sinn ist forschend und klatschsüchtig, aber auch unbeständig, sie imaginieren oder antizipieren nicht die Natur dessen, was sie nicht wissen, dessen, was am Ende herausgefunden werden kann und was am Ende getan werden kann, sie wissen nicht, daß die Handlungen sich von allein vollziehen oder daß ein einziges Wort sie in Gang setzt, sie müssen ausprobieren, sie sehen nicht voraus, sie sind vielleicht fast immer bereit, zu wissen, grundsätzlich empfinden sie weder Furcht noch Argwohn in bezug auf das, was man ihnen erzählen kann, sie denken nicht daran, daß sich bisweilen alles ändert, nachdem man weiß, sogar das Fleisch oder die Haut, die sich auftut, oder etwas wird aufgeschlitzt.

»Warum hast du ihn nicht mehr gefragt?« fragte sie mich. Sie lag abermals im Bett, wie an jenem Nachmittag in Havanna, vor nur ein paar Tagen, aber jetzt war es normal oder würde es normal sein, wie jede Nacht, abends, auch ich lag unter den noch ganz neuen Laken (Teil der Aussteuer, nahm ich an, ein seltsames, altmodisches Wort, ich weiß nicht, wie man es übersetzt), sie war nicht mehr krank, und es tat ihr auch kein straffer Büstenhalter weh, sondern sie trug ein Nachthemd, ich hatte gesehen, wie sie es Minuten vorher angezogen hatte, im selben Zimmer, in dem Augenblick hatte sie mir den Rücken zugewandt, noch die mangelnde Gewohnheit, jemanden vor sich zu haben, in ein paar Jahren oder vielleicht Monaten wird sie nicht bemerken, daß ich da bin, oder aber ich werde niemand sein.

»Ich weiß nicht, ob ich mehr wissen will«, antwortete ich.

»Wie ist das möglich? Ich selbst bin schon ganz neugierig nach dem, was du mir gesagt hast.«

»Warum?«

Der Fernsehapparat lief, aber ohne Ton. Ich sah Jerry Lewis, den Komiker, auf dem Bildschirm erscheinen, ein alter Film, vielleicht aus meiner Kindheit, man hörte weiter nichts als unsere Stimmen.

»Wieso warum. Wenn es etwas zu wissen gibt über jemanden, den ich kenne, möchte ich es wissen. Außerdem ist es dein Vater. Und jetzt ist er mein Schwiegervater, wie kann es mich da nicht interessieren, was ihm passiert ist? Mehr noch, wenn er es verheimlicht hat. Wirst du ihn fragen?«

Ich zögerte eine Sekunde. Ich dachte, daß ich gerne wissen würde, nicht so sehr, was geschehen war, sondern ob Custardoys Worte Wahrheit oder Einbildung oder Gerücht enthielten. Aber wenn es Wahrheit wäre, würde ich weiter fragen müssen.

»Ich glaube nicht. Wenn er mir nie etwas davon hat erzählen wollen, werde ich ihn jetzt nicht dazu zwingen. Einmal, vor nicht sehr vielen Jahren, habe ich ihn nach meiner Tante gefragt, und er hat mir gesagt, er habe keine Lust, vierzig Jahre zurückzugehen. Er hat mich fast aus dem Restaurant geworfen, in dem wir uns befanden.«

Luisa lachte. Fast alles kam ihr amüsant vor, normalerweise sah sie nur die amüsante Seite, die alle Dinge haben, sogar die erschütterndsten oder schrecklichsten. Mit ihr leben heißt in der Komödie leben, das heißt in ewiger Jugend, ebenso wie das Leben mit Ranz, vielleicht wollten deshalb zwei Frauen mit ihm leben oder drei. Aber sie ist wirklich jung und kann sich mit der Zeit ändern. Auch ihr gefiel mein Vater, er amüsierte sie. Luisa würde ihm zuhören wollen.

»Ich werde ihn fragen«, sagte sie.

»Tu das bloß nicht.«

»Mir würde er es erzählen. Vielleicht hat er all diese Jahre darauf gewartet, daß in deinem Leben jemand wie ich auftaucht, jemand, der zwischen ihm und dir vermitteln kann, ihr Väter und Söhne seid sehr ungeschickt miteinander. Vielleicht hat er dir seine Geschichte nie erzählt, weil er nicht wußte, wie er es machen sollte, oder du hast ihn nicht richtig gefragt. Ich wüßte, wie ich es anstelle, daß er sie mir erzählt.«

Auf dem Bildschirm hantierte Jerry Lewis jetzt mit einem Staubsauger. Der Staubsauger war wie ein kleiner Hund und zeigte sich widerspenstig.

»Und wenn es etwas ist, das sich nicht erzählen läßt?«

»Was meinst du damit? Alles läßt sich erzählen. Man braucht nur anzufangen, ein Wort nach dem anderen.«

»Etwas, das man nicht mehr erzählen darf. Etwas, für das die Zeit vorbei ist, jede Zeit hat ihre eigenen Erzählungen, und wenn man die Gelegenheit vorbeigehen läßt, dann ist es bisweilen besser, für immer zu schweigen. Die Dinge verjähren und sind dann nicht mehr angebracht.«

»Ich glaube nicht, daß für irgend etwas die Zeit vergeht, alles ist da und wartet darauf, daß man es zurückholt. Außerdem erzählen alle gerne ihre Geschichte, selbst die, die keine haben. Die Erzählungen unterscheiden sich zwar, aber die Bedeutung ist dieselbe.«

Ich drehte mich ein wenig, damit ich sie mehr von vorne sehen konnte. Sie würde immer da sein, an meiner Seite, das ist zumindest die Vorstellung, als Teil meiner Geschichte, in meinem Bett, das nicht eigentlich mein Bett, sondern das unsere ist, oder vielleicht ihres, und ich bereit, geduldig auf die Stunde ihrer Rückkehr zu warten, wenn sie einmal gehen würde. Ich berührte ihre Brust mit meinem Arm, als ich mich bewegte, nackt ihre Brust unter dem leichten Stoff, ein wenig sichtbar unter diesem Stoff. Mein Arm blieb so liegen, daß die Berührung fortdauerte, um sie zu unterbrechen, müßte Luisa sich jetzt bewegen.

»Sieh mal«, sagte ich, »Menschen, die lange Zeit ein Geheimnis hüten, tun das nicht immer aus Scham oder um sich selbst zu schützen, manchmal tun sie es, um andere zu schützen oder um Freundschaften zu bewahren oder Liebesbeziehungen oder Ehen, um ihren Kindern das Leben erträglicher zu machen oder ihnen eine Angst zu nehmen, gewöhnlich hat man schon genug. Es kann sein, daß sie die Welt schlicht nicht um die Erzählung einer Tatsache bereichern wollen, die besser nicht geschehen wäre. Wenn man etwas nicht erzählt, dann löscht man es ein wenig aus, vergißt es ein wenig, leugnet es, wenn man seine Geschichte nicht erzählt, kann das ein kleiner Gefallen sein, den man der Welt erweist. Das muß man respektieren. Vielleicht würdest du nicht gern alles von mir wissen, vielleicht wirst du im Lauf der Zeit, später, auch nicht wollen, daß ich alles von dir weiß. Du würdest nicht wollen, daß ein Kind von uns alles über uns wüßte. Über uns als einzelne, zum Beispiel, bevor wir uns kennenlernten. Nicht einmal wir wissen alles über uns, weder als einzelne vorher noch zusammen jetzt.«

Luisa rückte ein wenig ab in einer natürlichen Bewegung, das heißt, sie rückte mit ihrer Brust ab von meinem Arm, es gab keine Berührung mehr. Sie nahm eine Zigarette vom Nachttisch, zündete sie an, zog zweimal rasch daran, versuchte, Asche abzuklopfen, die sich noch nicht gebildet hatte, plötzlich war sie ein wenig nervös, ein wenig ernst entgegen ihrer Gewohnheit. Es war das erstemal, daß ein Kind erwähnt wurde, keiner von beiden hatte bislang jemals von diesem Plan gesprochen, es war zu früh, auch jetzt nicht, die erste Erwähnung war kein Plan gewesen, sondern eine Hypothese, die dazu diente, etwas anderes zu veranschaulichen. Ohne mich anzusehen, sagte sie:

»Natürlich werde ich wissen wollen, ob du eines Tages die Absicht hast, mich umzubringen, wie der Mann im Hotel in Havanna, dieser Guillermo.« Sie sagte es, ohne mich anzusehen, und sie sagte es rasch.

»Du hast es gehört?«

»Natürlich habe ich es gehört, ich war da genau wie du, wie hätte ich es nicht hören können.«

»Ich wußte nicht, du warst schläfrig, durch das Fieber, deshalb habe ich dir nichts davon gesagt.«

»Du hast es mir auch nicht am nächsten Tag gesagt, wenn du geglaubt hast, daß ich nichts mitbekommen hatte. Du hättest es mir erzählen können, so wie du mir alles erzählst. Oder vielleicht erzählst du mir ja wirklich nicht alles.«

Luisa war plötzlich verärgert, aber ich konnte nicht wissen, ob es daran lag, daß ich ihr nicht erzählt hatte, was sie, wie sie zugab, gehört hatte, oder ob der Verdruß sich gegen Guillermo richtete oder vielleicht gegen Miriam oder sogar gegen die Männer insgesamt, Frauen haben ein stärkeres Gruppengefühl und ärgern sich oft über alle Männer zugleich. Sie konnte auch verärgert sein, weil die erste Erwähnung des Kindes hypothetisch und beiläufig und kein Vorschlag oder Wunsch gewesen war.

Sie griff nach der Fernbedienung des Fernsehapparats und ging rasch die anderen Kanäle durch, um dann wieder am Ausgangspunkt anzulangen. Jerry Lewis versuchte, Spaghetti zu essen: er hatte begonnen, die Gabel zu drehen und zu drehen, und jetzt war der ganze Arm in die Nudeln eingewickelt. Er blickte ihn perplex an und biß immer wieder von ihm ab. Ich lachte wie ein Kind, diesen Film hatte ich in meiner Kindheit gesehen.

»Wie fandest du diesen Guillermo?« fragte ich. »Was glaubst du, daß er tun wird?« Jetzt konnte ich die Unterhaltung führen, die wir seinerzeit nicht hatten führen wollen, weder Luisa noch ich, das Fieber. Es kann sein, daß alles seiner Wiederherstellung harrt, aber nichts kommt so wieder, wie es gewesen wäre und nicht gewesen ist. Jetzt war es nicht mehr wichtig, sie hatte es brutal und leichthin zum Ausdruck gebracht, sie hatte zu mir gesagt: ›Ich werde wissen wollen, ob du eines Tages die Absicht hast, mich umzubringen.‹ Ich hatte darauf noch nicht geantwortet, es ist leicht, nicht auf das zu antworten, was man nicht beantworten will, wenn man alles kommentiert und ohne Pause redet, die Worte überlagern sich, und die Gedanken sind nicht von Dauer und verschwinden, obwohl sie bisweilen wiederkehren, wenn man insistiert.

»Das schlimmste ist, daß er nichts tun wird«, sagte Luisa. »Alles wird weitergehen wie bisher, diese Miriam wird warten, und die Frau wird im Sterben liegen, wenn sie wirklich krank ist oder existiert, was die andere mit Recht bezweifelt hat.«

»Ich weiß nicht, ob sie krank ist, aber bestimmt existiert sie«, sagte ich. »Dieser Mann ist verheiratet«, erklärte ich sentenziös.

Luisa schaute mich noch immer nicht an, sie sprach zu Jerry Lewis hin und blieb schlechtgelaunt. Sie ist jünger als ich, vielleicht hatte sie den Film in ihrer Kindheit nicht gesehen. Ich hatte Lust, den Ton anzudrehen, aber ich tat es nicht, das hätte das Gespräch beendet. Außerdem hielt sie die Fernbedienung in der Hand, in der anderen die schon halb gerauchte Zigarette. Es war warm, nicht sehr, ich sah ihren plötzlich feucht gewordenen Ausschnitt, er glänzte ein wenig.

»Das ist egal, auch wenn sie sterben würde, er würde nichts tun, er würde diese Frau nicht aus Havanna mitnehmen.«

»Warum? Du hast sie nicht gesehen, ich ja. Sie war hübsch.«

»Sicher, aber sie ist auch eine Frau, die ihm auf die Nerven geht, und das weiß er, oder er ahnt es. Und zwar immer, hier und dort, als Geliebte und als Ehefrau, diese Frau hat keine anderen Interessen als die, die von außen kommen, sie hängt nur am anderen, es gibt noch immer viele, die so sind, man hat ihnen nur beigebracht, sich mit sich selbst in ihrer Beziehung zum anderen zu beschäftigen.« Luisa hielt inne, aber fuhr sogleich fort, als habe sie das Wort »beigebracht« bereut: »Es mag sein, daß man es ihnen nicht einmal beibringt, sie erben es einfach, schon wenn sie auf die Welt kommen, langweilen sie sich mit sich selbst, ich habe viele gekannt. Sie warten ihr halbes Leben lang, dann kommt nichts, oder was kommt, das erleben sie, als wäre es nichts, dann verbringen sie noch ein halbes Leben damit, ihre Erinnerungen an das zu hegen und zu pflegen, was ihnen so wenig vorkam oder nichts war. So waren unsere Großmütter, unsere Mütter sind noch so. Mit dieser Miriam gibt es keinen künftigen Gewinn, nur den, der jetzt schon da ist und in jedem Fall abnehmen wird, wozu es ändern: weniger hübsch, weniger Begehren, mehr Wiederholung. Diese Frau hat alle ihre Karten ausgespielt, schon von Anfang an blieb ihr keine gute mehr, sie birgt keine Überraschung, sie kann nicht mehr geben als sie schon gibt. Man heiratet nur, wenn man irgendeine Überraschung erwartet oder Gewinn, irgendeine Verbesserung. Na ja, immer nicht.« Sie schwieg einen Augenblick und fügte dann hinzu: »Sie tut mir sehr leid, diese Frau.«

»Vielleicht kann sie nicht mehr geben, aber dafür kann sie aufhören, eine Last zu sein, das ist der künftige Gewinn, der mit ihr verbunden ist. Sie könnte aufhören, eine Last zu sein, wenn Guillermo sie eines Tages heiratet. Es gibt auch Männer, die so sind.«

»Männer, die wie sind?«

»Männer, die sich mit sich selbst langweilen und sich nur mit ihrer Beziehung zum anderen oder zur anderen beschäftigen. Diesen Männern ist es recht, wenn man ihnen auf die Nerven geht, das hilft ihnen, von einem Tag zum anderen zu kommen, es unterhält sie, es rechtfertigt sie, genau wie die Frauen, denen sie auf die Nerven gehen.«

»Dieser Guillermo ist nicht so«, sagte Luisa schulmeisterlich (wir beide sind schulmeisterlich).

Jetzt schaute sie mich an, wenn auch von der Seite, ein mißtrauischer Blick – das Mißtrauen ererbt –, oder so kam er mir vor. Es gab eine mögliche und sogar wahrscheinliche und sogar obligatorische Frage, aber sie konnte von ihr kommen oder sie konnte von mir kommen. ›Warum hast du mich geheiratet?‹ Oder aber: ›Warum, glaubst du, habe ich dich geheiratet?‹

»Custardoy hat mich heute nachmittag gefragt, warum ich dich geheiratet habe.« Das war meine Art, die Frage zu stellen und nicht zu stellen.

Luisa begriff, es war zu erwarten, daß sie sagte: ›Und was hast du geantwortet?‹ Sie konnte auch schweigen, sie ist sich der Worte ebenso bewußt wie ich, wir haben den gleichen Beruf, auch wenn sie jetzt weniger arbeitet. Einstweilen schwieg sie und ging mit der Fernbedienung abermals rasch die Kanäle durch, es war eine Sache von Sekunden, sie blieb wieder bei Jerry Lewis oder stellte ihn wieder her, er tanzte jetzt mit einem sehr gut gekleideten Mann in einem riesigen leeren Salon. Dieser Mann, ich erkannte ihn und erinnerte mich sofort, war der Schauspieler George Raft, der viele Jahre lang auf Gangsterrollen spezialisiert und ein vollendeter Bolero- und Rumbatänzer war, er spielte im berühmten *Scarface* mit. Jerry Lewis hatte in Zweifel gezogen, daß er er war (›Ach, kommen Sie, Sie sind nicht George Raft, Sie ähneln ihm, aber Sie sind nicht er, was wären Sie lieber als George Raft‹), und zwang ihn, einen Bolero zu tanzen, um zu beweisen, daß er den Bolero wie George Raft tanzte und folglich George Raft war. Die beiden Männer tanzten eng inmitten des leeren Salons und im Dunkeln, ihre beiden Gestalten von einem Scheinwerfer erleuchtet. Es war eine komische Szene, und es war eine seltsame Szene. Wie eine bestimmte Person mit einem Zweifler zu tanzen, um diesem Zweifler zu beweisen, daß man diese Person ist. Diese Szene war in Farbe, und die anderen waren in Schwarzweiß gewesen, vielleicht war dies gar kein Film, sondern eine Komik-Anthologie. Als sie zu tanzen aufhörten und sich schüchtern voneinander lösten, sagte Lewis in meiner Erinnerung zu Raft, als täte er ihm einen Gefallen: ›Ist gut, ich glaube, Sie sind der echte George Raft‹ (aber wir hatten weiter keinen Ton, und ich hörte ihn jetzt nicht, die Worte waren eine ungenaue Erinnerung aus meiner Kindheit, in Englisch hätte er vielleicht gesagt *›the real Raft‹* oder *›Raft himself‹)*. Luisa sagte nicht ›Und was hast du ihm geantwortet?‹, sondern:

»Und hast du ihm geantwortet?«

»Nein. Er will nur Bettgeschichten hören, das war es, was er mich in Wirklichkeit fragte.«

»Und du hast ihm nicht geantwortet.«

»Nein.«

Luisa brach in Lachen aus, plötzlich hatte sie ihre gute Laune wiedergefunden.

»Aber das ist ja eine Unterhaltung von Kindern«, sagte sie lachend.

Ich glaube, ich wurde ein wenig rot, in Wirklichkeit wurde ich rot Custardoys wegen, nicht um meinetwillen, sie kannten sich damals kaum, und deshalb fühlte ich mich vor ihr verantwortlich für Custardoy, der von meiner Seite kam, ein alter Freund, was nicht ganz stimmt, man fühlt sich verantwortlich für das, was einen Scham empfinden läßt, und alles kann Anlaß zu Scham sein vor der Person, die man liebt (zu Beginn der Liebe), auch deshalb verrät man jeden anderen, aber vor allem verrät man seine eigene Vergangenheit, die man verabscheut und von der man sich lossagt (in ihr war sie nicht da, die uns rettet und uns besser macht, die uns erhöht, oder zumindest glauben wir das, solange wir sie lieben).

»Deshalb wollte ich nicht darauf eingehen.«

»Wie schade«, sagte sie. »Jetzt könntest du mir erzählen, was du ihm gesagt hast.«

Jetzt war ich es, der keine Lust hatte, zu lachen, Unzeit ist oft eine Frage von Sekunden. Aber das Lachen pflegt zu warten.

Mir war unbehaglich zumute. Ich hatte mich geschämt. Ich schwieg. Warum erzählen. Dann sagte ich:

»Du glaubst also nicht, daß Guillermo jemals seine kranke Frau umbringen wird?« Ich kehrte nach Havanna zurück und zu dem, was sie hatte ernst werden lassen. Ich wollte, daß sie wieder ernst würde.

»Von wegen umbringen, von wegen umbringen«, antwortete sie sehr sicher. »Niemand bringt jemanden um, weil ihn jemand darum bittet, der fortgehen kann. Oder er hätte es schon getan, schwierige Dinge scheinen möglich, wenn man sie kurz überlegt, aber sie werden unmöglich, wenn man sie zu lange überlegt. Weißt du, was passieren wird? Der Mann wird irgendwann einmal nicht mehr nach Kuba fahren, sie werden sich vergessen, er wird sein ganzes Leben lang mit seiner Frau verheiratet bleiben, ob sie krank ist oder nicht, und wenn sie es ist, wird er alles nur Mögliche tun, damit sie geheilt wird. Sie ist seine Sicherheit. Er wird weiterhin Geliebte haben, möglichst welche, die ihm nicht auf die Nerven gehen. Zum Beispiel Frauen, die auch verheiratet sind.«

»Das würde dir gefallen?«

»Nein, das wird passieren.«

»Und sie?«

»Sie ist weniger vorhersehbar. Sie kann bald einen anderen Mann finden, und was sie mit ihm erlebt, wird ihr wenig oder nichts erscheinen. Sie kann sich auch umbringen, wie sie angekündigt hat, wenn sie sieht, daß er wirklich nicht mehr kommt. Sie kann auch warten und sich dann erinnern. Aber geliefert ist sie in jedem Fall. Die Dinge werden nie so ausgehen, wie sie will.«

»Man sagt, wer es ankündigt, bringt sich nicht um.«

»Was für ein Unsinn. Alles ist möglich.«

Ich nahm ihr die Fernbedienung aus der Hand. Ich legte das Buch auf den Nachttisch, das ich die ganze Zeit in den meinen gehalten hatte, ohne eine Zeile zu lesen. Es war

Pnin von Nabokov. Ich habe es nicht zu Ende gelesen, und dabei gefiel es mir sehr.

»Und was ist mit meinem Vater und mit meiner Tante? Jetzt stellt sich raus, daß sie sich umgebracht hat, Custardoy zufolge.«

»Wenn du wissen willst, ob sie es ihm angekündigt hat, wirst du ihn fragen müssen. Du willst nicht, daß ich ihn frage, nicht?«

Ich zögerte ein wenig mit der Antwort.

»Nein.« Ich dachte nach, und dann sagte ich: »Ich glaube nicht. Ich muß länger darüber nachdenken.«

Ich schaltete den Ton zu der filmischen Anthologie von Jerry Lewis ein. Luisa machte auf ihrer Seite das Licht aus und drehte sich um, als wollte sie schlafen.

»Ich mache gleich aus«, sagte ich.

»Das Licht stört mich nicht. Wenn du bitte den Ton des Fernsehers abdrehen könntest.«

Jerry Lewis befand sich jetzt auf dem Rang eines Kinos mit einer Tüte Popcorn in der Hand, vor Beginn der Vorstellung. Als er applaudierte, fiel das ganze Popcorn auf den Kopf einer würdigen weißhaarigen Dame, die vor ihm saß. ›Oh‹, sagte er, ›Ihnen ist Popcorn aufs Haar gefallen, kommen Sie, ich mach es Ihnen weg‹, und in fünfzehn Sekunden zerstörte er der Dame vollständig die Hochfrisur. ›Oh, halten Sie doch einen Augenblick still‹, sagte er und zerwühlte und befummelte währenddessen ihr Haar, das sich in das einer Mänade verwandelt hatte. ›Was für Haar‹, sagte er vorwurfsvoll zu ihr. Ich brach in schallendes Lachen aus, diese kurze Szene hatte ich als Kind nicht gesehen, ich war sicher, es war das erstemal, daß ich sie sah und hörte.

Ich schaltete den Ton aus, wie Luisa mich gebeten hatte. Ich war nicht schläfrig, aber wenn zwei zusammen schlafen, muß eine minimale Übereinstimmung in bezug auf die Stunde des Zubettgehens und des Aufstehens, des

Mittagessens und des Abendessens herrschen, das Frühstück ist etwas anderes, mir fiel ein, daß ich keine Milch gekauft hatte. Luisa würde sich am Morgen aufregen, ich hatte versprochen, dafür zu sorgen. Obwohl sie einen guten Charakter hat.

»Ich habe vergessen, Milch zu kaufen«, sagte ich zu ihr.

»Schön, dann werde ich eben schnell runtergehen«, antwortete sie.

Ich schaltete den Fernseher aus, und das Zimmer blieb im Dunkeln, meine Lampe war nicht an gewesen, weil ich es nicht geschafft hatte, zu lesen. Ein paar Sekunden lang sah ich nichts, dann gewöhnten sich meine Augen ein wenig an die Dunkelheit, niemals ganz, Luisa schläft gern bei heruntergelassener Jalousie, ich nicht. Ich drehte mich um und wandte ihr den Rücken zu, wir hatten uns nicht gute Nacht gesagt, aber vielleicht würde es nicht nötig sein, daß wir uns immer gute Nacht sagten, jeden Abend im Lauf künftiger Jahre. Aber an jenem Abend vielleicht doch, noch.

»Gute Nacht«, sagte ich.

»Gute Nacht«, antwortete sie.

Beim Gutenachtsagen hatten wir einander bei keinem dieser üblichen Namen genannt, Paare sind außerstande, keine zu haben, mehrere, oder zumindest einen, um glauben zu können, daß sie andere oder nicht immer dieselben sind, und um zu vermeiden, sich bei ihren richtigen Namen zu nennen, die sie für die Momente aufheben, wenn sie sich beleidigen oder böse sind oder eine schlechte Nachricht mitteilen müssen, zum Beispiel, daß jemand verlassen wird. Mein Vater dürfte Namen von zumindest drei Frauen erhalten haben, vielleicht wird ihm alles gleich geklungen haben, ähnlich, eine Wiederholung, bestimmt geriet er durcheinander, oder vielleicht nicht, gewiß war es mit jeder Frau anders, beim Überbringen einer schlechten Nachricht hätte er sie Juana und Teresa und bei einem anderen Namen genannt, den ich nicht kenne, aber den er nicht vergessen haben wird. Mit meiner Mutter hatte er über lange Jahre verfügt, mit meiner Tante Teresa hatte er fast keine Zeit gehabt, vielleicht so kurze Zeit, wie Luisa und ich verheiratet waren, für sie hatte es keine künftigen Jahre gegeben, nicht einmal Monate, sie hatte sich umgebracht, Custardoy zufolge. Und die dritte, welche die erste war, wie lange hatte sie wohl gedauert, wie mochten sie sich genannt haben beim Gutenachtsagen und Umdrehen oder nur sie ihn oder nur er sie, wenn jeder für sich das geteilte Kissen einnahm (und das ist eine Redensart, denn es gibt immer zwei Kopfkissen).

»Ich will es nicht wissen, wenn du eines Tages die Absicht hast, mich umzubringen«, sagte ich im Dunkeln zu Luisa.

Vielleicht klang es ernst, denn sie wandte sich im gleichen Augenblick um, und ich bemerkte sofort ihre Berührung, die ich schon eine ganze Weile verloren hatte, ihre vertraute Brust an meinem Rücken, und augenblicklich fühlte ich mich gestärkt. Ich drehte mich um, und dann spürte ich ihre Hände auf meinen Schläfen, die mich streichelten oder mich auszankten, und ich spürte ihre Küsse auf Nase, Augen und Mund, auf Kinn, Stirn und Wangen (es ist das ganze Gesicht). Mein Gesicht ließ sich alles küssen, was an ihm küßbar ist, denn in diesem Augenblick, nach diesem Satz – nachdem ich ihr das Gesicht zugewandt hatte – war ich es, der sie beschützte und ihr den Rücken stärkte.

KURZE ZEIT DARAUF, wie ich schon sagte, nach der Hochzeitsreise und auch nach dem Sommer, mußte ich aufgrund meiner Arbeit als Übersetzer und Dolmetscher für internationale Organisationen (jetzt mehr als Dolmetscher) verreisen. Die Übereinkunft mit Luisa bestand darin, daß sie eine Zeitlang weniger arbeiten und sich mit der Einrichtung unserer gemeinsamen und (künstlich) neuen Wohnung beschäftigen würde, bis wir in der Lage wären, unsere An- und Abwesenheit so weit wie möglich in Übereinstimmung zu bringen, oder sogar unsere Beschäftigung ändern würden. Im Herbst, Mitte September, beginnt in New York die Sitzungsperiode der Vollversammlung der Vereinten Nationen, die drei Monate dauert, und dorthin mußte ich mich wie in anderen Jahren, in denen ich Luisa noch nicht kannte, in meiner Eigenschaft als Zeitkraft begeben (während der Versammlung werden etliche benötigt), um acht Wochen zu dolmetschen und dann nach Madrid zurückzukehren und mich zumindest weitere acht Wochen weder fortzurühren noch zu dolmetschen.

Man amüsiert sich nicht in diesen Städten, nicht einmal in New York, denn man arbeitet dort unter schlechten Bedingungen fünf Tage pro Woche, und die restlichen zwei sind so falsch (wie ein Einschnitt), und man ist so erschöpft, daß man nichts weiter tun kann, als im Hinblick auf die nächste Woche wieder zu Kräften zu kommen, ein wenig spazierenzugehen, aus der Ferne die Drogensüchtigen und die künftigen Delinquenten zu betrachten, einkaufen zu gehen (zum Glück ist sonntags fast alles geöffnet), den ganzen Tag lang die gigantische *New York Times zu* lesen, Energie- oder Tuttifruttisäfte zu trinken und Fernsehen mit neunzig Kanälen zu sehen (leicht kann in einem von ihnen Jerry Lewis auftauchen). Man möchte das Gehör und die Zunge ausruhen, aber das ist unmöglich, es endet immer damit, daß man zuhört und spricht, auch wenn man alleine ist. Das ist jedoch nicht mein Fall. Die meisten der sogenannten Zeitkräfte mieten während ihres Aufenthalts ein schmuddeliges Apartment, immer billiger als ein Hotel, ein möbliertes Apartment mit Kochnische, und keiner weiß so recht, ob er dort kochen und den Geruch dessen ertragen soll, was er essen wird oder gegessen hat, oder aber immer außerhalb zu Mittag und zu Abend essen soll, was lästig und sehr teuer ist in einer Stadt, in der nichts das kostet, was es zu kosten vorgibt, sondern fünfzehn Prozent mehr obligatorisches Trinkgeld in den Restaurants und dann noch acht Prozent zusätzlich für alles als New Yorker Lokalsteuer (ein Mißbrauch, in Boston sind es nur fünf). Ich habe das Glück, in dieser Stadt eine spanische Freundin zu haben, die mich während meiner acht Versammlungswochen sehr freundlich bei sich aufnimmt. Sie lebt ständig dort, sie ist eine Kollegin, die als feste Dolmetscherin für die Vereinten Nationen arbeitet, sie ist seit zwölf Jahren in New York, sie hat eine angenehme und nicht schmuddelige Wohnung, in der man ab und zu kochen kann, ohne daß der Küchengeruch in das Wohnzimmer und die Schlafzimmer zieht (in den mickrigen Apartments ist alles eins, wie man weiß). Ich kenne sie sogar schon länger als die Jahre, die sie außerhalb Spaniens lebt, ich kenne sie von der Universität, beide waren wir Studenten, obwohl sie vier Jahre älter war als ich, was bedeutet, daß sie jetzt neununddreißig ist und ein Jahr jünger war, als ich mich nach meiner Heirat dort aufhielt, zu der Zeit, von der ich spreche oder mich zu sprechen anschicke. Damals, als wir Studenten waren, also in Madrid und vor nunmehr fünfzehn Jahren, haben wir zweimal miteinander geschlafen, oder vielleicht waren es auch drei- oder womöglich vier Male (mehr nicht), bestimmt erinnert sich keiner von uns beiden gut daran, aber wir *wissen* davon, und das Wissen dieser Tatsache, das Wissen sehr viel mehr als die Tatsache selbst, bewirkt in unserem Fall, daß wir uns mit Taktgefühl und gleichzeitig mit großem Vertrauen begegnen, ich meine, daß wir uns alles erzählen und uns Worte des Trostes oder der Ablenkung oder der Ermutigung sagen, wenn wir sehen, daß einer von uns beiden dieser Worte bedarf. Wir vermissen uns auch (vage), wenn wir nicht zusammen sind, einer jener Menschen (im Leben eines jeden gibt es vier oder fünf, und unter ihrem Verlust leidet man wirklich), die man gewöhnlich über das informiert, was passiert, das heißt, an die man denkt, wenn einem etwas passiert, etwas Lustiges oder Dramatisches, und für die man Ereignisse und Anekdoten sammelt. Widerwärtigkeiten nimmt man bereitwillig hin, weil man sie diesen fünf Personen erzählen kann. ›Das muß ich Berta erzählen‹, denkt man (denke ich oft).

Berta hatte vor sechs Jahren einen Autounfall. Ein Bein wurde ihr zertrümmert, sie hatte zahlreiche offene Brüche, bekam eine Osteomyelitis, man dachte an Amputation, rettete das Bein schließlich, aber sie verlor einen Teil des Oberschenkelknochens, den man kürzen mußte, weshalb sie seitdem ein wenig hinkt. Nicht so sehr, daß sie nicht Schuhe mit hohem Absatz tragen könnte (und sie trägt sie mit Eleganz), aber der Absatz des einen Schuhs muß immer ein wenig länger und dicker sein als der des anderen, man fertigt sie speziell für sie an. Diese ungleichen Absätze bemerkt man nicht, wenn man es nicht weiß, hingegen merkt man wohl, daß sie ein wenig hinkt, vor allem, wenn sie erschöpft oder zu Hause ist, wo sie keine Anstrengungen macht, ihren Gang zu veredeln: Sie läßt sich gehen, sobald sie die Tür hinter sich geschlossen und den Schlüssel in die Handtasche getan hat, sie verstellt sich nicht mehr, ihr Hinken ist doppelt so stark. Sie hat auch eine Narbe im Gesicht zurückbehalten, sie ist unscheinbar, so unscheinbar, daß sie sie nicht chirurgisch korrigieren lassen wollte, sie ist wie ein Halbmond auf der rechten Wange, der manchmal, wenn sie schlecht geschlafen oder sich geärgert hat oder sehr müde ist, dunkel und sichtbarer wird. Dann, ein paar Augenblicke lang, glaube ich, daß sie einen Fleck hat, sich beschmutzt hat, und ich sage es ihr: ›Es ist die Narbe‹, erinnert sie mich, die blau oder dunkelviolett geworden ist.

In jüngeren Jahren war sie verheiratet gewesen, einer der Gründe, weshalb sie nach Amerika gegangen war und dort Arbeit gesucht hatte. Sie ließ sich nach drei Jahren scheiden, heiratete zwei Jahre später erneut und ließ sich ein Jahr darauf abermals scheiden. Seitdem hat nichts lange gedauert. Seit sechs Jahren, seit dem Unfall, fühlt sie sich ungerechtfertigterweise alt und mißtraut ihren Möglichkeiten, jemanden zu erobern (auf Dauer, versteht sich). Sie ist eine hübsche Frau, mit Gesichtszügen, die nie sehr jugendlich waren, so daß sie sich kaum geändert hat seit den Universitätsjahren. Sie wird im Alter eine angenehme Erscheinung sein, ohne diese Veränderungen, die manche Gesichter unserer Vergangenheit oder unser Gesicht, das wir nie angemessen anschauen, unkenntlich machen. Aber so ungerechtfertigt ihr Gefühl auch in meinen Augen ist, sie hat es nun einmal, und obwohl sie noch nicht kapituliert oder sich zurückgezogen hat, hat ihre Beziehung zu Männern in den letzten Zeiten doch gelitten unter diesem obsessiven, unfreiwilligen Gefühl, eine angstvolle Beziehung, noch nicht gleichgültig, wie sie es wahrscheinlich in nicht allzu ferner Zeit sein wird. In diesen Jahren, in der Zeit, die ich jeweils als Zeitkraft in der Stadt verbrachte, in der sie lebt, sind in der Wohnung zahlreiche Individuen aus- und eingegangen (die meisten waren Nordamerikaner, einige Spanier, sogar der eine oder andere Argentinier; die meisten kamen in ihrer Begleitung, andere riefen an und verabredeten sich außerhalb mit ihr, wenige kamen sie abholen, einer hatte sogar einen Schlüssel), die nicht das mindeste

Interesse zeigten, mich kennenzulernen und folglich nicht das geringste Interesse an ihr gehabt haben dürften (ich meine ein langfristiges Interesse, man hat den Wunsch, die Freunde dessen, der möglicherweise einige Zeit mit uns zusammen ist, kennenzulernen, sogar ihnen angenehm zu sein). Jedes dieser Individuen hat sie enttäuscht oder hat sie verlassen, oftmals nach einer einzigen gemeinsamen Nacht. In jeden dieser Männer hat sie Erwartungen gesetzt, in jedem hat sie Zukunft gesehen, selbst in der ersten Nacht, die so viele Male versprach, die letzte zu sein, und sich daran gehalten hat. Jedesmal hat sie es schwerer, jemanden zurückzuhalten, und jedesmal versucht sie es mit größerem Nachdruck (noch ist für sie nicht der Zeitpunkt der Gleichgültigkeit gekommen, meine ich, auch nicht des Zynismus).

Als ich mich nach meiner Hochzeit dort aufhielt, von Mitte September bis Mitte November, war sie schon seit zwei Jahren dabei, ihr Glück mit Verabredungen zu versuchen, die über Agenturen zustande kamen, und seit einem Jahr auch, auf persönliche Kontaktanzeigen *(personals* heißen sie) in Zeitungen und Zeitschriften zu schreiben. Sie hatte für die Agentur ein Video angefertigt, das von dort – nach vorheriger Zahlung – an Leute geschickt wurde, die an jemandem wie ihr interessiert waren. Der Ausdruck ist absurd, aber durchaus gebräuchlich, und Berta selbst gebraucht ihn, »Leute, die an jemandem wie mir interessiert sind«, das heißt, Berta glich sich einem vorausgesetzten, aber inexistenten Modell an, statt ein eigenes zu schaffen. In diesem Video sprach sie, auf ihrem Sofa sitzend (sie führte es mir vor, sie bewahrte das Original, die von der Agentur machten und verschickten Kopien), sie war hübsch, sehr zurechtgemacht, sie wirkte gelassen, sie sah jünger aus, sie sprach englisch vor der Kamera, zum Schluß ließ sie ein paar konventionelle Sätze auf spanisch fallen, um andere mögliche einsame Spanier anzuziehen, seien sie ortsansässig oder auf der Durchreise, oder Leute, die Gefallen an einer exotischen Note haben, oder die in Amerika so genannten Hispanos. Sie sprach von ihren Vorlieben, von ihren Neigungen, von ihren Ideen (nicht viele Ideen), nicht von ihrer Arbeit, sie erwähnte ihren Unfall, sie erwähnte ihr leichtes Hinken mit einem entschuldigenden Lächeln, es war üblich, körperliche Defekte zu gestehen, damit niemand sich auf Betrug berufen konnte; dann sah man sie in der Wohnung, wie sie die Pflanzen goß, in einem Buch blätterte (von Kundera, ein Fehler), mit Hintergrundmusik (man hörte ein Violoncello von Bach im Hintergrund, ein Klischee), mit Schürze in der Küche, wie sie an einem Tisch bei elektrischem Licht Briefe schrieb. Die Videos waren sehr kurz, drei oder fünf Minuten, alle harmlos. Sie (deshalb benutze ich den Plural) erhielt auch welche nach vorheriger Entrichtung einer bescheidenen Summe, Videos von Männern, die ihres gesehen hatten oder nicht und sie kennenlernen oder sich unbekannten Frauen vorstellen wollten. Jede Woche erhielt sie ein paar, während meines Aufenthalts schauten wir sie gemeinsam an, wir lachten, ich gab ihr Ratschläge, obwohl ich mich außerstande fühlte, ihr ernsthaft zu raten, es kam mir wie ein bloßes Spiel vor, es fiel mir schwer zu glauben, daß sie Hoffnungen in irgendeines dieser Individuen setzen könnte. Es mußten anormale, merkwürdige oder nicht sehr vertrauenswürdige Individuen sein, dachte ich, die sich für so etwas hergaben. Wenn ich das dachte, vergaß ich, daß Berta sich ebenfalls dazu hergab, und sie war meine Freundin und vertrauenswürdig. Die Agentur war ziemlich seriös oder zumindest stellte sie sich so dar, alles war unter Kontrolle bis zur ersten Begegnung, da war nichts, was sehr geschmacklos gewesen wäre, die Videos wurden zensiert, falls nötig, alles war harmlos. In den persönlichen Kontakten auf brieflichem Wege verhielt es sich anders, da gab es keine Kontrolle, keine Mittelsperson, und man kam sofort zur fleischlichen Sache, die

Briefpartner verlangten augenblicklich anregende, das heißt laszive Videos, sie benutzten gewagte Wörter, machten abstoßende Witze, die Berta nicht mehr so vorkamen, nichts von dem, dessen Teil man ist, stößt ab, nichts von dem, was zur Gewohnheit wird. Nach kurzer Zeit interessierte sie sich kaum noch für das, was über die Agentur zu ihr kam, obwohl sie weiterhin Videobänder bestellte, um zu glauben, daß sie noch mit der harmlosen Welt rechnete, sondern tauschte Briefe und Videos mit sonderbaren oder noch anormaleren Männern aus, Leuten mit Gesicht und Körper, aber noch immer ohne Namen, Leuten mit Initialen oder Spitznamen, ich erinnere mich an einige, von denen sie mir erzählte, ›Taurus‹, ›VMF‹, ›De Kova‹, ›The Graduate‹, ›Weapons‹, ›MC‹, ›Humbert‹, ›Sperm Whale‹ oder ›Gaucho‹, das waren ihre Beinamen. Alle lächelten lässig vor der Kamera, hausgemachte Videos, bestimmt hatten sie sich allein aufgenommen, sie allein zu Hause, während sie zu niemandem sprachen, zu jemand Unbekanntem oder noch nicht Bekanntem, oder vielleicht zur Welt, die sie nicht zur Kenntnis nahm. Einige sprachen vom Kopfkissen aus zu ihr, im Bett liegend und in winzigen Slips oder Badehosen, mit eingezogenem Bauch, den Brustkorb eingeölt, als wären sie Athleten. Aber sie waren es nicht. Die Kühnsten (je älter, desto verwegener) erschienen nackt, erigiert, während sie redeten, als wenn nichts wäre, ohne zu erwähnen, was allzuoft nicht besonders augenfällig war. Berta lachte, wenn sie sie sah, und auch ich lachte, aber mit Unbehagen, weil ich wußte, daß Berta, nachdem sie gelacht hatte, irgendeinem antworten und ihm ihr Video schicken und sich mit ihm verabreden und womöglich mit ihm in die Wohnung kommen würde. Und bei diesen Gelegenheiten würde sie, nachdem sie die Tür geschlossen und den Schlüssel in ihre Handtasche getan hätte, weiter ihren Gang korrigieren, obwohl sie bereits zu Hause wäre, nicht nachlassen in ihrem Bemühen, das Hinken zu verbergen, zumindest nicht, solange sie nicht im Schlafzimmer wäre, auf einem Bett geht man nicht.

Zwei Wochen, nachdem ich im Jahr meiner Heirat in New York angekommen war (es war ein Wochenende, auch das zweite, und die Erschöpfung hatte sich schon zu akkumulieren begonnen), zeigte Berta mir einen Brief, den sie in ihrem Postfach erhalten hatte, das sie für ihre *personals* gemietet hatte. Sie pflegte sie mir zum Lesen zu geben, wenn ich dort war, um den Spaß zu teilen (den Kummer später teilte sie weniger), aber in diesem Fall wollte sie auch erfahren, ob ich das gleiche in dem Brief sah wie sie.

»Mal sehen, was du dazu meinst«, sagte sie, als sie ihn mir reichte.

Der Brief war in englisch und mit der Maschine geschrieben und sagte nicht viel, der Ton war ungezwungen, aber höflich, sogar ein wenig nüchtern für diese Art von Korrespondenz. Das Individuum hatte Bertas Anzeige in der Sparte der *personals* einer Monatszeitschrift gesehen und zeigte sich interessiert an einem Kontakt. Er erwähnte, daß er zwei Monate in der Stadt sein würde (was, so wußte er, verlockend, aber auch abschreckend sein konnte), und fügte hinzu, daß er gleichwohl relativ häufig nach Manhattan käme, mehrmals im Jahr (was vielversprechend und bequem sei, so sagte er, denn es garantiere, daß er keine Last sein würde). Als sei er es nicht gewöhnt, derartige Briefe zu schreiben, und wisse nicht, daß es normal ist, am Anfang ein Pseudonym oder einen Beinamen oder die Initialen zu benutzen, entschuldigte er sich dafür, daß er nur mit ›Nick‹ unterschrieb (die Unterschrift mit der Hand), und begründete es damit, daß er, da er »in einer sehr sichtbaren oder exponierten Arena oder Zone« arbeite *(»as I work in a very visible arena«,* waren seine genauen Worte), vorläufig sehr diskret sein müsse, wenn nicht reserviert, wenn nicht geheimnisvoll. So sagte er, »wenn nicht reserviert, wenn nicht geheimnisvoll«.

Nachdem ich den Brief gelesen hatte, sagte ich zu Berta, was Berta erwartete:

»Diesen Brief hat ein Spanier geschrieben.«

Das Englisch war ziemlich korrekt, aber mit einigen Ungenauigkeiten, einem eindeutigen Fehler und verschiedenen Wendungen, die nicht nur wenig englisch waren, sondern eine zu wörtliche Übersetzung aus dem Spanischen zu sein schienen: sowohl Berta als auch ich als auch Luisa sind sehr daran gewöhnt, bei unseren Landsleuten diese durchscheinenden Spuren auszumachen, wenn sie Fremdsprachen sprechen oder schreiben. Wenn der Mann Spanier war, erschien es jedoch affektiert oder absurd, daß er sich in englisch an Berta wandte, denn die Anzeige, die sie jeden Monat in dieser Zeitschrift aufgab und bezahlte, verkündete als allererstes ihre Herkunft: ›*Young woman from Spain …*‹, so begann sie, obwohl sie sich dann im Augenblick der Verabredungen ein wenig schämte, weil sie sich noch immer als ›*young*‹ präsentiert hatte: wenn sie ausging, fand sie sich abstoßend und sah all ihre Falten, sogar nach dem Kollagen, sogar die nicht existenten. Was sie an ›Nicks‹ Brief vor allem neugierig machte, war die »sehr sichtbare Arena«. Tatsächlich hatte ich sie seit Beginn ihres Umgangs mit Unbekannten oder der Präliminarien dazu noch nie so aufgeregt gesehen nach einem ersten Kontakt. »Eine sehr sichtbare Arena!« rief und wiederholte sie mit einem kleinen Lachen, halb wegen der prätentiösen und komischen Note der Formulierung, halb wegen der Begeisterung, die aus der Hoffnung kam. »Wo mag er arbeiten? Eine sehr sichtbare Arena, das klingt nach Kino oder Fernsehen. Ist er vielleicht ein Ansager? Es gibt einige, die mir gefallen, aber natürlich, wenn er Spanier ist, dann weiß ich nicht, ich kenne sie nicht, aber du vielleicht.« Sie überlegte und fügte nach einer Weile hinzu: »Vielleicht ist er Sportler oder Politiker, obwohl ich nicht glaube, daß ein Politiker so ein Risiko eingeht. Aber in Spanien sind die

Leute ziemlich dreist. Wenn er sagt, daß er in einer sehr sichtbaren Arena arbeitet, dann sagt er praktisch, daß er berühmt ist. Deshalb wird er sich erst mal als Amerikaner ausgeben wollen. Wer kann das wohl sein?«

»Es kann sein, daß das mit der Arena falsch ist, ein Trick, um anzugeben und Interesse zu wecken. Bei dir gelingt es ihm.«

»Kann sein, aber der Ausdruck hat jedenfalls seinen Charme. Arena. Aber er ist sehr amerikanisch, und wenn er Spanier ist, wo hat er ihn dann her?«

»Aus dem Fernsehen, wo man alles lernt. Es kann auch sein, daß er überhaupt nicht berühmt ist, aber sich selber dafür hält. Vielleicht ist er ein Börsenmakler, oder ein Arzt, oder ein Unternehmer und hält sich für bedeutend und deshalb für exponiert, wo doch niemand diese Leute kennt, vor allem hier in Amerika.«

Ich ermunterte sie in ihren Ideen und Erwartungen, das war das mindeste, was ich tun konnte. Das heißt, das mindeste, was ich tun konnte, war, ihr zuzuhören, ihrer Welt Aufmerksamkeit zu schenken, sie zu bestärken, den Dingen Bedeutung zu geben, die für sie bedeutend waren, und mich optimistisch zu zeigen, das ist die erste Aufgabe der Freundschaft, wie mir scheint.

»Vielleicht ist er ein Sänger«, sagte sie.

»Vielleicht ist er ein Schriftsteller«, sagte ich.

Berta schickte eine Antwort an das von ›Nick‹ angegebene Postfach, ›P. O. Box‹ heißt ein Postfach auf englisch, alle Welt benutzt sie, es gibt Millionen von ihnen im ganzen Land. Aber obwohl Berta es bei meinen Aufenthalten nicht unterließ, mir jeden Brief und jedes Video eines jeden Briefpartners zu zeigen, tat sie nicht das gleiche mit ihren schriftlichen Antworten, die sie schickte, ohne eine Kopie zu behalten und ohne sie mich sehen zu lassen, und ich verstand das, denn man kann zwar ein schiefes Urteil in bezug auf seine eigenen Handlungen ertragen, die nie völlig sichtbar sind und wieder aufhören, aber nicht in bezug auf die eigenen Worte, die völlig lesbar sind und fortdauern (auch wenn das direkte Urteil unwillkürlich und wohlmeinend ist seitens dessen, der es bildet, und er es nicht ausdrückt).

Einige Tage später traf die Antwort auf ihre Antwort ein, ein weiterer Brief, den sie nicht versäumte, mir zu zeigen. Auch er war in anständigem, leicht unsicherem Englisch verfaßt, der Sprache, in der auch Berta geschrieben hatte, wie sie mir sagte, um ihn nicht in seinen Sprachkenntnissen zu verletzen oder ihn zu enttäuschen, und war kürzer und lüsterner, als hätte meine Freundin ihn dazu aufgefordert, oder auch nicht, vielleicht tendierten die bei jedem ersten Kontakt unverzichtbaren minimalen Formen beim zweiten Schritt dazu, sich aufzulösen. Jetzt unterschrieb er nicht mit ›Nick‹, sondern mit ›Jack‹, dem Namen, den er ›diese Woche‹ vorzog, wie er sagte, und der Name war wieder handschriftlich, das ›c‹ und das ›k‹ waren bei beiden genau gleich. Er bat sie jetzt um ein Video, um ihr Gesicht und ihre Stimme kennenzulernen, und entschuldigte sich, daß er noch keines schickte (also mußte Berta ihn als erste darum gebeten haben): da er noch dabei sei, sich für die zwei Monate in der Stadt einzurichten, habe er keine Zeit gehabt, sich eine Kamera zu kaufen oder sich zu erkundigen, in was für einer Art Geschäft man ihm eines machen könne, er würde es das nächste Mal schicken. Bei dieser Gelegenheit erwähnte er weder seine Arena noch erzählte er mehr von sich, er sprach nur ein wenig von Berta, die er sich kurz (drei Zeilen) in der Intimität vorzustellen suchte. Er benutzte noch immer spießige und nicht grobe Ausdrücke, Wendungen, wie sie in vertraulichen Liedern vorkommen: ›Ich denke schon an den Augenblick, da ich dich ausziehen und deine weiche Haut streicheln werde‹, und ähnliches. Nur am Schluß, vor der Unterschrift, verabschiedete ›Jack‹ sich mit einer brutalen Flegelei, als hätte er sich nicht zügeln können: ›Ich will dich ficken‹, schrieb er auf englisch. Aber mir kam es so vor, als sei dies kaltblütig und als unbarmherzige Erinnerung hingeschrieben, damit Berta ja nicht auf den Gedanken kam, dies gehöre *nicht* zu dem Programm, das sie gerade zusammenstellten. Oder vielleicht war es eine Art, die vorausgehenden klangvollen Spießigkeiten aufzuheben oder die Widerstandskraft und das Vokabular (die lexikalische Toleranz) seiner Briefpartnerin zu testen. Berta besaß Widerstandskraft und Humor für so etwas und mehr: Sie lachte noch immer, ihre Augen glänzten, sie hinkte weniger, sie fühlte sich geschmeichelt und vergaß dabei einen Augenblick lang, daß sie für diesen Mann, der sie begehrte oder sie ficken wollte, vorerst nicht mehr als ein paar Buchstaben war, Initialen, Verheißung ›BSA‹, ein paar Worte, in einer Sprache geschrieben, die weder ihre noch seine war; und daß sie dann, wenn er sie sähe oder ihr Video sähe und sie etwas mehr wäre, nicht mehr begehrt werden oder nicht einmal gut genug zum Fikken sein könnte, wie es ihr einmal passiert war; und daß sie, nachdem das Begehren gestillt wäre – wenn es gestillt wurde –, verschmäht werden konnte, wie es ihr seit einiger Zeit fast jedesmal widerfuhr, sie wußte nicht oder wollte nicht wissen, weshalb.

Sie war sich all dessen bewußt (wenn der Augenblick vorbei war), aber sie antwortete ›Jack‹, so wie sie ›Nick‹ geantwortet hatte, und schickte ihm eine Kopie ihres Agentur-Videos und begann zu warten. Während der Tage des Wartens war sie nervös, aber auch aufgekratzt, liebevoll zu mir, wie es die Frauen sind, wenn sie eine Hoffnung nähren, obwohl sie es zu mir eigentlich immer ist. Eines Nachmittags, als ich vor Berta von der Arbeit gekommen war und die Post aus ihrem Briefkasten genommen hatte, verriet sie sich mehr denn je. Kaum hatte sie die Tür geöffnet und den Schlüssel in die Handtasche getan (ohne sich sogleich dem häuslichen Gang zu überlassen, die Konzentration hinderte sie daran), kam sie auf mich zu und fragte mich hastig, ohne mich vorher zu begrüßen:

»Hast du die Post genommen oder war keine da?«

»Ich habe sie rausgenommen. Deine liegt dort auf dem kleinen Tisch. Ich hatte einen Brief von Luisa.«

Sie lief zu diesem Tisch und schaute die Kuverts an (eins, zwei und drei), und öffnete dann keines, bevor sie sich des Mantels entledigt hatte und im Badezimmer und am Kühlschrank gewesen war und sich ein Paar Mokassins angezogen hatte, die sie aus dem Gleichgewicht brachten. An jenem Abend ging keiner von uns beiden aus, und während ich das Quiz *Family Feud* im Fernsehen anschaute und sie las (zum Glück nicht Kundera), sagte sie zu mir:

»Wie dumm von mir, ich bin durcheinander, ich vergesse die Dinge, vorhin habe ich geglaubt, daß etwas von Sichtbarer Arena in der Post sein könnte. Wenn er mir schreibt, dann an das Postfach, nicht hierher, er weiß meine Adresse nicht und auch nicht meinen Namen, ich bin ganz schön daneben.« Sie schwieg einen Moment und fügte dann hinzu: »Glaubst du, daß er wieder antworten wird?«

»Bestimmt. Wie könnte er nicht schreiben, nachdem er dich in dem Video gesehen hat«, antwortete ich.

Sie blieb stumm, verfolgte mit mir eine Testaufgabe von *Family Feud*. Dann sagte sie:

»Jedesmal, wenn ich auf eine Antwort warte, entsetzt mich der Gedanke, daß keine kommt, und auch, daß sie eintrifft. Hinterher ist alles eine Katastrophe, aber während noch alles in der Schwebe ist, habe ich den Eindruck von völliger Reinheit und unendlichen Möglichkeiten. Ich fühle mich wie mit fünfzehn, ohne jede Skepsis, es ist eigenartig. Ich kann nicht vermeiden, mir Hoffnungen zu machen. Die meisten Typen, mit denen ich mich später treffe, sind nicht vorzeigbar, widerliche Typen, manchmal gehe ich nur deshalb mit ihnen aus und essen und noch weiter, weil ihnen das Warten und die Briefe vorausgehen, sonst würde ich nicht einmal in ihrer Gesellschaft die Straße überqueren. Ich nehme an, sie fühlen das gleiche in bezug auf mich.« Sie machte eine Pause, oder vielleicht verfolgte sie eine weitere Frage von *Family Feud.* Dann fuhr sie fort: »Deshalb ist der vollkommene Zustand der Zustand des Wartens und der Unwissenheit, das Dumme ist nur, wenn ich wüßte, daß dieser Zustand endlos dauern würde, dann würde er mir auch nicht mehr gefallen. Stell dir vor, plötzlich gibt es einen Typen, der mir aus irgendeinem Grund besonders gefällt, ohne daß ich etwas von ihm weiß, wie dieser Nick oder Jack, warum hat er wohl seinen Namen geändert, das ist nicht üblich. Solange ich ihn nicht kenne, vor allem, bevor ich sein Video gesehen habe, wenn er es schickt, oder seine Fotografie, fühle ich mich fast glücklich. Das sind seit langer Zeit die einzigen Tage, an denen ich wirklich froh und gutgelaunt bin. Dann schicken sie mir diese lächerlichen Videos, die sie für gewagt halten, das mit den Videos ist eine Plage, und dennoch verabrede ich mich oft mit ihnen, weil ich denke, daß alles, was vor der persönlichen Begegnung geschieht, in Wirklichkeit nicht zählt. Es ist zu künstlich, denke ich, die Leute verhalten sich anders von Angesicht zu Angesicht. Es ist, als gäbe ich ihnen eine zweite Chance, indem ich auf einmal auslösche, was sie aus der ersten gemacht haben, oder als gäbe ich sie mir. Es ist seltsam, aber obwohl die Situation, in der die Videos normalerweise gemacht werden, falsch ist, trügen sie nie. Du mußt bedenken, daß ein Video ungestraft angeschaut wird, wie das Fernsehen. Nie sehen wir jemand so gründlich und so dreist an, weil wir in jeder anderen Situation wissen, daß der andere uns ebenfalls anschaut oder uns ertappen kann, wenn wir ihn heimlich anschauen. Es ist eine teuflische Erfindung, es hat der Flüchtigkeit des Geschehens ein Ende gemacht, der Möglichkeit, sich zu irren und sich später die Dinge anders zu erzählen, als sie passiert sind. Es hat der Erinnerung ein Ende gemacht, die unvollkommen war und manipulierbar, selektiv und veränderlich. Jetzt kann man sich nicht nach Belieben an das erinnern, was aufgezeichnet ist, wie kann man sich an etwas erinnern, von dem man weiß, daß man es wieder sehen kann, so, wie es ist, sogar langsamer, als es geschehen ist. Wie kann man es verändern.« Berta sprach müde, sie hatte das böse Bein unter ihrem Körper, auf dem Sessel, verborgen, und in der Hand hielt sie das Buch, als hätte sie noch nicht beschlossen, die Lektüre zu unterbrechen und auch nicht, mein Quiz zu unterbrechen: Sie sprach daher wie in einer Klammer, das heißt, ohne so viel sagen zu wollen. »Ein Glück noch, daß man nur ein paar Augenblicke aus der Gesamtheit eines Lebens filmt, aber diese Augenblicke trügen nie, weißt du, mehr durch die Art, wie man sie anschaut, als weil das Gefilmte besonders echt wäre. Wenn ich die Videos dieser Männer sehe, rutscht mir das Herz in die Hose, obwohl ich auch lachen muß und ich mich dann mit einem von ihnen treffe. Mir rutscht das Herz in die Hose, vor allem, wenn ich sie mit ihren affektierten, entsetzlichen Anzügen und ihren Präservativen in der Tasche kommen sehe, nie hat einer vergessen, sie einzustecken, alle haben gedacht: ›Well, just in case.‹ Wenn jemand das in der ersten Nacht nicht denken würde, das wäre noch schlimmer, vielleicht würde ich mich in ihn verlieben. Jetzt mache ich mir Hoffnungen auf diesen Nick oder Jack, ein schrulliger Spanier, der sich als Amerikaner ausgibt, er muß ein komischer Typ sein mit seiner sichtbaren Arena, wer läßt sich schon so was einfallen. In diesen Tagen bin ich zufriedener und sogar froh, weil ich auf seine Antwort warte und darauf, daß er mir sein Video schickt, na ja, auch weil du da bist. Und was wird passieren? Sein Video wird widerlich sein, aber ich werde es mehrere Male anschauen, bis ich mich daran gewöhnt habe, bis ich ihn nicht so schlecht finde und seine Mängel mich schließlich anziehen, das ist der einzige Vorteil der Wiederholung, sie verzerrt alles und macht es vertraut, was im Leben abstößt, ist am Ende anziehend, wenn man es oft genug auf einem Bildschirm sieht. Aber im Grunde werde ich schon wissen, daß dieses Gesicht nichts anderes will als mich eine Nacht ficken und damit basta, wie es bereits erklärt hat, und daß es danach verschwinden wird, ob es mir gefällt oder nicht, ob ich will oder nicht. Ich will ihn sehen, und ich will ihn nicht sehen, ich will ihn kennenlernen, und ich will, daß er weiter ein Unbekannter bleibt, ich will, daß er mir antwortet, und ich will, daß seine Antwort nicht kommt. Aber wenn sie nicht kommt, werde ich verzweifelt sein, werde ich deprimiert sein, ich werde denken, daß ich ihm nicht gefallen habe, als er mich gesehen hat, und das ist immer verletzend. Nie weiß ich, was ich wünschen soll.«

Berta verdeckte ihr Gesicht mit dem offenen Buch, ohne es zu merken: als die Seiten ihr Gesicht berührten, ließ sie es fallen, und dann bedeckte sie es mit den Händen, wie es ihre Absicht gewesen war. Sie weinte nicht, sie verbarg sich nur ein wenig, einen Augenblick lang. Ich hörte auf, *Family Feud* anzusehen, und stand auf und ging zu ihr. Ich hob das Buch vom Boden auf und legte ihr die Hand auf die Schulter. Sie ergriff sie und streichelte sie (aber es war eine Sekunde), um sie dann ganz langsam wegzuschieben oder sanft zurückzuweisen.

Es gab kein Gesicht im Video von ›Nick‹ oder ›Jack‹, der beim dritten Mal ›Bill‹ heißen wollte, ›es kann sein, daß dies mein endgültiger Name ist, vielleicht auch nicht‹, schrieb er immer noch in englisch auf der Karte, die der Aufnahme beigelegt war, und das ›i‹ glich genau dem ›i‹ in ›Nick‹. Vielleicht war es an dem Tag angekommen, an dem es nicht zu Hause ankommen konnte und nicht ankam, aber Berta holte es zwei Tage später ab, als sie im Postfach des nächsten Postamtes nachsah, wo sie ihre persönlichste oder vielleicht unpersönlichste Korrespondenz empfing. Sie hatte noch den Mantel an, als ich an jenem Nachmittag die Wohnung betrat, sie war mir wenige Minuten zuvorgekommen, bestimmt wäre ich vor ihr eingetroffen, wenn sie nicht bei der Post vorbeigegangen und nicht mit dem Schlüssel herumhantiert hätte, der das silbrige Fach öffnete, oder nervös geworden wäre. Sie hielt das Paket in der Hand (das Paket in Form eines Videobandes), hielt es hoch und schwenkte es mit einem Lächeln, um es mir zu zeigen, um es mir mitzuteilen. Sie stand, also hinkte sie nicht.

»Sehen wir es uns heute abend zusammen nach dem Abendessen an?« fragte sie mich vertrauensvoll.

»Heute abend esse ich auswärts. Ich weiß nicht, wann ich zurückkomme.«

»Schön, wenn ich es aushalten kann, warte ich, bis du wiederkommst. Wenn nicht, leg ich es dir auf den Fernseher, und du schaust es dir an, bevor du ins Bett gehst, dann können wir morgen darüber reden.«

»Warum sehen wir es nicht jetzt?«

»Nein, ich bin noch nicht vorbereitet. Ich will ein paar Stunden abwarten, wissen, daß ich es habe, und es noch nicht anschauen. Ich werde versuchen, so lange wie möglich auf dich zu warten.«

Ich war kurz davor, meine Verabredung abzusagen. Berta sah das Video lieber mit mir, um beschützt zu sein, während sie es sah, oder um ihm die visuelle Bedeutung zu geben, die sie ihm verbal schon seit Tagen gab. Das war ein Ereignis, vielleicht ein feierliches, man muß den Dingen Bedeutung geben, die für die Freunde bedeutend sind. Aber meine Verabredung war ein halber Arbeitstermin, ein hoher spanischer Beamter und Freund meines Vaters, zu Besuch in der Stadt, mit einem akzeptablen, unsicheren Englisch, hatte mich gebeten, ihn und seine Frau (sie jünger) zu einem Abendessen mit einem anderen Ehepaar, einem nordamerikanischen Senatsmitglied und seiner nordamerikanischen Frau (sie jünger) zu begleiten, um die Damen zu unterhalten, während die Männer über schmutzige Geschäfte sprachen, und ihm mit Englisch auszuhelfen, wenn er es brauchte, was wahrscheinlich war. Die Damen erwiesen sich nicht nur als jünger, sondern als überkandidelt und vergnügungssüchtig und bestanden nach dem Abendessen darauf, tanzen zu gehen, was sie auch durchsetzten: Sie tanzten stundenlang mit mir und mit anderen (nie mit ihren Ehemännern, die in den Schmutz vertieft waren), und sie tanzten sehr eng, vor allem die Spanierin, deren Brüste gegen meine Brust mir silikonhaltig erschienen, etwa wie nasses Holz, ich wagte nicht, Fingerproben zu machen. Sie besaßen Geld und Lebensart, diese beiden Paare, sie machten Geschäfte, sie injizierten sich Plastik, sie sprachen mit Sachkenntnis über Kuba, sie gingen in Lokale, in denen eng getanzt wurde.

Ich kam nach zwei Uhr heim, zum Glück war am nächsten Tag Sonnabend (eben weil Freitag war, hatte ich mich zu diesem Abend bereitgefunden). Es brannte die Lampe, in deren Licht Berta gelesen hatte und las und die sie anzulassen pflegte, wenn sie zu Bett ging und ich noch nicht gekommen war, oder die ich im umgekehrten Fall anließ. Ich war nicht müde, in meinen Ohren klang noch die Musik, zu der ich mit den beiden vergnügungssüchtigen Damen getanzt hatte, und der Klang der männlichen Stimmen, die Pläne für das neue Kuba schmiedeten (ich hatte etliche Male übersetzt, die Schwierigkeiten des Beamten). Ich schaute auf die Uhr, obwohl ich wußte, wie spät es war, und dann erinnerte ich mich an Bertas Ankündigung, ›Ich werde versuchen, so lange wie möglich auf dich zu warten‹. Sie hatte nicht bis zum Ende des Tanzes auf mich warten können. Auf dem Fernseher lag, wie sie gesagt hatte, ein Videoband mit einer Karte, der Karte von ›Bill‹ (›es kann sein, daß dies mein endgültiger Name ist‹), von der ich bereits gesprochen habe. Das Band war kurz, wie es die persönlichen gewöhnlich sind, es war abgelaufen und nicht zurückgespult worden. Ich legte es ein, um an den Anfang zu kommen, ich hatte noch immer meinen Mantel an. Ich setzte mich auf ihn, wobei ich ihn zerknitterte, die Schöße, das soll man nie tun, danach sieht man wochenlang wie jemand ohne Papiere aus. Ich startete das Video und begann zu schauen, auf meinem Mantel sitzend. Während der drei oder vier aufgenommenen Minuten änderte sich die Einstellung nicht, es war immer dieselbe, die Kamera unbeweglich, und was man sah, war ein gesichtsloser Oberkörper, der Ausschnitt schnitt den Kopf des Mannes oben ab (man sah seinen Hals, den Adamsapfel), und unten reichte er nur bis zur Taille, der Körper aufrecht. Dieser Mann war im Bademantel, ein frisch erworbener oder gewaschener blaßblauer Bademantel, vielleicht einer von denen, die teure Hotels ihren Kunden zur Verfügung stellen. Oder vielleicht nicht, denn in Höhe der Brust, auf der linken Seite, waren zwei diskrete Initialen zu sehen, ›PH‹, vielleicht hieß er Pedro Hernández. Man sah auch seine Unterarme, er hatte sie verschränkt und verbarg dabei die Hände, die Ärmel des Bademantels waren nicht sehr lang, ein Kimono-Modell, das die behaarten, kräftigen und vielleicht langen Arme sehen ließ, verschränkt und reglos, trocken, nicht naß, er war nicht soeben aus der Dusche oder der Badewanne gekommen, der Bademantel diente vielleicht nur dem Zweck, keine erkennbare oder irgendwie signifikante Kleidung zu tragen, eine anonyme Aufmachung: Das einzig Eigene an ihm war eine schwarze, großformatige Uhr am rechten Handgelenk (die Hände unter den Armen), vielleicht ein Linkshänder oder ein Spinner. Er sprach abermals englisch, aber sein Akzent verriet seine spanische Herkunft noch viel stärker als seine Briefe. Dieser Mann konnte nicht glauben, daß er sich auf diese Weise als Amerikaner ausgeben konnte vor einer in New York wohnhaften Spanierin, die als Dolmetscherin arbeitete (aber das wußte er nicht); und dennoch tat er es, die Sprache als Maske, als falsche Fährte, die Stimmen ändern sich leicht, wenn sie eine Sprache sprechen, die nicht ihre ist, ich weiß das sehr gut, auch wenn sie sie unvollkommen sprechen und ohne sich anzustrengen (der Mann sprach nicht schlecht, er hatte nur einen Akzent). Der Kragen des Bademantels ließ ein Dreieck seiner Brust erkennen, ebenfalls stark behaart und mit ein paar weißen Haaren, wenigen, das Haar war vorwiegend dunkel. Mit diesem Bademantel und soviel Haar erinnerte er mich an Sean Connery, den großen Schauspieler, ein Held meiner Kindheit: Wenn er als Agent mit Tötungslizenz auftrat, war er oft in ein Handtuch gewickelt oder im kurzen Morgenmantel oder im Kimono, wenn ich mich recht erinnere. Sofort gab ich dem gesichtslosen Mann das Gesicht von Connery, es ist schwierig, jemanden im Fernsehen sprechen zu hören, ohne sich seine Gesichtszüge vorzustellen. Einmal während der Aufnahme geriet sein Kinn ins Bild, weil er es senkte, wenige Sekunden lang, es schien gespalten, ohne es wirklich zu sein, der Schatten eines Grübchens, eine Kerbe, die Vertiefung im Knochen, aber nicht in der Haut, die sie gleichwohl durchscheinen ließ (ich erinnere mich nicht, ob der Schauspieler Sean Connery ein gespaltenes Kinn hat). Mehr als eine Minute lang sah man das fast reglose Bild des Oberkörpers mit den verschränkten Armen (aber er atmete), und man hörte nichts, als hätte der Mann die Kamera gestartet, bevor er sich seine Worte zurechtgelegt hatte, oder vielleicht überlegte oder memorierte er sie. In Wirklichkeit hörte man ganz im Hintergrund eine Musik, als liefe in der Ferne ein Radio oder ein Fernsehapparat. Ich wollte das Band schon im Schnellverfahren vorspulen, um zu sehen, ob sich das änderte und irgendeine Botschaft kam oder nicht, als ›Bill‹ schließlich zu sprechen begann. Seine Stimme vibrierte. Sie neigte zum Flüstern, aber sie war ein wenig hoch, fast schrill, sie wirkte nicht sehr passend für einen behaarten Mann und natürlich auch nicht für Sean Connery. Sein Adamsapfel bewegte sich. Er machte seltsame Pausen beim Reden, als hätte er seinen Text vor der Konfrontation mit der Videokamera in einfachen kurzen

Sätzen abgefaßt und rezitierte ihn jetzt. Bisweilen wiederholte er sie, es war schwer zu erkennen, ob als Stilmittel oder unfreiwillig, um seine Aussprache zu korrigieren. Die Wirkung war düster. Die Sätze waren nicht nur kurz, sondern sie klangen schneidend. Seine Stimme war wie eine Säge. Seine Stimme war wie die in Havanna durch die Balkontür und die Wand, wie die Guillermos, was übersetzt William ist, dessen Verkleinerungsform Bill ist und nicht Nick oder Jack. ›Ich habe dein Video erhalten, danke‹, sagte diese Stimme in ihrem verständlichen, wenn auch hispanisierten Englisch, in das er übersetzt haben dürfte und aus dem ich jetzt übersetze, nach all der Zeit. ›Es verspricht wirklich viel. Du bist sehr attraktiv. Aber das ist es eben. Daß es nur verspricht. Das genügt nicht. Das genügt nicht. Deshalb schicke ich dir auch etwas Partielles. Unvollständiges. Mein Gesicht zu sehen wäre für dich, wie für mich deinen Körper zu sehen. Deinen Körper. Für euch Frauen zählt das Gesicht. Die Augen. Das sagt ihr. Für die Männer das Gesicht mit Körper. Oder der Körper mit Gesicht. Das ist so. Ich habe dir schon gesagt, daß ich in einer sehr sichtbaren Arena arbeite.‹ (›A very visible arena‹, sagte er abermals, und das letzte Wort sprach er spanisch aus, er konnte es nicht vermeiden aufgrund des spanischen Ursprungs des Wortes. Ich lehnte mich zurück. Ich zerknitterte meinen Mantel noch mehr.) ›Sehr sichtbar. Ich kann mich einer unbekannten Person nicht einfach so zu erkennen geben. Wenn ich nicht überzeugt bin, daß es sich lohnt. Um es zu wissen, muß ich dich ganz sehen. Ganz. Ich muß dich nackt sehen. So genau wie möglich. Du sagst, du hast einen Unfall gehabt. Du sagst, du hinkst ein wenig. Ein wenig. Aber du läßt mich nicht sehen, wie wenig dieses wenig ist. Ich möchte dieses verletzte Bein sehen. Wie es aussieht. Deine Titten sehen. Deine Möse. Wenn möglich, weit offen. Deine Titten sehen. Deine Möse. Sie müssen schön sein. Erst, wenn ich sie gesehen habe, könnten wir eine Verabredung treffen.

Das ist so. Wenn deine Titten und deine Möse und dein Bein mich überzeugen, daß es sich lohnt, das Risiko einzugehen. Wenn es dich noch interessiert. Vielleicht willst du nicht weitermachen. Du wirst denken, daß ich sehr direkt bin. Brutal. Grausam. Ich bin nicht grausam. Ich kann nicht viel Zeit verlieren. Ich kann kein unnötiges Risiko eingehen. Du gefällst mir. Du bist sehr hübsch. Ich meine es wirklich. Du bist sehr hübsch. Du gefällst mir sehr. Aber mit dem, was du mir geschickt hast, weiß ich so wenig von dir wie du jetzt von mir. Ich habe sehr wenig von dir gesehen. Ich bin nicht grausam. Ich will mehr sehen. Schick mir das. Schick es mir. Dann werde ich mich zeigen. Wenn es sich lohnt. Ich glaube, es wird sich lohnen. Ich will dich noch immer ficken. Jetzt noch mehr. Jetzt noch mehr. Das ist so.‹ Die Aufnahme lief noch ein paar Sekunden weiter, nunmehr ohne Stimme, die gleiche Einstellung, das behaarte Dreieck und die verschränkten Arme, die schwarze Uhr am rechten Handgelenk, der ruhige Adamsapfel, der sich beim Sprechen bewegt hatte, die Hände verborgen, ich konnte nicht sehen, ob er einen Ehering am Ringfinger trug wie Guillermo, ich hatte ihn von meinem Balkon aus gesehen. Dann erhob der Oberkörper sich und trat links aus dem Bildfeld hinaus (die ganze Zeit der lange Bademantel), und ein paar Sekunden lang konnte ich sehen, was er bislang verdeckt hatte, ein Kissen, ein ungemachtes großes Bett oder Ehebett, an dessen Fußende er sich für die Filmaufnahme gesetzt hatte. Unmittelbar danach erschienen Streifen auf dem Bildschirm, und der Zeitanzeiger blieb stehen, es war ein neues Band, eines von diesen Fünfzehn- oder Zwanzig-Minuten-Bändern, die allmählich die Briefe beziehungsweise die Fotografien ersetzen, da die Briefe schon längst ersetzt worden sind. Als ich den Bildschirm ausschaltete und sein Licht verlosch, das sehr viel stärker ist als das der Leselampe, sah ich Berta hinter mir, widergespiegelt in dem jetzt dunklen Glas, und drehte mich um. Sie stand im Morgenmantel da, mit müdem oder vielmehr schlaflosem Gesicht, wie viele Male mochte sie das Video vor meiner Ankunft gesehen und gehört haben, und jetzt war sie aus ihrem Schlafzimmer gekommen, um es erneut zu sehen, in meiner Gesellschaft oder während ich es zum erstenmal sah. Sie hatte die Hände in den Taschen des Morgenmantels vergraben, sie war barfuß, das Haar zerwühlt, weil sie sich bestimmt auf dem Kopfkissen hin- und hergewälzt hatte, sie war hübsch, ungeschminkt. Sie würde hinken, wenn sie liefe, sie war barfuß. Sie rührte sich nicht. Die Musik meiner Tänze war aus meinem Kopf verschwunden, aber nicht das Kuba der Unterhaltung. Sie nahm die Hände aus den Taschen und verschränkte die Arme, wie ›Bill‹ es getan hatte, um sich an sie zu wenden und sich nicht zu zeigen; sie lehnte den Rücken gegen die Wand und sagte:

»Du siehst also.«

Mein Mantel sah immer scheußlicher aus. Ich stand auf.

»Ich sehe«, sagte ich.

AN DEN FOLGENDEN Tagen wartete ich, daß Berta erneut von ihm sprechen würde, von ›Nick‹ oder ›Jack‹ oder ›Bill‹ oder ›Sichtbarer Arena‹ oder vielleicht Pedro Hernández oder aber Guillermo von Miriam, obwohl ich sofort dazu neigte, diese Möglichkeit zu vergessen, denn wir mißtrauen immer unserem ersten Eindruck, wenn er sich auf etwas oder jemanden bezieht, der uns einen zweiten und einen dritten und mehr aufzwingt und dessen Worte oder dessen Bild zu lange in unserer Erinnerung bleiben, wie ein tanzbares Lied, das in unserem Denken tanzt. Aber in dieser Zeit, während des Wochenendes unmittelbar danach (den ganzen Sonnabend und Sonntag) sagte Berta nichts oder wollte das Thema nicht ansprechen, sie ging wie abwesend in der Wohnung umher und hinaus, nicht schlechtgelaunt, aber auch nicht gutgelaunt, ohne die heitere Nervosität der Tage des Wartens, vielleicht stellte sie mir mehr Fragen als sonst, nach meinen Plänen, nach meiner noch jungen Ehe und Wohnung, nach meinem Vater und nach Luisa, die sie nur vom Foto und vom Telefon her kannte. Wenn ich oft an ›Bill‹ dachte, dachte ich, dann konnte sie nichts anderes tun, als an ihn zu denken, sie war es, zu der er von seinem Bademantel her gesprochen hatte, sie war es, von der er mehr sehen wollte, bevor er sich bereit fand, sie zu sehen, jener Mann, der so vieler Gewißheiten bedurfte. Niemand benutzte das Videogerät an jenem Wochenende, als wäre dies ein böses Vorzeichen oder als wäre es verpestet, und das Band von ›Bill‹ blieb darin, ohne daß jemand es zurückspulte oder herausnahm, abermals an sein Ende gelangt, wie ich es zunächst vorgefunden und danach zurückgelassen hatte.

Am Montag jedoch, als wir beide morgens wieder zur

Arbeit gegangen waren, fand ich beim Nachhausekommen am Nachmittag Berta vor, die ebenfalls gerade eingetroffen war (die Handtasche noch offen, in der Handtasche der Schlüssel, der Mantel ausgezogen, aber auf dem Sofa), mit dem Video auf dem Bildschirm. Sie schaute es ein weiteres Mal an und ließ es immer wieder stillstehen, vergeblich hielt sie es hier und dort an, denn, wie ich bereits erklärt habe, das Bild blieb unverändert während der drei oder vier Minuten seiner Dauer. Die Tage waren schon ziemlich kurz, es wurde dunkel, es war Montag, die Arbeit der Versammlung war erschöpfend für mich gewesen, ich nahm an, für sie ebenfalls, danach muß man sich ablenken, nicht zuhören. Aber Berta hörte noch immer zu. Ich sagte nichts, ich grüßte nur, ging in mein Zimmer, ging ins Badezimmer, erfrischte mich, als ich in das Wohnzimmer zurückkehrte, studierte sie noch immer das Band, hielt es an und ließ es ein wenig vorlaufen, um es wieder anzuhalten.

»Hast du gemerkt, daß man in einem bestimmten Augenblick sein Kinn sieht?« sagte sie. »Hier.« Sie hatte das Bild erstarren lassen, auf dem ›Bill‹ das Kinn senkte und es im Bildausschnitt sehen ließ.

»Ja, ich hab es schon neulich abend gemerkt«, antwortete ich. »Es ist fast gespalten.«

Sie hielt die Frage eine Sekunde zurück (aber es war nur eine Sekunde).

»Nur daran könntest du ihn nicht erkennen, oder? Wenn du ihn plötzlich sehen würdest, meine ich. Wenn du sein Gesicht an einem anderen Ort sehen würdest.«

»Nein, wie könnte ich das«, sagte ich. »Warum?«

»Nicht einmal, wenn du wüßtest, daß er es ist? Wenn du vorher wüßtest, meine ich, daß er es sein muß.«

Ich schaute das schwebende Kinn auf dem Bildschirm an.

»Wenn ich es wüßte, vielleicht, vielleicht könnte ich es bestätigen. Warum?«

Berta schaltete das Video mit der Fernbedienung ab, und das Bild verschwand (das Bild, das nach ihrem Willen wiederkehren konnte). Ihr Blick war erneut feurig oder beweglich.

»Sieh mal, dieser Typ macht mich neugierig. Er ist ein Scheißkerl, aber ich denke daran, ihm zu schicken, worum er mich bittet. Das habe ich noch nie gemacht, niemand hat gewagt, es so zu verlangen, auf diese Weise, und auf schweinische Darstellungen habe ich nie mit etwas Gleichem von mir geantwortet, das kannst du dir denken. Aber in Wirklichkeit könnte es lustig sein, es einmal zu tun.« Berta wollte nicht angestrengt nach Argumenten suchen, deshalb unterbrach sie sich und änderte einfach den Ton: Sie lächelte. »So würde mein Körper der Nachwelt erhalten bleiben, auch wenn es eine sehr kurze Nachwelt wäre, alle Welt löscht die Bänder am Ende und benutzt sie wieder. Aber ich würde eine Kopie für mein Alter machen.«

»Dein Bein auch für die Nachwelt, oder?« sagte ich.

»Das mit dem Bein werden wir schon sehen, dieser Dreckskerl.« Ihr Gesicht wurde einen Augenblick lang hart, als sie das Schimpfwort hervorstieß (aber es war nur ein Augenblick). »Aber bevor ich mich entschließe, muß ich ihn sehen, muß ich etwas mehr wissen, dieser Bademantel ohne Gesicht ist beängstigend. Ich muß wissen, wie er ist.«

»Aber du kannst ihn erst sehen, wenn du es ihm schickst, sagt er, und auch dann ist es nicht sicher. Er muß dich erst für gut befinden, dieser Dreckskerl.« Mein Gesicht war hart geworden, nehme ich an, seit Beginn der Unterhaltung, nicht nur bei dem Schimpfwort. Seit drei Nächten vielleicht.

»Ich kann nichts tun, weil er mein Video gesehen hat und mein Gesicht schon kennt. Aber dich hat er nicht gesehen; er weiß nicht einmal, daß du existierst. Wir wissen die Nummer seines Postfachs, bei dem er ab und zu vorbeigehen wird. Ich habe schon herausgefunden, wo es ist, es gehört zu Kenmore Station, es ist nicht sehr weit. Du könntest dorthin gehen, das Fach ausmachen, es überwachen, warten und sein Gesicht sehen, wenn er seine Post abholt.«

Berta hatte gesagt ›wir wissen‹, sie schloß mich ein in ihre Neugier und ihr Interesse, oder es war mehr. Sie machte mich ihr gleich.

»Bist du verrückt? Wer weiß denn, wann er da hingeht, er kann tagelang nicht hingehen. Was willst du, daß ich den ganzen Tag in einem Postamt verbringe?«

Bertas Blick verschleierte sich vor Unwillen. Das war nicht häufig bei ihr. Sie hatte entschieden, was zu tun war, sie duldete keinen Widerspruch, nicht einmal einen Einwand.

»Nein, das will ich nicht. Nur, daß du ein paarmal in den nächsten Tagen hingehst, in deiner Freizeit, nach der Arbeit, eine halbe Stunde, vielleicht hast du ja Glück, mehr nicht. Daß du es zumindest versuchst. Wenn du ein paarmal keines hast, nun gut, dann vergessen wir es. Aber probieren können wir es doch. In diesen Tagen wird er auf meine Antwort warten, das Video, das ich ihm noch nicht schicke, vielleicht kommt er täglich vorbei, um zu sehen, ob es gekommen ist. Wenn er wegen Arbeit hier ist, dann wird er vielleicht einen Arbeitstag von neun bis fünf haben, es ist sehr gut möglich, daß er danach zum Postfach geht, nach fünf, so mache ich es gewöhnlich. Vielleicht klappt es ja.« Sie hatte wieder den Plural benutzt, sie hatte gesagt ›dann vergessen wir es‹. Ich schaute sie wohl eher nachdenklich als verärgert an, denn sie fügte, nun ruhig, hinzu, sie lächelte: »Bitte.« Der Halbmond, die Narbe hingegen war sehr blau geworden: Ich war kurz davor, ihr die Wange sauber zu machen.

Dreimal begab ich mich in das Postamt Kenmore Station, das erstemal am folgenden Nachmittag nach der Arbeit, das zweitemal zwei Tage darauf, am Donnerstag jener Woche, ebenfalls nach einem erschöpfenden Tag des Dolmetschens. Ich blieb nicht eine halbe Stunde, wie Berta vorgeschlagen hatte, sondern beide Male fast eine Stunde, Opfer der Angstvorstellung, die immer jene befällt, die vergeblich warten, der Befürchtung, daß just in dem Augenblick, da man geht, die Person kommt, die sich so verspätet hat, so muß es der Mulattin Miriam an jenem heißen Nachmittag in Havanna ergangen sein, als sie mit schleifendem Absatz rasch zur anderen Seite der Esplanade lief und Guillermo nicht erschien und sie nicht fortging. Guillermo erschien nicht am Dienstag und auch nicht am Donnerstag, oder ›Bill‹ oder ›Jack‹ oder ›Nick‹ oder Pedro Hernández. Zum Glück gibt es in New York jederzeit und überall genügend Subjekte mit verdächtigem oder sogar anstößigem Verhalten, so daß niemandem ein Individuum mit Mantel, Zeitung und Buch in einer Zweigstelle auffallen kann, in der geschäftige Leute Pakete abholten oder aufgaben und ab und zu jemand eiligen Schritts und mit einem Schlüssel in der Hand hereinkam, um sein silbriges Fach zu öffnen, den Arm hineinzustecken, herumzutasten und bisweilen eine Ausbeute an Briefumschlägen, bisweilen abermals die leere Hand herauszuziehen. Aber keine dieser eiligen Personen ging auf die P. O. Box 524 zu, die ich sogleich lokalisiert hatte.

»Noch einmal«, bat Berta mich Freitag abend, eine Woche nach Erhalt des Videos, nach sieben Tagen läßt uns das, was uns untergehen ließ, wieder obenauf sein, das passiert zuweilen. »Morgen früh, am Wochenende, vielleicht ist er so beschäftigt, daß er nur sonnabends hingehen kann.«

»Oder vielleicht ist er so frei, daß er in all diesen Tagen zu irgendeiner der vielen Stunden vorbeigekommen ist, in denen ich nicht da war. Das hat keinen Sinn, ich bin jedesmal eine Stunde dagewesen.«

»Ich weiß, und ich danke dir sehr dafür, du weißt nicht, wie sehr. Aber nur noch einmal, bitte, um es am Wochenende zu probieren. Wenn nicht, dann lassen wir es.«

»Aber selbst wenn er kommt. Was hast du davon, daß ich

ihn sehe? Daß ich ihn dir beschreibe? Ich bin kein Schriftsteller. Und wie soll ich wissen, ob er dir gefallen würde. Außerdem könnte ich dich anlügen und dir sagen, daß er gut aussieht, wenn er häßlich ist, oder häßlich, wenn er gut aussieht, was macht dir das schon. Weil er aussieht, wie ich dir erzähle, daß er aussieht, wirst du ihm nicht schicken, was er verlangt, oder es bleiben lassen. Was wirst du tun, wenn ich dir sage, daß er monströs ist oder wie ein Verbrecher aussieht? Das wird egal sein. Vielleicht sage ich es dir in jedem Fall, damit du ihm nichts schickst und keinen Kontakt mehr mit ihm hast.«

Es kam keine Antwort auf meine letzten Sätze, ich nehme an, sie wollte nicht erfahren, warum es mir lieber war, daß sie keinen Kontakt mehr hatte, oder vielmehr, sie wußte es und fand es langweilig, es anzuhören.

»Ich weiß nicht, ich weiß noch nicht, wie ich auf das reagieren werde, was du mir sagst. Aber ich muß etwas mehr wissen, ich ertrage es nicht, daß dieser Kerl mein Gesicht gesehen hat, in meiner Wohnung, und ich nicht seines gesehen habe oder überhaupt jemand es gesehen hat, du, meine ich, die sichtbare Arena, was für ein gerissener Typ. Wenn du ihn gesehen hast, werde ich entscheiden. Ich weiß noch nicht, was, aber dann werde ich entscheiden. Ich würde ja hingehen, aber er würde mich erkennen, und dann würde er bestimmt nichts mehr wissen wollen.«

Zum damaligen Zeitpunkt hätte ich Geld dafür gegeben, nichts zu wissen.

Am nächsten Morgen, am Sonnabend der fünften Woche meines Aufenthalts (es war Oktober), begab ich mich mit der überdimensionalen *New York Times* zur Kenmore Station, bereit, abermals eine Stunde oder sogar länger zu warten: Wer wartet, auch wenn er es lustlos tut, wird schließlich alle seine Möglichkeiten maximal ausschöpfen wollen, warten verdirbt. Ich stellte mich, wie ich es am Dienstag und am Donnerstag getan hatte, neben eine Säule, die mir als Stütze und zum Verbergen des Körpers diente oder um ab und zu einen Fuß auszuruhen (indem ich das Bein anwinkelte, als wollte ich nach hinten ausschlagen), und begann ausführlich die Zeitung zu lesen, wenn auch nicht so sehr, um die Gegenwart jeder Person nicht zu bemerken, die an ihr Postfach herantrat und es zögerlich oder ungeduldig aufschloß und es befriedigt oder mit verhaltener Wut wieder zuschloß. Da Sonnabend war, gab es weniger Leute, und die Schritte klangen weniger verschämt oder persönlicher auf dem Marmorboden, weshalb ich nur den Blick zu heben brauchte jedesmal, wenn ein Benutzer der P. O. Boxes erschien. Nach etwa vierzig Minuten (ich war schon bei den Sportseiten) erklangen Schritte, die lauter und persönlicher waren als die anderen, so als hätten die Sohlen metallische Beschläge oder als trüge eine Frau Schuhe mit hohen Absätzen. Ich hob den Blick und sah raschen Schrittes einen Menschen näherkommen, den ich auf den ersten Blick als Spanier erkannte, mehr als alles andere seiner Hosen wegen, die meines Landes sind unverwechselbar und haben einen besonderen Schnitt, ich weiß nicht, worin er besteht, aber er bewirkt, daß fast alle meine Landsleute zu gerade Beine und einen sehr hohen Hintern zu haben scheinen (ich bin nicht sicher, daß der Schnitt ihnen zum Vorteil gereicht). (Aber all das dachte ich später.) Ohne nach ihm Ausschau halten zu müssen, ging er auf *mein* Postfach zu, Nr. 524, und suchte nach dem Schlüssel in einer Tasche der patriotischen Hose. Er konnte die Nr. 523 oder 525 aufschließen, dachte ich, während er ihn suchte (die Tasche des Feuerzeugs, in der Taille, aber es war eine Sekunde). Er trug einen Schnurrbart, er war insgesamt gut gekleidet, ohne Zweifel war er Europäer (aber er konnte auch New Yorker sein oder aus Neu-England), er mochte etwa fünfzig Jahre alt sein (aber er trug leicht an ihnen oder hatte sie gepflegt), er war ziemlich groß, er ging so rasch an mir vorbei, daß er, als ich sein Gesicht sehen wollte, schon mit dem Rücken zu mir stand, nach dem Schlüssel suchend und seinem Postfach zugewandt. Ich schlug instinktiv die Zeitung zu (ein Fehler), beobachtete ihn (ein weiterer Fehler) und sah, wie er die Nr. 524 aufschloß und mit seinem Arm bis ans Ende des tiefen Faches hineinlangte. Er holte mehrere Umschläge heraus, drei oder vier, keiner konnte schon von Berta sein, also schrieb er sich mit sehr viel mehr Leuten, vielleicht waren alle neugierige Frauen, Leute, die auf *personals* schreiben, beschränken sich nicht auf einen Versuch, obwohl sie sich in einem bestimmten Moment, so wie Berta jetzt (aber vielleicht nicht ›Bill‹), auf eine einzige Person konzentrieren und alle übrigen vergessen können, sämtlich Unbekannte. Er verschloß das Postfach und drehte sich um, während er weder befriedigt noch wütend die Umschläge betrachtete (einer davon kam mir wie ein Paket vor, es konnte nach Form und Größe ein Video sein). Er blieb stehen, nachdem er zwei Schritte getan hatte, dann setzte er sich erneut in Bewegung, wieder rasch, und als er an mir vorbeikam, kreuzte sich sein Blick mit meinem, der nicht mehr auf der Zeitung ruhte. Womöglich erkannte er mich ebenfalls als Spanier, vielleicht meiner Hosen wegen. Er sah mich sehend an, ich meine, er fixierte seinen Blick bewußt einen Augenblick lang, und deshalb, dachte ich, würde er mich wiedererkennen, wenn er mich wiedersähe (wie ich ihn). Vom Schauspieler Sean Connery hatte er außer der Behaarung, die er jetzt nicht sehen ließ (er trug Krawatte und Jackett und über dem Arm einen dunklen Regenmantel, wie jemand, der einen Moment aus dem Auto gestiegen ist, das er nicht fährt), nur die großen Geheimratsecken, die er nicht verbarg, und die Augenbrauen, die stark nach oben gebogen waren und dann auch stark abfielen und sich bis zu den Schläfen hin fortsetzten, wodurch sie ihm, wie Connery, einen scharfsinnigen Ausdruck verliehen. Ich vermochte weder sein Kinn zu sehen noch es zu vergleichen, wohl aber, daß er auf der Stirn markante, wenn auch nicht alt machende Falten hatte, sicher ein Mann, der viel gestikulierte. Er war nicht häßlich, im Gegenteil, wahrscheinlich war er attraktiv oder gutaussehend auf seine Art, auf die Art eines beschäftigten, reifen und entschlossenen Mannes, eines Mannes mit Geld und ein wenig Lebensart (vielleicht frisch erworben): Vermutlich machte er Geschäfte, vielleicht ging er in Lokale, in denen eng getanzt wurde, bestimmt sprach er über Kuba mit Sachkenntnis, wenn er Guillermo war – Guillermo von Miriam. Aber er injizierte sich wohl kein Plastik, sein eigener stechender Blick dürfte es ihm verbieten.

Ich dachte, ich könnte ihm ein wenig folgen, es war eine Art, das Warten zu verlängern, das in Wirklichkeit bereits beendet war. Als ich ihn aus der Zweigstelle hinausgehen sah, als ich kalkuliert hatte, daß die geschlossenen Schwingtüren das Geräusch meiner Schuhe auf dem indiskreten Marmor dämpfen würden, setzte ich mich in Bewegung, ebenfalls raschen Schrittes, um den Abstand nicht zu vergrößern. Von der Eingangstür her sah ich, wie er an ein parkendes Taxi herantrat, vom Bürgersteig aus bezahlte und es entließ, er hatte wohl beschlossen, ein wenig zu Fuß zu gehen, es war ein schöner Tag (er zog sich nicht den Mantel an, er warf ihn sich jetzt über die Schulter, ich sah, daß er von wäßrigem Blau war, pedantisch, ich hatte meinen angezogen, der von der traditionellen Farbe der Regenmäntel ist, cremefarben). Im Gehen schaute er ab und zu die Umschläge an, plötzlich öffnete er einen, ohne den Schritt zu verlangsamen, las rasch seinen Inhalt, zerriß beides, Inhalt und Umschlag, und warf sie in einen Papierkorb, an dem er gleich darauf vorbeikam. Ich wagte nicht, darin herumzuwühlen, ich schämte mich bei dieser Vorstellung und fürchtete, ihn zu verlieren. Er lief weiter, den Blick nach vorne gerichtet, einer dieser Männer, die immer den Kopf hoch tragen, um an Statur zu gewinnen oder dominant zu erscheinen. In der Hand hielt er die anderen beiden Umschläge und das Paket mit Video (bestimmt, es war ein Video). In diesem Augenblick, als ich auf die Hand schaute, sah ich den Ehering am Ringfinger der rechten Hand, anders als ich, der ich ihn seit einigen Monaten an der linken trug, ich war schon dabei, mich daran zu gewöhnen. Abermals ohne den Schritt zu verlangsamen, öffnete er einen weiteren Umschlag und tat das gleiche, was er mit dem ersten getan hatte, aber dieses Mal verwahrte er die Schnipsel in der Jackettasche, vielleicht, weil kein Papierkorb zur Hand war (ein Mann mit Bürgersinn). Er blieb stehen, um eine Bücherauslage in der Fifth Avenue zu betrachten, Scribner's, wenn ich mich recht erinnere, aber ihn interessierte wohl nichts oder nur das Geschäft zog ihn an, denn er ging sogleich weiter. Bei diesem Halt zog er sich den Mantel an, na ja, eher nicht, er legte ihn sich um die Schultern, ohne die Arme in die Ärmel zu stecken, wie Ranz, mein Vater, es sein ganzes Leben getan hat und noch immer tut, aber nicht viele Nordamerikaner es tun würden (nur die Gangster, George Raft). Ich folgte ihm in kurzer Entfernung, sie war sicher kürzer als in solchen Fällen ratsam ist, aber ich war noch nie jemandem gefolgt. Er hatte keinen Grund, Verdacht zu hegen, obwohl er nicht gerade einen Spaziergang machte, er ging zu schnell und blieb eigentlich nur an den Ampeln stehen, und auch das nicht immer, es herrscht weniger Verkehr an den Sonnabenden. Er schien es eilig zu haben, aber doch nicht so sehr, um das Taxi zu benötigen. Er kehrte zu Fuß wohin auch immer zurück, es war offensichtlich, daß er sich an irgendeinen bereits feststehenden Ort begab, womöglich rührten die Eile und das aufgezwungene Warten von dem Paket her, das er in der Hand trug, wahrscheinlich trug dieses Video keinen Absender auf der Verpackung, nur eine Karte innen, vielleicht dachte ›Bill‹, es könnte sich um das meiner Freundin Berta handeln, für ihn ›BSA‹, vielleicht glaubte er, er trage sie in jenem Augenblick nackt in der Hand. Er blieb ein weiteres Mal vor einer Superparfümerie oder riesigen Parfümerie stehen, vielleicht schwindlig geworden von dem vielfachen Duft, den die Mischung aller Marken zusammen auf die Straße entweichen ließ. Er ging hinein, und ich ging nach ihm hinein (an der Tür zu warten kam mir auffallender vor). Dort gab es keine Angestellten zur Bedienung, die Kunden wanderten unkontrolliert umher, wählten ihre Kölnisch Wasser aus und zahlten am Ausgang. Ich sah, wie er vor einem Stand von Nina Ricci stehenblieb, und dort, die Ellbogen einen Moment auf die Glasplatte gestützt, öffnete er den dritten Umschlag und las seinen Brief langsamer: Diesen zerriß er nicht, er landete in der Tasche des Mantels mit der prätentiösen Farbe (der zerrissene Brief kam ins Jackett, er war ein ordentlicher Mensch). Er griff nach einem Probeflacon von Nina Ricci und bestäubte sich das linke Handgelenk, an dem er weder Uhr noch sonst was trug. Er wartete die unerläßlichen Sekunden ab und roch gewissenhaft an ihm, ohne einen sichtlichen Eindruck zu empfangen, denn er ging weiter, bis er zu einem anderen, weniger bedeutenden Stand gelangte, an dem verschiedene Marken koexistierten. Es war Eau de Guerlain, mit dem er sich das andere Handgelenk besprühte – er mußte die schwarze, großformatige Uhr besprengt haben. Er roch daran (am Uhrarmband) nach den bei Kennern üblichen Anstandssekunden, und es schien ihm zu gefallen, denn er beschloß, den Flacon zu erwerben. Er hielt sich noch in der männlichen Abteilung auf, jetzt probierte er zwei Düfte auf der Rückseite seiner beiden Hände aus, bald würden ihm keine Zonen mehr bleiben, die nicht von den ungleichen Düften kontaminiert wären. Er griff nach dem Flacon einer amerikanischen Marke mit biblischem Namen, Jericho oder Jordan oder Jordache, ich erinnere mich nicht, wahrscheinlich wollte er die einheimischen Produkte kennenlernen. Ich nahm Trussardi für Frauen, da ich verheiratet war, könnte ich es immer brauchen, dachte ich (ich dachte oft an Luisa), ich konnte es aber auch Berta schenken (ich nahm einen zweiten Flacon bei diesem Gedanken). Kurz darauf, in der Warteschlange (jeder in seiner Schlange, getrennt durch eine andere dazwischen, er näher als ich an der Kasse, die für ihn zuständig war), wandte er den Kopf und sah mich und erkannte mich ohne Zweifel wieder. Seine Augen waren stechend, wie sie mir schon in dem Postamt erschienen waren, aber sie enthüllten nichts in ihrer Penetranz, weder Verwunderung noch Unbehagen noch Argwohn (noch Furcht noch Drohung), stechend, aber sehr undurchsichtig, als wäre ihre Penetranz blind, als wäre er eine dieser Fernsehgestalten, die sich für intensiv halten und vergessen, daß sie es nicht sein können, wenn sie ständig eine Kamera und niemals einen Menschen anschauen. Er ging hinaus und lief weiter, und ich folgte ihm trotz allem, obwohl ich wußte, daß ich entdeckt war. Jetzt blieb er öfter stehen, tat, als schaute er mehr Schaufenster an, oder verglich die Zeit auf seiner Uhr mit der auf den Straßenuhren und wandte sich um, um mich zu überwachen, ich mußte mich tarnen, indem ich an den Straßenständen Zeitschriften und Hot dogs kaufte, die ich überhaupt nicht wollte. Aber sein Marsch dauerte nicht mehr lange: als er zur 59. Straße gelangte, bog ›Bill‹ rasch nach links ab, und ich verlor ihn ein paar Sekunden aus den Augen, und als ich an die Ecke kam und die Möglichkeit bestand, daß er erneut in mein Gesichtsfeld trat, konnte ich wie durch ein Wunder gerade noch sehen, daß er im Laufschritt die markisenüberspannte Treppe des luxuriösen Hotels Plaza hinaufeilte und, noch immer eiligen Schrittes, in dessen Tür verschwand, gegrüßt von uniformierten und huttragenden Portiers, die er nicht zurückgrüßte. In der Hand trug er sein Video und die Tüte mit seinen Parfümflaschen, ich in meinen Zeitschriften und die überdimensionale *New York Times,* die Tüte mit meinen Parfümflaschen und einen Hot dog. Die Strecke ab der Straßenecke mußte er gerannt sein, in der Hoffnung, rechtzeitig das Hotel zu erreichen, damit ich nicht sehen konnte, welches sein Ziel war: Hotel Plaza der berühmte Name, PH die diskreten Initialen, der Bademantel war geliehen, und er hieß nicht Pedro Hernández.

All das erzählte ich Berta, wenn auch ohne meine Einbildung zu erwähnen, dieses Individuum könnte dasselbe sein, das an einem Nachmittag in Havanna die Mulattin Miriam mit den kräftigen Beinen und der großen Tasche und der Gebärde des Zupackens hatte warten und in Wut geraten lassen, ein verheirateter Mann mit einer kranken oder vielleicht gesunden Frau. Berta hörte alles mit unverhohlener Begeisterung und einem verhaltenen Ausdruck von Triumph an (den Triumph bezog sie vor allem aus dem Enderfolg ihrer Idee, meiner Besuche in der Kenmore Station). Ich war nicht fähig, sie zu belügen und ihr zu sagen, ›Nick‹, ›Jack‹ oder ›Bill‹ sei monströs, er war es nicht, und so sagte ich es ihr. Ich konnte ihr auch nicht sagen, daß er wie ein Verbrecher aussah, das stimmte nicht, und so sagte ich es ihr, obwohl er mir auch nicht gefiel mit seinem angeberischen Mantel, seinen stechenden, unentzifferbaren Augen und seinen Augenbrauen, die wie die von Connery abfielen und anstiegen, und seinem gepflegten Schnurrbart und seinem Kinn mit der verschatteten Vertiefung und seiner Stimme wie eine Säge. Mit dieser Stimme wird er Geschäfte machen und mit Sachkenntnis über Kuba reden. Mit dieser Stimme hatte er Berta verführt. Er gefiel mir nicht. Berta schenkte ich den ersten Flacon Trussardi.

Es vergingen einige Tage, ohne daß Berta oder ich ihn erneut erwähnten (ich schwieg zur Abschreckung, sie stellte vermutlich ihre Berechnungen an), Tage intensiver Arbeit in den Vereinten Nationen: Eines Vormittags mußte ich die Rede des nämlichen hohen Würdenträgers meines Landes übersetzen, dessen Worte ich zu der Zeit entstellt hatte, als ich Luisa kennenlernte. Bei dieser Gelegenheit sah ich davon ab, wir befanden uns in der Vollversammlung, aber während ich sein spanisches Pathos und seine vom Thema abschweifenden und in die Irre gehenden Gedanken ins Englische und in die Kopfhörer der Welt übertrug, dachte ich zwangsläufig an jenes andere Mal und lebhaft an das, was dabei durch meine Vermittlung gesagt worden war, während Luisa in meinem Rücken atmete (sie atmete an meinem linken Ohr wie ein Flüstern und berührte mich fast, ihre Brust fast meinen Rücken). ›Die Leute lieben zu einem Gutteil, weil man sie zu lieben zwingt‹, hatte die englische Staatenlenkerin gesagt. Und dann hatte sie hinzugefügt: ›Jede Beziehung zwischen Menschen ist immer eine Ansammlung von Problemen, Kämpfen, auch von Kränkungen und Demütigungen.‹ Und ein wenig später: ›Jeder zwingt jeden, nicht so sehr, etwas zu tun, was er nicht will, als etwas zu tun, von dem er nicht weiß, ob er es will, denn fast niemand weiß, was er nicht will, und noch weniger, was er will, es ist nicht möglich, das zu wissen.‹ Und sie war fortgefahren, während unser sehr hoher Würdenträger Schweigen bewahrte, vielleicht schon überdrüssig dieser Rede oder als wäre er dabei, etwas zu lernen: ›Manchmal zwingt sie etwas Äußeres oder jemand, der nicht mehr in ihren Leben ist, die Vergangenheit zwingt sie, ihre Unzufriedenheit, ihre eigene Geschichte, ihre glücklose Biografie. Oder sogar Dinge, von denen sie nichts wissen und die sie nicht wissen können, der Teil unseres Erbes, den wir alle in uns tragen und nicht kennen, wer weiß, wann dieser Prozeß begonnen hat...‹ Und zum Schluß hatte sie gesagt: ›Manchmal frage ich mich, ob es nicht besser wäre, wenn wir alle still wären, wenn wir alle tot wären, schließlich und endlich ist das das einzige, was wir im Grunde wollen, die einzige künftige Vorstellung, an die wir uns allmählich gewöhnen, und sie läßt weder Raum für Zweifel noch für vorweggenommene Reue.‹ Unser Staatenlenker war stumm geblieben, und die hohe englische Würdenträgerin, die in jenen Herbsttagen bereits Amt und Würden verloren hatte und nicht an der New Yorker Versammlung teilnahm, war nach ihrem falschen Selbstgespräch errötet, als sie das ausgedehnte Schweigen gewahrte, das ihm folgte und sie aus ihrer gefühlsseligen Trance erwachen ließ. Und dann hatte ich ihnen ein weiteres Mal geholfen und hatte ihr einen inexistenten Vorschlag in den Mund gelegt: ›Warum gehen wir nicht hinaus und machen einen Spaziergang durch den Garten? Es ist ein glorreicher Tag.‹ (Ich hatte diesen Anglizismus erfunden, um dem Satz Glaubwürdigkeit zu verleihen.) Und wir vier waren im Garten spazierengegangen an jenem so glorreichen Vormittag, an dem Luisa und ich uns kennenlernten.

Jetzt war unser hoher Würdenträger noch immer in Amt und Würden, vielleicht dank seines Pathos und seiner vom Thema abschweifenden Gedanken, die ebenso in die Irre gingen wie die der englischen Staatenlenkerin, aber ihr hatten sie nicht geholfen, ihren zu bewahren (wahrscheinlich war sie eine depressive und zweifellos eine nachdenkliche Frau, und damit gräbt man sich in der Politik das eigene Grab). Nach der Rede begegnete ich ihm in einem Flur, umringt von seinem Gefolge (mein Turnus war beendet, und er wurde unaufrichtig zu seiner hochtrabenden Rede beglückwünscht), und da ich ihn kannte, kam mir der Gedanke, ihn mit ausgestreckter Hand zu begrüßen, während ich ihn mit seinem Amtstitel ansprach, vor den ich das Wort ›Herr‹ setzte. Es war eine naive Idee. Er erkannte mich überhaupt nicht, obwohl ich einst seine Worte verdreht und ihn erfundene Dinge hatte sagen lassen, die ihm niemals in den Sinn gekommen wären, und zwei Leibwächter packten unverzüglich meine ausgestreckte Hand und die nicht ausgestreckte und drehten sie mir auf den Rücken, wo sie sie mit solcher Gewalt festhielten (sie zerquetschten, mich kaputt machten), daß ich mich einen Augenblick lang schon gefesselt, das heißt in Handschellen fühlte. Ein oberster Beamter der Vereinten Nationen, der mich wohl bemerkt hatte und sich gerade in der Nähe befand, identifizierte mich zum Glück sofort als den Dolmetscher, und so erreichte er meine Freigabe durch jene, die unserem allerhöchsten Würdenträger den Rücken deckten.

Dieser ging schon den Flur hinunter mitsamt seinen verlogenen Glückwünschen und einem unangebrachten Schlüsselgerassel (er hatte es mit seinem Schlüsselbund, er spielte mit ihm in der Tasche herum). Als ich ihn sich entfernen sah, bemerkte ich, daß seine Hose ebenfalls landsmännisch war, sie hatte Teil an dem berühmten, unverwechselbaren Schnitt. Das Gegenteil wäre nicht gut gewesen bei einem so repräsentativen Repräsentanten unseres fernen Landes.

Ich erzählte Berta diese Anekdote an jenem Abend zu Hause, und sie, anders als sonst, wenn ich ihr Anekdoten erzählte, hörte nicht amüsiert und auch nicht erstaunt zu und noch weniger mit Begeisterung, in Gedanken bei dem, was ihr an jenem Tag oder seit mehreren Tagen durch den Kopf gegangen sein mochte, ein Plan, ›Bill‹ ohne Zweifel.

»Würdest du mir helfen, das Video zu drehen?« fragte sie mich unvermittelt, als ich meine Episode zu Ende erzählt hatte.

»Dir helfen? Was für ein Video?«

»Komm, stell dich nicht dumm. Das Video. Ich werde es ihm schicken. Ich habe beschlossen, es ihm zu schicken. Aber bei so einem kann ich mich nicht selbst filmen, das würde nicht gut werden. Die Bildausschnitte und das alles, die Kamera darf nicht starr sein, sie muß sich bewegen. Würdest du mir helfen?« Sie hatte in leichtem, fast amüsiertem Ton gesprochen. Ich sah sie anscheinend mit einem idiotischen Ausdruck an, denn sie fügte hinzu (und der Ton war nicht mehr leicht): »Mach nicht so ein idiotisches Gesicht und antworte mir. Wirst du mir helfen? Es ist doch klar, wenn wir es ihm nicht schicken, dann wird er nichts mehr von sich hören lassen.«

Ich sagte (am Anfang überlegte ich meine Worte nicht): »Na und? Ist das so schlimm? Wer ist er denn? Denk mal darüber nach. Wer ist er? Was hat er für eine Bedeutung, wenn wir ihm keine geben? Noch können wir ihm keine geben, noch ist er niemand, du hast nicht einmal sein Gesicht gesehen.«

Sie hatte abermals den Plural benutzt: ›wenn wir es ihm nicht schicken‹, hatte sie gesagt, und damit meine Beteiligung schon vorausgesetzt. Vielleicht war es nicht mehr so ungerechtfertigt, daß sie ihn benutzte, seitdem ich in der Kenmore Station und an anderen Orten gewesen war, bis hin zur Markise des Hotels Plaza. Auch ich hatte ihn benutzt, durch Anpassung, durch Ansteckung, ›wenn wir ihm keine geben‹, ›noch können wir ihm keine geben‹. Ich hatte es ohne Absicht getan.

»Für mich hat er Bedeutung, für mich ist es sehr schlimm.«

Ich schaltete den Fernseher ein, es war die Zeit von *Family Feud,* eines täglichen Programms, die Bilder würden dazu beitragen, die ärgerliche Stimmung zu dämpfen, die im Entstehen war, vielleicht die Worte zum Verstummen bringen, es ist unmöglich, nicht von Zeit zu Zeit auf einen eingeschalteten Bildschirm zu schauen.

»Warum versuchst du nicht, ein Treffen auszuhandeln? Schreib ihm noch mal, vielleicht antwortet er, auch wenn du ihm nicht schickst, was er von dir verlangt.«

»Ich will nicht noch mehr Zeit verlieren. Wirst du mir helfen oder nicht?«

Ihr Ton hatte jetzt nichts Leichtes, er war befehlend, oder beinahe. Ich schaute auf den Bildschirm. Ich sagte:

»Ich würde es lieber nicht tun.«

Sie schaute ebenfalls. Sie sagte:

»Ich habe niemanden sonst, den ich darum bitten könnte.«

Dann schwieg sie den ganzen Abend lang, aber nicht in

meiner Gesellschaft, sondern zwischen der Küche und ihrem Schlafzimmer. Wenn sie vorbeiging, roch sie nach Trussardi.

Aber während des Wochenendes waren wir, wie immer, mehr zu Hause zusammen (es war das sechste meines Aufenthalts, der Augenblick meiner Rückkehr nach Madrid, in meine neue Wohnung zu Luisa, rückte näher, ich sprach zweimal die Woche mit ihr, immer über nichts, wie eilige und leicht verliebte und außerdem interkontinentale Unterhaltungen sind), und am Sonnabend drang Berta erneut in mich. »Ich muß dieses Video machen«, sagte sie, »du mußt mir helfen.« An jenen letzten Tagen hatte sie ein wenig stärker gehinkt als sonst, als wollte sie unbewußt mein Mitleid erregen. Es war absurd. Ich antwortete nicht, und sie fuhr fort: »Ich kann niemand sonst darum bitten. Ich habe überlegt, der einzige Mensch, zu dem ich Vertrauen hätte, ist Julia, aber sie weiß nichts von der ganzen Sache, sie weiß von der Agentur und daß ich auf *personals* schreibe und daß ich ab und zu mit jemandem ausgehe, mit dem sich nie was ergibt, aber sie weiß nicht einmal, daß ich Videos schikke und bekomme oder daß ich mit jemandem ins Bett gehe. Sie weiß nichts von Sichtbarer Arena, du dagegen hast von Anfang an alles mitbekommen, du hast sogar sein Gesicht gesehen, zwing mich jetzt nicht, das alles jemand anderem zu erzählen, die Leute reden am Ende immer. Ich würde mich schämen, wenn die Kollegen es wüßten. Du mußt mir helfen.« Sie machte eine Pause und zögerte, ob sie sagen sollte, was sie schließlich sagte (der Wille immer langsamer als die Zunge): »Schließlich und endlich hast du mich nackt gesehen, das ist noch ein Vorteil.«

›Jede Beziehung zwischen Menschen ist immer eine Ansammlung von Problemen, Kämpfen, auch von Kränkungen und Demütigungen‹, dachte ich. ›Jeder zwingt jeden‹, dachte ich. ›Dieses Individuum Bill hat Berta bereits gezwungen, und Berta versucht, mich zu zwingen, Bill hat gekämpft, er hat sie auch gekränkt, und er hat sie vor dem Kennenlernen bereits gedemütigt, vielleicht macht sie es sich nicht klar oder es ist ihr im Grunde egal, sie hat sich darin eingerichtet, Berta kämpft mit mir, um mich zu überreden, wie Miriam mit Guillermo, damit er sie heiratet, und vielleicht Guillermo mit seiner spanischen Frau, damit sie endlich stirbt, er kämpft für ihren Tod. Ich habe mit Luisa gekämpft und sie gezwungen oder Luisa mich, es ist nicht klar, gegen wen mochte mein Vater kämpfen oder wer mochte ihn kränken oder zwingen, oder wie kam es, daß es in seinem Leben zwei Tode gibt, vielleicht hat er für einen gekämpft, ich will es nicht wissen, die Welt ist harmlos, wenn man nicht weiß, es wäre nicht besser, wenn wir alle still wären. Aber auch wenn wir still sind, gibt es Probleme und Kämpfe und Demütigungen und Kränkungen und auch Zwänge, bisweilen zwingen wir uns selbst, Pflichtgefühl heißt das, vielleicht besteht meine Pflicht darin, Berta bei dem zu helfen, worum sie mich bittet, man muß dem Bedeutung geben, was für die Freunde bedeutend ist, wenn ich mich weigere, ihr zu helfen, werde ich sie kränken und demütigen, jede Weigerung ist immer eine Kränkung und ein Kampf, und es stimmt, daß ich sie nackt gesehen habe, aber das war vor langer Zeit, ich weiß es, aber ich erinnere mich nicht daran, es sind fünfzehn Jahre vergangen, und sie ist älter und hinkt, sie war jung damals und hatte keine Unfälle erlitten, und ihre Beine waren gleich, weshalb mußte sie bloß darauf zurückkommen, niemals haben wir unsere so minimale Vergangenheit erwähnt, minimal an sich und angesichts der so langen Gegenwart, auch ich war jung, das ist geschehen und gleichzeitig nicht geschehen, wie alles, warum handeln oder nicht handeln, warum ja oder nein sagen, warum sich Mühe geben mit einem Vielleicht oder Womöglich, warum sprechen, warum schweigen, warum sich weigern, warum etwas wissen, wenn nichts von dem, was geschieht, geschieht, weil nichts ununterbrochen geschieht, nichts dauert oder beharrt unaufhörlich oder läßt sich unaufhörlich erinnern, was sich ergibt, ist identisch mit dem, was sich nicht ergibt, was wir ausschließen oder vorbeigehen lassen, identisch mit dem, was wir nehmen und ergreifen, was wir erfahren, identisch mit dem, was wir nicht ausprobieren, wir verwenden unsere ganze Intelligenz und unsere Sinne und unser Bestreben auf die Aufgabe, zu unterscheiden, was gleich sein wird oder es schon ist, und deshalb sind wir reich an Reuegefühlen und verpaßten Gelegenheiten, an Bestätigungen und Bekräftigungen und genutzten Gelegenheiten, wo es doch so ist, daß nichts Bestand hat und alles verlorengeht. Oder vielleicht gibt es nie etwas.‹

»Ist gut, aber machen wir es rasch, jetzt gleich«, sagte ich zu Berta. »Beeilen wir uns.« Und ich benutzte den Plural in meinen Sätzen, vollauf berechtigt.

»Du machst es?« sagte sie mit unverhohlener, plötzlicher Dankbarkeit und mit Erleichterung.

»Sag mir, was ich tun soll, und ich werde es tun. Aber rasch, komm, mach dich fertig, je eher wir anfangen und fertig sind, um so besser.«

Berta kam zu mir und drückte mir einen Kuß auf die Wange. Sie verließ das Wohnzimmer und holte ihre Kamera, aber wir gingen sogleich in das Zimmer zurück, aus dem sie sie geholt hatte, denn sie wählte als Schauplatz ihr Schlafzimmer, das ungemachte Bett. Wir waren beim Frühstück, es war noch Vormittag.

Dieser Körper hatte nichts zu tun mit dem, an den ich mich erinnerte oder an den ich mich nicht mehr erinnerte, obwohl ich ihn in Wahrheit nur durch die Kamera anschaute, um die Ausschnitte und Großaufnahmen zu machen, die sie mir vorschlug, als wäre der indirekte Blick auf ihn eine Art, ihn nicht zu betrachten, jedesmal, wenn wir die Aufnahme einige Sekunden unterbrachen, um eine neue Positur auszudenken oder die Einstellung zu verändern (ich, sie zu verändern, sie, sie auszudenken), schaute ich auf den

Boden oder in den Hintergrund, zur Wand und zum Kissen, über ihre Gestalt hinweg, mit meinem undurchsichtigen Blick. Berta hatte sich zunächst an das Fußende des Bettes gesetzt, wie ›Bill‹ es in seinem hellblauen Bademantel getan hatte, und auch darin hatte Berta ihn nachgeahmt, sie hatte sich ihren eigenen Bademantel angezogen (der weiß war), nachdem sie mich gebeten hatte zu warten, bis sie sich geduscht hatte, sie kam mit feuchtem Haar und geschlossenem Bademantel heraus, später öffnete sie ihn ein wenig, sie ließ ihn in Brusthöhe allmählich auseinanderklaffen, mit noch immer zugebundenem Gürtel, ich erinnerte mich nicht an diese durch den Lauf der Zeit oder vielleicht durch die Berührung gewachsenen oder vollkommener gewordenen Brüste, ich konnte nicht glauben, daß es ein injizierter Busen war, es schien, als hätte er sich verwandelt oder wäre mütterlich geworden, seitdem ich ihn nicht mehr sah, und deshalb kam ich mir nicht nur indiskret vor, sondern war auch verwirrt (vielleicht wie ein Vater, der aufhörte, seine Tochter nackt zu sehen, als die Tochter aufhörte, ein Kind zu sein, und sie plötzlich als Erwachsene sieht, durch Zufall oder durch ein Unglück). Ihr ganzer Körper, den ich durch das Objektiv sah, war kräftiger als der, den ich vor nunmehr fünfzehn Jahren in Madrid umarmt hatte, vielleicht hatte sie Schwimmsport oder Gymnastik betrieben in den zwölf Jahren, die sie in Amerika lebte, ein Land, in dem die Körper gepflegt und modelliert werden, nur das. Aber außer kraftvoller war er auch älter, die Farbe gedunkelt, wie die Haut der Frucht dunkler wird, wenn sie zu faulen beginnt, die Falten an den Achseln, in der Taille, die Haut mit Streifen in einigen Zonen durch die verschatteten Risse, die man nur aus großer Nähe gewahrt (die Streifen fast weiß, als wären sie mit feinstem Pinsel auf Holz gemalt), die so kräftigen Brüste selbst, zu stark auseinanderstrebend, ihr Tal verbreitert, würden bestimmte Dekolletes nicht gut verkraften. Berta hatte die Scham beiseite gelassen, oder so schien es, im Gegensatz zu mir, ich bemühte mich daran zu denken, daß ich dies für andere Augen filmte, die Augen von ›Bill‹ oder Guillermo, die stechenden und unentzifferbaren Augen des Individuums aus dem Hotel Plaza, PH, sein penetranter und zugleich undurchsichtiger Blick würde sehen, was ich jetzt sah, für ihn war es bestimmt, nicht für meinen undurchsichtigen, aber nicht penetranten, ich sah es nicht, obwohl es der von mir gewählte Blickwinkel war, den er zu sehen bekäme, es hing von mir ab (aber auch von Berta), was er später auf seinem Bildschirm sehen würde, nicht mehr und nicht weniger, nur, was wir beschließen, was wir für die so kurze Nachwelt aufnehmen würden. Berta hatte ihren Bademantel bis zur Taille herabgleiten lassen, mit noch immer zugebundenem Gürtel, die Beine von den Mantelschößen bedeckt, nur der Oberkörper entblößt (aber völlig entblößt). Ich filmte ihr Gesicht nur nebenbei, bei einer Bewegung der Videokamera, die es erfaßte, vielleicht mit dem Wunsch, das bekannte Gesicht (Nase, Augen und Mund; Kinn, Stirn und Wangen, es ist das ganze Gesicht) vom unbekannten Körper abzugrenzen, der Körper älter und stärker, oder er war nur vergessen. Er glich nicht dem Luisas, welcher der Körper ist, an den ich gewöhnt war und bin, obwohl mir in dem Augenblick klar wurde, daß ich den Körper Luisas niemals mit solcher Genauigkeit betrachtet hatte, durch eine Kamera, der Körper Bertas war wie nasses Holz, in das man Messer rammt, der Luisas wie indiskreter Marmor, auf dem die Schritte hallen, jünger und weniger erschöpft, weniger ausdrucksvoll und unversehrter. Wir sprachen nicht, während ich filmte, das Video nahm die Stimmen auf, vielleicht gab es für meine Freundin Berta kein Amüsement und auch keine Erleichterung mehr, für mich hatte es sie nie gegeben, Stimmen setzen das Geschehen herab, das Kommentieren verwischt die Tatsachen, auch ihr Erzählen, wir machten eine Pause, ich hörte mit dem Filmen auf, alles dauerte nur kurz, es ging nur darum, ein paar Minuten aufzunehmen, aber wir waren noch nicht fertig. Ich schaute immer mehr mit den Augen von ›Bill‹, die ich gesehen hatte, aber Berta nicht, es waren nicht meine, sondern seine, niemand könnte mich beschuldigen, mit diesem Blick geschaut zu haben, sehend gesehen zu haben, wie ich zuvor gesagt habe, denn nicht ich war es genaugenommen, sondern er durch meine Augen, die seinen und die meinen undurchsichtig, die meinen immer penetranter. Aber sie kannte diese Augen nicht, wir waren noch nicht fertig. »Die Möse«, sagte ich zu Berta, und ich weiß nicht, wie ich es ihr sagte, wie ich wagte, es ihr zu sagen, aber ich tat es: »Uns fehlt die Möse«, sagte ich und benutzte den Plural, um mich einzubeziehen oder vielleicht um abzumildern, was ich sagte, nur zwei Wörter, dann vier, die beiden ersten im zweiten Satz wiederholt (womöglich sprach ich mit dem Mund von ›Bill‹). Berta antwortete nicht, sie sagte nichts, ich weiß nicht, ob sie mich anschaute, ich schaute nicht auf sie (in diesem Augenblick filmte ich nicht), sondern zum Hintergrund, zur Wand und zum Kissen, von dem aus die Kranken und Frischverheirateten schließlich die Welt betrachten, auch die Liebenden. Sie löste den Gürtel und schlug den Bademantel auch auf Bauchhöhe auseinander, sie hielt die Beine noch immer mit den Mantelschößen bedeckt, das heißt, sie ließ das Innere der Oberschenkel, aber nicht ihre Oberseite und nichts weiter unten sehen, den Rest, die Mantelschöße fielen senkrecht wie eine blaßblaue Kaskade herab und verbargen die Extremitäten (oder es war eine weiße Kaskade), eine länger und die andere kürzer, eine kürzer und die andere länger, und ich filmte, mich nähernd, ein paar Sekunden Video für die flüchtige Nachwelt, Berta würde eine Kopie machen, sie hatte es gesagt. Sie schloß sofort den Bademantel, sobald ich das Ende ihrer Oberschenkel aufgenommen hatte, und ich zog mich mit der Kamera ein wenig zurück. Ich dachte, daß ihre Narbe bestimmt dunkelviolett war, ich schaute sie noch immer nicht an, ich mußte ihr noch etwas sagen, wir waren noch nicht fertig, uns fehlte noch etwas von dem, was ›Bill‹, ›Jack‹ oder ›Nick‹ von uns gefordert hatte, uns fehlte das Bein. Ich zündete die Zigarette an, und dabei fiel ein wenig Glut auf das ungemachte Bett, aber sie war bereits erloschen und fraß sich nicht in das Laken. Und dann brachte ich es fertig, es ihr zu sagen, oder ›Bill‹ sagte es ihr, oder Guillermo sagte es ihr mit unserer Stimme wie eine Säge. »Das Bein«, sagten wir zu ihr, sagte ich zu ihr. »Uns fehlt das Bein«, sagten wir, »erinnere dich daran, daß Bill es sehen will.«

WENN ICH MICH jetzt an all das erinnere, dann deshalb, weil das, was danach, ganz kurz danach und noch immer in New York, geschah, in einer Hinsicht (aber ich glaube, nur in einer, oder es waren zweierlei oder dreierlei) dem glich, was noch später (aber wenig später) geschah, als ich wieder nach Madrid zu Luisa zurückgekehrt war und stärker und vielleicht mit mehr Grund wieder das Vorgefühl einer Katastrophe in mir auflebte, das mich seit der Hochzeitszeremonie begleitet hatte und sich noch immer nicht verflüchtigt hat (nicht ganz zumindest, oder womöglich geht es niemals weg). Es kann aber auch sein, daß es sich um ein drittes Unbehagen handelt, ein anderes als die beiden, die ich während der Hochzeitsreise (vor allem in Havanna) und sogar vorher empfunden hatte, ein neues unangenehmes Gefühl, das indes, wie das zweite, möglicherweise ausgedacht oder eingebildet oder erfunden war, die notwendige oder unzureichende Antwort auf die erschreckende Frage des anfänglichen Unbehagens, ›Und was jetzt?‹, eine Frage, die immer wieder beantwortet wird und dennoch immer wiederkehrt oder sich selbst wiederherstellt oder immer da ist, unversehrt nach jeder Antwort, wie das Märchen von der guten Pfeife, das man allen Kindern zu ihrer Verzweiflung erzählt hat und das meine Großmutter aus Havanna mir an den Nachmittagen erzählte, an denen meine Mutter mich bei ihr ließ, Nachmittage, die mit Liedern und Spielen und Märchen und unfreiwilligen Blicken auf die Bilder der Toten vorbeigingen, oder an denen sie zusah, wie die vergangene Zeit verging. ›Soll ich dir das Märchen von der guten Pfeife erzählen?‹ sagte meine Großmutter mit gütiger Boshaftigkeit. ›Ja‹, antwortete ich wie alle Kinder. ›Ich frage dich nicht, ob ja oder nein, sondern ob du willst, daß ich dir das Märchen von der guten Pfeife erzähle‹, fuhr meine Großmutter lachend fort. ›Nein‹, änderte ich die Antwort wie alle Kinder. ›Ich frage dich nicht, ob nein oder ja, sondern ob du willst, daß ich das Märchen von der guten Pfeife erzähle‹, sagte mein Großmutter und lachte immer mehr, und so ging es weiter bis zur Verzweiflung und zum Überdruß, denn dem verzweifelten Kind fällt niemals die Antwort ein, die den Zauber lösen würde, ›Ich will, daß du mir das Märchen von der guten Pfeife erzählst‹, die pure Wiederholung als Rettung, die Äußerung, die dem Kind nicht einfällt, weil es noch immer im Ja und im Nein lebt und sich nicht mit einem vielleicht oder womöglich plagt. Aber jene andere Frage von damals und von heute ist schlimmer, und es nützt nichts, sie zu wiederholen, so wie es nichts nützte oder sie nicht beantwortete oder aufhob, daß ich sie an meinen Vater zurückgab im Kasino in der Alcala 15, als er sie mir mit lauter Stimme stellte, wir beide allein in einem Zimmer nach meiner Hochzeit. ›Das frage ich mich auch‹, hatte ich gesagt. ›Und was jetzt.‹ Die einzige Möglichkeit, sich von dieser Frage zu befreien, besteht nicht darin, sie zu wiederholen, sondern darin, daß sie nicht existiert, daß man sie sich nicht stellt noch irgend jemandem erlaubt, sie zu stellen. Aber das ist unmöglich, und vielleicht deshalb, um sie sich zu beantworten, muß man Probleme erfinden und Ängste leiden und Verdacht hegen und an die abstrakte Zukunft denken, so hirnkrank oder so krankhaft mit dem Hirn denken, *›so brainsickly of things‹*, wovon man Macbeth abriet, sehen, was es nicht gibt, damit es etwas gibt, Krankheit oder Tod, Verlassenwerden oder Verrat fürchten und sich Gefahren erschaffen, sei es auch über eine Mittelsperson, sei es auch analog oder symbolisch, und vielleicht ist das der Grund, weshalb wir Romane und Chroniken lesen und Filme anschauen, die Suche nach der Analogie, dem Symbol, die Suche nach dem Wiedererkennen, nicht nach Erkennen. Erzählen entstellt, die Dinge erzählen entstellt die Dinge und verdreht sie und verneint sie fast, alles Erzählte wird unwirklich und ungefähr, auch wenn es wahrhaftig ist, die Wahrheit hängt nicht davon ab, daß die Dinge *waren* oder geschehen sind, sondern davon, daß sie verborgen bleiben und unbekannt sind und nicht erzählt werden, sobald sie berichtet werden oder erscheinen oder sich zeigen, selbst im scheinbar Wirklichsten, im Fernsehen oder in der Zeitung, in dem, was Wirklichkeit oder Leben oder sogar wirkliches Leben genannt wird, werden sie Teil der Analogie und des Symbols und sind keine Tatsachen mehr, sondern Momente des Wiedererkennens. Die Wahrheit glänzt nie, wie es heißt, denn die einzige Wahrheit ist die, welche nicht gekannt oder übermittelt, welche nicht in Worte oder Bilder übertragen wird, die verdeckte und nicht erkundete, und vielleicht wird deshalb soviel erzählt oder alles erzählt, damit nie etwas geschehen ist, wenn es erzählt wird.

Was nach meiner Rückkehr geschah, weiß ich nicht genau, oder besser gesagt, ich weiß nicht und werde vielleicht erst in vielen Jahren wissen, was während meiner Abwesenheit vorgefallen ist. Ich weiß nur, daß ich in einer Regennacht, zu Hause mit Luisa, als eine Woche seit meiner Rückkehr aus New York nach acht Wochen Arbeit und Zusammensein mit Berta vergangen war, aus dem Bett aufstand und das Kissen verließ und zum Kühlschrank ging. Es war kalt oder der Kühlschrank ließ mich frieren, ich ging ins Badezimmer und zog mir einen Hausmantel an (ich war versucht, den Bademantel als Hausmantel zu benutzen, aber ich tat es nicht), und dann, während Luisa ihrerseits ins Badezimmer ging, um sich zu waschen, blieb ich eine Weile in dem Zimmer stehen, in dem ich arbeite, und sah mir stehend einige Texte an, die Coca-Cola in der Hand und schon schläfrig. Der Regen fiel, wie so oft im wolkenlosen Madrid, eintönig und ermüdend und ohne Wind, der ihn auffahren läßt, als wüßte er, daß er Tage dauern wird und hätte weder Wut noch Eile. Ich schaute hinaus auf die Bäume und die Lichtkegel der gebogenen Straßenlampen, die den herabströmenden Regen erleuchten und ihn silbrig erscheinen lassen, und dann sah ich eine Gestalt an derselben Ecke, an die sich später der alte Drehorgelspieler und die Zigeunerin mit Zopf und Plastikteller stellten, dieselbe Ecke, die nur teilweise von meinem Fenster aus sichtbar ist, die Gestalt eines Mannes, der sich im Gegensatz zu den beiden ganz in meinem Gesichtsfeld befand, denn er schützte sich vor dem Wasser – mehr schlecht als recht – unter der Dachtraufe des Gebäudes, das mir nicht das Licht nimmt und das wir gegenüber haben und an dessen Wand er sich drängte, entfernt von der Fahrbahn, schwerlich könnte ihn ein Wagen überfahren, und es war kaum Verkehr. Er schützte sich auch mit einem Hut, was in Madrid ein seltsamer Anblick ist, wenn auch etwas weniger an Regentagen, einige ältere Herren, wie Ranz, mein Vater, setzen sich einen auf. Jene Gestalt (das sieht man sofort) war nicht die eines älteren Herrn, sondern die eines noch jungen, großen und aufrechten Mannes. Die Krempe seines Hutes und die Dunkelheit und die Entfernung erlaubten mir nicht, sein Gesicht zu sehen, ich meine, seine Gesichtszüge zu erkennen (ich sah den weißen Fleck eines beliebigen Gesichts im Dunkeln, seines war weit vom nächsten Lichtkegel entfernt), denn was mich veranlaßte, ihn eingehender zu betrachten, war gerade die Tatsache, daß er den Kopf erhoben hatte und nach oben schaute, er schaute genau – oder das glaubte ich – zu unseren Fenstern, besser gesagt, zu dem, das jetzt zu meiner Linken lag und das unseres Schlafzimmers war. Der Mann konnte von seiner Position aus nichts im Innern dieses Zimmers sehen, das einzige, was er sehen konnte – und vielleicht beobachtete –, war, ob Licht in ihm brannte oder nicht, oder vielleicht – dachte ich – den Schatten unserer Gestalten, Luisas oder meiner, wenn wir nahe genug ans Fenster traten oder es getan hätten, ich erinnerte mich nicht. Er konnte auf ein Zeichen warten, ein Zeichen mit den Lichtern, die ein- und ausgeschaltet werden, wie bei den Augen, man hat seit unvordenklichen Zeiten Zeichen gemacht, die Augen öffnen und schließen und in der Ferne Fackeln schwenken. In Wirklichkeit erkannte ich ihn sofort, obwohl ich seine Gesichtszüge nicht sah, die Gestalten der Kindheit sind überall und jederzeit auf den ersten Blick unverwechselbar, auch wenn sie sich seitdem verändert haben oder gewachsen oder gealtert sind. Aber ich zögerte einige Sekunden, bevor ich es mir eingestand, bevor ich mir eingestand, daß ich unter der Dachtraufe und dem Regen Custardoy den Jüngeren erkannte, der zu unserem intimsten Fenster schaute, der wartete und Ausschau hielt, wie ein Verliebter, ein wenig wie Miriam oder wie ich selbst vor ein paar Tagen, Miriam und ich in anderen Städten jenseits des Ozeans, Custardoy hier, an der Ecke meines Hauses. Ich hatte nicht wie ein Verliebter gewartet, aber doch wohl darauf, daß das gleiche ein Ende fand, auf dessen Ende womöglich Custardoy wartete, darauf, daß Luisa und ich endgültig das Licht löschten, damit er sich uns schlafend und mit dem Rücken zueinander vorstellen konnte, nicht einander zugewandt und vielleicht in einer wachen Umarmung. ›Was macht Custardoy hier‹, dachte ich, ›das ist Zufall, der Regen hat ihn überrascht, als er durch unsere Straße ging, und er stellt sich unter der Dachtraufe des gegenüberliegenden Gebäudes unter, er traut sich nicht zu klingeln oder heraufzukommen, es ist spät, aber das kann nicht sein, er hat sich dort postiert, er muß schon eine Weile da sein, nach seiner Haltung zu urteilen und danach, wie er den Jackettkragen aufgestellt hat und ihn mit seinen knochigen Händen zusammenhält, während er die auseinanderstehenden, schwarzen, riesigen und fast wimpernlosen Augen zu unserem Schlafzimmer hebt, was schaut er an, was sucht er, was will er, warum schaut er, ich weiß, daß er in meiner Abwesenheit manchmal mit Ranz gekommen ist, daß er Luisa in meiner Abwesenheit besucht hat, mein Vater hat ihn mitgebracht, was man Vorbeikommen nennt, der Besuch des Schwiegervaters und eines Freundes von ihm und nominell von mir, er muß sich in Luisa verliebt haben, aber er verliebt sich nicht, ich weiß nicht, ob sie darüber Bescheid weiß, wie merkwürdig, sich in einer Regennacht, wenn ich wieder da bin, wie ein Hund auf der Straße durchnässen zu lassen.‹ Das waren meine ersten und raschen und ungeordneten Gedanken. Ich hörte, wie Luisa aus dem Badezimmer kam und wieder in unser Schlafzimmer ging. Sie rief mich von dort mit meinem Namen und sagte (eine Wand dazwischen, aber beide Türen offen, die auf den Flur gehen): »Kommst du nicht schlafen? Komm, es ist sehr spät geworden.« Ihre Stimme klang genauso natürlich und munter wie an allen Tagen seit meiner Rückkehr, schon eine Woche, wie sie einige Minuten zuvor geklungen hatte, während sie mir eher verliebte Worte auf dem gemeinsamen und geteilten Kissen sagte. Und statt ihr zu sagen, was vor sich ging, was ich sah, was ich dachte, verzichtete ich darauf, so wie ich auch darauf verzichtete, auf die Terrasse hinauszugehen und ihn bei seinem Namen zu rufen und ohne Umschweife zu fragen: ›Heh, was machst du denn da?‹, die gleiche Frage, die Miriam mir mit der größten Selbstverständlichkeit von der Esplanade her gestellt hatte, ohne mich zu kennen, so wie man zu einem Bekannten spricht, mit dem man vertraut ist. Und ich verstellte mich bei der Antwort (verstellte mich aus Verdacht, obwohl ich es noch nicht wußte): »Mach schon das Licht aus, wenn du willst, ich bin noch nicht müde, ich seh noch kurz eine Arbeit durch.«

»Schön, aber mach nicht so lange«, sagte sie, und ich sah, daß sie das Licht löschte, ich sah es im Flur. Ich schloß sorgfältig meine Tür und löschte sofort mein Licht, die kleine Lampe, die ich in dem Zimmer eingeschaltet hatte, in dem ich arbeite, um die Texte durchzusehen, und dann wußte ich, daß alle unsere Fenster dunkel waren. Ich blickte erneut durch das meine, Custardoy Sohn schaute noch immer nach oben, das Gesicht erhoben, den weißen Fleck zum dunklen Himmel gewandt, trotz der Dachtraufe traf es der Regen, Tropfen auf den Wangen, vielleicht vermischt mit Schweiß, nicht mit Tränen, der Regentropfen, der aus der Regenrinne fällt, immer auf dieselbe Stelle, wo die Erde allmählich nachgibt, bis sie durchlässig wird und eine Öffnung und vielleicht ein Kanal entsteht, Öffnung und Kanal wie bei Berta, den ich gesehen und gefilmt hatte, und bei Luisa, in dem ich erst wenige Minuten zuvor gewesen war. ›Jetzt wird er gehen‹, dachte ich, ›wenn er sieht, daß die Lichter aus sind, wird er gehen, so wie ich mein Warten aufgegeben hatte, als ich die Lichter in Bertas Wohnung verlöschen sah vor noch nicht vielen Tagen. Damals war es durchaus ein vereinbartes Signal gewesen, auch ich wartete eine Weile auf der Straße, wie Custardoy jetzt, wie Miriam vor längerer Zeit, nur daß Miriam nicht wußte, daß zwei Gesichter oder weiße Flecken und vier Augen sie von oben beobachteten, die Guillermos und die meinen, und Luisa nicht weiß, daß zwei Augen sie von der Straße her ausspionieren, ohne sie zu sehen, und Custardoy nicht weiß, daß die meinen ihn vom dunklen Himmel, von oben her überwachen, während der Regen fällt, der unter den Straßenlampen wie Quecksilber oder wie Silber aussieht. Hingegen wußten wir beide, Berta und ich in New York, wo sich ein jeder befand, oder wir konnten es vermuten. Jetzt wird er gehen‹, dachte ich, ›er muß gehen, damit ich in mein Schlafzimmer zu Luisa zurückkehren kann und mich nicht mit seiner Anwesenheit befassen muß, ich könnte weder einschlafen noch der schlafenden Luisa den Rücken decken, wenn ich wüßte, daß Custardoy noch immer unten steht. Ich habe während meiner Kindheit so oft gesehen, wie er aus dem Fenster meines Zimmers schaute, gleich mir jetzt, wie er in die Außenwelt strebte und die Welt begehrte, zu der er jetzt gehört und von der ihn ein Balkon und ein paar Glasscheiben trennten, während er mir den Rücken zuwandte mit seinem ausrasierten Nacken und mich in meinem eigenen Zimmer einschüchterte, er war ein furchteinflößendes Kind und ist ein furchteinflößender Mann, ein Mann, der vom ersten Augenblick an weiß, wer und mit welcher Absicht angesprochen werden möchte in einem Lokal oder bei einem Fest oder sogar auf der Straße und bestimmt auch in einer Wohnung, in die er auf Besuch ging oder gekommen ist, oder vielleicht ist er es, der die Bereitschaft und die Absicht entstehen läßt, bei Luisa gab es sie nicht vor meiner Abreise, im Gegensatz zu Berta, bei der es sie durchaus vor meiner Ankunft und während meines Aufenthalts gab und auch nach meiner Abreise geben wird, da bin ich sicher. Ob sie sich wohl weiter mit Bill traf, dessen Name Guillermo ist, hatte sie ihn wiedergesehen? Es konnte aber auch sein, daß Guillermo wie ich nach Spanien zurückgekehrt war nach seinen geplanten zwei Monaten, von den dreien war Berta die einzige, die blieb, ich muß sie anrufen, ich bin fortgegangen, aber ich bin in die Sache verwickelt und Berta gleichgemacht, der Plural wird unvermeidlich und taucht am Ende überall auf, was will Custardoy jetzt von uns, was sucht er jetzt bei uns.‹

Ich hatte nichts gewollt oder gesucht, während ich außerhalb von Bertas Wohnung gewartet hatte, es war überraschend gekommen, wir hatten nicht damit gerechnet. Es war das siebte Wochenende meiner geplanten acht, das Wochenende nach dem, von dem ich berichtet habe und an dem ich einen wenige Minuten langen Film gedreht hatte, und an den Tagen vor jenem vorletzten Wochenende war die Post geströmt, unser Video war am Montag abgeschickt worden (ohne daß Berta eine Kopie anfertigen mochte) und hatte seine Wirkung erzielt oder war ›Bill‹ attraktiv genug erschienen, um das Risiko in seinen Augen zu lohnen. Er hatte nur mit einer Mitteilung geantwortet, ohne sich dafür zu entschuldigen, daß er nicht mit etwas Gleichwertigem aufwartete, und noch immer ohne sein Gesicht zu zeigen, und wäre es auch auf einem armseligen Foto, aber mit dem Vorschlag eines Treffens am bevorstehenden Sonnabend, sein Umschlag erreichte uns erst am Freitag, sicher nicht vor diesem Tag, denn Berta ging in jener Woche jeden Tag nach der Arbeit zu ihrem Postfach in der Old Chelsea Station. Die Mitteilung von ›Bill‹ war wie immer so auch dieses Mal in Englisch, aber es war eindeutig spanisch, die Verabredung in dieser Weise, von einem Nachmittag auf den nächsten Abend, zu treffen. ›Ich werde dich erkennen‹, schrieb er, in der Oak Bar im Hotel Plaza, einem Ort, an dem man sich vor dem Theater oder dem Abendessen oder sogar der Oper verabredet, ohne zu wissen, daß sie wußte, daß es auch der Ort war, wo er wohnte, das heißt, wo er sein Kopfkissen hatte. An jenem Abend war Berta schon seit Wochen zu einem Abendessen mit ihrer Kollegin Julia und anderen Leuten verabredet, auch ich sollte teilnehmen, sie beschloß, es sei besser, ihre Abwesenheit nicht vorher anzukündigen, damit man sie nicht umzustimmen suchte oder bei ihr vorbeikäme, wenn sie sagte, sie sei krank, ich war es, der sie in dem Restaurant am Hafen entschuldigen mußte, indem ich unerträgliche Migräne geltend machte und mich wie ein Eindringling fühlte, da ich allein erschien, ich kannte diese Leute kaum.

Bevor ich ausging, während ich mich rasierte und anzog, machte Berta sich zurecht (vielleicht aus Gründen der Angleichung), um sich endlich mit ›Bill‹ und mit ›Jack‹ und ›Nick‹ zu treffen, und wir machten uns stumm den Spiegel im Badezimmer und das Badezimmer selbst streitig. Sie war ungeduldig und roch schon nach Trussardi. »Bist du noch nicht fertig?« sagte sie plötzlich, als sie sah, daß ich mich noch immer gründlich rasierte. »Ich wußte nicht, daß du schon gehst«, antwortete ich, »ich hätte mich in meinem

Zimmer rasieren können.« – »Nein, ich gehe erst in einer Stunde«, lautete ihre knappe Antwort, trotzdem war sie schon sehr sorgfältig gekleidet und brauchte sich nur noch zu schminken, was sie, wie ich wußte, sehr rasch tat (noch rascher war sie beim Anziehen der Schuhe, sie mußte sehr saubere Füße haben). Aber ich hatte mir noch nicht die Krawatte umgebunden, als sie erneut und anders, wenn auch nicht weniger sorgfältig gekleidet ins Badezimmer trat. »Ah, gut siehst du aus.« – »Ich sehe furchtbar aus«, antwortete sie, »ich weiß nicht, was ich anziehen soll, was meinst du?« – »Vielleicht war es vorher besser, aber so siehst du auch sehr gut aus.« – »Vorher? Aber ich hatte mich doch noch gar nicht angezogen«, sagte sie, »was ich vorher anhatte, war für jetzt zu Hause, nicht um heute abend auszugehen.« – »Ach so, aber es stand dir gut«, antwortete ich, während ich mit locker um den Hals hängender Krawatte eine Haftschale wusch. Sie ging hinaus und erschien nach einigen Minuten in einer anderen Aufmachung, die provokanter war, wenn dieses Wort irgendeinen Sinn hat, ich nehme an, es hat einen, denn man verwendet es nicht selten zur Beschreibung von weiblichen Kleidungsstücken, und es existiert in allen Sprachen, die ich kenne, die Sprachen pflegen sich nicht gemeinsam zu irren. Sie schaute sich aus der Entfernung im Spiegel an, um sich so vollständig wie möglich zu sehen (es gab keinen Bodenspiegel in der Wohnung, ich trat zur Seite und unterbrach den Knoten meiner Krawatte); sie winkelte ein Bein an und glättete mit der Hand den etwas kurzen und sehr engen Rock, als fürchtete sie eine imaginäre Falte, die ihren Hintern entstellen könnte, oder vielleicht zupfte sie durch den Stoff hindurch, der ihn bedeckte, ihren rebellischen Slip zurecht. Sie sorgte sich um ihr Aussehen in bekleidetem Zustand, ›Bill‹ hatte sie schon nackt gesehen, wenn auch auf dem Bildschirm.

»Hast du nicht ein bißchen Angst?« sagte ich.

»Was meinst du?«

»Ein Unbekannter, man weiß nie. Ich will kein Unglücksbringer sein, aber es gibt viele Typen in der Welt, mit denen man nicht mal über die Straße gehen kann, wie du gesagt hast.«

»Die meisten dieser Typen arbeiten in einer sichtbaren Arena: wir sehen sie täglich in den Vereinten Nationen, und alle Welt geht mit ihnen über die Straße. Außerdem ist es mir egal. Ich bin schon daran gewöhnt, wenn ich Angst hätte, würde ich niemanden kennenlernen. Man kann immer noch einen Rückzieher machen, und wenn die Dinge nicht so sind, dann ist es eben Pech. Na ja, nicht immer, manchmal ist es zu spät.«

Sie prüfte sich wieder und wieder, von vorne, von einer Seite, von der anderen und von hinten, aber sie fragte mich nicht, ob sie vorher besser oder jetzt gut aussah, ich wollte mich nicht mehr einmischen, ohne daß sie mich darum bat. Sie bat mich darum.

»Ich seh schlimm aus, ich weiß nicht, ob ich zugenommen habe«, sagte sie.

»Mach dich nicht verrückt, du bist gut so, vor ein paar Tagen hast du geglaubt, du bist zu mager«, sagte ich und fügte hinzu, um sie von den unüberlegten Überlegungen und Blicken abzulenken, die sie ihrer Person widmete: »Wohin, glaubst du, wird er dich führen?«

Sie befeuchtete eine winzige Bürste unter dem Wasserhahn und bürstete sich die Augenbrauen nach oben, um sie zu betonen.

»Wenn ich bedenke, daß er nicht lange fackelt und sich gleich im Hotel mit mir verabredet hat, dann nehme ich an, daß er mich geradewegs in sein Zimmer führen will. Aber ich habe nicht die mindeste Absicht, heute abend auf mein Abendessen zu verzichten.«

»Vielleicht hat er ja das Abendessen für oben geplant, wie die Verführer im Kino.«

»Wenn es so ist, dann hat er sich geschnitten. Vergiß nicht, daß ich sein Gesicht noch nicht gesehen habe. Vielleicht setze ich mich noch nicht mal, um was mit ihm zu trinken, wenn ich es gesehen habe.« Berta machte sich Mut, sie war unsicher, sie wollte einen Augenblick lang glauben, daß die Dinge nicht sein könnten, wie sie sein würden, daß sie noch überzeugt, das heißt verführt werden müßte. Sie wußte, wie sie sein würden, weil sie zum Großteil von ihr abhingen, sie war verführt, lange bevor ›Nick‹ ihr geschrieben hatte, der Bereitschaft und der Absicht wegen, welche mehr als alles andere überzeugen und verführen. Deshalb fügte sie sogleich hinzu, als wollte sie sich vor mir nicht länger als einen Moment betrügen: »Ach, und mach dir keine Sorgen, wenn ich nicht zurückkomme, vielleicht schlafe ich nicht zu Hause.«

Ich verließ das Badezimmer und beendete meinen Krawattenknoten in meinem Zimmer, mit Hilfe eines Handspiegels. Ich war so gut wie ausgehfertig, meine Verabredung, die ihre gewesen war, lag früher als ihre endgültige, die nicht meine war. Ich zog das Jackett an und trat mit dem Mantel über dem Arm ein weiteres Mal an die Badezimmertür, um mich zu verabschieden, jetzt ohne den Schritt über die Schwelle zu wagen, als hätte ich nun, da ich fertig war, nicht mehr das Recht dazu, obwohl es keine sozialen Anstandsregeln mehr zwischen uns gab, zwischen zwei Freunden, die sich vor fünfzehn Jahren wach umarmt hatten.

»Kannst du mir einen Gefallen tun?« fragte ich sie plötzlich, mit dem Kopf in der Tür (plötzlich, weil ich noch nicht beschlossen hatte, sie danach zu fragen, ich überlegte es mir noch, als ich es schon sagte).

Sie hörte nicht auf, sich zu betrachten (sie suchte oder erfand sich jetzt Mängel mit einer Pinzette vor dem Spiegel, der ihr ganz gehörte). Sie sagte:

»Sag.«

Ich überlegte es mir erneut und redete erneut, bevor ich

mich dazu entschlossen hatte (wie manchmal beim Übersetzen, wenn ich den Worten des Übersetzten ein wenig vorgreife, weil ich schon errate, was folgt), während ich noch immer dachte: ›Wenn ich sie darum bitte, wird sie Erklärungen wollen.‹

»Würde es dir etwas ausmachen, im Lauf der Unterhaltung den Namen Miriam zu erwähnen, um zu sehen, wie er reagiert, und dann erzählst du es mir?«

Berta zog kräftig am Haar einer Augenbraue, das sie verurteilt hatte und schon mit der Pinzette gefaßt hielt. Jetzt schaute sie mich an.

»Den Namen Miriam? Warum? Was weißt du? Ist das seine Frau?«

»Nein, ich weiß nichts, es ist nur ein Test, eine Idee.«

»Kommkomm«, sagte sie und bewegte mehrmals den Zeigefinger der linken Hand, als wollte sie mich zu sich heranziehen oder sagen: ›Schieß los‹ oder ›Raus damit‹ oder ›Red schon‹. Es war ein Geflatter.

»Ich weiß wirklich nichts, es ist nichts, nur eine Vermutung, eine Einbildung von mir, und außerdem habe ich jetzt keine Zeit, ich muß pünktlich sein, um ihnen zu sagen, daß du nicht kommst, ich werde es dir morgen erzählen. Wenn du daran denkst und kannst, dann erwähne diesen Namen bei der Unterhaltung, egal wie, sag, daß du ein Abendessen mit einer Freundin abgesagt hast, die so heißt, irgendwas, es ist nur der Name. Aber insistier nicht.«

Berta interessierte das Unbekannte, jeden interessiert es, Tests zu machen und mit Neuigkeiten zurückzukommen, auch wenn er nicht weiß, zu welchem Zweck.

»Ist gut«, sagte sie, »ich werde es versuchen. Kannst du mir einen Gefallen tun?«

»Sag«, sagte ich.

Sie redete, ohne es sich zu überlegen, oder sie hatte es vorher überlegt und sich schon entschlossen.

»Hast du Präservative, die du mir geben kannst?« sagte

sie rasch und wie beiläufig, während sie mich nicht mehr anschaute (sie schminkte sich die Lippen mit einem winzigen Pinsel und großer Sorgfalt).

»Ich muß einen im Necessaire haben«, antwortete ich so unbefangen, als hätte sie mich um eine Pinzette gebeten, ihre lag noch auf dem Waschbecken; aber die Unbefangenheit war so gespielt, daß ich nicht vermeiden konnte hinzuzufügen: »Ich dachte, du wolltest, daß irgendeine deiner Verabredungen einmal keins mitbringt.«

Berta lachte und sagte:

»Ja, aber ich will nicht das Risiko eingehen, daß es Sichtbare Arena ist, der keins mitbringt.«

In ihrem Lachen lag wirkliche Heiterkeit, wie auch in dem Singsang, den ich noch hören konnte (bestimmt kämmte sie sich vor dem Spiegel, nunmehr allein, ohne meine Anwesenheit, die in der Öffnung einer Tür lehnte, die nicht die meines Schlafzimmers war), während ich auf die Wohnungstür zusteuerte, das Lachen und der Singsang der glücklichen Frauen, die noch keine Großmütter und keine Witwen und auch keine alten Jungfern sind, dieser bedeutungs- und ziellose Gesang, den niemand beurteilt und der jetzt nicht Vorspiel des Schlafes oder Ausdruck der Müdigkeit war, sondern einfältiges Lächeln oder Ausdruck und Vorspiel des Gewünschten oder des Erahnten oder des schon Gewußten.

Es geschah jedoch etwas Unvorhergesehenes, das, im nachhinein betrachtet, überhaupt nicht unvorhersehbar war. Ich kehrte von meinem Abendessen gegen zwölf Uhr zurück und schaltete vor dem Schlafengehen, wie immer, wenn ich alleine bin, den Fernseher an und brachte eine kurze Weile damit zu, durch die Kanäle zu wandern, um zu wissen, was in meiner Abwesenheit in der Welt geschehen war. Dabei war ich, als die Wohnungstür, die ich einige Minuten zuvor geschlossen hatte, ohne den Riegel vorzulegen, erneut aufging und Berta erschien. Sie tat den Schlüssel nicht in die Handtasche, sie behielt ihn in der Hand. Sie hinkte weniger denn je oder verbarg es mehr, sie hinkte nicht. Ihr Mantel stand offen, ich bemerkte, daß sie nicht das letzte Kleid trug, das ich im Badezimmer an ihr gesehen hatte, wer weiß, wie oft sie sich nach meinem Fortgang noch umgezogen haben mochte. Es war ein ebenfalls provokantes, hübsches Kleid, und ihr stand die Eile ins Gesicht geschrieben (oder es war Schrecken oder Bedrängnis oder die Nacht, das Gesicht der Nacht).

»Ein Glück, daß du noch nicht im Bett bist«, sagte sie.

»Ich bin gerade gekommen. Was ist?«

»Bill ist unten. Er will nicht, daß wir in sein Hotel gehen, na ja, er hat mir nicht mal gesagt, daß er in einem Hotel ist. Er will eben nicht, daß wir dahin gehen, wo er wohnt, er will hierher kommen. Ich habe ihm gesagt, daß ein Freund für ein paar Tage da ist, und er hat gesagt, daß er keine Zeugen will, na ja, das ist normal, nicht? Was können wir machen?«

Sie war so taktvoll gewesen, auch jetzt den Plural zu benutzen, obwohl die Möglichkeit bestand, daß dieser Plural nicht mehr mich einschloß, sondern ›Bill‹, der unten wartete, vielleicht alle drei.

»Was wir als Studenten gemacht haben, nehme ich an«, sagte ich, während ich aufstand und mich an einen anderen, nur uns gehörenden Plural erinnerte, den es in der Vergangenheit gegeben hatte. »Ich geh eine Runde drehen.«

Sie zweifelte es nicht an, sie erwartete es. Sie protestierte nicht, sie bat darum.

»Es wird nicht lange dauern«, sagte sie, »eine Stunde, anderthalb, ich weiß nicht. In der Fourth Avenue, ein bißchen weiter unten, ist ein Schnellrestaurant, das rund um die Uhr geöffnet ist, du wirst es schon sehen, es ist riesig. Na ja, es ist nicht spät, es ist noch vieles offen. Macht es dir nichts aus?«

»Nein, natürlich nicht. Du sollst alle Zeit haben, die du willst, besser drei Stunden?«

»Nein, nein, so lange nicht. Wir können eines machen. Ich lasse das Licht in diesem Zimmer an, man sieht es von der Straße. Wenn er geht, mach ich es aus. Von unten kannst du sehen, ob die Wohnung dunkel ist, und dann kannst du raufkommen, einverstanden?«

»Gut«, sagte ich. »Und wenn er hier übernachten will?«

»Nein, das bestimmt nicht. Nimm was zum Lesen mit.« Das sagte sie wie eine Mutter.

»Ich werde die Morgenzeitung kaufen. Wo ist er?« fragte ich. »Vergiß nicht, daß er mich gesehen hat, wenn er mich jetzt rauskommen sieht und wiedererkennt, dann ist das schlecht.«

Berta trat ans Fenster, und ich trat hinter sie. Sie schaute nach links und nach rechts und erblickte ›Bill‹ rechts. »Da ist er«, sagte sie, während sie mit dem Zeigefinger auf ihn wies. Meine Brust berührte ihren Rücken, ihr Rücken atmete hastig, mit Eile oder Bedrängnis oder Schrecken, oder er war nächtlich. Die Nacht war rötlich und bewölkt, aber es sah nicht so aus, als ob es jemals regnen würde. Ich sah die Gestalt von ›Bill‹ umgewandt, ziemlich weit von unserem Hauseingang entfernt, wartend, entfernt auch vom einzigen Lichtkegel, der sich in unserem Gesichtsfeld befand (Berta wohnt in einer Straße mit niedrigen Häusern in einem dritten Stock, nicht in einer Avenue mit Wolkenkratzern).

»Mach dir keine Sorgen«, sagte sie, »ich gehe mit dir runter, um ihm Bescheid zu sagen. Ihm liegt am meisten daran, daß ihn niemand sieht. Du gehst einfach nach links, wenn wir rauskommen, er wird sich erst umdrehen, wenn ich ihm Bescheid sage. Macht es dir auch bestimmt nichts aus?« Und Berta streichelte mir die Wange, liebevoll zu mir, wie es die Frauen sind, wenn sie eine Hoffnung nähren, mag sie auch nur einen Augenblick dauern oder ihre Dauer schon zu Ende gehen.

Ich verließ das Haus und ging ein wenig herum. Ich betrat mehrere Geschäfte, die noch offen waren, in dieser Stadt ist immer alles offen, Berta hatte plötzlich wie eine Spanierin gedacht, vielleicht weil einer auf sie wartete und sie mit einem anderen sprach. In einem koreanischen Lebensmittelgeschäft, das nie zumachte, kaufte ich die sonntägliche *New York Times,* die gigantischste der Woche, und Milch für zu Hause, sie war alle. Ich ging in einen Schallplattenladen und kaufte eine Schallplatte, die Originalaufnahme der Musik eines alten Films, es gab sie nicht als Compact Disk, nur auf einer schwarzen Schallplatte, die nicht mehr im Katalog stand. Es war Sonnabend, die Straßen waren voller Menschen, ich sah die Drogenabhängigen und die zukünftigen Delinquenten aus der Entfernung. Ich ging in eine nachts geöffnete Buchhandlung und kaufte ein japanisches Buch, des Titels wegen, *House of the Sleeping Beauties* hieß es auf englisch, der Titel gefiel mir nicht, aber ich kaufte es seinetwegen. Ich war dabei, mich mit kleinen Paketen vollzupacken, ich tat alles in eine Plastiktüte, die der Schallplatte, die größte, und warf die anderen weg, die aus dem groben Papier der Lebensmittelgeschäfte haben keine Henkel, sie sind unbequem und nehmen die Hände völlig ein, oder besser gesagt, sie füllen sie aus, wie sich die Hände eines Mannes in seiner Hochzeitsnacht füllen und auch die der Frau, was in diesen Zeiten das gleiche bedeutet wie das erstemal, so vergeßbar, wenn es kein zweites gibt, sogar wenn es kein drittes und viertes und fünftes gibt, auch wenn man es weiß. Wir befanden uns in der Hochzeitsnacht von ›Bill‹ und Berta, diese Nacht fand statt, während ich in der Stadt herumging, um die Zeit zu vertreiben, die Zeit totschlagen, nennt man das. Ich sah das Schnellrestaurant, das Berta erwähnt hatte, in Wirklichkeit hatte ich meine Schritte zu ihm gelenkt, ohne daran zu denken, ihrer Erwähnung wegen. Ich ging noch nicht hinein, es mußte für später aufgehoben werden, denn im Unterschied zu anderen war es rund um die Uhr geöffnet, ich konnte es nötig haben, ich las die Karte. Der Himmel war nicht mehr zu sehen auf den breiten Straßen, zuviel Licht und zu viele Winkel, ich wußte, daß er rot und bewölkt war, es würde nicht regnen. Ich lief weiter, ohne mich weit zu entfernen, und die Zeit verging, die Zeit, die so wahrnehmbar ist, wenn man sie totschlägt, es ist, als würde jede Sekunde Persönlichkeit und Solidität erlangen, als wären sie Kieselsteine, die man aus der Hand zu Boden gleiten läßt, Sanduhr, die Zeit wird rauh und spröde, als wäre sie schon Vergangenheit oder schon vergangen, man schaut, wie die vergangene Zeit vergeht, so war es gewiß nicht für Berta noch für Guillermo, es war alles beschlossen seit dem ersten Brief, alles vereinbart, und die letzte Formalität dürfte während des Abendessens erledigt worden sein, wohin sie gehen würden, ein wenig sprechen, ohne Aufmerksamkeit und mit Ungeduld, so tun, als würde man sich Verdienste erwerben mit einer Unterhaltung, einer Anekdote, den Mund beobachten, den Wein einschenken, höflich sein, Zigaretten anzünden, lachen, das Lachen ist zuweilen Vorspiel des Kusses und Ausdruck des Begehrens, seine Übermittlung, ohne daß man weiß, warum, das Lachen verschwindet später während des Kusses und des Vollzugs, Lachen ist fast nie im Spiel, wenn Menschen sich wach auf dem Kopfkissen umarmen und die Münder nicht mehr beobachtet werden (der Mund ist voll und ist die Fülle), man neigt zum Ernst, so heiter sie auch sein mögen, die Prolegomena und die Unterbrechungen, das Zögern, das Warten, die Fortsetzung und die Pausen, ein Atemholen, das Lachen bricht ab, manchmal auch die Stimmen, die artikulierten Stimmen verstummen oder sie sprechen in Vokativen oder Ausrufen, es gibt nichts zu übersetzen.

Gegen halb drei bekam ich schließlich ein wenig Hunger, mein Abendessen war schon lange her, und so kehrte ich zu dem rund um die Uhr geöffneten Lokal zurück und bestellte ein Sandwich, ein Bier, entfaltete die überdimensionale

New York Times, las die internationalen und die Sportseiten, es wurde allmählich schwierig, soviel Zeit zu vertreiben, ich wollte nicht vor Ablauf der drei Stunden zurückkehren, die ich Berta angeboten hatte. Obwohl, wer weiß, vielleicht war ›Bill‹ schon gegangen, vielleicht war der Ernst beendet und auch das Lachen, wenn alles vereinbart ist, ist die Ausführung bisweilen kurz und wird nicht in die Länge gezogen, die Männer sind ungeduldig und wollen gehen, plötzlich stört sie das zerwühlte Bett und der Anblick der Laken und Flecken, der Rest, die Spur, der unvollkommene Körper, den sie jetzt bemerken und nicht bemerken wollen (vorher haben sie ihn nur umarmt, jetzt kommt er ihnen unbekannt vor), oft hat man in der Malerei und im Film die im Bett verlassene Frau dargestellt, nie den Mann oder nur, wenn er tot ist, wie Holofernes, die Frau ein Überbleibsel, vielleicht war Berta schon allein und wartete auf meine Rückkehr oder fieberte meiner Rückkehr entgegen, meine freundschaftliche Hand auf ihrer Schulter, sich nicht unbekannt fühlen und auch nicht als Überbleibsel. Ich zahlte und ging hinaus und kehrte noch immer langsam zur Straße und zum Haus zurück, es gab schon weniger Menschen, man geht nicht so lange aus wie in Madrid, hier ist die Nacht am Freitag und am Sonnabend ein Delirium, in jener Stadt waren allmählich nur noch Taxen zu sehen. Es war zwanzig nach drei, als ich mich an der Stelle befand, an der ›Bill‹ gewartet hatte, daß ich die Wohnung räumte, ziemlich weit vom Hauseingang, weit vom einzigen Lichtkegel entfernt, jetzt, vom Bürgersteig her, sah ich andere in einer gewissen Entfernung, in den Straßen spart die Stadtverwaltung, was sie in den Avenues verschwendet. Von hier aus war das Licht im Wohnzimmer nicht zu sehen, die Perspektive war verkürzt, ich machte ein paar Schritte, ein dritter Stock, ich ging näher heran, um mich mehr gegenüber aufzustellen, und sah das Licht brennen, es brannte noch, ›Bill‹ war nicht gegangen, er war noch immer da, er betrachtete

Berta noch nicht als eine Unbekannte. Und dann rührte ich mich nicht mehr von der Stelle, sondern beschloß, weiter auf der Straße zu warten, es war zu spät, um ein Hotel zu suchen, darauf hätte ich vorher kommen müssen, ich war zu träge, um zu dem Schnellrestaurant zurückzukehren, von den anderen Lokalen waren nicht mehr viele offen, ich hatte keinen Hunger mehr, ein wenig Durst, ich wollte nicht länger umhergehen, ich hatte es satt, zu laufen und die Zeit zu spüren. Ich erinnerte mich an den Schauspieler Jack Lemmon in jenem Film aus den sechziger Jahren, nie konnte er in seine Wohnung hinein, ich blieb neben der Straßenlampe stehen, an die Straßenlampe gelehnt wie ein Betrunkener in einem Witz, auf dem Boden meine Plastiktüte, ausgebeult von der Milchtüte, und in der Hand die Zeitung, um sie im Lichtschein zu lesen. Aber ich las nicht, ich wartete, wie Miriam es getan hatte, nur daß es mir nichts ausmachte, wenn meine äußere Erscheinung unter dem Warten litt, und ich über die wirkliche Situation Bescheid wußte, das heißt, warum man mich warten ließ, ich war über niemanden wütend, ich wartete nur auf ein Zeichen. Ich schaute oft zum Fenster, so wie Custardoy jetzt zu dem meines Schlafzimmers schaute, ich bewachte die falsche Hochzeitsnacht von ›Bill‹ und Berta, wie jene kubanische Schwiegermutter aus dem Lied und dem Märchen die Nacht ihrer Tochter mit dem Fremden bewacht hatte, der sich am nächsten Morgen in eine Schlange verwandelte (oder es war während der Nacht, der Hochzeitsnacht, die Tochter bat um Hilfe und wurde nicht erhört, der Schwiegersohn täuschte und überzeugte die Schwiegermutter, indem er sie so nannte, ›Schwiegermutter‹) und eine Blutspur auf den Laken hinterließ, oder vielleicht war es das Blut der vermählten Jungfrau, das Fleisch ändert sich oder die Haut tut sich auf oder etwas wird aufgeschlitzt, Berta würde nicht das ihre lassen in dieser Nacht. Ranz hatte drei Hochzeitsnächte erlebt, drei wirkliche, in ihnen wird bisweilen etwas aufgeschlitzt, früher. Das Licht brannte vielleicht zu lange, Viertel vor vier, reden, wiederholen, fortfahren, kein Lachen mehr, oder ›Bill‹ hatte beschlossen, über Nacht zu bleiben, es war nicht wahrscheinlich, nicht einmal mehr das leise Rauschen des Verkehrs auf den Avenues war zu hören, plötzlich fürchtete ich um Berta, hast du nicht ein bißchen Angst, hatte ich zu ihr gesagt, wenn die Dinge nicht so sind, dann ist es eben Pech, hatte sie geantwortet, die Leute sterben, es scheint unmöglich, aber die Leute sterben, wie meine Tante Teresa und die erste Frau meines Vaters gestorben sind, wer immer sie auch gewesen sein mochte, ich wußte noch immer nichts von ihr, sicher wollte ich es nicht, Luisa dagegen wohl, Luisa war neugierig, wer weiß, ob Luisa sich nicht in Gefahr befand so weit weg, jenseits des Ozeans wie die kranke Frau Guillermos, die es nicht wußte, während ich plötzlich um Berta fürchtete, die sehr nahe war, jenseits des Fensters ihres erleuchteten Wohnzimmers, ein Zeichen, das Licht meines Schlafzimmers war gelöscht, so wie ich es hinterlassen hatte, von ihrem konnte man es nicht wissen, es lag nicht zur Straße, und dort dürfte sie sich befinden mit ›Bill‹ und seiner Stimme wie eine Säge, die unartikulierte Stimme jetzt, so wie ich mit Luisa beisammen gewesen war einige Minuten, bevor ich zum Kühlschrank ging (die in Ausrufen sprechenden Stimmen), um dann aus dem Fenster des Zimmers zu schauen, in dem ich arbeite, hinaus, zur Ecke an meiner neuen Wohnung, an der so viele Leute stehenbleiben, ein Drehorgelspieler und eine Frau mit Zopf, ein Typ, der Rosen verkauft und ausruft, und auch Custardoy mit seinem obszönen, nach oben gewandten, nassen Gesicht, ich ging in jener Nacht nicht hinunter, um ihm einen Geldschein zu geben, damit er sich entfernte, er störte nicht und machte auch keinen Lärm, ich konnte ihn nicht kaufen, er tat nichts, er schaute nur nach oben unter dem Regen mit seinem Hut, zu unserem Schlafzimmer, dessen Inneres er aufgrund der Höhe nicht sehen konnte, nur das Licht vielleicht, das nicht mehr brannte, Luisa hatte es ausgemacht, während ich sie anlog und die Außenwelt beobachtete, ohne die Welt zu begehren, meine Welt ist mein geteiltes Kissen, seit ich geheiratet habe und vielleicht auch vorher, vielleicht war jemand in dieser Welt oder auf diesem Kissen gewesen in meiner Abwesenheit, jemand, der vielleicht imstande war, die Bereitschaft und die Absicht entstehen zu lassen.

Der Gedanke entsetzte mich, und ich wollte ihn nicht denken, das Geheimnis, das nicht mitgeteilt wird, tut niemandem weh, wenn du einmal Geheimnisse hast oder sie jetzt schon hast, dann erzähl sie ihr nicht, hatte mein Vater mir gesagt, nachdem er zu mir gesagt hatte: Und was jetzt, was jetzt; ihre wären keine, wenn du sie wüßtest, hatte er gesagt, aber Luisa zeigte nicht die geringste Veränderung mir gegenüber, oder doch, sie brauchte nicht zu fürchten, sie war nicht mehr jenseits des Ozeans, sondern in der Nähe, im anderen Zimmer, ich würde gleich an ihrer Seite sein, ihr den Rücken decken, sobald Custardoy gegangen wäre. Ich hatte Luisa kaum etwas erzählt, nichts von ›Bill‹ oder von Guillermo, nichts von dem Bademantel und dem Dreieck behaarter Brust, nichts von dem Video oder der Stimme wie eine Säge, nichts von dem Bein oder vom Warten in jener Sonnabend nacht, all dies war an sich kein Geheimnis oder konnte keines gewesen sein, aber vielleicht war es schon eines, weil ich es seit meiner Rückkehr eine Woche lang verschwiegen hatte, das Geheimnis hat keinen eigenen Charakter, das Verbergen und das Schweigen bestimmen es oder die Vorsicht oder auch das Vergessen, nicht das Kommentieren oder das Berichten, weil zuhören das gefährlichste ist, und es ist nicht vermeidbar, und die Dinge geschehen nur, wenn sie nicht erzählt werden, sie berichten heißt sie verjagen und die Tatsachen vertreiben, die Paare erzählen sich alles von den anderen, nicht das eigene, es sei denn, sie glauben, es gehöre beiden: Und dann die Zunge am Ohr, *›I have done the deed‹,* und in dieser bloßen Aussage liegt schon die Entstellung oder Verneinung dieser Tatsache oder Tat. ›Ich hab' die Tat getan‹, wagte Macbeth zu sagen, er sagte es unmittelbar, nachdem er sie getan hatte, wer würde so etwas wagen, nicht so sehr, es zu tun, als es zu sagen, das Leben und die künftigen Jahre hängen nicht davon ab, was man tut, sondern davon, was man von einem weiß, was man weiß, daß er getan hat, und was man nicht weiß, weil es keine Zeugen gab und er geschwiegen hat. Vielleicht muß man den Trug akzeptieren, der Teil der Wahrheit ist, wie die Wahrheit Teil des Truges ist, unser Denken ist schwankend und ambivalent und duldet nicht, daß es keinen Verdacht gibt, für unser Denken wird es immer Schattenbereiche geben, und immer denkt es mit so krankem Hirn.

Ich fürchtete um Berta, schon vier Uhr, plötzlich fürchtete ich, man habe sie umgebracht, die Menschen sterben, die Menschen, die wir kennen, sterben, obwohl es unmöglich scheint, nur sie wußte, daß als vereinbartes Zeichen ein Licht gelöscht werden mußte, der Mörder hatte keinen Grund, es zu tun, wenn er ginge, das Licht sollte genau nach seinem Fortgang gelöscht werden, um mich darüber zu informieren und mir zu sagen ›Komm rauf‹, die Dunkelheit bedeutete ›Komm rauf‹, vielleicht bedeutete unsere etwas für Custardoy, er würde sie sehen, meine Botschaft lautete ›Geh weg‹. Ich hob meine Tüte vom Boden auf und begann langsam die Straße zu überqueren, um hinaufzugehen, ohne noch länger zu warten, es waren ein paar Schritte, und hier war seit langem kein Auto vorbeigefahren, zwanzig nach vier, zu viele Stunden für zwei Fremde. Ich befand mich mitten auf der Straße, um sie zu überqueren, als ein Taxi auftauchte, das langsam fuhr, als suchte das Taxi die nahe Hausnummer seines Ziels. Ich ging meine vier oder zwei Schritte zurück und trat wieder auf den Bürgersteig, der Taxifahrer gelangte auf meine Höhe und schaute mich mißtrauisch an (Bettler und Drogensüchtige tragen oft Plastiktüten, Betrunkene hingegen henkellose Tüten aus grobem Papier); als er mich besser sah oder meine gelassene Haltung sah, machte er eine fragende Bewegung mit dem Kopf und fragte mich nach der Hausnummer von Berta, ich verstand ihn kaum, er mochte Grieche oder Libanese oder Russe sein wie fast alle Taxifahrer dieser Stadt, alle Welt fährt ein Auto. »Das da«, sagte ich, während ich auf den Hauseingang wies, dessen Nummer man in der bewölkten Nacht einer einzigen Straßenlampe nicht erkennen konnte, und sofort wandte ich mich ab, ich entfernte mich aus dem Lichtkegel, als hätte ich es plötzlich eilig, meinen Weg fortzusetzen, dies war das Taxi, das ›Bill‹ sicher telefonisch bestellt hatte, um ins Plaza zurückzukehren, vielleicht ginge er jetzt, und das Licht würde verlöschen, wenn Berta noch immer am Leben wäre, ein Überbleibsel oder nicht, zu viele Stunden. Ich blieb in einer gewissen Entfernung stehen, jenseits der Stelle, an der ›Sichtbare Arena‹ gewartet hatte, um ohne Zeugen hinaufgehen zu können, ich hörte den kurzen, jähen Klang der Hupe, er bedeutete ›Hallo‹ oder ›Da bin ich‹ oder ›Kommen Sie runter‹. Unmittelbar darauf ging die Haustür auf, und ich sah die patriotische Hose, den Mantel herauskommen, der in der Nacht von einem brünierten Blau war, der Himmel war noch immer rot, vielleicht würde er dunkler werden. Ich hörte die Tür des Taxis, als sie geschlossen wurde, und den laufenden Motor, es fuhr mit wachsender Geschwindigkeit an mir vorbei, ich wandte ihm den Rücken zu. Dann ging ich zurück, bis zur Straßenlampe, das Licht im Wohnzimmer war jetzt gelöscht, Berta dachte an mich und war am Leben, auch unsere waren gelöscht, ich hatte gerade das Zimmer in Dunkel getaucht, in dem ich arbeite, Luisa das, in dem wir schliefen, kurz vorher, es waren nur einige Sekunden vergangen. Es regnete noch immer Quecksilber oder Silber in den Lichtkegeln, unsere Nacht war orangefarben und grünlich, wie es die Nächte des nassen Madrid so oft sind. Custardoy schaute noch immer nach oben mit seinem weißen, obszönen Fleck. ›Geh weg‹, sagte ich zu ihm mit meinem krankhaften Hirn. In diesem Augenblick hob er eine Hand an den Hut, verließ die Dachtraufe, mit der anderen Hand den hochgeschlagenen Jackettkragen haltend, bog um die Ecke und entschwand meinem Blick, durchnäßt wie ein Verliebter oder wie ein Hund.

WER HAT KEINEN Verdacht, wer hat keinen Zweifel gehegt in bezug auf seinen besten Freund, wer hat sich nicht verraten und verkauft gesehen in seiner Kindheit, in der Schule findet man bereits, was einen später in der begehrten Welt erwartet, die Hindernisse und die Treulosigkeiten, das Schweigen und die Falle, den Hinterhalt; es gibt auch irgendeinen Klassenkameraden, der sagt ›Ich bin es gewesen‹, die erste Form, Verantwortung zu übernehmen, das erstemal im Leben, daß man sich gezwungen sieht zu sagen oder hört: ›*I have done the deed*‹, und später, in dem Maße, wie man wächst und die Welt weniger Welt wird, weil sie sich nicht außerhalb unserer Reichweite befindet, sagt und hört man das immer weniger, die Sprache der Kindheit gibt man auf, man zieht sie zurück, weil sie zu schematisch und simpel ist, aber diese ungeschminkten und absurden Sätze, die sich damals nach Heldentaten anhörten, verlassen uns nicht ganz, sondern leben weiter in den Blicken, in den Haltungen, in den Zeichen, in den Gebärden und in den Tönen (die Ausrufe, das Unartikulierte), die auch übersetzt werden können und müssen, weil sie oft deutlich sind und wirklich *etwas* sagen und sich wirklich auf die Tatsachen beziehen (der hemmungslose Haß und die unvermischte Liebe), ohne die Qual eines Vielleicht und eines Womöglich, ohne die Verpackung der Worte, die nicht so sehr dazu dienen, bekannt zu machen oder zu berichten oder mitzuteilen als dazu, zu verwirren und zu verbergen und von Verantwortung zu befreien, die Sprache ebnet Dinge ein, die als Handlungen unterscheidbar sind und nicht vermischt werden können. Jemanden küssen oder töten sind vielleicht gegensätzliche Dinge, aber den Kuß erzählen und den Tod erzählen macht beides einander gleich und verbindet es, es stellt eine Analogie her und stiftet ein Symbol. Im Erwachsenenleben, das von den Worten beherrscht wird, hört man kein ja und nein, niemand sagt ›Ich bin es gewesen‹ oder ›Ich bin es nicht gewesen‹, aber all das wird weiterhin *gesehen,* fast immer ›Ich bin es nicht gewesen‹, die Heldentaten haben sich auf die Seite der Irrtümer geschlagen.

Wer hat keinen Verdacht gehegt, und bei einem Verdacht lassen sich zwei Maßnahmen ergreifen, die beide nutzlos sind, fragen und schweigen. Wenn man fragt und zwingt, dann hört man vielleicht ›Ich bin es nicht gewesen‹, und man wird auf das achten müssen, was *nicht gesagt* wird, auf den Ton, auf die ausweichenden Augen, auf das Vibrieren der Stimme, auf die vielleicht vorgespielte Überraschung und Empörung; und man wird die Frage nicht noch einmal stellen können. Wenn man schweigt, wird diese Frage immer unversehrt und bereit sein, obwohl die Zeit sie zuweilen unpassend und fast unaussprechlich werden läßt, buchstäblich unzeitgemäß, so als würde alles am Ende verfallen und ein Lächeln bewirken, wenn es zur vergangenen Zeit gehört, die ganze Vergangenheit erscheint verzeihlich und harmlos. Wenn man schweigt, muß man den Verdacht zerstreuen und die Frage abschaffen oder aber ersteren nähren und letztere mit äußerster Sorgfalt vorbereiten, es ist unmöglich, den Verdacht zu bestätigen, niemand weiß etwas von dem, was er nicht selbst erlebt hat, nicht einmal den Geständnissen kann man Glauben schenken, in der Schule sagt man ›Ich bin es gewesen‹, wenn man es nicht gewesen ist, die Menschen lügen ebenso wie sie sterben, es scheint unglaublich, aber nie kann man irgend etwas wissen. Jedenfalls glaube ich das. Deshalb ist es bisweilen besser, nicht einmal den Anfang zu kennen noch die Stimmen zu hören, die erzählen und vor denen man so wehrlos ist, die Erzähler-Stimmen, die wir alle haben und die in die ferne oder nahe Vergangenheit zurückgreifen und Geheimnisse aufdecken, die nicht mehr wichtig sind und dennoch das Leben oder die künftigen Jahre, unser Wissen von der Welt und von den Menschen beeinflussen, man kann niemandem trauen, nachdem man sie gehört hat, alles ist möglich, die größte Ruchlosigkeit und die größte Gemeinheit bei den Menschen, die wir kennen, wie bei uns selbst. Und jeder ist damit beschäftigt, unaufhörlich zu erzählen und unaufhörlich zu verbergen, während er ersteres tut, nur das, was man nicht sagt, wird weder erzählt noch verborgen. Deshalb verwandelt sich in Geheimnis, was man nicht erzählt, und bisweilen kommt der Tag, an dem es schließlich erzählt wird.

Ich sagte nichts, ich fragte nicht und habe noch immer nicht gefragt, je mehr Zeit vergeht, um so unwahrscheinlicher und schwieriger wird es, daß ich es tue. Man läßt einen Tag vorbeigehen, ohne zu sprechen, und zwei, und eine Woche, dann akkumulieren sich unmerklich die Monate, und die Äußerung des Verdachts wird aufgeschoben, wenn dieser nicht stärker wird, vielleicht wartet man, daß auch er sich in Vergangenheit verwandelt, in etwas Verzeihliches oder Harmloses, das uns vielleicht lächeln läßt. Etliche Tage lang schaute ich aus dem Fenster, bevor ich zu Bett ging, von meinem Arbeitszimmer aus, zur Ecke, nach unten; aber Custardoy erschien dort nicht wieder in den folgenden Nächten, und das nächstemal sah ich ihn in meiner eigenen Wohnung, oben, einen Augenblick lang. Mein Vater war gegen halb neun gekommen, um mit mir und Luisa etwas zu trinken, bevor er zu ich weiß nicht was für einem Abendessen gehen würde, zu dem Custardoy ihn einlud, und deshalb kam der Jüngere ihn abholen, als es schon kurz vor zehn war. Er setzte sich ein paar Minuten hin, trank rasch ein Bier, und ich bemerkte nichts, eine minimale, noch junge Vertrautheit zwischen Custardoy und Luisa, aber vermittelt durch meinen Vater, sie hatten sich während meiner Abwesenheit über ihn kennengelernt, er war die zwei oder drei Male dabeigewesen, das war alles, oder so schien es mir. Sehr viel mehr Vertrautheit gab es zwischen Ranz und Luisa, sie hatten sich durchaus allein und oft gesehen, mein Vater hatte sie bei ihren Einkäufen für die künstliche Wohnung begleitet, er hatte sie zum Mittag- und zum Abendessen ausgeführt, er hatte sie beraten (ein Mann mit Geschmack, ein Experte in Kunst), es war offensichtlich, daß sie einander schätzten, jeder amüsierte sich mit dem anderen. Mein Vater erzählte von Kuba bei jenem Besuch, aber das war nichts Außergewöhnliches bei ihm, mehr noch, er sprach oft von diesem Land, seine Kontakte mit ihm waren nicht spärlich gewesen, angefangen bei seiner Ehe mit den beiden Töchtern einer Mutter aus Havanna bis hin zu einigen bemerkenswerten Transaktionen, über die ich Bescheid wußte. Er war im Dezember 1958 dort gewesen, Wochen vor Batistas Sturz: Da er kommen sah, was geschehen würde (und da die Besitzer es kommen sahen), hatte er den Familien, die ihre Flucht vorbereiteten, zu eiligen Preisen etliche Schmuckstücke und wertvolle Gemälde abgekauft. Einige (wenige) hatte er behalten, andere waren an Baltimore, Boston oder Malibu verkauft oder in Europa versteigert worden (die Schmuckstücke hatten vielleicht Madrider Juweliere auseinandergenommen, und irgendeines war irgendein Geschenk). Das war etwas, dessen er sich rühmte, und er beklagte, daß er nicht noch einmal einen so guten Riecher für kommende Revolutionen und das aus ihnen folgende begüterte Exil gehabt hatte. »Wenn reiche Leute das Feld räumen, wollen sie ihren Feinden nichts zurücklassen«, sagte er mit dem ewig spöttischen Lächeln seiner weiblichen Lippen. »Bevor sie ihnen etwas in die Hände fallen lassen, verbrennen oder zerstören sie es lieber, aber die Reichen wissen, daß es immer ein bißchen besser ist, zu verkaufen.« Wenn er damals in Kuba gewesen war, dann hatte er vermutlich Kontakte und vielleicht Freunde dort und war schon vorher dort gewesen, aber seine Aufenthalte auf jenem Kontinent vermischten sich miteinander, die Reisen gerieten durcheinander bei seinen Erzählungen (er selbst brachte sie wahrscheinlich durcheinander), so viele Male war er dort gewesen, um seine ehrbaren nordamerikanischen Museen und seine betrügerischen südamerikanischen Banken zu beraten, von den möglichen Reisen nach Kuba war nur die vorrevolutionäre deutlich. (Den Kindern erzählt man außerdem ohne Reihenfolge, in dem Maße, wie sie heranwachsen und sich interessieren, nach und nach und sprunghaft, und für sie nimmt sich das gesamte vergangene Leben ihrer Erzeuger im besten Falle chaotisch aus.) Wie dem auch sei, seine Freundschaften auf der Insel dürfte er mit dem Ereignis des Jahres 59 und dem vielbesungenen Ende der Privilegien verloren haben, obwohl ich mich seltsamerweise nicht daran erinnere, daß er jemals Kontakt zu kubanischen Flüchtlingen in Spanien gehabt hätte. Oder aber sie kamen nicht nach Hause, und ich wurde ihnen nicht vorgestellt. Seitdem war er nicht wieder dort gewesen, weshalb Ranz, wenn er vom jetzigen Kuba redete, es ohne Sachkenntnis tat.

Aber bei jener Gelegenheit war seine Art zu sprechen wirklich ungewöhnlich und anders, als hätte Luisas Gegenwart bereits so großes Gewicht erlangt, daß der Ton und die Gefälligkeit, die er sicher ihr gegenüber an den Tag legte, wenn er allein mit ihr war, die Oberhand gewannen über den alten, so ironischen Ton, den er immer mir gegenüber benutzt hatte, in der Kindheit ebenso wie im Erwachsenenalter. Und als Luisa einen Moment lang aus dem Zimmer ging, um zu telefonieren, änderte sich die Art, in der mein Vater berichtete und erzählte, oder besser gesagt, sie wurde unterbrochen. Als begriffe er auf einmal, daß ich da war, begann er mir Fragen über New York zu stellen, die er mir schon gleich nach der Rückkehr gestellt hatte (drei Tage danach hatten wir zusammen im ›La Ancha‹ gegessen) und deren Antworten er schon kannte oder die ihn nicht interessierten. Obwohl ich dabei war, war es Luisa, an die er sich wandte, und sobald sie zurückkehrte, nahm er seine Erzählungen mit einer Lebhaftigkeit wieder auf, die ungewöhnlich war, obwohl Ranz sein ganzes Leben lebhaft gewesen war. Vielleicht war Luisas Lachen das passende, vielleicht lachte sie in den richtigen Augenblicken (das heißt, in den von ihm beabsichtigten), vielleicht hörte sie ihm in wünschenswerter Weise zu oder formulierte die angebrachten Einschübe und Fragen, oder sie war einfach jemand, dem er sich zu erkennen geben und alles erzählen wollte, jemand Neues, dem er seine Geschichte ohne Sprünge und der Reihe nach erzählen konnte, weil sie von Anfang an interessiert war und man nicht auf ihr Heranwachsen warten mußte. Mein Vater erzählte uns verschiedene, mir unbekannte Anekdoten, darunter die eines venezianischen Fälschers kleiner romanischer, in Elfenbein geschnitzter Jungfrauenstatuen, die dieser, wenn er sie mit großer Könnerschaft beendet hatte, am Büstenhalter seiner Frau befestigte, einem gewaltigen Büstenhalter; die (reichlichen) Sekrete der Brust und die (starke) Transpiration der Achselhöhlen verliehen seinen kleinen Statuen eine perfekte Patina. Oder die des Direktors einer Bank in Buenos Aires, ein Kunstliebhaber, der sich hartnäckig weigerte, ihm zu glauben, und ihm ein Werk von Custardoy dem Älteren abkaufte, das Ranz im Auftrag einer wohlhabenden geizigen Familie mitgebracht hatte, die nur eine gute Kopie eines sehr bewunderten Ingres haben wollte; als der Direktor sie vor der Übergabe ohne Rahmen im Zimmer seines Hotels sah (welches das Plaza in Buenos Aires war), verliebte er sich so sehr in sie, daß er nicht einmal hören wollte, es handle sich um eine Imitation; mein Vater erklärte ihm tausendmal die Herkunft und die Bestimmung dieses Bildes und daß das Original sich in Montauban befinde, aber der Bankier war überzeugt, daß er ihn täuschen wollte und das Meisterwerk auf nicht ganz ehrlichem Wege für andere

Kunden beschafft hatte, das in Montauban müsse falsch sein. »In diesem Fall«, sagte mein Vater, hätte er ihm gesagt, außerstande, ihn zu überzeugen, »wenn Sie es mir als echt abkaufen, werden Sie mir den echten Preis zahlen müssen.« Dieser abschreckende Satz verwandelte sich für den Bankier in den Beweis dafür, daß er recht hatte. »Nie hat Custardoy mit einem einzigen Stück so viel Geld verdient«, sagte mein Vater. »Schade für uns, daß es nicht noch mehr so verblendete Bank- oder Museumsdirektoren gab. Schade, daß sie mir gewöhnlich blind vertrauten und wir das nicht als Methode benutzen konnten.« Und er fügte entzückt hinzu, während er gemeinsam mit Luisa lachte: »Ich habe nichts mehr von ihm gehört, das war mir lieber so. Ich hoffe, daß niemand diesen Bankier der Unterschlagung angeklagt hat.« Mein Vater hatte seinen Spaß, und auch Luisa hatte ihren Spaß, aber er sehr viel mehr, ich dachte, daß sie von ihm bekommen könnte, was sie wollte, und das dachte ich nicht aufs Geratewohl, sondern auch im Gedanken an das, was sie von ihm erfahren wollte und ich nicht, wie ich glaube, obwohl ich auch nicht aufhörte, daran zu denken, das heißt, ich zerstreute nicht ganz, was man vielleicht auch einen Verdacht nennen konnte, ich vermute, man kann nicht mit mehreren zugleich leben, deshalb schaltet man zuweilen einige aus – die unwahrscheinlichsten, oder vielleicht sind es die wahrscheinlichsten; die, die noch nicht Vergangenheit sind, die, aufgrund derer wir uns gezwungen sehen könnten, noch zu handeln, und die uns Angst und Mühe machen und die konkrete Zukunft verändern würden – und nährt andere: diejenigen, die, wenn sich die Tatsachen bestätigen, unwiderruflich scheinen und nur die Vergangenheit und die abstrakte Zukunft verändern. Ich glaube, daß ich jeden Verdacht in bezug auf Luisa ausschaltete, hingegen mußte ich den noch nicht formulierten in bezug auf meinen Vater nähren, oder es war Luisa, die es an jenem Abend, kurz bevor Custardoy klingelte, auf sich nahm, mich mit lauter Stimme daran zu erinnern, denn inmitten des Lachens und des Lächelns und der Anekdoten, die ich zum erstenmal hörte, sagte sie in bewunderndem Ton zu Ranz, wobei sie ihn mit ›Sie‹ ansprach, wie sie es immer vorgezogen hat:

»Es wundert mich wirklich nicht, daß Sie so oft geheiratet haben, Sie sind eine unerschöpfliche Quelle von kaum glaublichen Geschichten, die gerade deshalb so unterhaltsam sind.« Und sie fügte sogleich hinzu, als wollte sie ihm Gelegenheit geben, auf den zweiten Teil zu antworten und sich nicht auf den ersten zu beziehen, wenn er nicht wollte, auf das, was sie bisher gesagt hatte (es war ein Zeichen von Respekt): »Viele Männer denken, daß Frauen das Bedürfnis haben, sich sehr geliebt und umworben, ja verwöhnt zu fühlen, dabei geht es uns vor allem darum, unterhalten und damit daran gehindert zu werden, zu sehr an uns selbst zu denken. Das ist einer der Gründe, weshalb wir gewöhnlich Kinder wollen. Sie müssen das sehr gut wissen, sonst hätte man Sie nicht so geliebt.«

Ich fühlte mich nicht angesprochen, im Gegenteil. Ich erzählte Luisa viele kaum glaubliche Geschichten, auch wenn ich bis zu jenem Augenblick die von ›Bill‹ und Berta verschwiegen hatte, die sie sehr unterhalten hätte; aber diese Geschichte war auch meine, und deshalb verschwieg ich sie vielleicht. Die von Guillermo und Miriam hatte ich verschwiegen, bis Luisa sie erwähnte und ich erfuhr, daß sie auch ihr gehörte, und an dem Tag, an dem wir uns kennenlernten, hatte ich beim Übersetzen einige der Dinge, die die Staatenlenker gesagt hatten (vor allem der unsere), verschwiegen oder verändert, die ich als schlechte Einfälle oder ungebührlich oder tadelnswert empfunden hatte. Bei jener Gelegenheit hatte meine Zensur jedoch nicht Luisa betroffen, die soviel wie ich oder mehr verstand, beide Sprachen, sie war die ›Ko‹. Schweigen und Sprechen sind Formen, in die Zukunft einzugreifen. Ich dachte, daß die Tugend, die Luisa meinem Vater zuschrieb, auch Custardoy dem Jüngeren eigen war: Er erzählte, wenn er wollte, völlig unglaubliche Geschichten, mit denen er gewiß meinen Vater unterhielt, mir selbst hatte er in der Kindheit und Jugendzeit unzählige erzählt, und kürzlich eine über Ranz und meine Tante Teresa und eine andere Frau, mit der ich nicht verwandt bin, in gewissem Sinne über mich selbst (vielleicht war auch diese Geschichte meine; vielleicht würde Luisa ihm gern zuhören, Custardoy dem Jüngeren).

Ranz erstarrte nicht mitten im Lachen, vielmehr lachte er zu lange weiter, künstlich, als wollte er Zeit gewinnen und entscheiden, auf welchen Teil der Worte Luisas er antworten sollte und wie (oder ob auf alles oder auf nichts). Er lachte, als es nicht mehr paßte, selbst das Unübersetzbare und nicht Zensierbare hat seine Dauer, und darin kann seine Bedeutung liegen.

»Man hat mich nicht so geliebt«, sagte er schließlich in einem ganz anderen Ton, als er bei ihm üblich war, so als zögerte er noch. Hätte er mir geantwortet, dann hätte er keine Sekunde gezögert oder weitergelacht (beides war ein Zeichen von Respekt, Respekt für Luisa). »Und wenn, dann habe ich es nicht verdient«, fügte er hinzu, und dieser Satz schien nicht seiner Koketterie zu entstammen: Ich kannte sie zu gut, um nicht zu erkennen, was ihr geschuldet war.

Luisa hatte den Mut, zu insistieren, wobei sie ein wenig Respekt verlor (oder womöglich war es eine Form, mich wissen zu lassen, daß ihre Erkundung im Gang war und sie nicht mit ihr aufhören würde, was ich auch denken mochte: Die Geschichte konnte ihre sein, wenn ich sie nicht übernahm, Ranz hatte begonnen, es zu sein. Vielleicht war es ein weiteres Zeichen von Respekt, Respekt mir gegenüber, daß sie mit dem Ingangsetzen gewartet hatte, bis ich dabei war, als wäre es ihr lieber, klarzustellen: ›Ab jetzt werde ich in dieser Sache nicht auf dich hören.‹).

»Aber ich habe gehört, daß Sie außer mit der Frau, die

meine Schwiegermutter gewesen wäre, mit ihrer Schwester verheiratet waren. Es ist bestimmt nicht leicht, von zwei Schwestern geliebt zu werden. Und wie viele andere Frauen mögen Sie noch geliebt haben, vorher.«

Der Ton Luisas war ein scherzhafter Ton, leicht, spöttisch, wie man ihn oft gegenüber alten Menschen benutzt, wenn man sie erheitern und aufmuntern möchte, ein liebevoll-ironischer Ton, den auch Ranz gegenüber anderen und gegenüber sich selbst gebrauchte, vielleicht um sich aufzumuntern. Aber der seiner Antwort war einen Moment lang ein anderer. Er schaute mich rasch mit seinem feurigen Blick an, wie zur Bestätigung, daß die von Luisa erhaltene Information von mir stammte und keine andere sein konnte als die, die ich besaß. So mußte es sein, es war nicht verwunderlich: Über die anderen erzählt man sich alles auf dem Kopfkissen. Aber ich machte ihm kein Zeichen. Dann sagte er:

»Glaub ja nicht, die jüngeren Schwestern fressen oft einen Narren an dem, was die älteren haben. Ich sage nicht, daß es so war, aber an sich ist die Sache nicht verdienstvoll, eher im Gegenteil.«

»Und vorher?« insistierte Luisa abermals, und es war offensichtlich, daß sie nicht erwartete, er würde ihr in diesem Augenblick etwas erzählen, zumindest nichts Wesentliches, Ranz stand im Begriff, zu einem Abendessen zu gehen, es schien eher, als würde sie das Terrain vorbereiten und ihm etwas für die konkrete oder unmittelbare Zukunft ankündigen. Ich war überrascht, sowohl über ihre Beharrlichkeit als auch über die Reaktion meines Vaters. Ich mußte an jenen Tag denken, an dem er mich fast aus einem Restaurant geworfen hatte, weil ich versucht hatte, ihn über die Vergangenheit zu befragen (›Ich will in Ruhe und heute, nicht an einem Tag vor vierzig Jahren essen‹), eine Vergangenheit, die weniger alt war als die, nach der Luisa ihn jetzt fragte. Ranz schaute mich abermals an, als zweifelte er jetzt an mir als Informationsquelle oder wüßte nicht, ob es sie wirklich gab. Ich machte ihm kein Zeichen. Er fand zu seinem gewöhnlichen Ton zurück und antwortete mit einer übertriebenen Gebärde seiner zigarettenbewehrten Hand:

»Vorher? Vorher ist so alt, daß ich mich nicht mehr erinnern kann.«

In diesem Augenblick klingelte es, und während Luisa aufstand, um öffnen zu gehen, während sie auf die Tür zuging, um Custardoy den Jüngeren zu empfangen (›Das wird Custardoy sein‹, sagte mein Vater, während sie sich auf dem Flur entfernte, schon unseren Blicken entzogen), hatte sie noch Zeit oder war sie noch in der Stimmung, um ihm zu sagen: »Dann versuchen Sie doch mal, sich zu erinnern, ich werde Sie ein andermal fragen, und dann erzählen Sie es mir, wenn wir allein sind.«

Custardoy trank sein Bier und war eher wortkarg die kurze Zeit, die er in der Wohnung blieb, vielleicht wie ich, vielleicht wie ein Verliebter. Seine Schuhe mit den halbmetallischen Sohlen machten fast kein Geräusch, wie die von ›Bill‹ wahrscheinlich, deren weibliches Geräusch ich auf dem Marmor des Postamtes, aber nicht auf dem Asphalt von Bertas Straße gehört hatte, als er herauskam und in sein Taxi stieg, als wären auch die Schuhe einverstanden, Geheimnisse zu bewahren.

Wie viele Dinge werden nicht gesagt im Laufe eines Lebens oder einer Geschichte oder einer Erzählung, manchmal ungewollt oder absichtslos. Ich hatte nicht nur verschwiegen, was ich bereits aufgezählt habe, sondern auch und vor allem das Unbehagen und das Vorgefühl der Katastrophe, die mich seit meiner Heirat vor schon fast einem Jahr begleiteten. Jetzt haben sie sich abgeschwächt, und vielleicht verschwinden sie irgendwann, eine Zeitlang. Ich hatte sie vor Luisa verschwiegen, auch vor Berta und vor meinem Vater, natürlich bei der Arbeit, von Custardoy gar nicht zu reden. Verliebte schweigen sehr oft, selbst Vernarrte. Es schweigt, wer schon etwas hat und es verlieren kann, nicht, wer es schon verloren hat oder kurz davor steht, es zu gewinnen. Berta hatte zum Beispiel unaufhörlich von ›Bill‹ geredet oder von ›Jack‹ und von ›Nick‹, während sie für sie weder Körperlichkeit noch Gesicht besaßen noch gewonnen waren (man spricht von den Verheißungen, nicht von der Gegenwart, wohl aber von der konkreten und abstrakten Zukunft; auch von den Verlusten, wenn sie frisch sind). Aber dann schwieg sie, nach meinen vier langen Stunden Herumgestreune und Einkaufen und Furcht und Warten fand ich sie noch auf und nicht in ihrem Zimmer, im Morgenmantel. Sie war wieder allein, aber noch immer unterdrückte sie das Hinken, wie ich gleich darauf sah, das heißt, sie ließ nicht zu, daß es sich wieder einfand mit der zurückgekehrten, gewohnten Einsamkeit oder mit der Vertrautheit, die sie mir gegenüber empfand, nicht so leicht, nicht so rasch. Ich machte das Licht nicht an, das sie vor ein paar Minuten gelöscht hatte, um mir Bescheid zu geben und mir zu sagen ›Komm rauf‹, denn es war nicht nötig: Sie saß, nach hinten gelehnt, auf dem Sofa, gegenüber dem Fernseher, dessen Licht ausreichte, uns zu erleuchten, mit dem kurzen Video von ›Bill‹, das abermals lief, jetzt, da sie das Bild mit ihrer soeben entstandenen Erinnerung an ihn vervollständigen konnte, jetzt, da sie endlich wußte, was dem Dreieck des blaßblauen Bademantels entsprach, oben und unten. Als ich hereinkam und nicht das Licht anmachte, wiederholte die Stimme eines Predigers oder eines gebrechlichen Sängers, die Stimme wie eine Säge auf englisch vom Bildschirm her: ›Für euch Frauen zählt das Gesicht. Die Augen. Das sagt ihr. Für die Männer das Gesicht mit Körper. Oder der Körper mit Gesicht. Das ist so.‹ Berta hielt das Video an, als sie mich sah. Sie stand auf und gab mir einen Kuß. »Es tut mir leid«, sagte sie, »du hast lange warten müssen.« – »Das macht nichts«, sagte ich. »Ich habe Milch mitgebracht, sie war alle, ich werde sie gleich in den Kühlschrank stellen.« Ich ging zum Kühlschrank, und dort stellte ich nicht nur die Milch ab, sondern nahm alle anderen Sachen aus der Plastiktüte, die ich gekauft hatte, das japanische Buch, die Zeitung, die Musik zu *Das Privatleben von Sherlock Holmes,* das tue ich immer, auch wenn ich von einer Reise komme, packe ich als erstes den Koffer aus und stelle alles an seinen Platz und den Koffer in seinen Schrank, um das Vergessen zu beschleunigen, das Vergessen der Tatsache, daß ich gereist bin, der Reise, alles soll nach Ruhe aussehen. Ich warf die Tüte in den Abfall, um das Vergessen meines Einkaufs und meiner Spaziergänge zu beschleunigen. Ich kehrte mit meiner kleinen Beute in der Hand ins Wohnzimmer zurück, Berta war nicht da, der Fernseher lief noch immer, ein Programm mit Lachmaschine, das auf das Ausschalten des Videos gefolgt war. Ich hörte sie in ihrem Schlafzimmer, vermutlich lüftete sie es, machte das Bett oder wechselte die Laken, sie hatte keine Zeit dazu gehabt durch mein rasches Eintreffen. Aber das war es nicht, zumindest nicht das letztere, denn als sie herauskam, hatte sie die Arme nicht voller Bettwäsche, sondern die Hände in den Taschen des Morgenmantels, eines seidenen, lachsfarbenen Morgenmantels, ich glaube, mit nichts darunter, vielleicht schlief sie lieber mit dem Geruch von ›Bill‹ in den Laken, wenn man Gerüche zurückbehalten möchte, scheinen sie immer zu rasch zu verfliegen. Sie roch nicht mehr nach Trussardi, sie roch nach Guerlain, als sie an mir vorbeiging, ich sah den Flacon (die offene Schachtel) auf dem Tisch, auf den wir die Post zu legen pflegten und auf den ich meine Zeitung, mein Buch, meine CD gelegt hatte: den Flacon, bei dessen Kauf ich dabeigewesen war. Er stellte die einzige materielle Spur von ›Bill‹ in der Wohnung dar. »Wie geht's?« fragte ich, ich konnte nicht länger damit warten, alles war mehr oder minder in

Ordnung, obwohl man immer Dinge findet, die in der Wohnung zu tun sind. »Gut. Und du? Was hast du die ganze Zeit gemacht? Du mußt halbtot sein vor Müdigkeit, du Armer.« Ich erzählte ihr flüchtig mein Herumgestreune, nicht meine Befürchtungen, ich zeigte ihr meine Einkäufe, ich sagte ihr nichts von meinem Warten. Ich wußte nicht, ob ich sie mehr fragen sollte, sie schien plötzlich die Scham zu haben, die sie in den vorangehenden Wochen nicht gehabt hatte, noch am selben Abend, als sie mich um Präservative gebeten hatte (ich hatte sie im Mülleimer gesehen, zwei, als ich die Tüte wegwarf, sie wurden von ihr zugedeckt, sie würden nicht mehr sichtbar sein beim nächsten Gang zum Eimer, die Beschleunigung des Vergessens, bisweilen braucht man es nicht zu beschleunigen, die einen Dinge decken die anderen zu, genau wie beim Abfall, die herankommenden Minuten ersetzen nicht nur, sondern *negieren* die vergangenen). Wie weit weg war mein Abendessen mit ihren Freunden und Freundinnen, mit Julia, sie erinnerte sich nicht, sie fragte mich nicht nach ihnen, ich fühlte mich nicht veranlaßt, sie zurückzuholen für die kurze Unterhaltung, die man haben kann und gewöhnlich hat, bevor man zu Bett geht, egal, wie spät es ist. Es war sehr spät, obwohl Sonnabend war, besser, wir gingen zu Bett, schliefen, vergäßen im Schlaf oder Berta hielte die Erinnerung zurück. Aber ich wollte wenigstens ein bißchen wissen, das war auch meine Geschichte, und gleichzeitig war sie es nicht (also konnte ich wissen wollen und war gerettet). Ich war stundenlang unter einem Himmel umhergegangen, der unsichtbar in den Avenues und rötlich in den Straßen war, ich hatte dreimal im Stehen auf dem Marmor von Kenmore Station gewartet, ich war hinter seinen metallischen Schritten bis zum Hotel Plaza hergegangen, ich hatte mich sehen lassen, ich hatte ein Video gedreht, ich verdiente vielleicht, etwas zu wissen, ohne zu warten, daß die Zeit verginge. »Na, erzähl doch mal«, sagte ich. »Nein, es gibt nichts zu erzählen«, sagte sie. Sie war barfuß, und dennoch hinkte sie nicht, ihr Blick war leicht verträumt, oder sie war nur schläfrig. Sie wirkte ruhig, als dächte sie ohne Eile nach und ohne daß das Nachdenken sie anstrengte. Auf ihrem Gesicht lag ein gelassenes, einfältiges Lächeln, das Lächeln von jemandem, der sich vage und mit Wohlgefallen erinnert. »Er ist doch Spanier, nicht?« sagte ich. »Ja, er ist Spanier«, antwortete sie, »das wußten wir schon.« – »Wie heißt er? Was macht er?« – »Er heißt Bill, dieser Name paßt gut zu ihm, und er hat mir nicht gesagt, was er macht. Darüber haben wir nicht gesprochen.« – »Aber erzähl mir doch ein bißchen mehr, wie ist er? War er dir sympathisch? Hat er dich enttäuscht? Hat er dir Angst gemacht? Auf dem Video war er widerlich«, und ich wies auf das Programm mit der Lachmaschine, das mit leise gestelltem Ton noch immer zu hören war. »Das weiß ich noch nicht«, antwortete Berta, »das wird davon abhängen, was jetzt passiert.« – »Habt ihr verabredet, euch weiter zu sehen?« – »Ja, ich nehme an. Es gibt die Postfächer, und er kann mich anrufen, ich habe ihm die Telefonnummer gegeben.« Berta zeigte sich einsilbig wie eine Verliebte, die nicht teilt, die verbirgt und zurückhält; sie konnte es nicht sein, das war lächerlich, vielleicht vernarrt, oder vielleicht wollte sie gerade jetzt nicht reden, da er nach vier langen Stunden Gesellschaft gegangen war, in Wirklichkeit vier plus vier, sie hatten sich um halb neun getroffen. Vielleicht wollte sie allein an das denken, was geschehen war, die Erinnerung festhalten, die seit ›Bills‹ Hinausgehen durch die Tür den langsamen Prozeß ihrer Verdämmerung begonnen haben dürfte, deshalb hatte sie bestimmt das Video laufen lassen, das ich unterbrochen hatte. ›Vielleicht morgen‹, dachte ich, ›vielleicht ist sie morgen eher bereit, zu reden und mir zu erzählen, nicht, daß es mir so wichtig wäre, das ist auch wieder wahr, in Wirklichkeit ist meine Aufgabe beendet, ich mußte das ernst nehmen, was sie ernst nahm, ihr helfen, zu demjenigen zu kommen, zu dem sie kommen und den sie womöglich gewinnen wollte. Das ist alles. Mein Aufenthalt hier ist ebenfalls fast zu Ende, ich werde in einer Woche abreisen und wahrscheinlich erst in einem Jahr wiederkommen, und dann wird sie mir alles erzählen, wie etwas, das der Vergangenheit angehört, etwas Verzeihliches und Harmloses, das uns zum Lächeln bringen wird und von dem wir ein wenig das Gefühl haben werden, daß nicht wir es gewesen sind, die daran teilgenommen oder es getan haben, etwas, das man vielleicht ganz erzählen kann, von Anfang bis Ende, nicht wie jetzt, da es geschieht, und man nicht weiß.‹ Aber ich wußte, daß ich nicht zu Bett gehen konnte, ohne sie noch zwei Dinge zu fragen, wenigstens zwei. »Hatte er Präservative dabei?« sagte ich. Im Halbdunkel schien mir, als errötete Berta, sie schaute mich mit der Röte an, die ihr gefehlt hatte, als sie sie von mir erbeten hatte, auch – glaube ich, ich sah nur durch die Kamera – als ich sie gefilmt hatte. »Ich weiß nicht«, sagte sie. »Ich habe ihm keine Zeit gelassen, bevor er sie rausholen konnte, habe ich meine rausgeholt, die du mir gegeben hast. Danke.« Und das ›danke‹ war zweifellos schamrot. »Und Miriam? Konntest du ihn nach Miriam fragen?« Berta interessierte das nicht mehr, sie hatte es vergessen, sie machte eine Geste, als wollte sie sagen: ›Das ist so viele Jahre her‹, der Name Miriam war ihr vermutlich zu Beginn des Abends entfallen, bestimmt brachte sie keine Nachricht mit. »Ja«, antwortete sie, »ich habe diesen Namen erwähnt, als gehörte er einer Freundin aus Spanien. Aber es sah nicht so aus, als würde er etwas bedeuten, und ich habe nicht insistiert, du hast mir gesagt, ich sollte nicht insistieren.« Jetzt fragte sie mich nicht mehr, worum es sich handelte oder was ich vermutete oder wüßte (sie sagte nicht zu mir ›Schieß los‹ oder ›Raus damit‹ oder ›Erzähl‹), zu viele Stunden waren vergangen, die meine Einbildung oder Vorstellung ausgelöscht hatten. Sie hatte sich wieder auf dem Sofa zurückgelehnt, sie mußte müde sein von der langen Nacht des Kennenlernens und davon, das Hinken barfuß zu unterdrücken. Ich sah ihre auf das Sofa hochgezogenen Füße, lange Zehen, hübsche Füße, sauber für ›Bill‹ – sie hatten den Asphalt nicht betreten –, sie machten Lust, sie zu berühren. Ich hatte sie vor sehr langer Zeit berührt (hätte ich sie daran erinnert, sie hätte die gleiche Geste gemacht: ›Das ist so lange her‹), es waren noch immer dieselben Füße, auch nach dem Unfall, wie viele Schritte mochten sie getan haben, wie viele Male mochten sie in fünfzehn Jahren berührt worden sein. Vielleicht hatte ›Bill‹ sie eben erst berührt, vielleicht nur zerstreut, während sie miteinander sprachen, nachdem sie mich auf die Straße gesetzt hatten, über was, sie hatten nicht über die sichtbare Arena gesprochen, worüber denn, vielleicht über mich, vielleicht hatte Berta ihm meine ganze Geschichte erzählt, um über etwas zu reden, auf dem Kopfkissen verrät und verkauft man die anderen, ihre größten Geheimnisse werden offenbart, und man äußert nur die Meinung, die dem Zuhörer schmeichelt und die Geringschätzung alles übrigen beinhaltet: Alles, was nicht zu diesem Territorium gehört, wird entbehrlich und zweitrangig, wenn nicht verachtenswert, es ist der Ort, an dem man am meisten den Freunden und den vergangenen und auch den gegenwärtigen Lieben abschwört, so wie Luisa mich verleugnet und herabgesetzt hätte, wenn sie mit Custardoy das Kissen geteilt hätte, ich war weit weg, in einem anderen Land jenseits des Ozeans, die Erinnerung an mich verdämmert, mein Kopf abwesend, ohne eine Spur zu lassen acht Wochen lang, sie hatte sich gewiß daran gewöhnt, diagonal zu schlafen, quer auf dem Bett, dort war niemand seit geraumer Zeit, und es ist nicht schwer, jemanden nicht wichtig zu nehmen, der nicht da ist, zumindest sprachlich, in der Erzählung, so wie es für Guillermo nicht schwer war, so lieblos von seiner kranken Frau auf einem anderen Kontinent zu sprechen, wenn man glaubt, daß niemand zuhört, im Zimmer eines Hotels in Havanna, unter dem fleischigen Mond und mit angelehnter Balkontür, davon zu sprechen, sie umzubringen oder zumindest sterben zu lassen: ›Ich lasse sie sterben‹, hatte er gesagt. ›Ich tue nichts, um ihr zu helfen. Ich treibe sie dem Tod in die Arme.‹ Und etwas später: ›Ich nehme ihr das bißchen Lebenslust, das ihr noch bleibt. Findest du das nicht genug?‹ Aber Miriam schien das nicht genug, sie wartete zu lange, und Warten ist, was am meisten zur Verzweiflung bringt und irre reden läßt und zermürbt und sagen läßt: ›Hab' ich dich jetzt‹ oder ›Du gehörst mir‹ oder ›Mit mir in die Hölle‹ oder ›Ich bring dich um‹, es ist wie ein riesiges Gewebe ohne Naht noch Verzierung noch Falte, wie ein unsichtbarer oder rötlicher Himmel ohne Winkel, die ihn verdecken, ein undifferenziertes, regloses Ganzes, in dem sich keine Fäden erkennen lassen und es nur Wiederholung gibt, aber nicht die Wiederholung nach Ablauf der Zeit, die nicht nur erträglich, sondern angenehm ist, nicht nur erträglich, sondern notwendig (man kann nicht akzeptieren, daß gewisse Dinge sich nicht wiederholen werden), sondern ständige und pausenlose Wiederholung, ein endloses Rauschen oder ständiges Einebnen dessen, was kommt. Nichts ist genug, wenn darauf gewartet wird, etwas muß aufgeschlitzt werden mit der geschliffenen Klinge, oder etwas muß verbrannt werden mit der Glut oder der Flamme, nichts ist genug nach der Geringschätzung und dem Abschwören und der Verachtung, danach kann man nur den folgenden und folgerichtigen Schritt gelten lassen, die Beseitigung, die Auslöschung, den Tod dessen, der aus dem Territorium vertrieben wurde, dessen Grenzen das Kissen zieht. Der fleischige Mond, die angelehnte Balkontür, der drückende Büstenhalter, das nasse Handtuch, das heimliche Weinen im Badezimmer, das Haar oder die Falte auf der Stirn, die schlafende Frau und die Frau kurz vor dem

Einschlafen, der Singsang derjenigen, die weiter wartet: ›Du mußt sie umbringen‹, hatte Miriam gesagt. Und Guillermo hatte geantwortet, seiner kranken Frau jenseits des Ozeans abschwörend, überdrüssig wie eine Mutter, die irgend etwas antwortet, ohne zu überlegen, es ist leicht, mit der Sprache zu verurteilen, es macht nichts, jeder weiß, daß er nicht verantwortlich ist für das, was er sagt, obwohl das Gesetz ihn manchmal bestraft, die Zunge am Ohr, die Zunge tötet nicht, sie vollzieht die Handlung nicht, sie kann nicht: ›Ist gut, ist gut, ich werde es tun, aber jetzt streichel mich weiter.‹ Und sie hatte später insistiert, in neutralem, wenn nicht mattem Ton: ›Wenn du sie nicht umbringst, bring ich mich um. Du wirst eine Tote haben, sie oder mich.‹

»Du wirst ihm doch nicht erzählt haben, daß ich ihm gefolgt bin, oder?« fragte ich Berta noch. »Nein, das nicht, vielleicht später, wenn es dir nichts ausmacht. Aber ich habe ihm von dir erzählt, von unseren Spekulationen und Vermutungen.« – »Und was hat er gesagt?« – »Nichts, er hat gelacht.« – »Ihr habt also über mich gesprochen.« – »Na ja, ich habe ihm ein bißchen erzählt, schließlich hatten wir dich auf die Straße gesetzt, damit er raufkommen konnte, es war logisch, daß er Neugier empfand für die Person, der er Unannehmlichkeiten bereitete.« Bertas Antwort kam mir leicht rechtfertigend vor, wo es doch keinen Grund dazu gab. Es sei denn, meine Frage hätte leicht anklagend geklungen aufgrund jenes ›also‹, das ich eingeschoben und mit dem ich sie in eine Bestätigung verwandelt hatte. Berta wollte nicht reden, sie antwortete weiter lustlos, um nicht unhöflich zu sein, oder um mich ein wenig für meine nächtlichen Wanderungen zu entschädigen. Ihr Morgenmantel hatte sich ein wenig geöffnet, ich sah ihre Brüste zur Hälfte in der Öffnung und ganz durch die Seide, dieselben Brüste, die ich nicht anschauen wollte, als ich sie filmte, sah ich jetzt mit Wohlgefallen, ein unzeitgemäßes Begehren. Sie war provokant gekleidet. Sie war eine Freundin. Ich insistierte nicht.

»Na gut, ich gehe ins Bett, es ist sehr spät«, sagte ich.

»Ja, ich gehe auch gleich«, antwortete sie. »Ich will noch ein bißchen aufräumen.«

Sie log, so wie ich später Luisa jenseits des Ozeans belügen würde, als ich noch nicht ins Bett gehen wollte, um Custardoy vom Fenster aus zu beobachten. Es war nichts aufzuräumen, es sei denn, den Flacon Eau de Guerlain auf dem Tisch, die offene Schachtel. Ich griff nach meinem Buch, meiner CD, der Zeitung, um sie in mein Zimmer mitzunehmen. Ich trug noch immer den Mantel.

»Gute Nacht«, sagte ich. »Bis morgen.«

»Bis morgen«, antwortete Berta.

Sie blieb, wo sie war, zurückgelehnt auf dem Sofa vor der Lachmaschine, müde, die Füße hochgezogen und mit offenem Morgenmantel, vielleicht mit ihren Gedanken bei der neuen konkreten Zukunft, die sie in dieser Nacht noch nicht enttäuschen konnte. Oder vielleicht dachte sie nicht. Ich ging einen Moment ins Badezimmer, und während ich mir die Zähne putzte und das Wasser aus dem Hahn die übrigen Geräusche dämpfte, schien mir, als summte sie ein wenig vor sich hin, zerstreut, mit den typischen Unterbrechungen desjenigen, der summt, ohne sich dessen gewahr zu werden, während er sich sorgfältig wäscht oder jemanden an seiner Seite streichelt, obwohl Berta sich nicht wusch (sie wollte vielleicht einen Geruch zurückhalten) und an ihrer Seite niemand mehr war. Und was sie vor sich hin summte, war in englisch, es war: ›*In dreams I walk with you. In dreams I talk to you*‹, der Beginn eines bekannten, vielleicht fünfzehn Jahre alten Schlagers. Ich ging in jener Nacht nicht noch einmal durch das Wohnzimmer, ich ging direkt aus dem Badezimmer in mein Schlafzimmer. Ich zog mich aus, ich legte mich ins Bett ohne jeden Geruch, ich wußte, daß ich erst nach sehr langer Zeit würde einschlafen können, ich bereitete mich auf die Schlaflosigkeit vor. Ich hatte die Tür angelehnt gelassen, wie immer, damit Luft hereinkommen konnte (das Fenster gezwungenermaßen geschlossen in New York in den Straßen, in den niederen Stockwerken). Und dann, als ich wacher war als in jedem anderen Augenblick der ganzen Nacht und kein Laut mehr zu vernehmen war, hörte ich abermals sehr leise, wie durch die Wand hindurch, die Stimme von ›Bill‹ oder die Stimme von Guillermo, die vibrierende Stimme des Gondelsängers, die Stimme wie eine Säge, die ihre schneidenden Sätze in englisch vom Bildschirm her wiederholte. Die Wirkung war düster. ›Das ist so. Wenn deine Titten und deine Möse und dein Bein mich überzeugen, daß es sich lohnt, das Risiko einzugehen. Wenn es dich noch interessiert. Vielleicht willst du nicht weitermachen. Du wirst denken, daß ich sehr direkt bin. Brutal. Grausam. Ich bin nicht grausam. Ich kann nicht viel Zeit verlieren. Ich kann nicht viel Zeit verlieren.‹

ACHT WOCHEN SIND nicht viel Zeit, aber sie sind mehr als es scheint, wenn sie zu weiteren acht hinzukommen, von denen sie ihrerseits nur elf oder zwölf trennen. Meine nächste achtwöchige Reise führte mich im Februar nach Genf und ist die letzte gewesen. Ich würde des gern sehen, wenn sie es für lange Zeit blieben, es hat keinen Sinn, daß Luisa und ich geheiratet haben, wenn wir soviel getrennt sind, wenn ich ihren ehelichen Veränderungen nicht beiwohnen noch mich an sie gewöhnen kann und Verdacht hege, den ich später ausschalte. Ich frage mich, ob ich mich ebenfalls verändere, ich bemerke es nicht, ich nehme an, daß es so ist, da Luisa sich im Oberflächlichen verändert (Schulterpolster, Frisur, Handschuhe, Farbton des Lippenstifts), die Wohnung sich verändert, deren so künstliche Einweihung schon ein wenig ferngerückt ist, die Arbeit sich verändert, meine ist mehr geworden, und ihre ist weniger geworden oder hat so gut wie ganz aufgehört (sie sucht etwas in Madrid, etwas Festes): seit meiner Abreise nach New York bis zu meiner Rückkehr aus Genf, das heißt zwischen Mitte September und fast Ende März, hat sie eine einzige arbeitsbedingte Reise gemacht, und die dauerte nicht Wochen, sondern Tage, nach London, um den offiziellen Übersetzer unseres bekannten hohen Würdenträgers zu vertreten, der unpassenderweise von seinen Kindern mit Windpocken angesteckt worden war (jetzt hat der Würdenträger einen offiziellen Dolmetscher zu seiner ausschließlichen Verwendung, den Posten hat ein Intrigant mit unklarem Namen bekommen – genialer Übersetzer, das allerdings –, denn seit er ihn erhalten hat, läßt er sich bei seinen beiden Familiennamen nennen, De la Cuesta y de la Casa), der eine Blitzreise machte (der hohe Würdenträger, nicht der windpockige Dolmetscher, dem man wegen Ansteckungsgefahr die Einreise verwehrt hätte), um seiner kürzlich abgesetzten Kollegin zu kondolieren und nebenbei mit ihren Nachfolgern über das zu sprechen, von dem unsere Repräsentanten immer behaupten, sie würden es mit den Briten besprechen, Gibraltar und die IRA und die ETA. Luisa erzählt keine kaum glaubliche Geschichten – aber ich brauche es auch nicht von ihr –, und sie erzählte wenig von dem Gespräch, ich meine mir, da zu vermuten steht, daß die Dolmetscher, vereidigt oder nicht (aber mehr die Konsekutivdolmetscher als die Simultandolmetscher, es ist eine Rarität, daß ich beides bin, wenn auch ersteres nur sehr gelegentlich, die Konsekutivdolmetscher hassen die Simultandolmetscher und die Simultandolmetscher die Konsekutivdolmetscher), nach außen hin alles verschweigen, was sie im Innern eines Zimmers vermitteln, es sind bewährte Leute, die keine Geheimnisse verraten. Mir konnte sie es jedoch erzählen. »Es war öde«, sagte sie über das Gespräch, das noch im offiziellen Wohnsitz stattgefunden hatte, den die britische Staatenlenkerin sich innerhalb von Tagen zu verlassen anschickte: es standen halbvolle Umzugskisten um sie herum. »So als würde er sie nur noch wie eine alte Freundin ohne Verantwortungen und Zuständigkeiten sehen und als wäre sie zu traurig, um auf seine brennenden Probleme einzugehen, vermutlich sehnte sie sich jetzt schon nach ihnen zurück.« Es hatte nur eine Reminiszenz an die persönliche Unterhaltung gegeben, zu der ich sie hingeführt hatte an dem Tag, da ich Luisa kennenlernte. Anscheinend hatte die englische Staatenlenkerin abermals ihren Shakespeare zitiert, wieder *Macbeth,* den sie offenbar ständig las oder im Theater sah: »Erinnern Sie sich«, hatte sie zu ihm gesagt, »was Macbeth behauptet, gehört zu haben, als er Duncan umbrachte? Es ist sehr berühmt.« – »Ich glaube, im Augenblick erinnere ich mich nicht daran, aber wenn Sie mein Gedächtnis auffrischen wollen...«, hatte sich unser Repräsentant entschuldigt. »Macbeth glaubt, eine Stimme gehört zu haben, die rief: ›*Macbeth does murder sleep, the innocent sleep* (was Luisa unserem hohen Würdenträger übersetzt hatte mit ›Macbeth mordet den Schlaf, den unschuldigen Schlaf‹). Genauso«, fügte die Dame hinzu, »habe ich mich bei meiner unerwarteten Absetzung gefühlt, ermordet, während ich schlief, ich war der unschuldige Schlaf, der darauf vertraute, umgeben von Freunden zu ruhen, von Menschen, die über mich wachten, und es waren dieselben Freunde, die mich wie Macbeth, Glamis, Cawdor im Schlaf erdolcht haben. Die schlimmsten Feinde sind die Freunde, mein Freund«, hatte sie unseren Staatenlenker, dessen Weg von ausgelöschten Freunden gesäumt war, unnötigerweise gewarnt, »trauen Sie niemals denen, die Ihnen am nächsten stehen, denen, die man scheinbar nicht zu zwingen brauchte, einen zu lieben. Und schlafen Sie nicht ein, die Jahre der Sicherheit bringen uns dazu, wir gewöhnen uns daran, uns außer Gefahr zu fühlen. Ich bin einen Augenblick im Gefühl der Sicherheit eingeschlafen, und Sie sehen ja, was mir passiert ist.« Und die Ex-Würdenträgerin wies mit einer eindrucksvollen Gebärde auf die offenen Kisten in ihrem Umkreis, als wären sie der Ausdruck der Schmach oder der bei ihrer Ermordung vergossenen Blutstropfen. Kurz darauf verließ ihr spanischer Ex-Kollege sie, um ein Gespräch mit ihrem Nachfolger oder, was das gleiche ist, mit ihrem Macbeth, Glamis, Cawdor zu führen.

Das war die einzige Arbeit Luisas in dieser langen Zeit, wenn sie auch zweifellos nicht untätig war: die Wohnung war jedesmal mehr Wohnung und sie jedesmal mehr eine richtige Schwiegertochter, obwohl ich auch das nicht von ihr brauchte.

In Genf habe ich weder Freund noch Freundin, die dort ständig in einer Wohnung leben, weshalb die Wochen meiner Dolmetschtätigkeit für die Menschenrechtskommission des ECOSOC (eine Abkürzung, die in einer der Sprachen, die ich spreche, wie die Übersetzung von etwas Absurdem klingt ›Echosocke‹) in einem winzigen möblierten, gemieteten Apartment vergingen und mit keiner anderen Unterhaltung als Spaziergängen durch die leere Stadt in der Abenddämmerung, Filmen mit Untertiteln in drei Sprachen, dem einen oder anderen Abendessen mit Arbeitskollegen oder alten Freunden meines Vaters (der auf all seinen Reisen Leute kennengelernt haben muß) und Fernsehen, immer und überall Fernsehen, es ist das einzige, was niemals fehlt. Wenn die acht Wochen in New York erträglich und sogar angenehm und spannend gewesen waren durch die Nähe und die Geschichten Bertas (die ich, wie ich schon sagte, immer vage vermisse und für die ich Nachrichten monatelang aufhebe), waren die Wochen in Genf äußerst deprimierend. Nicht, daß mich die Arbeit jemals sehr interessiert hätte, aber in dieser Stadt und im Winter wurde sie mir unerträglich, denn das Quälendste einer Arbeit ist nicht die Arbeit an sich, sondern das, was uns, wie wir wissen, am Ende des Arbeitstages erwartet oder nicht erwartet, mag es sich auch darauf beschränken, mit der Hand in einem Postfach herumzutasten. Dort erwartete mich nichts und niemand, ein kurzes Telefongespräch mit Luisa, deren mehr oder minder verliebte Sätze mir nur dazu verhalfen, statt allzu vieler Stunden nur zwei unter Schlaflosigkeit zu leiden. Dann ein Abendessen, zumeist in meinem eigenen Apartment improvisiert, das am Ende nach dem roch, was ich gegessen hatte, nichts Kompliziertes, nichts Übelriechendes, aber es roch, die Küche im selben Raum wie das Bett. Nach zwanzig und nach fünfunddreißig Tagen Aufenthalt kam Luisa mich jeweils zu einem langen Wochenende besuchen (jedesmal vier Nächte), in Wirklichkeit hatte es keinen Sinn, daß ich darauf wartete oder daß sie so kurz blieb, sie war ja an keine Tätigkeit gebunden, die nicht aufgeschoben werden konnte, noch an irgendeinen Zeitplan. Aber es schien, als würde sie voraussehen, daß bald auch ich diese Arbeit als Zeitkraft aufgeben würde, die uns zwingt, zu reisen und zuviel Zeit außerhalb des eigenen Landes zu verbringen, und als fände sie es wichtiger – wichtiger, als mich in dem zu begleiten, dessen Ende absehbar war, im nunmehr Vergänglichen –, das Terrain des Dauerhaften zu bereiten und zu besorgen, zu dem ich schließlich zurückkehren würde, um zu bleiben. Es war, als hätte sie ihrem neuen Personenstand allen Raum gegeben und das Vorangehende begraben, und als bliebe ich dagegen weiter meinem Junggesellenleben verbunden in einer anormalen, unangebrachten und ungewünschten Fortsetzung; als hätte sie geheiratet und ich noch nicht, als wäre das, worauf sie wartete, die Heimkehr des umherirrenden Ehemanns, während ich auf den Tag meiner Heirat wartete, Luisa installiert und mit verändertem Leben, meines – wenn ich auswärts war – noch immer identisch mit dem meiner dahingegangenen Jahre.

Bei einem ihrer Besuche aßen wir mit einem Freund meines Vaters zu Abend, jünger als er und älter als ich (er mochte fünfzehn Jahre älter sein), der sich einen Abend auf der Durchreise in Genf befand, auf dem Weg nach Lausanne oder Luzern oder Lugano, und ich vermute, daß er in den vier Städten dunkle oder schmutzige Geschäfte zu erledigen hatte, ein einflußreicher Mann, ein Mann im Schatten, wie es mein Vater gewesen war, während er sein Amt im Prado bekleidete, denn Professor Villalobos (so lautet sein Name) ist (bei einem sehr gebildeten Publikum) vor allem für seine Untersuchungen über spanische Malerei und Architektur des 18. Jahrhunderts bekannt, außer für seinen Infantilismus. Für einen noch kleineren, aber weniger gebildeten Zirkel handelt es sich zugleich um einen der größten akademischen und politischen Intriganten der Städte Barcelona, Madrid, Sevilla, Rom, Mailand, Straßburg und sogar Brüssel (und Genf natürlich; zu seinem Ärger hat er noch keine Macht in Deutschland oder England). Wie es jemandem ansteht, der so erhaben und ungestüm ist, hat er mit den Jahren auch etwas ferner liegende Themenbereiche berührt, Ranz hat immer große Wertschätzung empfunden für seine kurze, glänzende Arbeit (sagt er) über die Casa del Principe des Klosters Escorial, die ich nicht gelesen habe noch je lesen werde, wie ich fürchte. Dieser Professor lebt in Katalonien, Vorwand genug, um meinen Vater nicht zu besuchen, wenn er nach Madrid kommt, so zahlreich sind seine Beschäftigungen in der Hauptstadt des Königreiches. Aber die beiden schreiben sich relativ häufig Mitteilungen, die von Professor Villalobos (die Ranz mir irgendwann einmal zu lesen gegeben hatte, amüsiert) in einer bewußt antiquierten, ornamentalen Prosa, die bisweilen auch auf seine Sprech- oder besser Zungenfertigkeit durchschlägt: er ist ein Mensch, der zum Beispiel angesichts einer Unannehmlichkeit oder eines Mißgeschicks niemals sagen wird: ›So ein Mist‹, sondern ›Eine nette Bescherung‹. Ich hatte ihn kaum gesehen in meinem Leben, aber an einem Montagnachmittag (Intriganten reisen niemals am Wochenende) rief er mich auf einen Hinweis meines Vaters hin an (wie es in New York jener hohe spanische Beamte mit der tanzfreudigen, unechten Frau getan hatte), weil er an jenem Abend auf der Durchreise nicht allein in seinem Hotelzimmer vor sich hin kümmern wollte (die ortsansässigen Intriganten kehren nach ihren Tagesintrigen zum Ausruhen nach Hause zurück und überlassen den ausländischen Intriganten bei Einbruch der Dämmerung seinem Schicksal). Obwohl mir die Vorstellung, einen meiner Abende mit Luisa zu vergeuden, nicht gefiel, hatten wir doch aus eben diesem Grund auch keine andere Verpflichtung als die stillschweigende zwischen uns, und es ist leicht, solche in der Ehe nicht einzuhalten, ohne daß die Nichteinhaltung schwerwiegende Folgen hat.

Villalobos wollte uns nicht nur einladen, sondern auch beeindrucken, vielleicht mehr Luisa oder sie auf andere Weise. Er war unverschämt, wie es anscheinend seiner Gewohnheit entspricht, denn er kritisierte den Beruf, den ich ausgewählt hatte oder bei dem ich gelandet war. »Wo führt dich das hin?« fragte er mich, während seine fleischigen und feuchten Lippen (feucht an sich, aber er trank auch viel Wein) einen überlegenen Zug annahmen, als wäre er ein Vater (die Freunde der Väter glauben, von diesen den Umgang mit ihren Söhnen zu erben). Luisa hingegen warf er nicht vor, auf dem falschen Weg zu sein, vielleicht weil sie kaum noch als Übersetzerin arbeitete oder weil er im Grunde der Ansicht war, daß sie überhaupt keinem Weg zu folgen brauchte. Er war sympathisch, ungnädig, formal gelehrt, kokett, schulmeisterlich und unterhaltsam, er liebte es, sich niemals überrascht zu zeigen, unübertragbare Geheimnisse zu besitzen und über alles auf dem laufenden zu sein, was in der Welt geschehen war, gestern oder vor vier Jahrhunderten. Plötzlich, beim Nachtisch, fiel er ein paar Minuten lang in tiefes Schweigen, als hätte ihn Erschöpfung übermannt vor lauter Ungestüm und Erhabenheit, oder als wäre er in düstere Gedanken versunken, vielleicht war er unglücklich und hatte sich plötzlich daran erinnert. Jedenfalls mußte dieser Mann Talent haben, um so rasch von der Selbstgefälligkeit zur Niedergeschlagenheit zu wechseln, ohne dabei heuchlerisch oder unaufrichtig zu wirken. Es war, als würde er sagen: ›Was bedeutet das alles schon.‹ Die Unterhaltung versickerte (er hatte den Hauptpart übernommen, aus eigener Initiative), während sein Blick abwesend wurde, in der Hand der erhobene Löffel, mit dem er ein Stück Erdbeertorte aß.

»Ist etwas?« fragte Luisa und legte ihm zwei Finger auf den Arm.

Professor Villalobos ließ den Löffel sinken und nahm mit ihm ein Stück von seinem Nachtisch, bevor er antwortete, als bedurfte er einer Bewegung, um aus seinem inneren Schrecken herauszufinden.

»Nichts, nichts. Was soll schon sein. Sag, meine Liebe.« Und er tat spielerisch so, als wäre seine Selbstversunkenheit gespielt. Dann faßte er sich wieder völlig und fügte mit einer rhetorischen Gebärde des Löffels hinzu: »Der, der jetzt dein Schwiegervater ist, hat nicht im mindesten übertrieben, als er mir von dir erzählt hat. Sag mir, was du willst, und ich tue es sofort für dich.«

Er hatte viel getrunken. Luisa lachte einmal mechanisch auf und sagte:

»Seit wann kennst du ihn?«

»Ranz? Länger als sein eigener Sohn, dein hier anwesender frischgebackener Ehemann.« Ich wußte das nicht so genau, gewöhnlich interessiert man sich nicht für das, was vor der eigenen Geburt geschehen ist, wie die Freundschaften sich gestalten, die einem vorausgehen. Der Professor, der sich rühmte, in jeder Angelegenheit oder Neuigkeit mehr als jeder andere informiert zu sein, fügte hinzu, zu mir gewandt: »Ich habe sogar deine Mutter und deine Tante Teresa gekannt, bevor er sie kennenlernte, stell dir vor. Mein Vater war Arzt, und wenn er nach Madrid kam, besuchte er deinen Großvater. Ich habe ihn ein paarmal begleitet und sie alle ein wenig kennengelernt, deinen Vater fast nur vom Sehen, um die Wahrheit zu sagen. Bestimmt weißt du nicht, woran dein Großvater gestorben ist?«

»An einem Herzanfall, glaube ich«, äußerte ich zögernd. »Eigentlich weiß ich es nicht genau, er starb kurz vor meiner Geburt, es gehört zu den Dingen, für die man sich nicht interessiert.«

»Schlecht«, sagte der Professor, »alles interessiert, diese Apathie führt zu nichts. Klinisch gesehen starb er an einem Infarkt, ja, aber künstlerisch gesehen, so, wie man wirklich stirbt und worauf es ankommt, starb er aus Sorge, aus Furcht und aus Angst, und Schuld daran war dein Vater.

Jede Krankheit wird durch etwas verursacht, das *keine* Krankheit ist.« Professor Villalobos liebte nicht nur unübertragbare Geheimnisse, sondern auch kleine Knalleffekte, wenn er etwas erzählte, mochte es geheim sein oder nicht.

»Schuld war mein Vater? Warum mein Vater?«

»Er hatte panische Angst vor ihm seit dem Tod deiner Tante Teresa kurz nach ihrer Heirat mit ihm. Er fürchtete ihn wie den Teufel, abergläubisch, du weißt, was passiert ist, oder?«

Der Professor war nicht so zimperlich wie Custardoy. Er kam direkt zur Sache, für ihn bestand kein Zweifel, daß alles verdiente, gewußt zu werden, oder daß Wissen niemals schadet, oder wenn, dann hatte man es auszuhalten. Ich dachte in jenem Augenblick – es war wie ein Blitz –, daß jetzt die Zeit für mich gekommen war, zu wissen, als hätten die Geschichten, die lange Jahre ruhen, eine Stunde, in der sie erwachen, und als könnte nichts gegen ihre Heraufkunft getan, als könnte sie allenfalls ein wenig hinausgeschoben werden, ein wenig noch, zu keinem Zweck. ›Ich glaube nicht, daß für irgend etwas die Zeit vergeht‹, hatte Luisa im Bett zu mir gesagt, kurz bevor mein Arm ihre Brust berührt hatte ›alles ist da und wartet darauf, daß man es zurückholt.‹ Sie hatte es gut ausgedrückt, wie ich glaube. Vielleicht kommt ein Augenblick, in dem die Dinge erzählt werden möchten, sie selbst, vielleicht um zur Ruhe zu kommen oder um endlich zu einer Fiktion zu werden.

»Ja, ich weiß, ich weiß, daß sie sich mit einem Schuß das Leben genommen hat.« Und ich gab zu, etwas zu wissen, dessen ich mir in Wirklichkeit weder gewiß noch sicher war, es handelte sich nur um ein noch frisches Gerücht, das von Custardoy zu mir und von mir zu Luisa gelangt war.

Professor Villalobos trank noch immer Wein und aß jetzt mit großer Geschwindigkeit seine Torte, wobei er den Löffel handhabte, als wäre er ein Skalpell seines ärztlichen Vaters. Nach jedem Bissen oder Schluck wischte er sich mit der Serviette über den feuchten Mund, der feucht blieb, nachdem er ihn getrocknet hatte. Auch in dieser Angelegenheit oder Neuigkeit besaß er mehr Information als ich.

»Meine Eltern waren da, als es passierte, das werdet ihr vielleicht nicht wissen, zum Essen eingeladen.« Er hatte gesagt ›das werdet ihr nicht wissen‹, er hatte den Plural benutzt, wie man es gegenüber Ehepaaren tut. »Sie kamen entsetzt nach Barcelona zurück, und ich habe oft gehört, wie sie es erzählten. Deine Tante stand vom Tisch auf, nahm die Pistole deines Großvaters, lud sie, ging ins Badezimmer, und dort schoß sie sich in die Brust. Meine Eltern haben sie tot gesehen, auch deine ganze Familie, außer deiner Großmutter, die ein paar Tage außerhalb von Madrid verbrachte, bei einer Schwester, die in Segovia oder im Escorial lebte.«

»In Segovia«, sagte ich. Diese Information besaß ich.

»Es war ihr Glück, oder vielleicht hat deine Tante es so eingerichtet, es ist nicht wahrscheinlich. Dein Großvater hingegen hat sich nie vom Anblick seiner blutüberströmten Tochter erholt, die mit einer zerstörten Brust auf dem Badezimmerboden lag. Sie war mehr oder weniger normal gewesen während des Mittagessens, na ja, sie war still und aß kaum und erzählte nichts, als wäre sie unglücklich in einem Augenblick, da es ihr nicht anstand, sie war erst vor einer Woche oder so von ihrer Hochzeitsreise zurückgekehrt. Aber das haben meine Eltern später rekonstruiert, während sie aßen, konnte niemand ahnen, was geschehen würde.« Und dann fuhr Villalobos fort, zu erzählen, was ich nicht wissen wollte, aber erfahren habe. Er erzählte ein paar Minuten lang. Er erzählte mit Einzelheiten. Er erzählte. Er erzählte. Ich hätte ihn nur dann nicht hören können, wenn ich gegangen wäre. Und bevor er verstummte, fügte er hinzu: »Alle sagten, Ranz habe großes Pech gehabt, da er zum zweitenmal Witwer geworden sei.« Dann machte er eine Pause und aß die Torte auf, deren Verzehr er unterbrochen hatte (der Löffel abermals rhetorisch), während er die Einzelheiten erzählte und eine andere Torte erwähnte, eine Eistorte, die schmolz. Aber weder Luisa noch ich sagten etwas, so daß er das Instrument auf den Teller legte und an den Anfang zurückkehrte, Professor, der er war. »Du kannst dir vorstellen, als Ranz später deine Mutter heiratete, lebte dein Großvater in einem permanenten Angstzustand. Anscheinend erbleichte er jedesmal und hob die Hände an die Stirn, wenn er deinen Vater zu Gesicht bekam. Deine Großmutter hatte mehr Widerstandskraft, und außerdem hatte sie ihre Tochter nicht tot gesehen, nur begraben. Dein Großvater lebte seitdem, allerdings nicht mehr lange, wie ein zum Tode Verurteilter, der das Datum seiner Hinrichtung nicht kennt und jeden Morgen in der Furcht aufsteht, daß der Tag gekommen ist. Der Vergleich ist nicht ganz richtig, er fürchtete das Ableben seiner Tochter, die ihm geblieben war. Er schlief nicht einmal. Er erschrak jedesmal, wenn das Telefon oder die Türglocke ertönte oder ein Brief oder ein Telegramm eintraf, und dabei machten deine Eltern keine Hochzeitsreise, die Umstände ließen solche Vergnügungen nicht zu, sie entfernten sich auch kaum von Madrid, solange er lebte. Nie hatte mein Vater, wie er sagte, einen so klaren Fall von Tod aus Angst gesehen wie bei deinem Großvater. Der Infarkt war nur der Ausdruck, das Mittel, es hätte ein anderes sein können, sagte er. Als dein Großvater starb, wurde der Kontakt zwischen unseren Familien selten. Ich nahm ihn mit Ranz dann auf anderen Wegen wieder auf, Jahre später. Na, was sagst du.« In seinem letzten Satz lag Befriedigung, jeder macht gern Tests und kommt mit Neuigkeiten. Der Professor rief einen Kellner herbei und bestellte, seltsamerweise, nachdem er die Torte gegessen hatte, die Käseplatte und noch mehr Wein dazu. »Ich habe Hunger, heute habe ich nicht zu Mittag gegessen«, entschuldigte er sich.

Luisa und ich waren schon beim Kaffee. Es drängten sich

zwei Fragen auf, zwei hauptsächliche Fragen, die schwerlich nicht gestellt werden konnten, da wir außerdem zwei waren, die sie stellen konnten. In Wirklichkeit richteten sich beide Fragen an unseren Vater, aber er war weit weg, und mit ihm sprach man nicht über die ferne Vergangenheit. Oder vielleicht jetzt doch, mir kam plötzlich die unwahrscheinliche Möglichkeit in den Sinn, daß Ranz vor Monaten Custardoy und jetzt Villalobos gesandt hatte, um mich allmählich zu informieren, um mich allmählich auf eine Geschichte vorzubereiten, über die er mich zu unterrichten wünschte, jetzt, vielleicht, weil ich zum erstenmal geheiratet hatte, er hatte es dreimal getan, und zweimal war es schlecht ausgegangen oder, wie alle seinerzeit gesagt hatten und der Professor gerade wiederholt hatte, er hatte großes Pech gehabt. Aber er hatte mir auch den hohen spanischen Beamten mit der vergnügungssüchtigen und frivolen Frau geschickt, und der hatte mir nichts erzählt. Luisa und ich sprachen fast gleichzeitig:

»Aber warum hat sie sich umgebracht?« sagte sie, mir eine halbe Sekunde voraus.

»Wer war die erste Frau?« sagte ich verspätet.

Professor Villalobos nahm sich Brie und Camembert, alles cremig. Er strich ein wenig von ersterem auf das Toastbrot, das in Stücke brach, als er es zum Mund führte. Ihm blieb ein Stück darin, das zu groß war, um es mit einem Mal hinunterzuschlucken, er befleckte sein Revers, und er befleckte die Tischdecke.

»Warum sie sich umgebracht hat, weiß man nicht«, antwortete er mit noch nicht ganz leerem Mund, aber in der richtigen Reihenfolge, als sähe er sich im Unterricht einem Ansturm von Zweifeln gegenüber. Er trank ziemlich viel Wein, um das Schlucken zu erleichtern. »Nicht einmal dein Vater wußte es, wie er sagte, das sagte er. Seine Überraschung, als er beim Nachtisch in der Wohnung seines Schwiegervaters eintraf, war so groß wie bei jedem anderen der Anwesenden oder der später Gekommenen, sein Schmerz noch größer. Er sagte, alles sei in bester Ordnung, zwischen ihnen sei nichts vorgefallen, sie seien glücklich und alles. Er konnte es weder sich noch den anderen erklären. Sie hatten sich am Morgen getrennt, ohne daß er etwas Merkwürdiges bemerkt hatte, sie hatten sich mit mehr oder weniger verliebten Sätzen verabschiedet, wie an jedem beliebigen Tag, konventionellen Sätzen, wie ihr sie euch heute abend oder morgen sagen mögt. Wenn das stimmt, dann muß er sich nicht wenig gequält haben in all diesen Jahrzehnten. Deine Mutter hat ihm wohl sehr geholfen. Vielleicht sah Ranz sich auch gezwungen, nachzuforschen, ob deine Tante Teresa ein Doppelleben führte, dessen selbstmörderische Hälfte er nicht kannte, solche Dinge passieren. Wenn er etwas herausgefunden hat, dann hat er es verschwiegen, nehme ich an. Ich weiß nicht.« Der Professor trocknete sich den Mund, jetzt mit mehr Grund, um seine Mundwinkel von harten Toastbrotkrumen und weichen Brieresten zu säubern.

»Das Revers«, bedeutete ihm Luisa.

Der Professor blickte unwillig und überrascht an sich herunter. Es war ein Gigli-Revers, sehr teuer. Er säuberte sich schlecht, mit Ungeschick, Luisa befeuchtete den Zipfel ihrer Serviette mit Wasser, sie half ihm, sie befeuchtete den Zipfel, wie ich den eines Handtuchs im Badezimmer des Hotels in Havanna befeuchtet hatte, um ihr das Gesicht, den Hals, den Nacken zu erfrischen (ihr langes, in Unordnung geratenes Haar war verklebt, und ein paar einzelne Haare lagen quer über ihrer Stirn, wie feine Falten, die aus der Zukunft gekommen waren, um sie einen Augenblick lang zu verdüstern).

»Glaubst du, das macht Flecken?« fragte sie der Professor. Er war ein eingebildeter Mann, auch distinguiert, trotz seines breiten Gesichts.

»Ich weiß nicht.«

»So werden wir es herausfinden«, sagte der Professor und wies mit dem ausgestreckten Mittelfinger verächtlich auf das teure, unreine Revers von Romeo Gigli. Er strich sich Camembert (nicht auf das Revers, auf ein anderes Toastbrot, er vermischte alle Geschmäcker), trank Wein und fuhr fort, ohne den Faden zu verlieren: »Was die erste Frau betrifft, so weiß ich nicht viel von ihr, außer daß sie Kubanerin war, wie deine Großmutter. Ranz hat eine Zeitlang in Havanna gelebt, wie ihr wissen werdet, ein Jahr oder zwei, so gegen 1950, nicht?, ein offizielles Pöstchen in der Botschaft, nicht? Kulturattaché? Sag du es. Na ja, so wie ich ihn kenne, habe ich immer gedacht, daß er so etwas wie künstlerischer Berater von Batista gewesen sein muß, hat er dir nichts davon erzählt?«

Der Professor erwartete von mir irgendeine Präzisierung, wie die in bezug auf Segovia. Aber ich wußte nicht, daß mein Vater in Kuba gelebt hatte. Ein Jahr oder zwei.

»Wer ist Batista?« fragte Luisa. Sie ist jung und zerstreut und hat kein gutes Gedächtnis, außer beim Übersetzen.

»Ich weiß nicht«, sagte ich als Antwort auf Villalobos, nicht auf sie. »Ich wußte nicht, daß er in Kuba gelebt hat.«

»Aha, auch das hat dich nicht interessiert«, sagte der Professor in seiner unverschämten Art. »Na ja, das ist deine Sache. Dort hat er diese Frau geheiratet, und ich glaube, dort hat er deine Mutter und deine Tante kennengelernt, die damals einige Monate in Havanna verbrachten, um deine Großmutter auf einer Reise zu begleiten, die sie wegen irgendeiner Erbschaftssache machen mußte oder weil sie nicht alt werden wollte, ohne die Orte ihrer Kindheit wiedergesehen zu haben, ich weiß es nicht genau, ihr müßt bedenken, daß das alles Bruchstücke von Unterhaltungen sind, die ich vor langer Zeit von meinen Eltern gehört habe und die nicht für mich bestimmt waren.« Professor Villalobos entschuldigte sich, er erzählte nicht mehr so lustvoll, es ärgerte ihn, sich seiner Angaben nicht sicher zu sein, er haßte das Unvollständige und Ungenaue, nie hätte er etwas anderes schreiben können als Werkanalysen, keine Biografien, Biografien hören nicht auf. Er steckte sich eine der Pralinen in den Mund, die man uns mit dem Kaffee gebracht hatte. Aber die Bewegung war so rasch, daß ich nicht sicher bin (er steckte sie wie eine Pille in den Mund): er war noch nicht mit dem Käse fertig, ich fand, daß er zu vieles vermischte. Jedenfalls lag auf dem Teller eine Praline weniger.

»Wie dem auch sei, sie nahm die Mädchen für diese Zeit mit, damit sie bei ihr waren, drei Monate oder so. Dein Vater lernte sie dort nur oberflächlich kennen, die Verlobung mit deiner Tante begann natürlich einige Zeit später, als er schon Witwer und wieder nach Madrid zurückgekehrt war. Anscheinend sah er gut aus, na ja, man sieht es ihm immer noch an, ein trauriger und gleichzeitig fideler Witwer, das ist unwiderstehlich, damals trug er einen kleinen Schnurrbart, anscheinend rasierte er sich ihn zu seiner dritten Hochzeit ab und ließ ihn dann nicht wieder wachsen, vielleicht ein Aberglaube. Aber ich weiß fast nichts von der ersten Frau.« Der Professor schien sich zu ärgern, daß er diese Unterhaltung nicht vorausgesehen und sich vorher nicht besser informiert hatte. Vielleicht war es nicht möglich, sich besser zu informieren. »Ihr wißt ja, wie das ist, über die ersetzten Toten spricht man gewöhnlich wenig oder überhaupt nicht mit denen, die sie ersetzen, vor deiner Familie oder vor Bekannten konnte man schlechterdings nicht ständig an eine Fremde erinnern, die, rückblickend betrachtet, den Platz deiner Tante Teresa eingenommen hatte. Man kann die Dinge im vornherein oder im nachherein betrachten, nicht wahr?, und sie ändern sich erheblich, je nachdem, wie man sich entscheidet. Schön, worauf ich hinauswollte: ich vermute, daß alle von ihr wußten, aber daß niemand sich die Mühe machte, sich an sie zu erinnern, es gibt Leute, die besser nicht existiert hätten; obwohl man nicht darum herum kam, als deine Tante sich umbrachte, man erinnerte sich kurz an sie, soweit es unvermeidlich war, weil er zum zweitenmal Witwer wurde. Sie würde nicht das gleiche Schicksal erleiden, weil deine Mutter sie ersetzte, eine Schwester vergißt man nicht, so ungebührlich der Platz auch sein mag, den sie eingenommen hat, eine unbekannte Ausländerin hingegen wohl. Es waren andere Zeiten.« Der Professor seufzte fast.

»Es hat immer ein Bild meiner Tante Teresa in der Wohnung meiner Eltern gegeben«, bemerkte ich, ich glaube, um Villalobos zu beruhigen: wenn er nicht über alle Angaben verfügte, so würde es ihm zumindest gefallen, in seinen Vermutungen recht zu haben.

»Eben«, sagte er, als schenkte er der Tatsache, daß er das Richtige getroffen hatte, keine Bedeutung (aber er war entzückt, richtig getroffen zu haben). Er schob mit dem Unterarm die Käseplatte zur Seite, er mußte längst übersatt sein. Aber nein, er wandte sich mehr den Pralinen zu und bestellte Kaffee für sich. Als er die Platte beiseite schob, befleckte er sich geringfügig den Gigli-Ärmel mit dem verschmutzten Tellerrand. Jetzt hatte er die Arme auf dem Tisch verschränkt, selbst so wirkte er elegant.

»Und woran starb sie?« fragte Luisa.

»Wer?« antwortete der Professor.

»Die erste Frau«, sagte ich, und ich glaube, daß Luisa, als ich dies sagte, begriff, daß ich auch etwas anderes sagte, etwas wie ›Ist gut‹ oder ›Also los‹ oder ›Du hast gewonnen‹ oder ›Jetzt ja‹. Aber wenn, dann sagte ich es ihr, nicht Villalobos.

»Kinder, ihr werdet mir verzeihen müssen, daß ich auch das nicht genau weiß.« Der Professor war wütend und trank Wein, mir schien, er stand im Begriff, das Thema zu wechseln, er war es nicht gewöhnt, so oft ›Ich weiß nicht‹ zu sagen. Er entschuldigte sich abermals: »Ich habe mit deinem Vater einen, sagen wir, eher geistigen als persönlichen Kontakt, obwohl wir uns auch persönlich sehr schätzen.

Diese ganzen Dinge weiß ich von meinem Vater, der schon vor Jahren gestorben ist, aber ich habe nie mit Ranz darüber gesprochen.«

»Na ja, sie haben dich nicht interessiert«, sagte ich. Ich konnte es mir nicht verkneifen, ihm eine Unverschämtheit zurückzuzahlen: sie war ungerecht, aber schließlich hatte er mich mit nicht weniger als drei bedacht.

Der Professor sah mich mit Verdruß und Erbarmen durch seine Brillengläser an, aber es war ein väterlicher Verdruß, wie alles andere auch. Na ja, das Erbarmen war professoral.

»Mehr als dich, Dummerjan. Mehr als dich.« Seine Beleidigung war antiquiert, verzeihlich und didaktisch, fast brachte sie mich zum Lachen, Luisa auch, wie ich sah. »Aber ich weiß, welches die Grenzen in jeder Beziehung sind. Ich rede mit deinem Vater über Villanueva und über Villalpando«, sagte Villalobos, »von denen du bestimmt nicht mal weißt, wer sie sind.«

»Ich weiß nicht, wer sie sind«, sagte Luisa.

»Du wirst es schon erfahren«, sagte der Professor zu ihr, als wäre sie eine ungeduldige Studentin, die man auf das Ende des Unterrichts vertröstet. »Was ich sagen wollte: Ich weiß nicht genau, woran diese erste Frau gestorben ist. Auch nicht, wie sie hieß. Dort in Kuba, das ja. Besser, ihr nehmt mich nicht beim Wort, denn ich bin nicht einmal sicher, das gehört zu haben, aber ich habe die Vorstellung, daß sie durch ein Feuer umgekommen ist. Natürlich ist die Vorstellung sehr unklar, vielleicht stammt sie aus irgendeinem Film, den ich damals gesehen habe, als ich ein Junge war und am meisten über deinen Vater hörte und darüber, daß er zweimal Witwer war. Euch, die ihr jünger seid, wird das noch nicht passieren, aber es kommt eine Zeit, wo man das, was man gesehen hat, mit dem verwechselt, was einem erzählt wurde, was man erlebt hat, mit dem, was man weiß, was einem zugestoßen ist, mit dem, was man gelesen hat, in

Wirklichkeit ist es ein Wunder, daß wir normalerweise unterscheiden, wir unterscheiden letztlich ziemlich gut, und das ist seltsam, alle Geschichten, die man im Lauf eines Lebens durch das Kino, das Fernsehen, das Theater, die Zeitungen, die Romane hört und sieht, akkumulieren sich ohne Ausnahme und sind verwechselbar. Es ist schon erstaunlich, daß die meisten Leute noch immer wissen, was ihnen wirklich passiert ist. Aber es ist unmöglich, das, was den anderen geschehen ist und was sie uns erzählen, von dem zu unterscheiden, was uns als fiktiv präsentiert wird, oder als wirklich, aber weit entfernt, etwas Wirkliches, das Personen betrifft, die wir nicht kennen, oder solche aus der Vergangenheit. Sagen wir, daß das eigene Gedächtnis, von extremen Fällen abgesehen, noch immer ziemlich heil ist, ziemlich unversehrt, man erinnert sich an das, was man persönlich gesehen und gehört hat, anders, als man sich an Bücher oder Filme erinnert, aber die Sache ist nicht mehr so verschieden, wenn es um etwas geht, das *andere* gesehen, gehört, erlebt und gewußt und uns dann erzählt haben. Und dann erfindet man.«

Professor Villalobos entschuldigte sich nicht mehr, sondern er dozierte. Er wechselte das Thema, er war des vorherigen überdrüssig geworden. Er rührte im Kaffee mit seinem neuen Löffel, er hatte sich Saccharin hineingetan, nachdem er so viel gegessen hatte. Er war kein dicker Mann, aber auch nicht schlank. Bei einem vorbeigehenden Kellner bestellte er eine Zigarre. »Eine Zigarre«, sagte er, obwohl er es auf französisch sagte und ich übersetzte.

»Ich verwechsle sämtliche Reden, die ich in meinem Leben übersetzt habe. Ich erinnere mich an nichts«, sagte ich, um ihm zu schmeicheln und ihn ein wenig für meine ungerechte Unverschämtheit zu entschädigen.

»Was für ein Feuer?« Luisa ließ ihn noch nicht das Thema wechseln.

»Ich weiß nicht«, sagte der Professor, »ich weiß nicht

einmal, ob es so etwas überhaupt gab. Damals, als deine Tante starb und mehr darüber gesprochen wurde, bekam ich Angst davor, daß die Wohnung nachts brennen könnte, und ich schlief schlecht, es ist eine normale Angst in der Kindheit oder sie war es zu meiner Zeit, aber ich verbinde sie damit, daß ich jemanden gesehen oder von jemandem gehört habe, der im Bett verbrannt ist, während er schlief. Dieses Bild ist wiederum vage mit dem Tod jener ersten Frau deines Vaters verbunden, aber in Wirklichkeit weiß ich nicht, warum, ich erinnere mich nicht, daß jemand etwas darüber gesagt hätte, etwas Konkretes über diesen Tod, der im Unterschied zu dem deiner Tante für uns sehr weit weg war. Vielleicht habe ich diese Szene in einem Film gesehen, der in den Tropen spielte, sie beeindruckte mich, und deshalb habe ich die beiden Vorstellungen verbunden, Kuba und das Feuer, das Feuer und die kubanische Frau. Zu meiner Zeit gab es viele Filme, die in den Tropen spielten, es war Mode, nach dem Zweiten Weltkrieg hatten die Leute wahrscheinlich Lust, Orte zu sehen und sich vorzustellen, die weit entfernt waren vom Konflikt, wie die Karibik oder der Amazonas.«

Professor Villalobos wechselte endgültig das Thema, nicht ohne Mühe, ich dachte, ihn langweilte unsere Gesellschaft. Das Feuer fürchtete er wohl nicht mehr, denn der Kellner brachte ihm die Zigarrenkiste, er nahm eine, ohne zu zögern (er kannte die Marken), roch nicht an ihr (er hatte Stil, er trug auch keine Ringe), steckte sie in den Mund – den feuchten Mund, der immer voll ist und die Fülle – und ließ zu, daß man seinem Gesicht mit einer gewaltigen Flamme, mit der man sie ihm anzündete, zu nahe kam. Diese Zigarre roch schlecht, aber ich rauche keine. Der Professor tat ein paar Züge, und dabei nahmen seine Augen wieder einen abwesenden Ausdruck an oder vergrub sich sein Kopf wieder in dunkle Gedanken. Auch jetzt wirkte er nicht unaufrichtig: wenn er niedergeschlagen und stumm war, ähnelte er ein wenig jenem englischen Schauspieler, der sich vor Jahren in Barcelona umgebracht hatte, wo Villalobos lebte, George Sanders mit Namen, ein großer Mime. Vielleicht hatte er sich wieder daran erinnert, daß er unglücklich war und dies nicht zu den Dingen gehörte, die man ihm erzählt hatte oder die er gelesen oder erfunden hatte oder die Teil einer Intrige waren.

»Der Amazonas«, sagte er mit der Zigarre in der Hand. Die Glut leuchtete.

AN JENEM ABEND sprachen Luisa und ich miteinander, als wir in das Apartment kamen, wenn auch nur sehr kurz und erst, nachdem wir zu Bett gegangen waren, nach zwei schweigenden Fahrten im Taxi. Aber es hat keinen Sinn, daß ich noch mehr von diesem Abend spreche, vielmehr möchte ich von einem anderen sprechen, der nicht viel später kam, oder, was das gleiche ist, vor kurzem, genau gesagt am Tag meiner Rückkehr aus Genf, nach Ablauf – oder fast – meiner acht Wochen Aufenthalt und Arbeit, drei Wochen nach dem Abend, über den weiter zu sprechen keinen Sinn hat. Oder vielleicht doch, da es damals zu der Vereinbarung kam. Oder vielleicht nicht, da das, was drei Wochen später stattfand, eine Mischung aus Vereinbarung und Zufall, aus Zufall und Vereinbarung war, aus einem vielleicht und einem womöglich.

Ich verlegte meine Rückkehr vierundzwanzig Stunden vor. In Wirklichkeit hatte ich am Anfang schlecht kalkuliert und nicht mit einem Feiertag in der Schweiz gerechnet, dank dessen meine Aufgaben am Donnerstag und nicht am Freitag der achten Woche beendet waren. Aber das merkte ich erst an jenem Montag, und noch am gleichen Tag buchte ich das Ticket vom Sonnabend auf den Freitag um. Ich telefonierte mit Luisa an jenem Abend und auch am Dienstag und am Mittwoch, nicht am Donnerstag, an keinem Abend sagte ich ihr etwas über meinen veränderten Termin, ich vermute, ich wollte ihr eine kleine Überraschung bereiten, ich vermute auch, ich wollte sehen, wie meine Wohnung aussah, wenn man mich nicht erwartete, was Luisa tat, wie sie ohne mich war, wo sie sich befand, wann sie nach Hause kam, mit wem, wenn mit jemandem, oder wen sie empfing. Wer an der Ecke stand. Ich wollte den Verdacht völlig zerstreuen, man möchte keinen Verdacht hegen, aber er kehrt bisweilen zurück, auch wenn er ausgeschaltet wurde, jedesmal weniger stark, solange man mit jemandem lebt, ob man nun gefragt und gehört hat ›Ich bin es nicht gewesen‹, oder Schweigen bewahrt, immer geht es darum, ihn abzuschwächen. Das war der Zufall.

Die Vereinbarung bestand darin, daß die Zeit gekommen schien zu erfahren, was schon seit neun Monaten in Andeutungen vorhanden war, seit unserer Heirat und nicht vorher, nicht, seitdem wir uns kannten. Alles in allem war es mein eigener Vater gewesen, der damit noch am Tag meiner Hochzeit begonnen hatte, wenige Stunden danach im Kasino in der Alcalá 15, als er mich beiseite nahm und mich fragte, was ich mich die ganze vorangehende fast schlaflose Nacht gefragt und vielleicht bei der Zeremonie zu verdrängen begonnen hatte. Nein, nicht dort, ich konnte es nicht und später auch nicht, und das Unbehagen wuchs auf der Hochzeitsreise, in Miami und New Orleans und Mexiko und vor allem in Havanna, hätte Luisa sich nicht unwohl gefühlt, dann wäre das Vorgefühl der Katastrophe vielleicht ebenso verschwunden wie die Künstlichkeit der Wohnung, die mir jetzt jeden Tag natürlicher vorkommt, ich vergesse die, die ich vorher allein für mich bewohnte. Es ist nicht einmal ein Jahr her. Die Vereinbarung fand an jenem Abend statt, von dem ich nicht weiter sprechen mag, aber etwas werde ich doch sagen. Als wir in mein Apartment zurückkehrten, nachdem wir Professor Villalobos am Eingang seines vorübergehenden Domizils abgesetzt hatten (er war weder reich noch gewandt genug, um danach eng tanzen zu wollen, oder aber er erinnerte sich inzwischen pausenlos an sein Unglück), sagte Luisa im Dunkeln zu mir (sie sagte es mir mit dem Kopf auf dem Kissen, es war ein Bett mit Federbett und für eine einzige Person, wenn auch breit genug, daß zwei hineinpaßten, die sich nicht scheuen, einander zu berühren): »Willst du immer noch nicht wissen? Willst du immer noch nicht, daß ich deinen Vater frage?« Ich fürchte, daß ich ihr mit der Äußerung eines anderen Verdachts antwortete: »Hast du ihn denn noch nicht gefragt? Ihr seht euch doch ziemlich oft.« Luisa war nicht verärgert, wir alle verstehen, daß es Verdacht geben kann. »Nein, natürlich nicht«, sagte sie, ohne daß ihre Stimme verletzt klang. »Ich werde es auch nicht tun, wenn du nicht willst. Er ist mein Schwiegervater, und ich empfinde mittlerweile vor allem große Zuneigung für ihn, aber er ist dein Vater. Es liegt bei dir, was du willst.« Es trat Schweigen ein, sie drängte mich nicht. Sie wartete. Und wartete. Wir sahen uns nicht. Es gab keine Bettdecke. Wir berührten einander. Ihr war klar, daß sie es sein mußte, nicht ich, die Ranz fragen würde, nicht so sehr in der Sicherheit, daß er es ihr erzählen würde, als in der, daß er es mir gegenüber nicht tun würde. ›Mir würde er es erzählen‹, hatte sie indes einmal gesagt, bei Licht und in unserem Bett, vertrauensvoll. ›Vielleicht hat er all diese Jahre darauf gewartet, daß in deinem Leben jemand wie ich auftaucht, jemand, der zwischen ihm und dir vermitteln kann, ihr Väter und Söhne seid sehr ungeschickt miteinander.‹ Und sie hatte noch hinzugefügt, mit Recht und Hochmut: ›Vielleicht hat er dir seine Geschichte nie erzählt, weil er nicht wußte, wie er es machen sollte, oder du hast ihn nicht richtig gefragt. Ich wüßte, wie ich es anstelle, daß er sie mir erzählt.‹ Und sie hatte noch mehr gesagt, sie hatte mit Naivität und Optimismus gesagt: ›Alles läßt sich erzählen. Man braucht nur anzufangen, ein Wort nach dem anderen.‹

Alles läßt sich erzählen, selbst das, was man nicht wissen will und nicht fragt und das doch gesagt wird, und man hört zu.

Ich sagte, ohne sie zu sehen: »Ja, vielleicht ist es besser, daß du jetzt fragst.« Ich merkte, daß sie einen Rest von Unschlüssigkeit in meiner Stimme bemerkte, und bestimmt sagte sie deshalb: »Willst du dabeisein oder soll ich es dir später erzählen?« – »Ich weiß nicht«, antwortete ich, »vielleicht will er nicht reden, wenn ich dabei bin.« Luisa berührte mich an der Schulter, ohne zu tasten, als könnte sie mich sehen (sie kennt meine Schultern, sie kennt meinen Körper). Sie antwortete: »Wenn er bereit ist, zu erzählen, dann glaube ich nicht, daß er es deshalb nicht tut. Wir machen es, wie du willst, Juan.« Sie nannte mich bei meinem Namen, obwohl sie mich nicht beleidigte noch verärgert war, noch mich verlassen zu wollen schien. Aber vielleicht nahm sie vorweg, daß sie, wenn sie mir erzählen würde, was Ranz ihr erzählt hatte, mir eine schlechte Nachricht überbringen müßte. Aus meinem Mund kamen keine eindeutigen Worte wie ›Ist gut‹ oder ›Also los‹ oder ›Du hast gewonnen‹ oder ›Jetzt ja‹, sondern ich sagte: »Ich weiß nicht, es ist nicht eilig, ich muß es mir überlegen.« »Du wirst es mir schon sagen«, sagte sie und nahm die Hand von meiner Schulter, um einzuschlafen. Wir hatten buchstäblich nur ein Kissen, und in jener Nacht sagten wir nichts mehr.

Es gibt zwei Kissen in unserem Bett, wie es normal ist bei Ehebetten, und dieses Bett war gemacht, als ich einen Tag früher als von Luisa erwartet am späten Nachmittag aus Genf eintraf. Ich kam müde an, wie man von Flughäfen kommt, ich schloß die Tür auf, und noch bevor ich nachsah, ob jemand zu Hause war, steckte ich die Schlüssel in die Jackettasche, so wie Berta sie in die Handtasche tat, um sie nicht zu vergessen, wenn sie wieder hinausginge. Ich rief den Namen Luisas vom Eingang her, und es war niemand da, ich stellte dort einen Augenblick den Koffer und die Tasche ab und ging ins Schlafzimmer, wo ich das Bett gemacht sah, dann ins Badezimmer, die Tür stand offen, und alles war in Ordnung, nur daß die Handdusche unten lag und nicht eingehängt war und nur die Handtücher und der Bademantel Luisas zu sehen waren, alles in dunkelblau; meine, die hellblau sind wie der Bademantel von ›Bill‹, der in Wirklichkeit dem Hotel Plaza gehörte, waren noch nicht aus ihrem Schrank geholt worden, wo sie seit meiner Abreise geruht haben dürften. Mir wurde klar, daß ich nicht genau wußte, welcher Schrank es war, ich kannte meine eigene Wohnung noch nicht ganz, sie hat sich während meiner Abwesenheiten immer wieder verändert, obwohl ich jetzt hoffe, daß es lange Zeit keine Veränderung mehr geben wird. Ich ging in die Küche und sah, daß sie sauber war, der Kühlschrank halbvoll, Luisa ist sauber, sie ist auch ordentlich, es war keine Milch da, ich würde hinuntergehen und welche kaufen. Im Wohnzimmer stand ein neues Möbelstück, das mir unbekannt war, ein angenehmer grauer Sessel, der die Ottomane und den Schaukelstuhl von ihrem Platz verdrängt hatte, den Schaukelstuhl, der meiner Großmutter gehört und in dem später Ranz seine originellen Posen eingenommen hatte, wenn er Besucher empfing. Der Sessel war bequem, ich probierte ihn einen Augenblick aus. In dem Zimmer, in dem Luisa arbeitet, wenn sie an etwas arbeitet, gab es nichts, was erkennen ließ, daß sie in der letzten Zeit an etwas gearbeitet hatte. (Vielleicht wird es eines Tages ein Kinderzimmer sein.) In dem Zimmer, in dem ich arbeite, gab es keine Veränderungen, ich sah einen Haufen Post, der mich auf meinem U-förmigen Tisch erwartete, zu groß, um ihn jetzt anzuschauen. Ich wollte schon zum Eingang zurückgehen, als ich doch etwas Neues bemerkte: an einer der Wände hing eine Zeichnung, die ich andere Male gesehen hatte und deren Titel, wenn sie einen hat, *Frauenkopf mit geschlossenen Augen* lauten mag. Ich dachte: ›Mein Vater hat uns noch ein Geschenk gemacht oder er hat es Luisa gemacht, und sie hat es in mein Zimmer gehängt.‹ Ich ging schließlich zum Eingang zurück und begann, wie ich es immer tue, wenn ich nach Hause oder an mein Ziel komme, die Koffer auszupacken und alles an seinen Platz zu stellen, sorgfältig, mit Eile, als wäre dieser Vorgang noch Teil der Reise und als müßte die Reise abgeschlossen werden. Die schmutzige Wäsche tat ich in die Waschmaschine, in der ich ein paar Kleidungsstücke von Luisa sah, sie mußten von Luisa sein, ich achtete nicht darauf, ich machte nur die Trommel auf und warf meine Sachen hinein, ohne sie in Gang zu setzen, es eilte nicht, und Luisa könnte sie programmieren wollen. Nach einigen Minuten waren meine Koffer leer und in dem für sie reservierten Schrank verstaut, den ich wohl kannte (über dem der Mäntel, im Flar), weil ich sie beim Antritt meiner Reisen nach meiner Heirat dort herausgeholt hatte. Ich war sehr müde, ich schaute auf die Uhr, Luisa konnte jeden Augenblick kommen oder Stunden auf sich warten lassen, es war erst später Nachmittag, die Stunde, zu der niemand in Madrid zu Hause ist, niemand erträgt es zu dieser Zeit, die Leute gehen zu welchem Zweck auch immer hinaus, hysterisch und verzweifelt, auch wenn sie es nicht zugeben, um in den Geschäften, den großen, überfüllten Kaufhäusern, den Apotheken einzukaufen, um unnötige Dinge zu erledigen, um Schaufenster anzusehen, um Zigaretten zu kaufen, um die Kinder von der Schule abzuholen, um in einer Million Bars und Cafés ohne Durst noch Hunger irgend etwas zu sich zu nehmen, die ganze Stadt ist auf der Straße oder bei der Arbeit, ein Bad in der Menge, niemand zu Hause, im Unterschied zu New York, wo fast alle um halb sechs, um sechs nach Hause kommen, um halb sieben, wenn sie vorher die Hand in ein Postfach in Kenmore oder in der Old Chelsea Station stecken mußten. Ich ging auf die Terrasse hinaus und sah niemanden an der Ecke stehen, obwohl Hunderte von Autos und Unmengen Menschen unterwegs waren, alle bewegten sie sich hin und her und behinderten einander. Ich ging ins Badezimmer, urinierte, putzte mir die Zähne. Ich kehrte ins Schlafzimmer zurück, öffnete unseren Schrank, hängte das Jackett, das ich getragen hatte, hinein, sah Luisas Kleidungsstücke auf ihrer Seite, sah sofort zwei neue oder drei oder fünf, instinktiv küßte oder berührte ich sie mit meinen femininen Lippen, ich rieb mein Gesicht an den wohlriechenden, reglosen Stoffen, und ein wenig Bart (ich muß mich neu rasieren, wenn ich abends ausgehe) verhinderte, daß sie sanft über meine Wangen glitten. Ich sah, wie die Dunkelheit hereinzubrechen begann (es war Freitag, es war März). Ich legte mich auf das Bett, ohne die Absicht, zu schlafen, nur um auszuruhen, denn ich deckte es nicht auf (vielleicht waren die Laken nicht neu, Luisa dachte bestimmt daran, sie morgen zu wechseln, kurz vor meiner Ankunft) und zog mir auch nicht die Schuhe aus, ich legte mich diagonal darauf, und so hielt ich sie in der Luft, es bestand keine Gefahr, daß sie die Bettdecke beschmutzten.

Als ich erwachte, kam kein Licht mehr von draußen herein, ich meine, es war nächtliches Licht, Licht von Neonröhren und Straßenlampen, kein Nachmittagslicht. Ich wollte auf die Uhr schauen, aber ich würde sie nicht sehen können, wenn ich nicht eine Lampe einschaltete. Ich wollte die Lampe auf dem Nachttisch einschalten, aber ich hörte Stimmen. Sie kamen aus der Wohnung, aus dem Wohnzimmer, glaubte ich, ich war noch verwirrt, aber das verging gleich, meine Augen gewöhnten sich an die Dunkelheit, die Tür des Schlafzimmers war geschlossen, ich mußte sie zugemacht haben, die nächtliche Gewohnheit, obwohl ich sie seit acht Wochen nicht gepflegt hatte, in diesem Zimmer. Eine der Stimmen war die Luisas, sie war es, die in jenem Augenblick sprach, aber es war nicht verständlich, was sie sagte. Der Ton war gemessen, vertrauensvoll, ja um Überredung bemüht. Sie war zurückgekommen. Ich suchte nach dem Feuerzeug in der Hosentasche und ließ es brennen, um an meinem Handgelenk nach der Uhrzeit zu sehen, zwanzig nach acht, es waren fast drei Stunden seit meiner Ankunft vergangen. ›Luisa hat bestimmt gesehen, daß ich schlief, und mich nicht wecken wollen‹, dachte ich, ›sie hat mich in Ruhe gelassen, bis ich von allein aufwache.‹ Aber es war auch möglich, daß sie meine Anwesenheit in der Wohnung nicht bemerkt hatte. Sie pflegte nicht in das Schlafzimmer zu gehen, wenn sie von draußen kam, es sei denn, sie müßte sich sofort umziehen. Wenn sie mit jemandem gekommen war, dann war sie bestimmt ins Wohnzimmer gegangen, vielleicht einen Augenblick ins Badezimmer, vielleicht in die Küche, um Getränke oder Oliven zu holen (ich hatte Oliven gesehen beim Öffnen des Kühlschranks). Ich hatte es nicht mit Absicht getan, glaube ich (ich wußte nicht, daß ich einschlafen würde, also ist es sicher), aber mir wurde bewußt, daß nichts in der Wohnung meine Anwesenheit erkennen ließ, ich hatte alles an seinem Platz verwahrt, wie ich es immer tue, auch den Koffer und die Tasche; genau darunter hatte ich meinen Mantel in den Mantelschrank gehängt, ein Licht geht an beim Öffnen der Tür; ich hatte auch nicht meinen Bademantel oder meine Handtücher gesucht, sie waren noch immer nicht im Badezimmer, ich hatte meine Hände an einem von Luisa abgetrocknet; die Geschenke hatte ich bei mir, im Schlafzimmer; es gab nur eines, mein Necessaire, ich hatte es aus der Reisetasche geholt und auf ein Bänkchen im Badezimmer gestellt, sein Inhalt war das einzige, was ich nicht auf seine verschiedenen alten Plätze verteilt hatte; ich hatte es aufgemacht, ja, aber ich hatte nur die Zahnbürste herausgenommen, nicht einmal die Zahnpasta, ich hatte die benutzt, die auf unserem Bord lag, das heißt, die von Luisa, halbvoll die Tube. Es war möglich, daß weder sie noch ihre Begleitung wußten, daß ich da war, unfreiwilliger Spion (unfreiwillig bisher) in meiner eigenen Wohnung. Jetzt erklang die andere Stimme, aber sie sprach sehr leise, leiser als Luisa, ich konnte nicht einmal die Disposition dieser Stimme erkennen? und das ärgerte mich, so wie es mir auch im Zimmer des Hotels in Havanna ergangen war, möglicherweise das frühere Sevilla-Biltmore, ich weiß nicht, auf einer Insel. Plötzlich hatte ich es eilig. Ich wußte, daß ich am Ende erfahren würde, wer sich mit Luisa im Wohnzimmer befand, auch wenn die Person in diesem Augenblick ginge, bräuchte ich nur meine Tür zu öffnen und hinauszugehen, um sie zu sehen, bevor sie draußen wäre und den Fahrstuhl riefe, um zu gehen. Aber eilig hatte ich es, weil mir bewußt war, daß ich das, was ich jetzt nicht hörte, nicht mehr hören würde; es würde keine Wiederholung geben, wie bei einem Tonband oder einem Videofilm, die man zurückspulen kann, jedes nicht wahrgenommene und nicht verstandene Murmeln wäre für immer verloren. Das ist das schlechte an allem, was uns widerfährt und nicht aufgezeichnet wird, oder, schlimmer noch, nicht einmal gewußt, gesehen und gehört wird, denn später gibt es keine Möglichkeit, es zurückzugewinnen. Ich öffnete vorsichtig die Tür des Schlafzimmers, ohne das geringste Geräusch, ein wenig Licht drang von ferne durch den noch winzigen Spalt, und ich legte mich wieder auf das Bett, und dann erkannte ich die Stimme, die sprach, dank dieses Spalts, ich erkannte sie mit Furcht und Erleichterung zugleich, die Stimme von Ranz, die Stimme meines Vaters, mehr mit Erleichterung, weniger mit Furcht.

Ich habe die Angewohnheit, *alles* verstehen zu wollen, was gesagt wird und mir zu Ohren kommt, sei es auch aus der Ferne, sei es auch in einer der zahllosen Sprachen, die ich nicht kenne, sei es auch in ununterscheidbarem Gemurmel oder unhörbarem Geflüster, sei es auch besser, daß ich es nicht verstehe, und auch wenn das, was gesagt wird, nicht gesagt wird, damit ich es höre, oder sogar genau deshalb gesagt wird, damit ich es nicht vernehme. Und als ich die Tür meines Schlafzimmers angelehnt hatte, war das Gemurmel unterscheidbar und das Geflüster hörbar, und beide erklangen in einer Sprache, die ich gut kenne, es ist meine, in der ich schreibe und denke, obwohl ich mit anderen lebe, in denen ich ebenfalls manchmal denke, immer mehr in meiner eigenen; und vielleicht war es besser, daß ich verstand, was die Stimme sagte, vielleicht wurde es gesagt, damit ich es hörte, genau deshalb, damit ich es vernahm. Oder nicht ganz: ich dachte, daß Luisa meine Anwesenheit in der Wohnung nicht entgangen sein konnte (das Necessaire, die Zahnbürste an ihrem Platz, der im Schrank aufgehängte Mantel, etwas dürfte sie gesehen haben), wohl aber Ranz, Ranz konnte es nicht wissen (wenn er ins Badezimmer gegangen wäre, hätten ihm weder Necessaire noch Zahnbürste etwas gesagt). Vielleicht hatte Luisa beschlossen, endlich mit meinem Vater zu sprechen und ihn nach seinen toten Frauen zu fragen, nach Blaubart, Blaubart, und es dem Zufall zu überlassen, ob ich aufwachte und es direkt hörte oder ob ich nach der ermüdendem Reise aus Genf weiter schliefe und es nur indirekt und später erführe, durch sie und mit anderen Worten (mit Übersetzung und Zensur womöglich) oder aber es nie erführe, wenn man es so vereinbarte. Vielleicht hatte sie nicht die Absicht, es zu tun, nicht an jenem Abend oder Nachmittag, bis sie nach Hause gekommen war und mein Necessaire, meine Zahnbürste, meinen Mantel und dann vielleicht meine schlafende Gestalt auf unserem Bett gesehen hatte. Vielleicht war sie ins Zimmer getreten, und sie, nicht ich, hatte die Tür geschlossen. Als ich dies dachte, wurde mir klar, daß es so gewesen sein mußte, denn erst in diesem Augenblick bemerkte ich, daß das Bett nicht so gemacht war, wie ich es vorgefunden hatte. Jemand hatte Laken, Decke und Tagesdecke an einer Seite aufgeschlagen und versucht, mich mit den unbeholfen umgeschlagenen Enden zuzudekken, soweit Gewicht und Umfang meines Körpers es erlaubten. Ich selbst konnte es gewesen sein im Schlaf, dachte ich, aber das war nicht wahrscheinlich, ich verwarf es sofort und fragte mich sogleich, wann dies geschehen sein mochte, mein Zudecken, wann Luisa die Tür geöffnet und mich ausgestreckt, schlafend gesehen hatte, vielleicht mit in Unordnung geratenem Haar, mit ein paar einzelnen Haaren, die quer über meiner Stirn lagen, wie feine Falten, die aus der Zukunft gekommen waren, um mich einen Augenblick lang zu verdüstern. (Ich hatte mir die Schuhe nicht ausgezogen, ich trug sie immer noch, und jetzt lagen sie wirklich auf der Tagesdecke.) Und ich fragte mich auch, wie lange Luisa und Ranz schon in der Wohnung waren und wie sie es angestellt hatte, das Gespräch so zu fahren, daß in dem Augenblick, da ich meine Tür angelehnt und mich wieder auf das Bett gelegt hatte und deutlich die ersten Sätze von Ranz hörte (wenn auch aus der Ferne), diese Sätze folgende waren:

»Sie hat sich wegen etwas umgebracht, das ich ihr erzählt hatte. Wegen etwas, das ich ihr auf unserer Hochzeitsreise erzählt hatte.«

Die Stimme meines Vaters war schwach, aber nicht die eines alten Menschen, nie hatte sie etwas von einem alten Menschen. Es war eine zögernde Stimme, als spräche er, ohne überzeugt zu sein, es auch zu wollen, als begriffe er, daß die Dinge sehr leicht gesagt werden (man braucht nur anzufangen, ein Wort nach dem anderen), aber, wenn sie erst einmal gehört worden sind, nicht mehr vergessen, sondern gewußt werden. Als müßte er daran denken.

»Sie wollen es mir nicht erzählen«, hörte ich Luisa sagen. Ihre Stimme war rücksichtsvoll, aber natürlich, sie übertrieb weder die Note der Überredung noch des Taktgefühls noch der Zuneigung. Sie sprach behutsam, weiter nichts als behutsam.

»Es ist nicht, daß ich nicht wollte, so, wie die Dinge liegen, wenn du es wissen willst«, antwortete Ranz, »obwohl ich es in Wahrheit niemandem gesagt habe, ich habe mich wohlweislich davor gehütet. Das alles ist vierzig Jahre her, es ist schon ein wenig so, als wäre es nicht geschehen oder als wäre es anderen Leuten geschehen, nicht mir und Teresa und der anderen Frau, wie du sie genannt hast. Sie existieren schon lange nicht mehr, was ihnen passiert ist, auch nicht, nur ich weiß es, nur ich bin da, um mich zu erinnern, und was passiert ist, gleicht verschwommenen Gestalten, als würde das Gedächtnis, wie die Augen, mit dem Alter ermüden und hätte keine Kraft mehr, klar zu sehen. Es gibt keine Brille für ein müdes Gedächtnis, meine Liebe.«

Ich erhob mich, ich setzte mich an das Fußende des Bettes, von wo aus ich meine Tür weiter öffnen oder schließen konnte, ich brauchte nur die Hand auszustrecken. Instinktiv machte ich wieder das Bett, das heißt, ich brachte Laken, Decke und Tagesdecke in ihre ursprüngliche Position zurück, ich schlug sogar das Laken, auch die Decke unter. Alles war in Ordnung, ein wenig Licht, der Spalt, das Licht der Nacht draußen.

»Warum haben Sie es ihr dann erzählt?« sagte Luisa. »Sie haben sich nicht vorgestellt, was geschehen konnte.«

»Fast niemand stellt sich etwas vor, zumindest, wenn man jung ist, und man ist sehr viel länger jung, als man glaubt. Das ganze Leben wirkt unglaublich, wenn man jung ist. Was den anderen passiert, die Mißgeschicke, die Katastrophen, die Verbrechen, das alles kommt uns fremd vor, so als existierte es gar nicht. Selbst das, was uns passiert, kommt uns fremd vor, wenn es erst einmal passiert ist. Manche Leute sind das ganze Leben so, ewig jung, ein Unglück. Man erzählt, spricht, sagt, die Worte sind umsonst, und manchmal sprudeln sie heraus, ohne Einschränkungen. Sie kommen in jeder Situation aus dem Mund, wenn wir betrunken sind, wenn wir wütend sind, wenn wir niedergeschlagen sind, wenn wir einer Sache überdrüssig sind, wenn wir begeistert sind, wenn wir uns verliebt fühlen, wenn wir sie besser nicht sagen sollten oder wenn wir sie nicht abwägen können. Wenn wir weh tun. Es ist unmöglich, sich nicht zu irren. Seltsam ist, daß die Worte nicht mehr verheerende Folgen haben, als es normalerweise der Fall ist. Oder vielleicht wissen wir es nicht genug, wir glauben, daß sie nicht so viele haben, und dabei ist alles eine ständige Katastrophe durch das, was wir sagen. Die ganze Welt redet unaufhörlich, in jedem Augenblick gibt es Millionen von Gesprächen, von Erzählungen, von Erklärungen, von Kommentaren, von Klatsch, von Geständnissen, sie werden gesagt und gehört, und niemand kann sie kontrollieren. Niemand kann die explosive Wirkung voraussehen, die sie haben, nicht einmal sie verfolgen. Denn die Worte sind zwar viele und billig und bedeutungslos, aber nur wenige sind imstande, sie nicht zu beachten. Man gibt ihnen Bedeutung oder auch nicht, aber man hat sie gehört. Du weißt nicht, wie oft ich im Lauf so vieler Jahre an die Worte gedacht habe, die ich Teresa in einem unkontrollierten Anfall von Liebe gesagt habe, vermute ich, wir befanden uns auf unserer Hochzeitsreise, schon fast am Ende. Ich hätte schweigen können und das für immer, aber man glaubt, man liebt mehr, weil man Geheimnisse erzählt, erzählen ist oft wie ein Geschenk, das größte Geschenk, das man machen kann, die größte Loyalität, der größte Beweis der Liebe und Hingabe. Und man erweist sich gefällig, indem man erzählt. Plötzlich genügt es einem nicht, nur feurige Worte zu sagen, die sich rasch abnutzen oder monoton werden. Auch dem, der sie hört, genügt es nicht. Wer spricht, ist unersättlich, und unersättlich ist, wer hört, wer spricht, möchte die Aufmerksamkeit des anderen endlos fesseln, er möchte mit seiner Zunge bis auf den Grund dringen (›Die Zunge als Regentropfen, die Zunge am Ohr‹, dachte ich), und wer hört, möchte endlos abgelenkt werden, er möchte hören und mehr und mehr wissen, auch wenn es erfundene oder falsche Dinge sind. Teresa wollte vielleicht nicht wissen oder, besser gesagt, sie hätte es nicht gewollt. Aber ich habe ihr plötzlich etwas gesagt, ich habe mich nicht genügend kontrolliert, und dann konnte sie nicht mehr nicht wollen, sie wollte wissen, sie mußte zuhören.« Ranz machte eine ganz kurze Pause, jetzt sprach er ohne Zögern, und seine Stimme war kräftiger, fast deklamatorisch, weder ein Gemurmel noch ein Geflüster, sie wäre bei geschlossener Tür zu mir gedrungen. Aber ich ließ sie angelehnt. »Sie ertrug es nicht. Zur damaligen Zeit gab es keine Scheidung, und sie hätte sich nicht dazu hergegeben, eine Annullierung zu versuchen, sie war nicht zynisch, und unsere Ehe war vollzogen, das will ich meinen, lange bevor sie Ehe war. Aber auch eine Scheidung oder eine Annullierung hätte nicht genügt, wenn sie möglich gewesen wäre. Es war nicht nur so, daß sie mich nicht mehr ertragen konnte, als sie wußte, daß sie nicht mehr mit mir leben konnte, keinen Tag länger, keine Minute länger, wie sie sagte, obwohl sie noch ein paar Tage mit mir zusammen war, ohne zu wissen, was sie tun sollte. Sondern auch sie hatte etwas gesagt, sie hatte einmal, sehr viel früher, etwas gesagt, und was sie gesagt hatte, blieb nicht ohne Folgen. Sie ertrug mich nicht, und sie ertrug sich selbst nicht, weil sie einmal leichthin gesprochen hatte, ohne sich klar zu machen, daß sie nicht schuld war, gar nicht schuld sein konnte an dem, was ich gehört hatte, und ich nicht, es zu hören (›Eine Anstiftung besteht aus weiter nichts als Worten‹, dachte ich, ›übersetzbaren, herrenlosen Worten‹). Sie verbrachte einige Tage in äußerster Angst, seitdem ich es ihr erzählt hatte, in wachsender Angst, nie habe ich jemanden so verängstigt gesehen, sie schlief kaum, sie aß nicht und würgte, sie versuchte, sich zu übergeben, sie konnte nicht, sie sprach nicht mit mir, sie schaute mich nicht an, sie sprach mit kaum jemandem, sie drückte den Kopf ins Kissen, sie verstellte sich so gut sie konnte gegenüber anderen. Sie weinte, sie weinte unaufhörlich in jenen Tagen, es waren nur wenige. Sie weinte, während sie schlief, wenn sie etwas schlief, ein paar Minuten, sie weinte im Schlaf, dann wachte sie sofort schweißgebadet und erschreckt auf und schaute mich verwundert an im Bett, dann entsetzt (›Die Augen starr auf mich geheftet, aber noch ohne mich zu erkennen oder wiederzuerkennen, wo sie sich befand‹, dachte ich, ›die fiebrigen Augen des Kranken, der erschrocken aufwacht, ohne daß ihm im Schlaf zuvor sein Erwachen angekündigt worden wäre‹), sie bedeckte das Gesicht mit dem Kissen, als wollte sie nichts sehen, nichts hören. Ich versuchte, sie zu beruhigen, aber sie hatte Angst vor mir, ich flößte ihr Angst oder Grauen ein. Jemand, der weder sehen noch hören möchte, kann nicht weiterleben, sie konnte nirgendwohin, es sei denn, sie erzählte die Geschichte, in Wirklichkeit wundert es mich nicht, daß sie sich umgebracht hat, ich habe es nicht vorausgesehen, ich hätte es voraussehen müssen. Man kann nicht so leben, wenn man ungeduldig ist, wenn man nicht abwarten kann, daß die Zeit vergeht (›Es war, als wäre sie verlorengegangen und als gäbe es keine abstrakte Zukunft‹, dachte ich, ›die als einzige zählt, weil die Gegenwart sie nicht zu färben oder sich anzugleichen vermag‹). Alles verflüchtigt sich, aber das wißt ihr jungen Leute nicht. Sie war sehr jung.«

Mein Vater unterbrach sich, möglicherweise, um Atem zu holen oder abzuwägen, was er bislang erzählt hatte, vielleicht sah er, daß es zuviel war, um aufzuhören. Die Stimmen erlaubten mir nicht, mir vorzustellen, wo jeder sich befand, mein Vater vielleicht zurückgelehnt auf der Ottomane und Luisa auf dem Sofa, oder Luisa auf der Ottomane und Ranz in dem neuen angenehmen Sessel, den ich kurz ausprobiert hatte. Vielleicht einer der beiden im Schaukelstuhl, ich glaubte es nicht, zumindest nicht Ranz, dem dieses Möbelstück nur gefiel, um in Gesellschaft originelle Posen einnehmen zu können. Da er nicht eben in heiterem Ton sprach, stellte ich ihn mir jetzt nicht in einer dieser Posen vor, er war auch nicht in Gesellschaft, ich stellte ihn mir eher am Rand seines Sitzes vor, ein wenig nach vorn geneigt, die Füße auf dem Boden, ohne auch nur zu wagen, die Beine übereinanderzuschlagen. Bestimmt schaute er Luisa mit seinen andächtigen Augen an, die allem schmeichelten, was sie betrachteten. Gewiß roch er nach Kölnisch Wasser und Tabak und Pfefferminz, ein wenig nach Likör und Leder, wie jemand, der aus den Kolonien gekommen war. Es konnte sein, daß er rauchte.

»Aber was haben Sie ihr erzählt?« sagte Luisa.

»Wenn ich es dir jetzt erzähle«, sagte Ranz, »dann weiß ich nicht, ob ich nicht das gleiche tue wie damals, liebes Kind.«

»Keine Sorge«, antwortete Luisa mit Mut und Humor (Mut, weil sie es sagte, und Humor, weil sie es dachte), »ich werde mich nicht wegen etwas umbringen, das vor vierzig Jahren geschehen ist, egal, was es war.«

Ranz brachte den gleichen Mut und Humor auf und lachte ein wenig. Dann antwortete er:

»Ich weiß, ich weiß, niemand bringt sich wegen der Vergangenheit um. Mehr noch, ich glaube, es gibt nichts, weshalb du dich umbringen wirst, auch wenn du noch heute erfahren würdest, daß Juan getan hat, was ich getan und Teresa erzählt habe. Du bist anders, die Zeiten sind anders, leichter oder härter, sie werden mit allem fertig. Aber ich weiß nicht, ob die Tatsache, dir alles zu erzählen, von meiner Seite nicht ein bewußter Beweis der Zuneigung ist, abermals ein Beweis der Zuneigung, eine Gefälligkeit, damit du mir weiter zuhörst und Gesellschaft leisten willst. Und vielleicht wäre das Ergebnis das Gegenteil. Bestimmt würdest du dich nicht umbringen, aber vielleicht würdest du mich nicht wiedersehen wollen. Ich fürchte für mich, mehr als für dich.«

Luisa legte ihm vermutlich eine Hand auf den Arm, wenn sie ihm nahe war, oder vielleicht auf die Schulter, wenn sie einen Augenblick aufstand (›Die Hand auf der Schulter‹, dachte ich, ›und das unverständliche Geflüster, das uns überzeugt‹), oder so hätte ich es mir als Bild vorgestellt, ich mußte es mir vorstellen, ich sah es nicht, ich lauschte nur durch einen Spalt, nicht durch eine Wand oder durch offene Balkontüren.

»Was Sie vor vierzig Jahren getan oder gesagt haben, bedeutet mir wenig und wird meiner Zuneigung nichts anhaben. Sie sind es, den ich kenne, und nichts kann das ändern. Den von damals kenne ich nicht.«

»Den von damals«, sagte Ranz. »Den von damals«, wiederholte Ranz, und dabei berührte er sicher sein polares Haar, fuhr mit den Fingerspitzen darüber hin, ohne Absicht und ohne es zu merken. »Der von damals bin ich immer noch, oder wenn ich nicht er bin, dann seine Fortsetzung oder sein Schatten oder sein Erbe oder sein Usurpator. Es gibt keinen anderen, der ihm so ähnlich ist. Wenn er nicht ich wäre, was ich mir bisweilen einbilde, dann wäre er niemand, und daraus würde folgen, daß nicht geschehen ist, was geschehen ist. Ich bin das Ähnlichste, was von ihm bleibt, in jedem Fall, und jemandem müssen diese Erinnerungen ja gehören. Wer sich nicht umbringt, wird gezwungen, weiterzumachen, aber mancher beschließt, zu verharren und dort zu bleiben, wo andere geblieben sind, den Blick in die Vergangenheit gerichtet, so daß fiktive Gegenwart bleibt, was die Welt zu Vergangenheit deklariert. Und so kommt es, daß das, was geschehen ist, imaginär wird. Aber nicht für ihn, sondern für die Welt. Nur für die Welt, die ihn verläßt. Ich habe viel darüber nachgedacht. Ich weiß nicht, ob du es verstehst.«

»Sie scheinen nirgendwo stehengeblieben zu sein«, sagte Luisa.

»Ich glaube nicht und gleichzeitig doch«, antwortete Ranz. Die Stimme war wieder schwächer geworden, jetzt sprach er ein wenig für sich, nicht zögernd, sondern nachdenklich, die Worte kamen eines nach dem anderen heraus, jedes überlegt, wie wenn Politiker eine Erklärung abgeben, die sie übersetzt und wortwörtlich verstanden sehen wollen. Es war, als würde er diktieren. (Aber ich gebe es jetzt aus dem Gedächtnis wieder, das heißt, mit meinen eigenen Worten, obwohl es ursprünglich seine sind.) »Ich habe weitergemacht, ich habe mein Leben weitergeführt so leicht wie möglich, und ich habe sogar zum drittenmal geheiratet, die Mutter von Juan, Juana, die nie etwas von alldem gewußt hat und so großzügig war, mich niemals mit Fragen über den Tod ihrer Schwester zu bedrängen, den sie miterlebt hatte, der so unerklärlich für alle war, und ich konnte ihn ihr nicht erklären. Vielleicht wußte sie, daß es besser war, nicht zu wissen, wenn es etwas zu wissen gab und ich es nicht erzählt hatte. Ich habe Juana sehr geliebt, aber nicht wie Teresa. Ich habe sie vorsichtiger geliebt, rücksichtsvoller, nicht so drängend, mehr kontemplativ, wenn man das sagen kann, mehr passiv. Aber während ich weitergemacht habe, wußte ich, daß ich auch an dem Tag stehengeblieben war, an dem Teresa sich umgebracht hatte. An diesem Tag, und nicht an dem anderen zuvor, es ist seltsam, daß das, was dem anderen ohne unser direktes Zutun geschieht, mehr zählt als das, was man selbst macht oder begeht. Na ja, es ist nicht immer so, nur manchmal. Je nachdem, nehme ich an.«

Ich zündete eine Zigarette an und suchte einen Aschenbecher auf dem Nachttisch. Dort stand er, auf Luisas Seite, zum Glück rauchte auch sie immer noch, beide rauchten wir im Bett, während wir redeten oder lasen oder nachdem wir miteinander geschlafen hatten, vor dem Einschlafen. Bevor wir wirklich einschliefen, öffneten wir das Fenster, auch wenn es kalt war, um das Zimmer zu lüften, ein paar Minuten lang. Darin waren wir uns einig, in unserer geteilten Wohnung, in der ich jetzt mit ihrer wahrscheinlichen Zustimmung spionierte. Vielleicht könnten wir beim Öffnen des Fensters von der Ecke von jemandem gesehen werden, der nach oben schaute, unten.

»Was für ein anderer Tag?« fragte Luisa.

Ranz schwieg, zu viele Sekunden lang, als daß die Pause normal gewesen wäre. Ich stellte mir vor, daß er eine Zigarette in Händen hielt, deren Rauch er nicht inhalierte, oder daß sie verschränkt und müßig waren, die großen, faltigen, aber fleckenlosen Hände, und daß er Luisa von vorne anschaute, mit seinen Augen wie große Likör- oder Essigtropfen, mit Schmerz und Angst, diesen beiden Empfindungen, die Clerk oder Lewis zufolge so ähnlich sind, oder vielleicht mit dem einfältigen Lächeln und den reglosen Augen dessen, der den Blick hebt und den Hals reckt wie ein Tier, wenn er den Klang einer Drehorgel oder den langgezogenen Pfiff der Scherenschleifer hört und einen Augenblick überlegt, ob die Messer im Hause die richtige Schärfe haben oder man rasch mit ihnen auf die Straße hinunterlaufen, eine Pause in seinen Verrichtungen oder seiner Trägheit machen soll, um sich zu erinnern und an Messerklingen zu denken, vielleicht vertieft er sich aber auch plötzlich in seine Geheimnisse, in die gehüteten und in die erlittenen Geheimnisse, in die bekannten und in die unbekannten. Und dann, wenn er den Kopf hebt, um auf die mechanische Musik oder auf einen Pfiff zu achten, der sich wiederholt und durch die ganze Straße näherkommt, fällt sein Blick, melancholisch geworden, auf die Bilder der Abwesenden.

»Erzählen Sie es mir nicht, wenn Sie nicht wollen«, hörte ich Luisa sagen.

»Der andere Tag«, sagte Ranz, »der andere Tag war der Tag, an dem ich meine erste Frau umbrachte, um mit Teresa zusammensein zu können.«

»Erzählen Sie es mir nicht, wenn Sie nicht wollen. Erzählen Sie es mir nicht, wenn Sie nicht wollen«, hörte ich, wie Luisa wiederholte und wiederholte, und dies ein ums andere Mal zu wiederholen, als es schon erzählt war, war die zivilisierte Form, ihren Schrecken auszudrücken, auch den meinen, vielleicht ihre Reue darüber, daß sie gefragt hatte. Ich fragte mich, ob ich nicht meine Tür schließen, den Spalt zumachen sollte, damit alles wieder ununterscheidbares Gemurmel oder unhörbares Geflüster wurde, aber es war zu spät, auch für mich, ich hatte es gehört, wir hatten das gleiche gehört, was Teresa Aguilera auf ihrer Hochzeitsreise gehört haben dürfte, am Ende ihrer Reise, vor vierzig Jahren, oder vielleicht waren es nicht so viele. Luisa sagte jetzt ›Erzählen Sie es mir nicht, erzählen Sie es mir nicht‹, vielleicht um meinetwillen, zu spät, Frauen empfinden ungetrübte Neugier und imaginieren oder antizipieren nicht die Natur dessen, was sie nicht wissen, dessen, was am Ende herausgefunden werden kann und was am Ende getan werden kann, sie wissen nicht, daß die Handlungen sich von allein vollziehen oder daß ein einziges Wort sie in Gang setzt. Die Handlung des Erzählens war bereits in Gang, man braucht nur anzufangen, ein Wort nach dem anderen. ›Ranz hat gesagt: Meine erste Frau‹, dachte ich, ›statt sie bei ihrem Namen zu nennen, und er hat es mit Rücksicht auf Luisa getan, die, wenn sie diesen Namen gehört hätte (Gloria oder vielleicht Miriam oder vielleicht Nieves oder vielleicht Berta), nicht gewußt hätte, um wen es sich handelte, nicht mit Gewißheit zumindest, und ich auch nicht, obwohl wir es vermutet hätten, vermute ich. Das bedeutet, daß Ranz wirklich erzählt, daß er noch nicht mit sich selber spricht, wie es in Kürze geschehen kann, wenn er weiter zurückdenkt und erzählt. Aber was er bislang gesagt hat, hat er im Wissen darum gesagt, daß er es jemandem sagte, ohne den Empfänger zu vergessen, im Wissen darum, daß er erzählte und man ihm zuhörte.‹

»Ja, jetzt mußt du es mich schon erzählen lassen«, hörte ich meinen Vater sagen, »so wie ich es Teresa erzählen mußte. Es war nicht wie jetzt, aber auch nicht viel anders, ich sagte einen Satz, und damit weihte ich sie ein und mußte den Rest erzählen, mehr erzählen, um einen einzigen Satz zu vertuschen, es ist absurd, keine Sorge, ich werde nicht sehr ins Detail gehen. Jetzt habe ich ihn gesagt und dich eingeweiht, ich habe ihn kalt gesagt, damals war es heiß, du weißt ja, man sagt feurige Worte und erhitzt sich, man liebt so sehr und fühlt sich so sehr geliebt, daß man nicht mehr weiß, was man tun soll, manchmal. Unter bestimmten Umständen, in bestimmten Nächten verwandelt man sich in einen Wirrkopf, einen Wilden, sagt man Ungeheuerlichkeiten zu der Person, die man liebt. Dann vergißt man sie, sie sind wie ein Spiel, aber natürlich, eine Tatsache läßt sich nicht vergessen. Wir befanden uns in Toulouse, wir haben unsere Hochzeitsreise nach Paris gemacht, dann in den Süden Frankreichs. Wir waren in einem Hotel in der vorletzten Nacht der Reise, im Bett, und ich sagte Teresa viele Dinge, man sagt alles mögliche unter diesen Umständen, weil man sich durch nichts bedroht fühlt, und als ich nicht mehr wußte, was ich ihr noch sagen sollte und doch das Bedürfnis empfand, ihr mehr zu sagen, sagte ich ihr, was so viele Liebende ohne Folgen gesagt haben: ›Ich liebe dich so sehr, daß ich für dich töten würde‹, sagte ich. Sie lachte, sie antwortete: ›So schlimm wird es nicht sein.‹ Aber in diesem Augenblick konnte ich nicht lachen, es war einer dieser Augenblicke, in denen man mit dem ganzen Ernst der Welt liebt, damit ist nicht zu spaßen. Und dann überlegte ich nicht mehr und sagte ihr den Satz: ›Ich habe es schon getan‹, sagte ich ihr. ›Ich habe es schon getan.‹« (*›I have done the deed‹*, dachte ich, oder vielleicht dachte ich: ›Ich bin es gewesen‹, oder ich dachte es in meiner Sprache ›Ich habe die Tat getan, und ich habe die Heldentat getan, und ich habe die Handlung vollzogen, die Handlung ist eine Tat, und sie ist eine Heldentat, und deshalb erzählt man sie früher oder später, ich habe für dich getötet, und das ist meine Heldentat, und wenn ich sie dir jetzt erzähle, dann ist das mein Geschenk, und du wirst mich noch mehr lieben, wenn du weißt, was ich getan habe, auch wenn das Wissen dein so weißes Herz befleckt.‹)

Ranz schwieg abermals, und jetzt schien mir, daß die Pause eindeutig rhetorisch war, so als hätte er jetzt, da er begonnen hatte, das Unerzählbare zu erzählen, die Bereitschaft und den Wunsch, seine Erzählung zu kontrollieren.

»Der verfluchte Ernst«, fügte er nach einigen Sekunden ernst hinzu. »Nie wieder in meinem Leben bin ich ernst gewesen, oder das habe ich zumindest versucht.«

Ich drückte die Zigarette aus und zündete eine neue an, ich schaute auf die Uhr, ohne die Uhrzeit zu verstehen. Ich war gereist, und ich hatte geschlafen, und ich hörte, wie ich auch Guillermo und Miriam gehört hatte, am Fußende eines Bettes sitzend, oder eher wie die liegende Luisa sie gehört hatte, die sich verstellte, so daß ich nicht wußte, ob sie die beiden hörte. Jetzt war sie es, die nicht wissen dürfte, ob ich zuhörte oder ob ich lag und schlief.

»Wer war sie?« fragte sie meinen Vater. Auch sie, nach ihrem Schrecken und ihrer mechanischen Reue, war bereit, alles zu wissen, mehr oder minder, nachdem sie wußte und den Satz unwiderruflich gehört hatte. (›Zuhören ist das gefährlichste‹, dachte ich, ›ist wissen, ist informiert und auf dem laufenden sein, die Ohren haben keine Lider, die sich instinktiv vor dem Ausgesprochenen schließen können, sie können sich nicht hüten vor dem, von dem man ahnt, daß man es zu hören bekommen wird, immer ist es zu spät. Jetzt wissen wir schon, und es kann sein, daß dies unsere so weißen Herzen befleckt, oder vielleicht sind sie blaß und furchtsam oder feige.‹)

»Es war ein kubanisches Mädchen, von dort, aus Havanna«, sagte Ranz, »wo ich zwei Jahre auf einem Posten war und ein Faulenzerdasein führte, Villalobos hat ein besseres Gedächtnis als er glaubt (›Sie haben von dem Professor gesprochen‹, dachte ich, ›also weiß mein Vater, daß ich weiß, was Villalobos weiß‹). Aber ich möchte nicht viel von ihr reden, wenn ich dich darum bitten darf, es ist mir gelungen zu vergessen, wie sie war, ein wenig, ihre Gestalt ist verschwommen wie alles andere, wir waren nicht lange verheiratet, kaum ein Jahr, und mein Gedächtnis ist müde. Ich habe sie geheiratet, als ich sie schon nicht mehr liebte, wenn ich sie überhaupt geliebt habe, man macht so etwas aus dem Gefühl der Verantwortung und der Pflicht heraus, aus momentaner Schwäche, manche Hochzeiten werden abgesprochen, vereinbart, angekündigt, und dann sind sie logisch und unwiderruflich, allein deshalb kommen sie gewöhnlich zustande. Am Anfang zwang sie mich, sie zu lieben, dann wollte sie heiraten, und ich widersetzte mich nicht, ihre Mutter, die Mütter wollen, daß die Töchter heiraten, oder sie wollten es damals. (›Jeder zwingt jeden‹, dachte ich, ›sonst würde die Welt zum Stillstand kommen, alles würde in endloser Unentschiedenheit schweben. Die Leute wollen nur schlafen, die vorweggenommene Reue würde uns lähmen.‹) Die Hochzeit fand in der Kapelle der Botschaft statt, der ich zugeteilt war, eine spanische statt einer kubanischen Hochzeit. Das war schlecht, sie und ihre Mutter wollten es vielleicht mit Absicht so, wäre sie kubanisch gewesen, hätten wir uns scheiden lassen können, als ich Teresa kennenlernte, dort gab es Scheidung, obwohl ich nicht glaube, daß Teresa es akzeptiert hätte, vor allem nicht ihre Mutter, sie war sehr religiös.« Ranz beschränkte sich jetzt darauf, Atem zu holen, und fügte hinzu mit seiner immer gleichen spöttischen Stimme, der altbekannten: »Es sind die religiösen Mütter der Mittelklasse, die religiösen Schwiegermütter, welche am meisten verpflichten. Ich vermute, ich habe geheiratet, um nicht allein zu sein, ich spreche mich nicht von Schuld frei, ich wußte nicht, wie lange ich noch in Havanna bleiben würde, ich fragte mich damals, ob ich etwas im diplomatischen Dienst machen sollte, obwohl ich noch keine Ausbildung hatte. Dann gab ich diesen Gedanken auf und machte sie nicht und kehrte zu meinem Kunststudium zurück, man hatte mich unter der Hand in dieser Botschaft untergebracht, durch Einfluß meiner Familie, um zu sehen, ob es mir gefiel, ich war ein Leichtfuß, bis ich Teresa kennenlernte, oder besser gesagt, bis ich Juana heiratete.« Er hatte gesagt ›Leichtfuß‹, und ich war sicher, daß es ihn trotz des Ernstes, mit dem er sprach, in diesem Augenblick amüsiert hatte, dieses ungebräuchlich gewordene Wort auszusprechen, wie es ihn amüsiert hatte, mich am Tag meiner Hochzeit, während der Feier, ›Schürzenjäger‹ zu nennen, während Luisa mit einem früheren Freund sprach, der mir unsympathisch ist, und mit anderen Leuten – vielleicht Custardoy, vielleicht Custardoy, ich sah ihn kaum im Kasino, nur von weitem, wie er sich gierig umschaute –, und ich mich ein paar Minuten lang von ihr getrennt sah durch meinen Vater, der mich in einem Zimmer zurückhielt, um mir zu sagen: ›Und was jetzt?‹, und nach einer Weile zu sagen, was er wirklich wollte: ›Wenn du einmal Geheimnisse haben wirst oder sie jetzt schon hast, dann erzähl sie ihr nicht.‹ Jetzt erzählte er seines, erzählte es gerade ihr, vielleicht um zu verhindern, daß ich ihr meine erzähle (was für Geheimnisse habe ich denn, vielleicht das mit Berta, das in Wirklichkeit nicht meines ist, vielleicht das mit meinem Verdacht, vielleicht das mit Nieves, meiner alten Liebe aus dem Papierwarengeschäft) oder daß sie mir ihre erzählt (was für Geheimnisse hat sie denn, ich kann es nicht wissen, wenn ich es wüßte, wären sie keine). ›Vielleicht erzählt Ranz jetzt sein jahrelang gehütetes Geheimnis, damit wir uns nicht die unseren erzählen‹, dachte ich, ›die vergangenen und die gegenwärtigen und die künftigen, oder damit wir danach trachten, keine haben zu müssen. Aber ich bin heute heimlich nach Hause gekommen, ohne mich anzukündigen oder indem ich glauben machte, ich käme morgen, und Luisa hütet vor Ranz das Geheimnis, daß ich hier bin, liegend oder am Fußende des Bettes sitzend, vielleicht zuhörend, sie muß mich gesehen haben, andernfalls ist es nicht erklärbar, daß die Tagesdecke und die Decke und das Laken umgeschlagen waren, um mich ein wenig zuzudecken.‹

»Gibst du mir bitte noch ein bißchen Whisky?« hörte ich meinen Vater jetzt sagen. Ranz trank also Whisky, ein Getränk, dessen Farbe ähnlich der Farbe seiner Augen ist, wenn kein Licht sie trifft, jetzt befanden sie sich gewiß im Halbdunkel. Ich hörte das Geräusch des Eiswürfels, der in ein Glas und ein anderes fiel, auch das des Whiskys, dann das des Wassers. Vermischt mit Wasser wäre die Farbe nicht mehr so ähnlich. Vielleicht standen die Oliven aus dem Eisschrank auf dem kleinen niedrigen Tisch in unserem Wohnzimmer, er war eines unserer ersten Möbelstükke, die wir gemeinsam gekauft hatten, und eines der wenigen, das in dieser ganzen Zeit, seit unserer Hochzeit, nicht seinen Platz gewechselt hatte, es war oder ist noch kein Jahr her. Plötzlich bekam ich Hunger, gern hätte ich einige Oliven gegessen, am besten gefüllte. Mein Vater fügte hinzu: »Danach gehen wir essen, nicht wahr? Egal, was ich dir erzähle, wie geplant. Na ja, ich habe dir schon fast alles erzählt.«

»Natürlich gehen wir essen«, antwortete Luisa. »Ich halte meine Verabredungen ein.« Es stimmte, daß sie ihre Verabredungen einhielt und einhält. Sie kann lange zögern, aber wenn sie sich entscheidet, dann hält sie sich daran, darin ist sie eine angenehme Frau. »Was passierte dann?« sagte sie, und das ist die Frage, die Kinder stellen, selbst wenn die Geschichte schon zu Ende ist.

Jetzt hörte ich deutlich das Geräusch von Ranz' Feuerzeug (das Gehör gewöhnt sich allmählich daran, alles aufzunehmen von dem Ort aus, an dem es zuhört), also mußten seine Hände vorher verschränkt und müßig gewesen sein.

»Es passierte, daß ich Teresa kennenlernte und Juana und ihre kubanische Mutter, die schon ihr ganzes Leben in

Spanien lebte. Sie hielten sich eine Zeitlang in Kuba auf wegen einer Sache mit entfernten Erbschaften und Verkäufen, eine Tante der Mutter, die gestorben war, ich hätte nicht gedacht, daß Villalobos sich an so vieles erinnert (›Luisa muß ihm gesagt haben‹, dachte ich: ›Villalobos hat uns dies und das erzählt, was ist Wahres daran?‹). Wir haben uns sehr rasch geliebt, ich war schon verheiratet, wir haben uns ein paarmal heimlich gesehen, aber das war traurig, sie wurde traurig, sie sah überhaupt keine Möglichkeit, und daß sie keine sah, machte mich traurig, mehr als die Tatsache, daß es keine gab. Es waren nicht viele Male, aber sie genügten, immer am Nachmittag, die beiden Schwestern gingen gemeinsam spazieren, und dann trennten sie sich, ich weiß nicht, was Juana tat und Juana wußte auch nicht, was Teresa tat, Teresa traf sich mit mir in einem Hotelzimmer an diesen Nachmittagen, und dann, wenn plötzlich die Dunkelheit hereinbrach (die Dunkelheit gab uns das Zeichen), kam sie wieder mit Juuna zusammen, und beide kehrten zum Abendessen zu ihrer Mutter zurück. Der letzte Nachmittag, an dem wir uns trafen, schien der Abschied der Liebenden zu sein, die sich nicht wiedersehen können, es war absurd, wir waren jung, wir waren nicht krank, und es gab auch keinen Krieg. Sie kehrte am nächsten Tag nach Spanien zurück nach ihrem dreimonatigen Aufenthalt im Haus der in Havanna gestorbenen Großtante. Ich sagte ihr, daß ich nicht für immer dort bleiben würde, daß ich sofort nach Madrid zurückkehren würde, daß wir uns weiter sehen müßten. Sie wollte nicht, sie wollte lieber die erzwungene Trennung ausnutzen, um das Ganze zu vergessen, mich, meine erste Frau, die sie unglücklicherweise ein wenig kannte. Sie war ihr sympathisch, ich erinnere mich, daß sie ihr sympathisch war. Ich insistierte, ich sagte ihr, ich würde mich trennen. ›Wir könnten nicht heiraten‹, sagte sie, ›das ist unmöglich.‹ Sie war konventionell, wie die Zeiten es waren, es ist erst vierzig Jahre her, es hat tausend Geschichten wie diese gegeben, aber die Leute reden nur, sie tun nichts. Na ja, einige tun etwas (›Das schlimmste ist, daß er nichts tun wird‹, dachte ich, hatte Luisa mir an einem Abend über Guillermo gesagt, schlechtgelaunt, mit ihrem feuchten Ausschnitt, er glänzte ein wenig, wir beide im Bett). Und dann sagte sie den Satz, den ich hörte und der bewirkte, daß sie sich später nicht ertrug (›Übersetzbare, herrenlose Worte, die von Stimme zu Stimme und Sprache zu Sprache und von Jahrhundert zu Jahrhundert wiederholt werden‹, dachte ich, ›immer die gleichen, die zu den gleichen Handlungen anstiften, seit es auf der Welt Menschen und Sprachen und Ohren gibt, sie zu hören. Aber wer sie sagt, erträgt sich nicht, wenn er sie vollzogen sieht‹). Ich erinnere mich, daß wir beide bekleidet auf dem gemieteten Bett lagen, mit Schuhen (›Vielleicht mit schmutzigen Füßen‹, dachte ich, ›da niemand sie sehen würde‹), an dem Nachmittag zogen wir uns nicht aus, es konnte keine Lust entstehen. ›Unsere einzige Möglichkeit ist, daß sie eines Tages stirbt‹, sagte sie zu mir, ›und damit kann man nicht rechnen.‹ Ich erinnere mich, daß sie mir die Hand auf die Schulter legte und ihren Mund meinem Ohr näherte, als sie mir das sagte. Sie flüsterte es mir nicht zu, es war keine Einflüsterung, ihre Hand auf der Schulter und ihre nahen Lippen waren eine Form, mich zu trösten und mich zu beruhigen, ich bin sicher, ich habe viel darüber nachgedacht, wie dieser Satz gesagt wurde, obwohl es eine Zeit gab, da ich ihn für etwas anderes hielt. Es war ein Satz des Verzichts, nicht der Anstiftung, es war der Satz von jemandem, der sich zurückzieht und für besiegt erklärt. Nachdem sie mir das gesagt hatte, gab sie mir einen Kuß, einen sehr raschen Kuß. Sie räumte das Feld.« (›Die Zunge am Ohr ist auch der Kuß, der am meisten überzeugt‹, dachte ich, ›die Zunge, die erkundet und entwaffnet, die flüstert und küßt, die beinahe Zwang ausübt.‹) Ranz hielt erneut inne, seine Stimme hatte auch noch den letzten Rest von Ironie oder Spott verloren, sie war fast unkenntlich, wenn auch nicht wie eine Säge. »Später dann, als ich ihr erzählte, was ich getan hatte und ihr von diesem Satz sprach, erinnerte sie sich zunächst nicht einmal, sie hatte ihn unüberlegt gesagt, leichthin, wie sie meinte, als sie sich erinnerte und begriff, er war nur Ausdruck eines Gedankens gewesen, der in unseren Köpfen umging, etwas, das auf der Hand lag, eine bloße, absichtslose Aussage, so als würdest du jetzt zu mir sagen: ›Es wird Zeit, an das Abendessen zu denken.‹ Auch ich habe damals nicht sonderlich auf ihre Worte geachtet, ich habe erst später über sie nachgedacht, ich habe über sie nachgedacht, als Teresa bereits gegangen war und ich sie vermißte, bis ich es nicht mehr ertrug, unsere einzige Möglichkeit ist, daß sie eines Tages stirbt, und damit kann man nicht rechnen. Es war mein verfluchtes Gehirn, das ihn anders verstehen wollte (›Denk nicht an die Dinge, Vater‹, dachte ich, ›denk nicht an sie mit so krankhaftem Gehirn. Schlafende und Tote sind nichts als Bilder, Vater. Über diese Taten darf man nicht grübeln: so macht es uns toll‹.). Sie erinnerte sich erst an ihren Satz, als ich sie an ihn erinnerte, und das bereitete ihr noch mehr Qual. Hätte ich ihr doch nichts erzählt. (›Sie hört das Geständnis dieser Handlung oder Tat oder Heldentat, und was sie zur wahren Komplizin macht, ist nicht, daß sie zu ihr angestiftet hat, sondern daß sie von dieser Handlung und von ihrem Vollzug weiß. Sie weiß, sie ist informiert, und das ist ihr Vergehen, aber sie hat das Verbrechen nicht begangen, so sehr sie es auch bedauern oder versichern mag, es zu bedauern, sich die Hände mit dem Blut des Toten beflecken ist ein Spiel, eine Vorspiegelung, ein falsches Band, das sie mit demjenigen knüpft, der tötet, denn man kann nicht zweimal töten, und nie gibt es Zweifel daran, wer ›ich‹ ist, und die Tat ist bereits getan. Man ist nur schuldig, die Worte zu hören, was nicht vermeidbar ist, und obwohl das Gesetz denjenigen, der gesprochen hat, der spricht, nicht rechtfertigt, weiß dieser doch, daß er in Wirklichkeit nichts getan hat, selbst wenn er Zwang ausübt mit seiner Zunge am Ohr, mit seiner Brust im Rücken, mit beschleunigtem Atem, mit seiner Hand auf der Schulter und dem unverständlichen Geflüster, das uns überzeugt.‹) Nichts.«

»Was haben Sie getan? Sie haben ihr alles erzählt«, sagte Luisa. Luisa fragte nur das Allernötigste.

»Ja, ich habe ihr alles erzählt«, sagte Ranz, »aber dir werde ich es nicht erzählen, nicht, was ich genau getan habe, nicht die Einzelheiten, wie ich sie umgebracht habe, das vergißt man nicht, und mir ist es lieber, du brauchst dich nicht daran zu erinnern und erinnerst mich fortan nicht daran, denn das würde passieren, wenn ich es dir erzählte.«

»Aber welche Erklärung gab es für ihren Tod? Niemand wußte die wahre, das können Sie mir doch erzählen«, sagte Luisa. Plötzlich bekam ich ein wenig Angst, sie fragte nur das Nötigste, und so würde sie es mir gegenüber tun, wenn sie mich eines Tages fragen müßte.

Ich hörte abermals das Geräusch der Eiswürfel, dieses Mal wurden sie im Glas bewegt. Ranz dachte wohl mit seinem krankhaften Gehirn nach, oder vielleicht war es das nicht mehr seit Jahrzehnten. Vielleicht richtete er sich, fast ohne es zu berühren, sein von Puder ganz weißes Haar. Vielleicht bot er, wie ich es eines Tages bei ihm gesehen hatte, den Anblick vorübergehender Hilflosigkeit. Dieser Tag rückte allmählich sehr fern.

»Ja, ich kann es dir erzählen, und auch darin täuscht sich Villalobos nicht«, sagte er schließlich. »Er wird einer der wenigen Lebenden sein, die sich noch daran erinnern können. Natürlich werden sich auch die Brüder von Teresa und Juana daran erinnern, wenn sie leben, so wie Juana selbst es wußte und sich erinnerte, und ihre Mutter. Aber mit meinen beiden Schwagern, meinen doppelten Schwagern, habe ich seit Jahren keinen Kontakt, seit Teresas Tod wollten sie nichts mehr von mir wissen, auch kaum etwas von Juana, wenn sie es auch nicht offen sagten: Juan zum Beispiel hat sie kaum gekannt. Von der Familie wollte nur die Mutter, Juans Großmutter, weiter Kontakt zu mir halten, ich glaube, mehr als alles andere, um ihre Tochter zu beschützen, um über Juana zu wachen und sie nicht ihrer Ehe auszuliefern. Ihrer gefährlichen Ehe mit mir, dachte sie, nehme ich an. Ich werfe es ihr nicht vor, alle hatten sie den Verdacht, daß ich irgendwie Schuld haben müßte und daß ich etwas verschwieg, als Teresa sich umbrachte, hingegen schöpfte seinerzeit niemand Verdacht in bezug auf den anderen Tod. Du siehst, das eigene Leben hängt nicht von den eigenen Handlungen ab, davon, was man tut, sondern davon, was die anderen von einem wissen, was sie wissen, daß man getan hat. Ich habe seither ein normales und sogar angenehmes Leben geführt, man kann nach allem weiterleben, wir, die wir es können: ich habe Geld verdient, ich habe einen Sohn, über den ich mich freue, ich habe Juana geliebt und sie nicht unglücklich gemacht, ich habe in dem Bereich gearbeitet, der mich am meisten anzog, ich habe Freunde gehabt und gute Bilder. Ich habe meinen Spaß gehabt. All das ist möglich gewesen, weil niemand etwas gewußt hat, nur Teresa. Was ich getan habe, wurde getan, aber der große Unterschied für das, was danach kommt, besteht nicht darin, es getan zu haben oder nicht, sondern darin, daß es allen unbekannt war. Daß es ein Geheimnis war. Was hätte ich für ein Leben gehabt, wenn man es gewußt hätte. Vielleicht hätte ich danach überhaupt kein Leben gehabt.«

»Was war die Erklärung? Ein Feuer?« insistierte Luisa, die meinen Vater nicht zu sehr abschweifen ließ. Ich zündete eine weitere Zigarette an, dieses Mal mit der Glut der vorherigen, ich hatte Durst, ich hätte mir gerne die Zähne geputzt, ich konnte nicht in das Badezimmer hinübergehen, obwohl ich mich in meiner eigenen Wohnung befand, ich war heimlich da, mein Mund fühlte sich wie betäubt an, vielleicht durch den Schlaf, vielleicht durch die Anspannung der Reise, vielleicht weil ich seit einer Weile die Kiefer aufeinanderpreßte. Als ich es merkte, hörte ich einen Augenblick auf, es zu tun.

»Ja, es war das Feuer«, sagte er langsam. »Wir lebten in einem kleinen zweistöckigen Haus, in einer Wohngegend, etwas vom Zentrum entfernt, sie hatte die Angewohnheit, vor dem Einschlafen im Bett zu rauchen, ich auch, um die Wahrheit zu sagen. Ich war mit einigen spanischen Unternehmern zum Abendessen ausgegangen, die ich unterhalten, das heißt zu einer Kneipentour begleiten sollte. Sie hatte wahrscheinlich im Bett geraucht und war eingeschlafen, vielleicht hatte sie ein bißchen getrunken, um in den Schlaf zu finden, sie pflegte es in der letzten Zeit zu tun, möglicherweise trank sie zuviel an jenem Abend. Die Glut erfaßte die Laken, es muß am Anfang langsam gewesen sein, aber sie wachte nicht auf oder zu spät, danach wollten wir nicht wissen, ob sie erstickt war, bevor sie ganz verbrannte, in Havanna schläft man viel mit geschlossenen Fenstern. Aber was machte das schon. Das Feuer zerstörte das Haus nicht ganz, die Nachbarn griffen rechtzeitig ein, ich kehrte erst zurück, nachdem sie mich ausfindig gemacht und mir Bescheid gesagt hatten, sehr viel später, ich hatte mich mit den Unternehmern betrunken. Dagegen hatte das Feuer sehr wohl Zeit, unser Schlafzimmer zu vernichten, ihre ganze Kleidung, meine, die Sachen, die ich ihr geschenkt hatte. Es gab weder eine Untersuchung noch eine Autopsie, es war ein Unfall. Sie war verkohlt. Niemandem lag besonders daran, weiter nachzuforschen, wenn mir nicht daran lag ihre Mutter, meine Schwiegermutter, war zu niedergeschlagen, um an andere Möglichkeiten zu denken.« Jetzt hatte er rasch gesprochen, als hätte er es eilig, die Erzählung oder diesen Teil zu beenden. »Sie waren auch keine einflußreichen Leute«, fügte er hinzu, »nur Mittelklasse, mit wenig Geld, eine Witwe und ihre Tochter. Ich hingegen hatte gute Verbindungen, wenn ich sie gebraucht hätte, um eine Untersuchung zu stoppen oder einen Verdacht zu zerstreuen. Aber dazu kam es nicht. Ich habe mich ein wenig in Gefahr begeben, es war einfach. Das war die Erklärung, Pech«, sagte Ranz. »Pech«, wiederholte er, »wir waren erst seit einem Jahr verheiratet.«

»Und was war die Wahrheit?« sagte Luisa.

»Die Wahrheit ist, daß sie schon tot war, als ich zu dieser Kneipentour aufbrach«, antwortete mein Vater. Seine Stimme wurde wieder sehr schwach, als er diesen Satz sagte, so sehr, daß ich mich abermals anstrengen mußte, als wäre meine Tür geschlossen, sie war angelehnt, und ich näherte dem Spalt mein Ohr, damit mir seine Worte nicht entgingen. »Wir stritten uns bei Einbruch der Dunkelheit«, sagte er, »als ich zurückkam, nach verschiedenen Verhandlungen in der Stadt, die den ganzen Tag in Anspruch genommen hatten, diese Unternehmer. Ich kam schlechtgelaunt nach Hause, sie war es noch mehr, sie hatte etwas getrunken, seit zwei Monaten berührten wir uns nicht, das heißt ich berührte sie nicht. Ich war in mich gekehrt und distanziert, seit ich Teresa kannte, aber vor allem seit ihrer Abreise, das mögliche Mitleid kam mir allmählich abhanden, und mein Groll ihr gegenüber wuchs, ihr gegenüber (›Er vermeidet es, ihren Namen auszusprechen‹, dachte ich, ›weil er sie jetzt nicht mehr beleidigen wollen oder sich ärgern oder eine Tote verlassen kann, die für niemanden sonst existiert hat, nur für ihre Mutter, mamita mamita, die sie nicht zu behüten oder über sie zu wachen wußte, Lüge Schwiegermutter‹). Ich empfand diese unkontrollierte Gereiztheit, wenn man aufhört, jemanden zu lieben, und dieser Jemand einen um jeden Preis weiterliebt und nicht kapituliert, wir möchten immer, daß etwas dann aufhört, wenn wir es für abgeschlossen halten. Je distanzierter ich mich fühlte, um so mehr hing sie an mir, um so mehr bedrängte sie mich, um so mehr beanspruchte sie mich (›Du entkommst mir nicht‹, dachte ich, ›oder du komm her oder du gehörst mir oder du stehst in meiner Schuld oder mit mir in die Hölle, vielleicht mit der Gebärde des Packens, Löwenkralle, eine Klaue‹). Ich war es leid, und ich war ungeduldig, ich wollte dieses Band zerreißen und nach Spanien zurückkehren, aber alleine (›Ich trau dir nicht mehr‹, dachte ich, ›oder du mußt mich hier rausholen oder ich bin nicht in Spanien gewesen oder du bist ein Dreckskerl oder hab ich dich jetzt oder ich bring dich um‹). Wir stritten uns ein wenig, mehr als ein regelrechter Streit ein paar mürrische Sätze, Beleidigung und Antwort, Beleidigung und Antwort, und dann ging sie ins Schlafzimmer, legte sich auf das Bett bei gelöschtem Licht und weinte, sie schloß die Tür nicht, damit ich sie sehen und hören konnte, sie weinte, damit ich sie hörte. Ich hörte sie vom Wohnzimmer aus eine Weile schluchzen, während ich die Zeit vertrieb bis zu dem Augenblick, da ich mich wieder mit den Unternehmern treffen würde, ich hatte vereinbart, sie auf eine Kneipentour zu führen. Dann hörte sie auf, und ich vernahm, wie sie ein wenig vor sich hin sang, zerstreut (›Vorspiel des Schlafs und Ausdruck der Müdigkeit‹, dachte ich, ›der eher unregelmäßige und vereinzelte Gesang, den man abends weiter in den Schlafzimmern der glücklichen Frauen hören konnte, die noch keine Großmütter und keine Witwen und auch keine alten Jungfern waren, ruhiger und sanfter oder erschöpfter‹), dann verstummte sie, und als es Zeit war, ging ich in unser Schlafzimmer, um mich umzuziehen, und sah sie schlafen, sie war eingeschlafen nach dem Verdruß und dem Weinen, das gespielt war oder nicht, nichts erschöpft so sehr wie der Schmerz. Die Balkontür stand offen, ich hörte in der Ferne die Stimmen der Nachbarn und ihrer Kinder vor dem Abendessen, bei Einbruch der Dunkelheit. Ich öffnete den Schrank und wechselte das Hemd, ich warf das schmutzige auf einen Stuhl, und ich hatte das saubere noch nicht zugeknöpft, als ich es dachte. Ich hatte es schon mehrmals gedacht, aber in diesem Augenblick dachte ich es für diesen Augenblick, verstehst du? Für diesen Moment. Es ist merkwürdig, wie ein Gedanke bisweilen mit solcher Deutlichkeit und Macht in uns aufsteigt, daß nichts mehr zwischen ihn und seine Verwirklichung treten kann. Man denkt an eine Möglichkeit und sogleich hört sie auf, es zu sein, man tut, was man denkt, und es verwandelt sich in etwas Ausgeführtes, ohne Übergang, ohne Vermittlung, ohne Zwischenschritt, ohne daß man länger überlegt, ohne daß man genau weiß, ob man es tun will, die Handlungen vollziehen sich dann von allein.« (›Die gleichen Handlungen, von denen nie jemand weiß, ob er sie vollzogen sehen möchte, die Handlungen, die alle unfreiwillig sind, die Handlungen, die nicht mehr von den Worten abhängen, sobald sie ausgeführt werden, sondern sie auslöschen und isoliert vom Vorher und Nachher dastehen, sie allein sind unabänderlich, während es Bestätigung und Widerruf, Wiederholung und Richtigstellung bei den Worten gibt, sie können dementiert werden, und wir nehmen sie zurück, sie können entstellt und vergessen werden‹) Bestimmt schaute Ranz Luisa mit seinen feurigen Augen an, mit seinen flüssigen Augen, oder vielleicht hielt er den Blick gesenkt. »Da lag sie, in Unterwäsche, mit Büstenhalter und Unterhose, sie hatte sich das Kleid ausgezogen und sich wie eine Kranke ins Bett gelegt, die Laken nur bis zur Taille, sie hatte allein getrunken, und sie hatte mich angeschrien, sie hatte geweint, und sie hatte vor sich hin gesummt, und sie war eingeschlafen. Sie unterschied sich nicht sehr von einer Toten, sie unterschied sich nicht sehr von einem Bild, nur daß sie am nächsten Morgen aufwachen und das Gesicht wenden würde, das sie jetzt gegen das Kissen drückte. (›Sie würde das Gesicht wenden und nicht mehr ihren schönen Nacken zeigen‹, dachte ich,

›vielleicht wie der von Nieves, der sich als einziges an ihr während der vergangenen Zeit nicht verändert hatte; sie würde das Gesicht wenden, im Unterschied zu der jungen Dienerin, die Sofonisba Gift oder Artemisia Asche reichte, und weil diese Dienerin sich niemals umdrehen und ihre Herrin niemals den Kelch ergreifen und an die Lippen führen würde, hätte der Wärter Mateu sie beide mit seinem Feuerzeug verbrannt, und auch den verschwommenen Kopf der Alten im Hintergrund, ein Feuer, eine Mutter, eine Schwiegermutter, ein Brand.‹) Mit ihrem umgewandten Gesicht würde sie mir nicht erlauben, fortzugehen oder mich auf die Suche nach Teresa zu machen, von der sie nichts wußte noch jemals etwas erfuhr, sie wußte nicht, warum sie starb, nicht einmal, daß sie starb. Ich erinnere mich, daß ich sah, wie der Büstenhalter in ihre Haut schnitt aufgrund der Position, die sie eingenommen hatte, und einen Augenblick lang dachte ich daran, ihn aufzumachen, damit er keinen Abdruck hinterließ. Ich wollte es gerade tun, als ich es dachte und es nicht tat. Ich dachte es rasch, ich dachte es, ohne es mir vorzustellen, und deshalb tat ich es. (›Sich etwas vorstellen, vermeidet viel Unglück‹, dachte ich, ›wer seinen eigenen Tod antizipiert, ist selten ein Mörder, es ist besser, in Gedanken zu morden und sich umzubringen, das hinterläßt keine Folgen noch Spuren, selbst mit der fernen Gebärde des zupackenden Arms, alles ist eine Frage der Entfernung und der Zeit, wenn man ein wenig entfernt ist, trifft das Messer die Luft statt die Brust, es senkt sich nicht in das braune oder weiße Fleisch, sondern bewegt sich durch den Raum, und es geschieht nichts, seine Bewegung wird weder berechnet noch aufgezeichnet und ist nicht bekannt, Absichten werden nicht bestraft, fehlgeschlagene Versuche werden oft verschwiegen und sogar verleugnet von denen, die sie erleiden, weil nach ihnen alles unverändert ist, die Luft ist unverändert, und die Haut tut sich nicht auf noch ändert sich das Fleisch, und nichts wird aufgeschlitzt, es ist harmlos, das flachgedrückte Kissen, unter dem sich kein Gesicht befindet, und dann ist alles genau wie vorher, weil die Häufung und der ziellose Stoß und das mundlose Ersticken nicht genug sind, um die Dinge und die Beziehungen zu ändern, nicht die Wiederholung ist es noch das Beharren noch die gescheiterte Durchführung noch die Drohung.‹) Ich habe sie im Schlaf umgebracht, während sie mir den Rücken zuwandte. (›Ranz hat den Schlaf gemordet‹, dachte ich, ›den unschuldigen Schlaf, und doch ist es die Brust einer anderen Person, die uns den Rücken deckt, wir fühlen uns nur wirklich geschützt, wenn jemand hinter uns steht, jemand, den wir vielleicht nicht sehen und der uns den Rücken deckt mit seiner Brust, die uns fast berührt und uns am Ende immer berührt; und wenn wir mitten in der Nacht aufwachen, aus einem Alptraum aufschreckend, oder nicht in den Schlaf finden können, da wir Fieber haben oder uns im Dunkeln allein und verlassen glauben, dann brauchen wir uns nur umzudrehen und das Gesicht dessen vor uns zu sehen, der uns beschützt, der sich überall dort küssen lassen wird, wo das Gesicht küßbar ist – Nase, Augen und Mund; Stirn und Wangen, es ist das ganze Gesicht –, oder vielleicht, im Halbschlaf, uns eine Hand auf die Schulter legen wird, um uns zu besänftigen oder um uns zu halten oder womöglich, um sich festzuhalten.‹) Ich werde dir nicht erzählen, wie, erlaube mir, daß ich dir das nicht erzähle.« (›Geh weg‹, dachte ich, ›oder hab ich dich jetzt oder ich bring dich um, mein Vater denkt einen Augenblick und zugleich handelt er, aber vielleicht muß er einen Augenblick zuvor innehalten und sich fragen, ob die Messer im Hause die richtige Schärfe haben und geschliffen sind, er sieht auf den drükkenden Büstenhalter und hebt dann den Kopf, um sich zu erinnern und an Messerklingen zu denken, die dieses Mal nicht die Luft treffen und auch nicht die Brust, sondern den Rücken, alles ist eine Frage der Entfernung und der Zeit, oder vielleicht ist es seine große Hand, die sich auf den hübschen Nacken legt und zudrückt und ihn zusammendrückt, und es stimmt, daß unter dem Kissen kein Gesicht ist, es liegt darauf, das Gesicht, das sie niemals mehr wenden wird; die Füße strampeln auf dem Bett, die nackten und vielleicht sehr sauberen Füße, denn im eigenen Haus ist unsere Verabredung immer da oder sie kann jeden Augenblick eintreffen, wenn wir verheiratet sind, die Person, die sie sehen und streicheln kann, die Person, auf die sie so sehr gewartet hatte; vielleicht bewegen sich die Arme, und dabei werden die Achselhöhlen sichtbar, die frisch rasiert wurden für den Ehemann, der zurückkommt und sie nie mehr berührt, aber sie braucht sich um keine Falte im Rock zu sorgen, die ihren Hintern entstellt, weil sie stirbt und weil sie sich den Rock ausgezogen hat und er auf dem Stuhl liegt, auf den mein Vater auch sein schmutziges Hemd geworfen hat, er trägt das noch nicht zugeknöpfte saubere. Sie werden zusammen brennen, das schmutzige Hemd und der gebügelte Rock, und vielleicht gelingt es Gloria oder womöglich Miriam oder womöglich Nieves oder womöglich Berta oder Luisa, sich umzudrehen und in einer letzten Anstrengung das Gesicht zu wenden, einen Augenblick lang, und dann sieht sie mit ihren kurzsichtigen, harmlosen Augen das stark behaarte Dreieck der Brust von Ranz, meinem Vater, behaart wie die von Bill und die meine, das Dreieck dieser Brust, die uns beschützt und den Rücken deckt, vielleicht war Glorias langes, in Unordnung geratenes Haar durch den Schlaf oder die Angst oder den Schmerz verklebt, und ein paar einzelne Haare lagen quer über ihrer Stirn, wie feine Falten, die aus der Zukunft gekommen waren, um sie einen Augenblick lang zu verdüstern, den letzten, denn diese Zukunft wäre keine, nicht für sie, weder konkrete Zukunft noch abstrakte Zukunft. Aber in diesem letzten Augenblick ändert sich das Fleisch oder die Haut tut sich auf oder etwas wird aufgeschlitzt.‹)

»Erzählen Sie es mir nicht, wenn Sie nicht wollen«, sagte Luisa. »Erzählen Sie es mir nicht, wenn Sie nicht wollen«, wiederholte Luisa, jetzt schien mir, daß sie fast darum flehte, man möge es ihr nicht erzählen.

»Nein, ich erzähle es dir nicht, ich will es dir nicht erzählen. Danach knöpfte ich mir das Hemd zu und trat auf den Balkon, es war niemand zu sehen. Ich schloß die Tür, ging zum Schrank, in dem auch ihre wohlriechenden, reglosen Stoffe hingen, band mir die Krawatte um und zog mir ein Jackett an, es war spät für mich geworden. Ich zündete eine Zigarette an, ich begriff nicht, was ich getan hatte, aber ich wußte, daß ich es getan hatte, das sind manchmal verschiedene Dinge. Auch jetzt begreife ich es noch nicht und weiß es, wie in jenem Augenblick. Wenn ich es nicht war, dann war es niemand, und sie hat nie existiert, es ist viel Zeit vergangen, und das Gedächtnis ermüdet, wie die Sehkraft. Ich setzte mich auf das Fußende des Bettes, ich war schweißbedeckt und sehr erschöpft, die Augen taten mir weh, als hätte ich mehrere Nächte nicht geschlafen, daran erinnere ich mich, an den Schmerz der Augen, und dann dachte ich es und tat es, noch einmal dachte und tat ich es zugleich. Ich legte die brennende Zigarette auf das Laken und sah zu, wie sie verbrannte, und ich köpfte die Glut, ohne die Zigarette auszumachen. Ich zündete noch eine an, zog drei- oder viermal an ihr und legte sie ebenfalls auf das Laken. Ich tat das gleiche mit einer dritten, alle geköpft, es brannte die Glut der Zigaretten, und es brannte auch die einzelne Glut, dreimal Glut und dreimal Glut, sechsmal Glut, das Laken verbrannte. Ich sah, wie sie begannen, glutgesäumte Löcher zu machen (›Ich schaute einige Sekunden lang‹, dachte ich, ›wie es wuchs und der Kreis sich ausweitete, ein Fleck, der schwarz und glühend zugleich war und das Laken fraß‹), ich weiß nicht.« Mein Vater brach plötzlich ab, als hätte er den letzten Satz nicht ganz beendet. Man hörte nichts, nur sein erregtes, heftiges

Atmen eine Minute lang, das Atmen eines alten Menschen. Dann fügte er hinzu: »Ich schloß die Tür des Schlafzimmers und ging hinaus und auf die Straße hinunter, und bevor ich in das Auto einstieg, wandte ich mich um und schaute von der Ecke her auf das Haus, alles war normal, es war schon dunkel, es war auf einmal dunkel geworden, und es kam noch kein Rauch heraus.« (›Und es würde ihn auch niemand von oben sehen‹, dachte ich ›vom Balkon oder vom Fenster aus, auch wenn er vor ihnen stehenbliebe wie Miriam, als sie wartete, oder wie ein alter Drehorgelspieler und eine Zigeunerin mit Zopf, um ihrer Arbeit nachzugehen, oder wie Bill zunächst und dann ich, die wir beide vor Bertas Haus warteten, daß der andere ginge, oder wie Custardoy in einer Nacht mit silbernem Regen vor meinem.‹) »Aber das ist lange her«, fügte Ranz mit einem Schatten seiner immer gleichen, seiner altbekannten Stimme hinzu. Mir schien, als hörte ich ein Feuerzeug und ein Klirren, vielleicht hatte er eine Olive genommen, und Luisa hatte eine Zigarette angezündet. »Und außerdem, über diese Dinge spricht man nicht.«

Noch immer herrschte Schweigen, Luisa sagte jetzt nichts, und ich konnte mir vorstellen, daß Ranz voll Ungewißheit wartete, die Hände müßig und verschränkt, vielleicht auf dem Sofa sitzend oder zurückgelehnt auf der Ottomane oder in dem grauen, neuen und so angenehmen Sessel, bei dessen Auswahl er wahrscheinlich behilflich gewesen war. Nicht im Schaukelstuhl, das glaubte ich nicht, nicht im Schaukelstuhl meiner Großmutter aus Havanna, die gewiß an ihre eigenen Töchter dachte, die lebende und die tote, beide verheiratet, und vielleicht an die verheiratete und tote Tochter einer anderen kubanischen Mutter, wenn sie mir in der Kindheit sang ›Mamita mamita, yen, yen, yen‹, um mir eine Angst einzuflößen, die mir wenig dauerhaft und heiter vorkam, nur eine weibliche Angst, eine Angst von Töchtern und Müttern und Ehefrauen und

Schwiegermüttern und Großmüttern und Kinderfrauen. Vielleicht fürchtete Ranz, daß Luisa, seine Schwiegertochter, eine Gebärde ihm gegenüber machte, die bedeuten könnte ›Geh weg‹ oder aber ›Hauen Sie ab‹. Aber was Luisa schließlich sagte, war folgendes:

»Es wird Zeit, an das Abendessen zu denken, wenn Sie Hunger haben.«

Ranz' erregtes, heftiges Atmen hörte auf, und in seiner Antwort meinte ich Erleichterung zu erkennen:

»Ich bin mir nicht so sicher, ob ich Hunger habe. Wenn du einverstanden bist, dann können wir einen Spaziergang bis zum ›Alkalde‹ machen, und wenn wir dort sind, gehen wir rein, wenn wir Lust haben, und wenn nicht, begleite ich dich zurück, und jeder geht nach Hause. Ich hoffe, wir finden Schlaf heute nacht.«

Ich hörte, wie sie aufstanden und Luisa ein wenig aufräumte, was sie auf den kleinen, niedrigen Tisch gestellt hatte, eines der wenigen Möbelstücke, die wir zusammen gekauft hatten. Ich hörte ihre Schritte in die Küche und zurück und dachte: ›Jetzt wird sie hier hereinkommen müssen, um sich umzuziehen oder irgend etwas zu holen. Ich habe Lust, sie zu sehen. Wenn sie gehen, werde ich mir die Zähne putzen und Wasser trinken können, und vielleicht ist eine Olive übrig geblieben.‹

Mein Vater, der bestimmt schon im Mantel war oder ihn vielmehr um die Schultern gelegt hatte, ging bis zum Eingang und öffnete die Wohnungstür.

»Bist du soweit?« fragte er Luisa.

»Einen Augenblick«, antwortete sie, »ich hol noch rasch ein Tuch.«

Ich hörte ihre Absätze, die näherkamen, ich kannte ihre Schritte gut, sie klangen auf dem Holz sehr viel diskreter als die metallischen Schuhe von ›Bill‹ auf dem Marmor oder die von Custardoy überall und jederzeit. Diese Schritte hinkten nicht, auch nicht in barfüßigem Zustand. Sie stiegen nicht schwerfällig die Stufen einer Leiter hoch, auf der Suche nach Patronen für unbekannte Füllfederhalter. Sie rammten sich auch nie wie Messer in das Pflaster, sie schleiften den spitzen Absatz nicht rasch und wütend über den Boden, nie wären sie wie Sporn und Axthiebe. Nicht, wenn es von mir abhing, oder das hoffte ich, es waren glückliche Schritte. Ich sah durch den Spalt ihre Hand auf der Klinke meiner Tür. Sie würde hereinkommen, ich würde sie sehen, seit drei Wochen hatte ich sie nicht gesehen, fast seit acht hatte ich sie hier nicht gesehen, in unserer Wohnung und unserem Schlafzimmer und auf unserem Kissen. Aber bevor sie die Tür aufstieß, rief sie Ranz durch den Flur zu, er stand wahrscheinlich noch immer am Eingang, wo er, den Mantel um die Schultern, den Fahrstuhl rief:

»Juan kommt morgen. Möchten Sie, daß ich es ihm erzähle, oder soll ich ihm nichts sagen?«

Ranz' Antwort erfolgte rasch, aber die Worte kamen langsam und müde heraus, mit rostiger und heiserer Stimme, wie durch einen Helm hindurch:

»Ich wäre dir sehr dankbar«, sagte er, »ich wäre dir sehr dankbar, wenn du mir ersparen würdest, jetzt darüber nachzudenken, ich weiß nicht, was besser ist. Überleg du es für mich, wenn du willst.«

»Seien Sie unbesorgt«, sagte Luisa und stieß die Tür auf. Sie machte das Licht erst an, als sie sie geschlossen hatte, sie mußte sogleich den vielen Rauch meiner Zigaretten bemerkt haben. Ich stand noch nicht auf, wir küßten uns nicht, es war noch, als sähen wir uns nicht, ich war noch nicht da. Sie schaute mich verstohlen an, sie lächelte mich verstohlen an, sie öffnete unseren Schrank und nahm ein Tuch mit Tieren von Hermes, das ich ihr von einer früheren Reise mitgebracht hatte, als wir noch nicht verheiratet waren. Sie roch gut, ein neues Parfüm, es war nicht das Trussardi, das ich ihr geschenkt hatte. Sie hatte ein müdes Gesicht, als täten ihr die Augen weh, Ranz' Augen, sie war hübsch. Sie legte sich das Tuch um den Hals und sagte:

»Du siehst also.«

Und mir wurde sofort bewußt, daß dies der Satz war, den Berta zu mir gesagt hatte, als sie im Morgenmantel hinter mich getreten war und ich sie in meinem Rücken sah, widergespiegelt im dunklen Glas des Bildschirms, nachdem ich das Video zu Ende angeschaut hatte, das sie bestimmt schon mehrmals gesehen hatte und noch weiter sehen würde und vielleicht noch heute sah. Deshalb, nehme ich an, antwortete auch ich jetzt mit den gleichen Worten. Ich erhob mich. Ich legte Luisa die Hand auf die Schulter.

»Ich sehe«, sagte ich zu ihr.

JETZT HAT MEIN Unbehagen nachgelassen, und mein Vorgefühl ist nicht mehr so katastrophal, und obwohl ich noch nicht fähig bin, wie früher an die abstrakte Zukunft zu denken, bin ich imstande, wieder vage zu denken, die Gedanken zu dem schweifen zu lassen, was kommen wird oder kommen kann, mir ohne allzu viel Bestimmtheit noch Interesse Fragen über das zu stellen, was morgen oder in fünf Jahren oder in vierzig Jahren aus uns werden mag, über das, was man nicht voraussehen kann. Ich weiß oder glaube, daß ich das, was zwischen Luisa und mir geschehen ist oder geschieht, vielleicht erst nach Ablauf einer sehr langen Zeit erfahren werde, oder vielleicht wird es nicht an mir sein, es zu wissen, sondern an meinen Nachkommen, wenn wir einen haben, oder an jemand Unbekanntem und Fremden, der sich womöglich auch noch nicht in der begehrten Welt befindet, geboren werden hängt von einer Bewegung, einer Geste, einem Satz ab, der am anderen Ende dieser selben Welt ausgesprochen wird. Fragen und schweigen, alles ist möglich, schweigen wie Juana Aguilera oder fragen und zwingen wie ihre Schwester Teresa, oder weder das eine noch das andere tun, wie jene erste Frau, die ich Gloria getauft habe und die nicht oder nicht lange existiert zu haben scheint, nur für ihre heiratsfreudige Mutter, eine Schwiegermutter, die mittlerweile untröstlich in Kuba gestorben sein wird, Witwe und ohne Tochter, die Schlange verschluckte sie, in den Sprachen, die ich kenne, gibt es kein Wort, das das Gegenteil von »Waise« bedeutet. Sie wird in jedem Fall sehr bald völlig zu existieren aufhören, wenn die Stunde von Ranz gekommen ist und Luisa und ich nur noch imstande sind, uns an das zu erinnern, was uns geschehen ist oder was wir getan haben, und nicht an das, was man uns erzählt hat oder was anderen widerfahren ist oder andere getan haben (wenn unsere Herzen nicht so weiß sind). Bisweilen habe ich das Gefühl, daß nichts von dem, was geschieht, geschieht, daß alles passiert und gleichzeitig nicht passiert ist, weil nichts ununterbrochen geschieht, nichts dauert oder beharrt unaufhörlich oder bleibt unaufhörlich in der Erinnerung, und sogar die monotonste und routinemäßigste Existenz hebt sich auf und negiert sich selbst in ihrer scheinbaren Wiederholung, bis nichts und niemand mehr ist wie zuvor, und das schwache Rad der Welt wird von Vergeßlichen angetrieben, die hören und sehen und wissen, was nicht gesagt wird und nicht stattfindet und nicht erkennbar und nicht nachprüfbar ist. Bisweilen habe ich das Gefühl, das, was sich ergibt, ist identisch mit dem, was sich nicht ergibt, was wir ausschließen oder vorbeigehen lassen, identisch mit dem, was wir nehmen und ergreifen, was wir erfahren, identisch mit dem, was wir nicht ausprobieren, und doch geht es um unser Leben und vergeht unser Leben damit, daß wir auswählen und ablehnen und entscheiden, daß wir eine Linie ziehen, welche diese identischen Dinge trennt und aus unserer Geschichte eine einzigartige Geschichte macht, an die wir uns erinnern und die sich erzählen läßt, sei es sofort oder nach Ablauf der Zeit, und auf diese Weise gelöscht wird oder verblaßt, die Aufhebung dessen, was wir werden und was wir tun. Wir verwenden unsere ganze Intelligenz und unsere Sinne und unser Bestreben auf die Aufgabe, zu unterscheiden, was eingeebnet wird oder es schon ist, und deshalb sind wir reich an Reuegefühlen und verpaßten Gelegenheiten, an Bestätigungen und Bekräftigungen und genutzten Gelegenheiten, wo es doch so ist, daß nichts Bestand hat und alles verloren geht. Niemals gibt es ein Ganzes, oder vielleicht hat es nie etwas gegeben. Aber es stimmt auch, daß für nichts die Zeit vergeht und alles da ist und darauf wartet, daß man es zurückholt, wie Luisa sagte.

Jetzt bin ich dabei, neue Tätigkeiten in Erwägung zu ziehen, ebenso wie sie, es scheint, wir sind es beide leid, diese Reisen von acht Wochen oder sogar weniger zu machen, die sehr anstrengend sind und uns ein wenig entfremden. Ich werde keine Probleme haben mit meinen vier Sprachen und ein wenig Katalanisch, ich lerne es, um einen guten Eindruck zu machen, bei einer der Möglichkeiten müßte ich oft mit Barcelona telefonieren. Und viele Leute glauben, ich hätte wichtige Kontakte in den internationalen Organisationen und Umgang mit hohen Würdenträgern. Ich werde sie nicht enttäuschen, auch wenn sie im Irrtum sind. Dennoch behagt mir auch nicht unbedingt die Vorstellung, die ganze Zeit in Madrid zu bleiben und mit Luisa nach Hause zu kommen und auszugehen, statt sie zu besuchen oder zu empfangen, mit Zimmern und einem Fahrstuhl und einer Haustür, die beiden gehören, mit einem gemeinsamen Kopfkissen (es ist eine Redensart, es sind immer zwei), um das wir bisweilen im Schlaf werden kämpfen müssen und von dem aus wir, genau wie der Kranke, mit der Zeit die Welt sehen werden; ohne daß unsere Füße zögern auf dem nassen Pflaster, noch überlegen, noch ihre Meinung ändern, noch Reue empfinden, noch überhaupt eine Wahl treffen können: jetzt besteht kein Zweifel daran, daß wir uns nach dem Kino oder nach dem Abendessen an denselben Ort begeben, in dieselbe Richtung durch die halbleeren und stets gesprengten Straßen, ob wir es heute abend wollen oder nicht, oder vielleicht war es gestern abend, als sie es nicht wollte. So kam es mir einen Augenblick vor, aber wir gingen weiter. Wenn sich unsere Schritte gemeinsam demselben Ort zuwenden (und zur Unzeit erklingen, denn es sind jetzt vier Füße, die gehen), dann vermute ich dennoch, daß wir einer an den anderen denken, hauptsächlich, zumindest ich tue das. Ich glaube, daß wir trotz allem um nichts in der begehrten Welt tauschen würden, wir haben noch nicht die gegenseitige Aufhebung oder Vernichtung der Person gefordert, die jeder war und in die wir uns verliebt haben, wir haben nur den Personenstand geändert, und das scheint jetzt nicht so schwerwiegend oder unberechenbar zu sein: ich kann sagen *wir haben ein Klavier gekauft* oder *wir werden ein Klavier kaufen* oder *wir werden ein Kind haben* oder *wir haben eine Katze*.

Vor einigen Tagen habe ich mit Berta gesprochen, sie rief an, und wenn sie anruft, dann heißt das, daß sie ein bißchen traurig oder zu einsam ist. Ich werde nicht mehr so einfach eine Zeitlang bei ihr wohnen können, wenn ich meine Dolmetschertätigkeit ganz aufgebe, ich werde die dramatischen oder amüsanten Ereignisse und Anekdoten, die ich ihr immer erzählen möchte, sehr viel länger aufheben oder ihr Briefe schreiben müssen, das haben wir selten getan. Ich fragte sie nach ›Bill‹, es dauerte einige Sekunden, bis sie sich erinnerte oder ihn identifizierte, er war ihr schon ferngerückt, er hatte New York verlassen, glaubte sie, und war noch nicht zurückgekehrt. »Wo ich jetzt daran denke«, sagte sie, »es kann sein, daß er irgendwann in diesen Tagen auftaucht.« Ich erfuhr, daß sie nichts mehr von ihm gehört hatte, seitdem wir ihn in ein Taxi steigen sahen, ich von der Straße aus, sie von ihrem Fenster aus. Aber es ist möglich, daß er wieder auftaucht, mit gutem Grund, wenn er Guillermo ist. Berta macht weiter mit ihren Kontakten über Anzeigen, sie hat noch nicht kapituliert und sich nicht zurückgezogen, sie sagte mir, sie sei jetzt an zwei Individuen interessiert, die sie noch nicht kennengelernt habe, ›J von H‹ und ›Truman‹ ihre Initialen beziehungsweise ihr Beiname. Sie wurde munter, als sie von ihnen sprach, es klang liebevoll, wie es die Frauen sind, wenn sie eine Hoffnung nähren und nicht wir diese Hoffnung auslösen und sie nicht uns betrifft, sondern uns nur übermittelt wird; aber während wir sprachen, stellte ich sie mir in einem dieser Augenblicke vor, in denen der Halbmond ihrer rechten Wange, ihre Narbe, sich verdunkelte, bis sie blau oder dunkelviolett wurde und mich glauben machte, sie habe einen Fleck. Vielleicht, dachte ich (und ich dachte es, um es abzuwenden), würde ein Tag kommen, da sie kapitulieren und sich zurückziehen und der Halbmond ständig eine dieser beiden Farben haben würde. Berta ihr Name, ›BSA‹ ihre Initialen, die Wange immer beschmutzt.

Custardoy habe ich bislang nicht wiedergesehen, ich weiß, daß ich ihm auch künftig ab und zu begegnen werde, fast immer, vermute ich, über meinen Vater, und wenn er nicht mehr da ist, es gibt Präsenzen, die uns mit Unterbrechungen seit der Kindheit begleiten und sich nie entfernen. Er wird weiter die Welt begehren, er wird sich weiter verdoppeln und kaum glaubliche Geschichten erzählen, die er erlebt haben mag. Aber ich will lieber nicht an ihn denken, ich denke schon bisweilen an ihn, ohne es zu wollen.

Ich habe noch nicht mit Ranz über das gesprochen, was ich an jenem Abend gehört habe, eigentlich erst vor kurzem, obwohl dieser Abend sehr rasch fernrückt in diesen hektischen Zeiten, die dennoch, wie alle anderen Zeiten, immer das gleiche in sich fassen, ein einziges unvollständiges oder vielleicht bereits halb abgelaufenes Leben, das eines jeden, mein eigenes Leben oder das Luisas. Es ist wahrscheinlich, daß wir nie darüber sprechen werden, Ranz weiß wohl auch nicht, ob ich weiß, er wird Luisa nicht einmal gefragt haben, ob sie es mir schließlich erzählt hat, immer gibt es jemanden, der etwas nicht weiß oder nicht wissen will, und so verewigen wir uns. Soweit ich sehe, ist ihr Umgang miteinander der gleiche wie vorher oder sehr ähnlich, so als hätte es diesen Abend nicht gegeben oder als würde er nicht zählen. Es ist besser so, sie schätzen sich sehr, und sie hört ihm gern zu. Das einzig Neue ist, daß er mir jetzt älter und weniger ironisch vorkommt, fast wie ein alter Mann, was er nie gewesen ist. Sein Gang ist ein wenig unsicher, seine Augen sind weniger beweglich und stumpfer, weniger feurig, wenn sie mich anschauen oder schauen, sie schmeicheln weniger demjenigen, den sie vor sich haben; sein Frauenmund, der meinem so ähnlich ist, verliert die Konturen durch die Falten; seine Augenbrauen haben keine Kraft, um sich stark zu heben; manchmal steckt er die Arme in die Ärmel des Regenmantels, ich bin sicher, daß er sie im nächsten Winter immer in die des Mantels stecken wird. Wir sehen uns oft, jetzt, da ich weiß, daß ich in Madrid mehr Ruhe haben werde und ein wenig Urlaub mache. Wir gehen an vielen Tagen zum Mittagessen aus, mit oder ohne Luisa, zu ›La Trainera‹, zu ›La Ancha‹, zu ›La Dorada‹ und zum ›Alkalde‹, auch zu ›Nicolas‹, zu ›Rugantino‹, zu ›Fortuny‹ und ›El Cafe‹ und ›La Fonda‹, er wechselt gern das Restaurant. Er erzählt mir noch immer bekannte oder unbekannte Geschichten aus seinen aktiven Jahren, aus seinen Reisejahren und seinen Jahren im Prado, von seinen Beziehungen zu Millionären und Bankdirektoren, die ihn schon vergessen haben, zu alt, um ihnen nützlich oder amüsant zu erscheinen oder zu einem Besuch bei ihnen einfliegen zu können, sehr reiche Menschen wollen empfangen und reisen nicht, um einen Freund zu sehen. Ich habe an das gedacht, was Ranz Luisa erzählt hat und ich heimlich mitgehört habe, während ich rauchend auf dem Fußende meines Bettes saß. Obwohl ich es vergessen werde, vergesse ich es noch nicht, und wenn ich jetzt das kleine Bild meiner Tante Teresa anschaue, die nie meine Tante gewesen ist, das Bild, das Ranz in seiner Wohnung bewahrt, betrachte ich es aufmerksamer als je zuvor während meiner Kindheit und Jugend. Vielleicht schaue ich es an, wie man die Fotografien derer anschaut, die uns nicht und die wir nicht mehr sehen, aus Verstimmung oder Erschöpfung oder ihrer Abwesenheit wegen, die Bilder, die am Ende ihre Gesichtszüge usurpieren, die verblassen, die Fotografien immer ruhend in einem einzigen Tag, an den niemand sich erinnert, an dem sie aufgenommen wurden; wie meine Großmutter und meine Mutter bisweilen mit reglosen Augen oder einfältigem Lächeln schauten, nachdem sie ihr Lachen unterbrochen hatten, mit verlorenem Blick, die Augen trocken und ohne zu blinzeln, wie jemand, der gerade aufgewacht ist und noch nicht begreift, so muß Gloria im letzten Augenblick geschaut haben, von ihr gibt es kein Bild, wenn sie das Gesicht wenden konnte; sicher ohne nachzudenken, ohne sich überhaupt zu erinnern, mit einem Gefühl von Schmerz oder nachträglicher Angst, Schmerz und Angst sind nicht flüchtig, den Blick auf Gesichter gerichtet, die man Gestalt annehmen, aber nicht altern sah, räumliche Gesichter, die flach geworden sind, Gesichter in Bewegung, die wir uns plötzlich im Zustand der Ruhe zu sehen angewöhnen, nicht sie, sondern ihr Bild, das sie ersetzt, so wie ich mich vorbereite, meinen Vater anzuschauen, so wie Luisa sich eines Tages angewöhnen wird, mein Bild anzuschauen, wenn sie nicht einmal mehr ihr halbes Leben vor sich hat und meines vorbei ist. Obwohl niemand die Reihenfolge der Toten oder die der Lebenden kennt, weiß, wer zuerst mit dem Schmerz oder zuerst mit der Angst an der Reihe ist. Aber das spielt keine große Rolle, alles ist Vergangenheit und ist nicht geschehen, und außerdem weiß man es nicht. Was ich an jenem Abend von Ranz' Lippen hörte, erschien mir nicht verzeihlich und erschien mir auch nicht harmlos und löste auch kein Lächeln bei mir aus, aber es erschien mir als vergangen. Alles ist es, selbst das, was geschieht.

Ich glaube nicht, daß ich je wieder etwas von Miriam hören werde, es sei denn, sie erreicht, daß man sie aus Kuba oder aus diesem neuen Kuba rausholt, für das es so viele Pläne gibt, oder sie gelangt in Kürze zu Wohlstand und der Zufall eilt ihr zu Hilfe. Ich glaube, ich würde sie überall wiedererkennen, auch wenn sie nicht mehr ihre gelbe Bluse mit dem runden Ausschnitt und ihren engen Rock und ihre hohen Absätze trüge, die sich in den Boden rammten, auch wenn nicht ihre riesige Tasche am Arm baumelte statt über der Schulter, wie es heute Sitte ist, ihre unverzichtbare Tasche, die sie aus dem Gleichgewicht brachte. Ich würde sie wiedererkennen, auch wenn sie jetzt mit Anmut liefe und ihre Fersen nicht über ihre Schuhe hinausragten und sie nicht Gebärden machen würde, die bedeuten ›Du komm her‹ oder ›Du gehörst mir‹ oder ›Ich bring dich um‹. Eines Tages Guillermo zu begegnen, wäre nicht schwierig in Madrid, leider, alle Welt kennt sich früher oder später, selbst die, die von draußen kommen und bleiben. Aber ihn könnte ich nicht wiedererkennen, nie habe ich sein Gesicht gesehen, und eine Stimme und Arme reichen nicht aus, um jemanden wiederzuerkennen. An manchen Abenden, vor dem Einschlafen, kommen mir die drei in den Sinn, Miriam und er und die kranke Frau, Miriam sehr weit und die beiden wer weiß ob in meiner eigenen Stadt oder in meiner eigenen Straße oder in unserem Haus. Es ist fast unmöglich, jemandem, dessen Stimme man gehört hat, kein Gesicht zu geben, und deshalb gebe ich ihm manchmal das von ›Bill‹, das einen Schnurrbart hatte und das wahrscheinlichste ist, vielleicht weil es seines ist, auch ihm kann ich in dieser so mobilen Stadt begegnen; andere Male stelle ich ihn mir wie den Schauspieler Sean Connery vor, ein Held meiner Kindheit, der im Film oft Schnurrbart trägt, was für ein großer Schauspieler; aber auch das obszöne und knochige Gesicht von Custardoy spielt hinein, der sich den Schnurrbart abwechselnd stehen läßt und abrasiert, oder das von Ranz selbst, der ihn in seiner Jugend trug, sicher als er in Havanna lebte und später, als er schließlich Teresa Aguilera heiratete und mit ihr auf seine Hochzeitsreise ging; oder auch meines, mein Gesicht, das keinen Schnurrbart hat und ihn auch nie gehabt hat, aber es kann sein, daß ich ihn mir eines Tages stehen lasse, wenn ich älter bin und um zu verhindern, meinem Vater zu ähneln, wie er jetzt ist, wie er jetzt ist und ich ihn hauptsächlich in Erinnerung behalten werde.

In vielen Nächten spüre ich, wie Luisas Brust im Bett meinen Rücken berührt, beide wach oder beide schlafend, sie neigt dazu, nah zu rücken. Sie wird immer da sein, so ist es vorgesehen, und das ist die Vorstellung, obwohl so viele Jahre fehlen, um dieses ›immer‹ voll zu machen, daß ich mich bisweilen frage, ob sich nicht alles ändern kann im Lauf der Zeit und im Lauf der abstrakten Zukunft, die als einzige zählt, weil die Gegenwart sie nicht zu färben oder sich anzugleichen vermag, und das kommt mir jetzt wie ein Unglück vor. Ich möchte in diesem Augenblick, daß nichts sich je ändert, aber ich kann nicht ausschließen, daß nach Ablauf irgendeiner Zeit jemand, eine Frau, die ich noch nicht kenne, eines Nachmittags zu mir kommen wird, wütend über mich oder erleichtert, weil sie mich endlich gefunden hat, und mir dennoch nichts sagt und wir uns nur anschauen oder uns stumm im Stehen umarmen oder an das Bett herantreten, um uns auszuziehen, oder vielleicht beschränkt sie sich darauf, die Schuhe abzustreifen, und zeigt mir ihre Füße, die sie bestimmt sorgfältig gewaschen hat, bevor sie das Haus verließ, weil ich sie sehen oder sie streicheln könnte, und die jetzt gewiß müde sind und schmerzen (die Sohle des einen vom Pflaster beschmutzt). Vielleicht geht diese Frau ins Badezimmer und schließt sich einige Minuten dort ein, ohne etwas zu sagen, um sich anzuschauen und ihre Fassung zurückzugewinnen und nach Möglichkeit aus ihrem Gesicht die Spuren des Zorns und der Müdigkeit und der Enttäuschung und der Erleichterung zu tilgen, die sich akkumuliert haben, während sie sich fragt, welcher Ausdruck am angemessensten und vorteilhaftesten wäre, um endlich dem Mann gegenüberzutreten, der sie viel zu lange hat warten lassen und der jetzt wartet, daß sie herauskommt, mir gegenüberzutreten. Vielleicht ließe sie mich deshalb sehr viel länger als nötig warten, bei geschlossener Badezimmertür, oder aber sie wollte nichts anderes als heimlich und gedämpft weinen, auf dem Toilettendeckel oder am Rand der Badewanne sitzend, nachdem sie sich die Haftschalen herausgenommen hatte, wenn sie welche trug, während sie sich mit einem Handtuch abtrocknete und vor ihren eigenen Augen verbarg, bis es ihr gelang, sich zu beruhigen, sich das Gesicht zu waschen, sich zu schminken und sich so weit in der Gewalt zu haben, daß sie wieder herauskommen konnte, ohne sich etwas anmerken zu lassen. Ich kann auch nicht ausschließen, daß diese Frau eines Tages Luisa ist und ich nicht der Mann bin an diesem Tag und daß dieser Mann einen Tod von ihr fordert und zu ihr sagt: ›Er oder ich‹, und ich dann ›er‹ bin. Aber in diesem Fall würde ich mich damit zufrieden geben, daß sie wenigstens aus dem Badezimmer herauskäme, statt auf dem kalten Boden liegenzubleiben mit so weißer Brust und so weißem Herzen und zerknittertem Rock und auch nassen Wangen von der Mischung aus Tränen und Schweiß und Wasser, da der Strahl aus dem Wasserhahn vielleicht vom Becken abprallen würde und Tropfen auf den am Boden liegenden Körper gespritzt wären, Tropfen wie der Regentropfen, der nach dem Wolkenbruch aus der Regenrinne fällt, immer auf dieselbe Stelle, wo die Erde oder die Haut oder das Fleisch allmählich nachgibt, bis sie durchlässig wird und eine Öffnung und vielleicht ein Kanal entsteht, nicht wie der Tropfen aus dem Wasserhahn, der im Abfluß verschwindet, ohne eine Spur im Bekken zu hinterlassen, und auch nicht wie der Blutstropfen, der sofort gestillt wird mit dem, was zur Hand ist, ein Stück Stoff oder ein Verband oder ein Handtuch oder zuweilen Wasser, oder zur Hand ist nur die eigene Hand dessen, der Blut verliert, wenn er noch bei Bewußtsein ist und sich nicht selbst verletzt hat, die Hand, die an seinen Magen oder an seine Brust greift, um die Öffnung zuzuhalten. Wer sich selbst verletzt hat, hat dagegen keine Hand und braucht einen anderen, der ihm den Rücken stärkt. Ich stärke ihr den Rücken.

Luisa trällert bisweilen im Badezimmer, während ich zusehe, wie sie sich zurechtmacht, in die Öffnung einer Tür gelehnt, die nicht die unseres Schlafzimmers ist, wie ein faules oder krankes Kind, das die Welt von seinem Kissen aus sieht oder ohne die Schwelle zu überschreiten, und von dort höre ich diesen weiblichen Gesang zwischen den Zähnen, der nicht angestimmt wird, um gehört zu werden, diesen unbedeutenden, absichts- und ziellosen Singsang, der gehört und gelernt und nicht mehr vergessen wird. Diesen Gesang, der dennoch hervorgebracht wird und weder verstummt noch verklingt, nachdem er erklungen ist, wenn ihm die Stille des erwachsenen Lebens folgt, oder vielleicht ist es männlich.

Oktober 1991